WALDEN

瓦尔登湖

WALDEN

〔美〕梭罗◎著

王义国◎译

中国文联出版社
http://www.clapnet.cn

图书在版编目（CIP）数据

瓦尔登湖 /（美）梭罗著；王义国译. -- 北京：
中国文联出版社，2018.1（2018.11重印）
（翰墨有声童书）
ISBN 978-7-5190-3377-4

Ⅰ. ①瓦… Ⅱ. ①梭… ②王… Ⅲ. ①散文集－美国
－近代 Ⅳ. ①I712.64

中国版本图书馆CIP数据核字（2017）第323512号

瓦尔登湖

著　　者:（美）梭罗　　　　译　　者: 王义国

出 版 人: 朱　庆
终 审 人: 奚耀华　　　　复 审 人: 蒋爱民
责任编辑: 陈若伟　　　　责任校对: 郑红峰
装帧设计: 余　微　　　　责任印制: 陈　晨

出版发行: 中国文联出版社
地　　址: 北京市朝阳区农展馆南里 10 号，100125
电　　话: 010-85923053（咨询）85923000（编务）85923020（邮购）
传　　真: 010-85923000（总编室），010-85923020（发行部）
网　　址: http://www.clapnet.cn　http://www.claplus.cn
E-mail: clap@clapnet.cn　chenrw@clapnet.cn

印　　刷: 北京德富泰印务有限公司
装　　订: 北京德富泰印务有限公司
法律顾问: 北京市德鸿律师事务所王振勇律师
本书如有破损、缺页、装订错误，请与本社联系调换

开　　本: 670×950　　1/16
字　　数: 256 千字　　印　　张: 16
版　　次: 2018 年 1 月第 1 版　　印　　次: 2018 年 11 月第 2 次印刷
书　　号: ISBN 978-7-5190-3377-4
定　　价: 23.80 元

译本序

梭罗的《瓦尔登湖》，自半个世纪以前由著名诗人、翻译家徐迟先生翻译引介以来，一直为学术界所推重。近几年来，又有多种译本问世，《瓦尔登湖》热持续升温，广大读者对它表现出了不衰的热情，而且可以认为，这种热情还将持续下去。为什么？因为书好。我手头有三种译本，兹从其中一本的介绍中摘取一段，就可看出本书的分量：

“《瓦尔登湖》与《圣经》诸书一同被美国国会图书馆评为‘塑造读者的二十五本书’，在当代美国，它是读者最多的散文经典。哈丁（Walter Harding）曾说，《瓦尔登湖》内容丰富，意义深远，它是简单生活的权威指南，是对大自然的真情描述，是向金钱社会的讨伐檄文，是传世久远的文学名著，是一部圣书。正因如此，它也影响了托尔斯泰、圣雄甘地等人，从而改写了一些民族和国家的命运。”（《瓦尔登湖》之《致读者》，戴欢译，当代世界出版社2006年版。）这样的一本书，说它是一生必读，并不过分。

在这种持续升温的《瓦尔登湖》热中，我也拟向读者朋友奉献出一种译本。书翻译出来，就是要让人家读的，因而在写译者序的时候，我便想到“怎样读这木书”这个题目。

而这又是为什么？因为难读。梭罗本人在《结束语》中也意识到，这本书不乏晦涩之处。英国作家赫胥黎［Aldous Huxley，1894—1963，就是《进化论与论理学》的作者、大名鼎鼎的赫胥黎（Thomas Henry Huxley，1825—1895）的孙子］说：“每一个知道怎样读书的人，也就拥有了能够放大自己，大大增加他的生存的方式，并使得他的生活充实、有意义、有趣味的力量。”就这本书而言，要想获得这种力量，首要的就是要读懂。

《瓦尔登湖》，我三十年前就接触过，原文本和徐迟先生的中译本都读过，但老实说，并没有读懂，或者说并没有读下去。倘若不是今天翻译这本书，我还是读不懂，是翻译逼得我不能不懂——当然我也不敢自诩已百分之百读懂了。我只是比读者先行了一步，我愿意与读者朋友交换读书体会。

要读懂本书，首先就要了解作者的定位，作者的定位本身就为理解作品提供了线索。本书作者亨利·戴维·梭罗（Henry David Thoreau，1817—1862），传统辞书介绍大多是美国作家和哲学家，今天的评论界又给他加上了博物学家的头衔，这既全面，又有必要，因为他的哲学思想和文学创作，都与他对大自然的观察紧密相连。“他的一个重要思想就是认为人要回到大自然中去寻找生活的意义。……他的著作都是根据他自己在自然界广阔田地中的亲身体验写出来的。”（《美国文学简史》，董衡巽、朱虹、施成荣、郑土生著，人民文学出版社1986年版，上册第72、73页。）

了解作品的中心思想或者“主题”，也会有助于读懂作品。当然最好是由读者自己来提炼主题，不过就这本书而言，老实说我是提炼不出来的。“梭罗的伟大在于他的主要思想具有强大的威力。这些思想是：人必须不顾一切地听凭良知来行动；生命十分宝贵，不应为了谋生而无意义地浪费掉；树林和溪流的世界是好的，而熙熙攘攘、街道纵横的城市世界则是坏的。”（《简明不列颠百科全书》，中国大百科全书出版社1985年版，第7卷第562页。）“梭罗逝世以后，他的大量日记、遗稿陆续被整理成书，到二十世纪初，已出版的梭罗全集就有二十卷之多”，（《美国文学简史》上册，第76页）但最有影响的，还是本书《瓦尔登湖》和《论公民的不服从》（civil Disobedience，an Essay）一文。《瓦尔登湖》是他的代表作，他的这些思想在书中自然是得到了最全面的体现。

《瓦尔登湖》英文原名是《Walden，or Life in the Woods》，译成中文是《瓦尔登湖，或林中生活》，也可译成《瓦尔登湖，又名林中生活》。用“或”或者“又名”，是英国古典作品的一个传统。如十八世纪小说家约翰斯顿（Charles Johnston，1719？—1800）的《克利斯尔，又名一个畿尼的奇遇》（Chrysal，or the Adventures of a Guinea），再如贝奇（Robea Bage，1720—1801）的《赫姆斯普朗，又名非本色的人》（Hermsprong，or Man as He is Not），就是如此。

《瓦尔登湖》是作者在一八四五年到一八四七年间在湖畔度过的二十六个月的生活记录。作者在湖畔生活期间即写出了本书的初稿，但结束湖畔生活后又继续写了几年，才最终完成。读这本书，你不能不由衷赞叹，梭罗作为博物学家，当之无愧。博物学家（naturalist），尤其指在野外研究动植物的人，而不是纸上谈兵。梭罗在瓦尔登湖呆了两年多，那是真正仔细研究了动植物，堪称植物学家和动物学家，他是真正实践了孔老夫子的教诲，“多识于鸟兽草木之名”（《论语·阳货篇第十七》）。就动物学家而论，他又是真正有造诣的鸟类学家和昆虫学家，他对动植物的细致入微的观察和不厌其烦的精心描绘，不能不令人感叹，那一代人治学是那么有耐性，功力又是那么厚实。

当然，梭罗从根本上讲是作家，主要是写散文，也写诗。他对英语语言的驾驭，就像他对动植物的观察一样细致、精确。说到细致精确，他可以一个句子套一个句子，一个修饰语套一个修饰语，不厌其烦地描述下去，真有点“语不惊人死不休”的意思，所以在本书中，一个句子长达数行的例子，并不罕见，而且句式灵活，多姿多彩。这就形成了他的既细致精确又雍容华贵的散文风格。读他的文字，你不能不慨叹，一个作家写作的时候，居然能这样从容不迫——少了一分功利心，也就多了一分从容不迫。

梭罗上的是最好的中学和最好的大学——康科德中学和哈佛大学，二十岁就大学毕业。在中学时，就对希腊罗马的古典作品产生兴趣，以后一生都对此进行研究。所以在本书中，他多次引用罗马的古典作品，对希腊罗马神话更是信手拈来，将其融入作品的叙述和描写之中，那是真正的“活学活用”，生动无比，寓意深邃，读了之后让你无法忘怀。基督教《圣经》被他使用起来，亦见从容裕如，往往不起眼的一句话，可能就含有《圣经》典故。如果不知道这是用典，你就往往会感到莫名其妙，或者说你会以为我译得莫名其妙，甚至如堕五里雾中，不知所云，而知道了其中的典故，便甚感意味隽永，韵味无穷，读起来也就愈加趣味盎然。我在本译本中，加了大量的注释，我诚恳地认为，如果没有这些注，读者是很难读下去的，是很难从头读到尾的。我相信，凡是读过这本书的人，都会承认，我这绝不是诳语。

梭罗还是哲学家。梭罗是美国超验主义作家，这超验主义是美国浪漫主义文学发展到十九世纪三四十年代所产生出来一种相应的理论，是对十八世纪的理性主义、洛克（John Locke，1632—1704，英国唯物主义哲学家）的怀疑哲学，以及新英格兰的加尔文教义的束缚人的宗教正统观念的反驳。美国超验主义运动的兴盛时期大致是在一八三六年至一八六〇年之间，它既是一种文学运动，又是一种哲学运动。“美国十九世纪超验主义文学运动产生了两位具有世界性影响的作家，就是爱默生和梭罗。”（《简明不列颠百科全书》，第7卷第562页。）爱默生（Ralph Waldo Emerson，1803—1882）是超验主义运动的始创者，是梭罗的朋友，本书中有所涉及。本书还涉及超验主义运动的几个其他成员，这使我们得以对这个运动有更多的感性了解。而超验主义思想在文学上的最重要的表现，就是本书《瓦尔登湖》和爱默生的《论自然》（Nature）。《瓦尔登湖》的超验主义思想的一个典型表现，是"浪漫主义对资本主义工业文明的唾弃。跟爱默生一样，他也认为沉湎于物质享乐只会使人失去生活的真正意义，因而他号召人们生活要'简朴、简朴、简朴'，把超过维持起码生活所必要的一切都叫作'非生活的东西'加以'排除'，要人们仅仅去'吸收生活的精髓'"(《美国文学简史》上册第74页)。这些思想，今天对我们仍不乏启迪。由于思想深邃，加之又是语言大师，所以本书中警句般的句子比比皆是，令人目不暇接，津津乐道。

梭罗除了对希腊罗马的古典文化情有独钟之外，还对东方文化怀有浓厚的兴趣，甚至可以说是有精深的研究，尤其是印度的古典哲学和中国的儒学。他是真正知识渊博的大学问家。读到书中所引用的印度经典，印度文学的魅力让我惊叹，我甚至想，梭罗的优美文笔，该不是师从了印度的古典文学吧。书中多次引用孔孟之道，以佐证他的思想。老实讲，经他一引用，我才发现儒学竟是这样深刻，深感自己对《四书》的理解不过皮毛，真是惭愧之至。

为什么读书？从根本上讲就是为了增长知识。读这本《瓦尔登湖》，就可接触到大量的动植物学知识和广博的人文、地理、历史知识，欣赏到在优美的散文中阐发出来的人生哲理，体会到作者在行文之中水到渠成地提炼出来的振聋发聩的思想，这样也就在不同程度上向身为作家、哲学家和博物学家的梭罗看齐了。读懂这本书，就可以如赫胥黎所说，我们的生活也就更充实、更有意义、更有趣味。

我手头有三种译本，除了前面提到的戴欢先生的译本外，还有张知遥先生的译本（天津教育出版社2005年版）和林志豪先生的译本（海南出版社/三环出版社2007年版）。在本书的翻译过程中，我参考了这三种译本，获益匪浅，特在此表示诚挚谢意。除了各种常备的词典、工具书之外，我尤其要感谢互联网，没有网上的百科全书式的知识，以及具体到本书的翔实注释，这本书我是翻译不出来的。

王义国

二〇〇七年岁末于浙江台州

目　录

扫码听书

第一章 节 俭

当我写作本书的时候，或者更确切地说当我写出本书的主要部分的时候，我是独自居住在树林里的，那是在马萨诸塞州康科德镇[①]的瓦尔登湖的湖畔，方圆一英里之内没有邻居。我住在自己建造的一个房子里，仅仅靠着双手的劳动生活。我在那里住了两年又两个月的时间。如今我又再次成了文明生活中的一位寄居者。

要不是镇上的人们对我的生活方式百般探究，我是不会强加于人，让读者注意到我的私事的。有些人会认为这些探究不相干，不过在我看来却一点也不是不相干，而是鉴于种种情况，是非常自然而又相干的。有些人问，我不得不吃些什么，我是否感到孤单，我是否害怕，诸如此类。还有的人感到好奇，想知道我的收入有多少捐献出来用于慈善，而有的人，他们是多口之家，于是想知道我抚养了多少个穷孩子。因而在本书中，如果我着手回答这其中的一些问题的话，也就要请那些对我并没有特殊兴趣的读者见谅。在大多数书籍中，“我”，或者说第一人称，是被省略的，在这本书中，则被保留，本书的主要特点就是言必称“我”。我们通常并不记得，毕竟，总是在讲话的恰恰就是第一人称。倘若另有他人，我对他同样了解，那么我就不会这样大谈自己了。不幸的是，我由于经历狭窄，也就限于这个主题了。除此之外，站在我自己的立场上，我也要求每一个作家，迟早都应该简单而又真诚地描述出他自己的生活，而不仅仅是描述出听来的别人的生活；应该写出就像从一个遥远的国度寄给他的亲属的信那样的描述；因为我觉得，一个人如果活得真诚，就一定是生活在一个遥远的国度。也许本书更是为穷学生而写的。至于我的其他读者，他们将接受能够应用在他们身上的那些部分。我相信，没有一个人会在穿衣服的时候把缝口撑开，因为衣服合身穿起来才舒服。

---

① 康科德（concord），美国马萨诸塞州东部城镇，取邻里相处和睦之意。

我乐意说的事情，与其说是与中国人和桑威奇群岛[①]岛民有关，毋宁说是与本书的读者有关，也就是与那些据说是居住在新英格兰的人有关；说的是他们的状况，尤其是他们在这个世界里、在这个城镇里的外部状况或者情况，那究竟是一种什么状况，状况如此之差是否必要，是否无法得到改善。我在康科德做了大量旅行：而在每一个地方，不论是在商店里，在办公室里，还是在田野里，在我看来，居民们都是在以千百种引人注目的方式进行苦修。我听说，婆罗门[②]坐在四面火的当中，直视太阳，或者在火焰上方，头朝下身体倒悬，或者扭头仰望天空，"直到他们不可能恢复他们的自然的姿势，而由于脖子扭曲，只有液体才能流进胃里"；[③]或者终生用锁链锁住，居住在树的脚下；或者就像毛虫一般，用他们的身体来丈量庞大帝国的疆域；或者用一条腿站在木桩的顶上——但甚至这些有意识的苦修的形式，也并不比我每天目睹的那些场景更令人难以置信和吃惊。与我的邻居们所从事的事情相比，赫丘利[④]的十二件苦差也微不足道，因为他所做的苦差只有十二件，是有尽头的，但我却永远也不会看到我的邻居们杀死或者捕获任何一个妖怪，或者完成任何一件苦差。他们没有赫丘利的朋友伊奥拉斯帮忙，伊奥拉斯是用烧红的烙铁，烙多头蛇的头的根部，而我的邻居们则是刚把多头蛇的一颗头砍掉，又有两颗头冒了出来。

我看到，年轻人，镇子里的人，他们的不幸恰恰在于继承了农场、房屋、谷仓、牛，以及农具，因为这些东西获得比丢掉容易。要是他们是诞生在野外的牧场里，由狼来为他们哺乳的话那就好了，因为那样他们就可能用更明亮的眼睛看到，要求他们在其中劳作的是什么田地。是谁使得他们成为土地的农奴？当人注定要只吃一配克泥土的时候，为什么他们却应该吃他们的六十英亩的土地？[⑤]为什么他们一出生，就居然开始挖掘他们的坟墓？他们得过人的生活，把所有这些事情都推到他们的面前，尽可能地对付下去。我遇见多少可怜的不朽

---

①桑威奇群岛（Sandwich Island），美国夏威夷群岛（Hawaiian Islands）的旧称。

②婆罗门（Brahmin），印度种姓四大等级中的最高等级，即僧侣。

③语见苏格兰历史学家、哲学家詹姆斯·米尔（James Mill，1773—1836）的《印度史》（The History of India，1817）。这里的"直视太阳"，与本书的结束语中的"让我们目盲的光线，就是我们的黑暗"相呼应。

④赫丘利（Hercules），希腊、罗马神话中的英雄，希腊神话中称赫拉克勒斯，罗马神话称赫丘利，即大名鼎鼎的大力神，以完成十二件苦差著称。

⑤民间谚语说，"我们死以前，都必须吃上一配克泥土。"配克（peck），度量衡单位，一配克等于二加仑。

灵魂啊，他们在生活的重压之下几乎被压扁，窒息，在生活的道路上爬行着，在面前推着一个七十五英尺长、四十英尺宽的谷仓，他们的奥吉亚斯的牛舍[①]从来也没有清扫干净，还有一百英亩的土地、耕作、割草、牧场，以及林地！而无遗产继承份额的人，他们虽然没有这种毫无必要的继承下来的累赘须与之斗争，却也发现征服并培育几立方英尺的血肉之躯，已是足够辛劳的了。

但人们是在出了错的情况之下而辛劳的。人的精华部分很快就被犁在土地的里面，成为堆肥了。通过一个似乎是的命运，通常称之为必然，他们被雇用了，正如一本古书所说，他们把财宝积攒在地上，地上有虫子咬，能锈坏，也有贼挖窟窿来偷。[②]那是一个傻瓜的生活，当他们走到生命的尽头，如果说不是在走到生命的尽头之前的时候，他们就会发现这一点。据说丢卡利翁与皮拉[③]从肩头向身后扔石头，从而创造了人类：

Inde genus durum sumus,experiensque laborum,
Et documenta damus qua simus origine nati.
由此我们也就成为一个坚硬而又辛勤的种族，
充分有力地证明了我们是源自石头。[④]

雷利则是以其语调夸张的方式，用诗句把它表达出来了：

从此人类是硬着心肠，忍受着痛苦和忧虑，
并且赞同我们的身体具有石头的性质。[⑤]

---

①奥吉亚斯的牛舍（Augean stables），是古希腊传说国王奥吉亚斯（Augeas）饲养着数千头牛的场所，极其肮脏。大力神赫拉克勒斯（Hercules）奉命打扫，他引来河水完成了清扫任务。

②见《圣经·马太福音》第六章第十九节："不要为自己积攒财宝在地上，地上有虫子咬。能锈坏，也有贼挖窟窿来偷。"

③据希腊神话，丢卡利翁（Deucalion）是普罗米修斯（Prometheus）之子，他与妻子皮拉（Pyrrha）逃脱了主神宙斯（zeus）所发的洪水，夫妇俩从肩头向身后扔石头，石头变成男男女女，从而重新创造了人类。

④这是拉丁诗人奥维德（Ovid，公元前43—公元17）的长诗《变形记》（Metamorphoses）中的诗句，本书中的拉丁文原文，系援引自法国作家和哲学家伏尔泰（Voltaim，1694—1778）的《哲学辞典》（Philosophical Dictionary）第二一三章。下面雷利的英文译文与这里的拉丁文原文略有出入。

⑤这里的英文原文，是雷利对上面两行诗句的翻译，见于他的《世界史》（History of the World）一书。雷利（Sir Walter Raleigh，1554？—1618），英国探险家、作家，女王伊丽莎白一世的宠臣，早期美洲殖民者，因被指控阴谋推翻詹姆士一世而被监禁在伦敦塔，后被处死。著有《世界史》、散文、诗歌等。

夫妇俩从肩头向身后扔石头，而又并不看石头落在什么地方，这是对一个笨拙的神谕的一种盲从，有关此也就说这些吧。

大多数人，甚至在这个相对自由的国家里，也仅仅是由于无知和错误，而满脑子是人为的烦恼，忙于粗俗且又毫无必要的苦差，结果也就无法采摘到生活得更美好的果实。他们的手指，由于劳作过度，而变得过于笨拙，过于颤抖，而无法采摘了。实际上，劳作的人日复一日，都没有闲情逸致获得一种真正的人格：他无法与人们保持最具有男子气概的关系，他的劳动会在市场上贬值。他想不成为一台机器都没有时间。他的成长要求他无知，而他又经常不得不使用他的知识，这样一来，他又怎能记得他的无知呢？我们有时应该免费给他饭吃，给他衣穿，用我们的果汁给他恢复体力，然后才能评价他。我们的天性的最优秀的品质，就像果实上的那层粉霜一样，只有在搬动的时候非常小心翼翼才能保留下来。然而不论是对待我们自己，还是对待别人，我们都并非这样体贴入微。

我们都知道，你们当中的一些人是贫穷的，发现生活艰难，有时就好像上气不接下气一般。我毫不怀疑，在本书的读者当中，你们有一些人并不是吃的饭全都能付得起钱，或者尽管衣服鞋子快要坏了或者已经坏了，但却付不起购买衣服鞋子的钱，而且是用借来的或者偷来的时间才读到这一页，这也就剥夺了你们的债主一个小时的时间。由于我的视力已经被磨得敏锐了，因而显而易见，你们当中的许多人过的是多么卑贱而又委琐的生活：总是走极端，既试图做生意又试图摆脱债务，债务是一种非常古老的泥沼[①]，拉丁人[②]称之为 aes alienum，意即“另外一个人的黄铜”，因为他们的一些硬币是用黄铜铸造出来的；仍然在活着，在死去，被这个别人的黄铜埋葬；总是许诺偿还债务，许诺明天就偿还债务，而又在今天死去，无清偿能力地死去；为了讨好于人，获得顾客的惠顾，所采用的方式多种多样，只差没有犯下可进州监狱的罪行了[③]；说谎，奉承，投票表决，把你自己缩进一个谦恭的坚果外壳之内，或者膨胀进一种稀薄而又充满水汽的慷慨的空气之中，这样你就可以说服你的邻居，让你为他做鞋，或者帽子，或者衣服，或者马车，或者为他进口食品杂货；使得你自己生病，这样一来你也就可能积攒点什么东西以备生病之需，那是要藏在一个旧箱

---

①英国作家班扬（John Bunyan，1628—1688）的《天路历程》中有“绝望的泥沼”（slough of despond）一语。

②拉丁人（Latins），指讲拉丁系语言的民族。

③可进州监狱的罪行，也就是重罪。在美国，犯轻罪者关进县看守所；犯重罪者关进州监狱。

子里的某种东西，要不然就藏在墙的灰泥面背后的一只袜子里，或者更安全的话，就藏在用砖砌成的银行里，不管是藏在哪里，也不管藏的东西是多是少，反正是要藏起来。

我几乎可以说，我有时感到纳闷的是，我们怎么能够轻浮得从国外引人丑陋的黑奴制度，有这么多的精明苛刻的奴隶主，奴役了北方和南方的国人。有一个南方监工是难以忍受的，有一个北方监工则更糟糕，但最糟糕的却是，你就是监管你自己这个奴隶的监工。谈到在人身上的一种神性！那就看看在马路上赶牲畜的人，他在白天或者晚上赶往市场，在他的内心中有任何神性在激荡吗？他的最高的责任，就是为他的马匹喂料喂水！与运送牲畜的利益相比，对他来说，什么是他的命运呢？难道他不是为"引起轰动"老爷赶牲畜吗？难道他是多么像神，多么不朽吗？看，他是多么畏缩，鬼鬼祟祟地走，他整天是多么朦胧地惧怕，既不是不朽，又没有神性，而是成了他本人对自己的看法的奴隶和囚徒，那是他凭借着自己的所作所为而赢得的名声。与我们自己的私人意见相比，舆论是一个软弱的暴君。恰恰是一个人对自己的看法，决定了他的命运，更确切地说，是指出了他的命运。甚至在想象中的西印度群岛各省的自我解放——有哪位威尔伯福斯[①]能够带来这种自我解放呢？再想一下这个国度的女士们，她们在编织梳妆坐垫以备世界末日之需，而不把对她们的命运的一种过于幼稚的兴趣暴露出来！那就好像你能够消磨时光，而又不会伤害永恒似的。

芸芸众生过的生活是既安静又绝望。所谓的听天由命，是一种得到证实的绝望。你从绝望的城市，进入绝望的乡下，并且不得不用水貂和麝鼠的勇敢来安慰自己。一种刻板但又潜意识的绝望，甚至被掩饰在人类的所谓游戏和娱乐的下面。在它们当中并没有玩耍，因为那是工作之后的事情。但智慧的一个特色，就是做不顾一切的事情。

用教理问答的话来说，当我们考虑人类的主要目的是什么，生活的真正必需品和手段又是什么的时候，那就似乎人们是故意选择了共同的生活方式，因为与别的方式相比，他们更喜欢这种生活方式。然而他们又诚实地认为，别无选择。但那些生性机敏而又健康的人却记得，太阳是清晰地升起的。什么时候放弃我们的偏见，都不会为时太晚。任何一种思维的方式或者行事的方式，不管多么古老，如果得不到证明就都不能信赖。今天每一个人认为是真实而予以

---

① 威尔伯福斯（William Wilberforce，1759—1833），英国政治家，致力于废除奴隶贸易和英国海外属地的奴隶制。原文中的"西印度群岛各省"，即英国海外属地。

附和或者沉默地予以忽视的东西，可能明天就证明是虚假的东西，只不过是见解的烟雾而已，有些人相信那烟雾是一片云，将会在他们的田野上洒下肥沃土壤的雨水。老年人告诉你不能做的事情，你如果尝试的话，就会发现你能做。老的行为是让老年人来做的，而新的行为则是让年轻人来做。或许老年人曾经并不清楚地知道，应该找来燃料让火继续燃烧；而年轻人则在水壶的底下放进一点干柴，[①] 而且就像那句俗话所说，以一种让老年人受不了的方式，用鸟儿的飞翔速度围绕着地球旋转。与年轻人相比，老年人并非更适合做教师，而且做得也并不如年轻人好，因为老年人的损失，要大于他们的收益。人们几乎可以怀疑，最聪明的人过着实用的生活，是否学到了任何具有绝对价值的东西，老年人并没有非常重要的忠告可以给予年轻人，他们自身的经验是非常片面的，而且他们必须相信，由于个人的原因，老年人的生活是这样悲惨地失败；也可能是，他们还保留着某种使人对那种经验产生错觉的信念，而且他们只是比他们的实际年龄要老一些。我在这个星球上生活了三十来年，还没有从比我年长的人那里听到一句有价值、甚至重要的忠告。他们什么有益的东西也没有告诉我，大概没有能力告诉我任何有益的东西。这就是生活，是一个在很大的程度上我并没有尝试的实验；但他们尝试过了，对我也没有益处。如果我拥有我认为是有价值的经验的话，那么我就一定会在深思后认识到，我的导师们对此是什么也没有说过。

有一个农夫对我说，“你不能靠只吃蔬菜活着，因为蔬菜提供的营养不能让你长骨头。”因而他每天都虔诚地花费一部分时间，把骨头的原材料提供给他的身体；他一边说，一边跟在牛的后面，而他的牛就是吃草长出的骨头，尽管有这么多的障碍，他的牛却能颠簸着拉着他和他的笨拙移动的犁前行。在特定场合，在最无助和生病的人当中，有些东西确实是必需品，而在另外一些场合，它们却只不过是奢侈品，还有的人则是对它们全然不知。

在某些人看来，人生的所有境界，不论是高山还是峡谷，前人都已经走遍了，而且该关注的也都关注到了。按照伊夫林[②]的说法，“聪明的所罗门颁布了条例，为树木之间的精确距离作了规定；古罗马的行政长官决定，你隔上多久的时间可以到邻居的地里捡落下的橡子而不算擅自闯入，而且那个邻居可以分

①“在水壶的底下放进一点干柴”，指蒸汽机技术。

②伊夫林（John Evelyn，1620—1706），英国乡绅和著作家、皇家学会创始人之一，写有美术、林学、宗教等方面著作三十余部。下面的引文见于他的《林木志》（sylva）一书。

到多少橡子”。希波克拉底[①]甚至有关我们应该怎样剪指甲都留下了指示，也就是与指头尖齐平，既不要长也不要短。毫无疑问，那些意味着要把生活的多样性和欢乐消耗殆尽的乏味和无聊，本身就像老亚当一样年老[②]。但人类的能力从来也没有得到衡量，我们也不能判断，根据先例人类能够做什么，因为在这方面并没有做出多少尝试。不管迄今为止你的失败是什么，“你都不要苦恼，我的孩子，因为谁会把你没有做到的事情安排给你做呢？”

我们可以用一千种简单的测试来试验我们的生活：例如，同是一个太阳，它既催熟了我们的豆荚，又照亮了与我们相同的一个星系。倘若我记住这一点的话，那就会避免某些错误的发生。可是我在为豆田锄草的时候，并没有想到这一点。群星是多么奇妙的三角形的顶点啊！在宇宙的各个角落的人们，不管他们是多么疏远和不同，在这一个时刻都正在凝视这同样的景色！大自然与人生就像我们的不同体制一样多种多样。谁能说，生活能给另外一个人提供出什么样的前景？难道还能有比我们瞬间洞悉彼此的眼神更伟大的奇迹产生吗？我们应该在一个小时内体验世界的整个历程，是的，体验历程中的所有世界。历史、诗歌、神话！——我不知道读哪个人的经历，会比这更令人吃惊，会带来更多的信息。

我的邻居称之为好的东西，大部分我在灵魂深处却认为是坏的，而如果我有什么可后悔的话，那就大有可能是我的良好行为。难道是什么魔鬼缠住了我，让我如此循规蹈矩？老兄，你可以说出你能说的最明智的话——你已经活了七十岁，不能不算是一种光荣了吧——我听见有一个不可抗拒的嗓音，它要求我离开所有这一切。一代人放弃另外一代人的事业，就像放弃搁浅的船一样。

我认为，与我们实际上所相信的东西相比，我们可以有把握地予以相信的，要多上许多。我们能够在别的地方坦诚地给予多少关怀，就可以放弃多少对我们自己的关怀。自然界能够多么适应我们的长处，就能多么适应我们的弱点。某些人的没完没了的焦虑和紧张，是一种几乎无法治愈的形式的疾病。我们被搞得夸大了我们所做的工作的重要性，然而我们所没有做的事情又有多少呢！或者说，倘若我们生病又会怎样呢？我们是多么敏感啊！如果可以的话，我们决不依靠信念生活；我们整天都保持警惕，到了晚上我们又不情愿地进行祷告，把自己交给无常的运数。我们被迫生活得如此彻底而真诚，敬畏我们的生命，

---

① 希波克拉底（Hippocrates，公元前 460？—前 377？），古希腊医师，被称为“医学之父”。

② 按照《圣经》的说法，亚当是人类的男性始祖。这句话言外之意就是，乏味和无聊自有人类就已有之。

并否认改变的可能性。我们说，这就是唯一的道路；但是能够从一个中心画出多少个半径，就能够有多少条道路。一切改变都是一种值得深思的奇迹，但它又是一种随时会发生的奇迹。孔子说："知之为知之，不知为不知，是知也。"[①] 当人把一个想象中的事实归纳为一个他所能够理解的事实的时候，我也就可以预见，所有的人都将最终在这个基础上构筑起他们的生活。

让我们考虑一下，我前面提到的烦恼和焦虑是什么，我们烦恼，或者起码说我们关心，这究竟有多大的必要性。尽管是在表面的文明中生活，但如果能过上一种原始而蛮荒的生活，也未尝不是好事，哪怕只是为了了解生活的必需品大体有哪些，以及怎样获取它们；甚至翻看一下商人的旧流水账，看看人们在商店里最常买的是什么，他们储存些什么，换句话说，必需品大体是什么，也未尝不是好事。这是因为时代的改善，对人类生存的本质法则的影响微乎其微：就像我们的骨骼，大概与我们的祖先的骨骼并无明显差别。

所谓"生活的必需品"，我指的是，在人通过自己的努力而获得的东西当中，那些从一开始就对人类生活是非常重要的东西，或者经过长期的使用而变得非常重要的东西，野蛮人也好，穷人也好，哲人也好，谁离开它也过不下去。对许多生物来说，在这个意义上只有一种生活的必需品——食物。对北美大草原里的野牛来说，如果不寻求森林或者高山的遮蔽的话，那么必需品就是几英寸厚的可口的青草，加上可以饮用的水。野兽的需求，不过是食物和栖息处。在这种气候中，人类的生活必需品则可以明确的分为食物、栖息处、衣服和燃料几项；因为只有当我们获得这些东西的时候，我们才愿意自由地应对生活的真正问题，展望成功的前景。人类不仅发明了房屋，而且还发明了衣服和烹饪的食物；而且也许是偶尔发现了火的温暖，并发现了对其的使用，这起初是一种奢侈，但由此却产生了烤火的必要。我们注意到，猫和狗也获得了这相同的第二天性。凭借适当的栖息处和衣服，我们合情合理地保留着我们自身的内在的热量；但如果栖息处和衣服过分，或者燃料过分，换句话说，外部热量大于我们自身的内部热量，难道可以准确地说是烹饪开始了吗？博物学家达尔文在谈到火地岛[②]的居民的时候说道，他们一行人虽然穿着厚衣服，靠近火坐着，却并未感到过于温暖，而他非常惊讶地注意到，这些裸体的未开化的人，离火要远得多，却是"似乎由于经历这样一种烤炙而汗流浃背"。我们被告知，新荷

---

① 语见《论语·为政篇第二》。

② 达尔文（Charles Robert Darwin,1809—1882），英国博物学家，进化论的创始者。火地岛（Tierra del Fuego），位于南美洲南部，东部属阿根廷，西部属智利。

兰人[1]能够赤身露体而安然无恙，而欧洲人穿着衣服却瑟瑟发抖。难道不可能把这些未开化的人的强壮与文明人的智能结合起来吗？按照利比希[2]的说法，人的身体是一个炉子，食物就是让肺的内部保持燃烧的燃料。天气寒冷的时候我们吃得多，温暖的时候吃得少。动物的热量是一种缓慢燃烧的结果，而燃烧过快的时候就会产生疾病和死亡；换句话说，由于缺少燃料，或者炉子的通风气流出现某种故障，火也就熄灭了。当然不可把维持生命所必需的热量与火混为一谈，比喻也就到此吧。因而，从上述清单似乎可以看出，"动物的生命"这个词语，几乎与"动物的热量"这个词语同义；因为虽然食物可以被看作维持我们体内的火的燃料——而且燃料只是用来准备那种食物，或者通过从身体外面增加温度来增加我们身体的温暖——但栖息处和衣服也只是用来保持这样产生和吸收到的那种"热量"。

这样一来，对我们的身体来说，重大的必要就是保持温暖，保持在我们身上的那种维持生命所必需的热量。因而我们不仅为食物、衣服和栖息处煞费苦心，而且也为我们的床煞费苦心，我们的床就是我们的睡衣，为了准备这个在栖息处之内的栖息处，我们抢夺了鸟儿的巢，拔掉鸟儿的胸部羽毛，就像鼹鼠在它的洞穴底部用草和树叶做成床一样！穷人往往会抱怨，说这是一个寒冷的世界；而我们认为，我们的大部分烦恼，就是既直接源于物质上的寒冷，也源于社会上的寒冷。在某些气候区里，夏季使人能够过上一种乐土的生活。这样一来，燃料除了煮饭之外，也就并不需要；太阳就是他的火，许多果实用阳光就足以煮熟了；而且食物一般说来也更多种多样，也更容易获得，而且衣服和栖身之地也完全是并不需要，或者只是在某种程度上需要。我通过我自己的经验发现，在当前，在这个国家，有几件工具、一把刀、一把斧头、一把铁锹、一辆手推车等等，就足以生活了，而这些东西都能花费甚少便可获得，而对勤奋好学的人来说，有那些仅次于必需品的灯、文具，以及想阅读的几本书，也就足够了，而这些也都能花费甚少便可获得。然而有一些人，并不明智的人，他们前往地球的另外一边，前往野蛮和并不卫生的地区，专心地做上十年或者二十年

---

① 新荷兰人即澳大利亚土著。新荷兰（New Holland）是荷兰水手阿贝尔·塔斯曼（A.bel Tasman）于一六四四年给今天的澳大利亚起的名字，塔斯曼证明这块大陆是一个岛屿。新荷兰这个名称沿用了一百五十年。一八〇四年马修·弗林德斯（Matthew Flinders）提议用澳大利亚取代新荷兰这个名称，一八二四年英国批准了这个名称的改变。

② 利比希（Justus von Liebig，1803—1873），德国化学家。

的生意，目的是为了他们能够最终在新英格兰[①]活着——也就是说保持着舒适的温暖——和死去。那些奢侈的富人并非纯粹是保持着舒适的温暖，而是保持着非自然的炎热；正如我在前面所暗示的，他们当然是被时尚地（a la mode）烹饪了。

大多数奢侈品，以及许多所谓的生活的舒适之处，不仅并非必不可少，而且还是人类的思想崇高的确凿障碍。就奢侈品和舒适之处而言，最明智的人过的生活总是比穷人更简单，更匮乏。中国、印度、波斯以及希腊的古代哲学家们，他们是这样一个阶层的人，在外表上的财富上谁也不比他们更贫穷，但在内心里谁也不比他们更富有。有关他们，我们所知并不多。但是就我们所知道的，已经足够令人惊叹了。他们的种族的更为现代的改革家和行善者们，也是同样情况。一个人只有站在安贫乐道的立场上，才能成为一名公正而又有智慧的人生观察者。不论是在农业，或者商业，或者文学，或者艺术中，一种奢侈的生活的果实，都是奢侈。当今有哲学教授，但却没有哲学家。然而当教授是令人羡慕的，因为曾几何时能够生存是令人羡慕的。要做一个哲学家，并不是仅仅要拥有深奥的思想，甚至也不仅仅是要创立一个学派，而是要热爱智慧，从而按照智慧的要求来生活，过上一种简朴、独立、宽厚而又信任的生活。那是要解决生活的一些问题，不仅是要从理论上解决，而且还要在实际上解决。伟大的学者和思想家的成功，通常是一种廷臣式的成功，而不是国王式的成功，也不是具有男子气概的成功。他们将就应付着，只是因循守旧地生活，实际上就像他们的父辈们一样，而绝非一个更为高尚的种族的人们的先驱。但人们为什么总是堕落？是什么使得家庭破碎？那种使民族萎靡不振并毁灭民族的奢侈的性质是什么呢？我们能否确信在我们自己的生活中这种东西一点也没有？哲学家是领先于他的时代的，甚至在他的生活的外部形式中也是如此。他并不像他的同时代人那样有饭吃，有栖息处，有衣穿，有温暖。如果保持生命热能的方式不比别人高明的话，他又怎能成为哲学家呢？

一个人用我所描述的那几种方式获得温暖之后，接下来他会想要什么呢？毫无疑问并不是更多的同样种类的温暖，比如更多和更丰富的食物，更大和更豪华的房屋，更漂亮和更大量的衣服，更多、更持续不断和更热的火，等等。当他获得了那些生活的必需品的时候，那么除了获得非必需品之外还有一种选择；

---

① 新英格兰（New England），美国东北部的一个地区，由约翰·史密斯（John Smith）于一六一六年命名。

也就是说，生活的冒险现在开始了，因为他的摆脱掉卑贱的劳作的假期已经开始了。看来土壤是适合于种子的，因为土壤让种子的胚根朝下延伸，现在又可能自信地让种子朝上发芽。倘若人不可能相应地上升到上面的天空的话，又为什么要如此坚实地扎根在地里呢？——因为更为高尚的植物的价值，就在于它们最终在远远高出地面的地方、在空气和阳光中所结出的果实，而不会被当作卑贱的蔬菜之类来对待，就算是两年生的蔬菜，对它们的培育到它们长好根的时候也就结束，而且为了长好根还经常把顶部切割下来，结果到了开花季节大多数人都不知道它们是什么了。

我并不打算为天性坚强勇敢的人们制订规则，不管是上天堂还是下地狱他们都会管自己的事情，他们也许会建造出比最富有的人还要富丽堂皇的房子，比最富有的人还要挥金如土，而又不会使自己穷困，因为我并不知道他们是怎样生活的，——确实，如果有这样的人的话，这样的人就是梦中之人；我也不会为那些人制订规则，他们恰恰在事情的当前状况中找到了对自己的鼓励和灵感，并以情人的那种热爱和热情珍惜这个状况，——而且在某种程度上，我认为我自己就是其中之一；我所说的话所针对的，并不是那些不管在什么境遇中都在忙于有意义的事情的人，而且他们也知道他们是否在忙于有意义的事情；——我所针对的，主要的是芸芸众生，在他们有可能改善自己的时候，他们却牢骚满腹，徒劳地抱怨他们命运的艰辛或者时代的艰辛。有一些人，他们最起劲和最伤心欲绝地什么事情都抱怨，因为他们说，他们正在尽职尽责。我还想到那个似乎富有、但又是所有阶级中最为贫困的阶级，他们把金属熔化时的浮渣积攒了起来，但又不知道怎样予以使用，也不知道怎样摆脱之，这样一来也就为自己铸造出了金脚镣或者银脚镣。

若是我说出在过去的几年里，我渴望过一种怎样的生活，那么多少了解实际情况的读者大概就会感到惊讶，而那些毫不知情的读者当然会感到吃惊。我将只是把我所珍爱的某些事业暗示出来。

不管在任何天气里，不管在白天或者夜晚的任何时刻，我都是迫切要改善关键时刻，并把关键时刻刻在我的手杖上；我迫切要站在两个永恒的交汇点上，也就是过去和未来的交汇点，那恰恰就是当前的时刻；我迫切要用脚尖站在那条线上。有时我用语晦涩，请见谅，因为我的职业比大多数人有更多的秘密，我并非刻意保密，而是我的职业的性质使然。我愿欣然说出有关我的职业我所知晓的一切，而决不会在我的门上写上“禁止入内”。

很久以前，我丢失了一条猎犬、一匹枣红马和一只斑鸠，至今我仍在寻找它们。我曾向许多旅人谈到它们，描述了它们的踪迹，以及它们能对什么样的召唤有反应。我曾遇见一两个人，他们听到过那条猎犬的吠声，那匹马的蹄声，甚至还看见那只斑鸠在一片云彩的后面消失，而且他们似乎也急于找回它们，好像是他们自己把它们丢失了一般。[①]

我所期待的，并非仅仅是日出和黎明，如果可能的话，还有大自然本身！不论是夏天还是冬天，有多少个清晨，邻居们都还没有忙碌之前，我已经忙起自己的事情了！毫无疑问，许多镇民都曾看见我做完事回来，天刚蒙蒙亮就赶往波士顿的农夫，前去砍柴的樵夫，他们都碰到过我。固然在太阳升起的时候，我从未在实质上助它一臂之力，但毋庸置疑，极其重要的就是在太阳升起的时候在场。

有这么多的秋日，是的，还有这么多的冬日，我是在镇子外面度过的，我试图听见风在说些什么，把听到的消息快速散播出去！在不顾一切奔跑的时候，我几乎用光了我的所有的资本，此外还喘不过气来。如果有任何关于两个政党的风声，那必定是被报纸抢先发表过的。在别的时候，我是在峭壁或者树上的观察站上注视着，一有新情况就用电报发送出去；或者在傍晚的时候在山顶上等待，等待夜幕降临，这样我就可能抓住什么东西，尽管我从未抓住很多东西，而我抓住的那点东西又像神赐食物吗哪[②]一样，在太阳升起的时候又消失了。

有很长一段时间，我是一份杂志的记者，该杂志发行量不是很大，其主编从来都认为我的大部分投稿都不适合刊发，而且就像作家们常有的情况那样，我的辛苦换来的只是苦恼。然而在此状况下，我的痛苦就是它自身的回报。[③]

在许多年的时间里，我是自我任命的暴风雪和暴风雨的督察员，而且恪尽职守；如果说我不是马路的勘测员的话，那么也是所有穿越空地的路线中的那些林中小路的勘测员，让那些小路保持畅通，给深谷架上桥，让深谷在所有的季节里都可通过，众人的足迹已经证明它们是有用处的。

我照看过镇子里的野生牲畜，那些野生牲畜跳越栅栏，给责任心强的牧人们带来不少麻烦；而且我还密切注视农场的那些人迹罕至的隐蔽处和角落，尽管我并不总是知道约拿斯[④]或者所罗门今天究竟是在哪块地里干活——那不关

---

① 这里的猎犬、枣红马和斑鸠，象征着个人的损失，尤其象征未实现的希望或者梦想。

② 吗哪（manna），《圣经》中以色列人逃离埃及后在荒漠中获得的神赐食物。

③ 这里的杂志，大概就是本书作者梭罗本人的日志。

④ 约拿斯（Jonas），即约拿（Jonah），基督教《圣经·旧约》中的先知。

我的事。我为红透了的黑果浇水，为沙樱和荨麻浇水，为红松和黑梣浇水，为白色的葡萄和黄色的紫罗兰浇水，在干燥季节如果不浇水它们就可能枯萎。

简言之，我这样做了很久，我可以毫不自夸地说，我是兢兢业业地做着这些事情。后来我逐渐明白，镇民们是终究不会接纳我为镇子的官员的，也不会给我一点不过分的津贴，让我担任这个闲职。我能发誓说，我所记的账是忠实的，但确实从未有人来检查我的账目，更没有人接受我的账目，更别说前来付款结账了。然而，我的心思并没有放在那上面。

不久前，一个流浪的印第安人到我家附近的一个著名律师家里卖篮子。“你想买篮子吗？”他问道。“不，我们一个也不要。”这是答复。“什么！”印第安人一边走出大门一边大声叫嚷道：“你想让我们挨饿吗？”他已经看到，他的勤奋的白人邻居是这样富裕，——律师只要把辩词编好，那么金钱和地位就会魔术般地接踵而来，——于是便对自己说：我要做生意，我要编篮子，这是我能做的事情。他以为，他把篮子编出来以后，也就尽了自己的一分力量，然后白人就会买他的篮子。他并没有发现，要让别人买他的篮子，就有必要让人家认为值得买，或者起码要让他以为值得，或者制作别的值得人家买的东西。我也编织了一种精致的篮子，但我并没有让人觉得值得购买。然而在我的情况中，我同样认为我编织它们是值得的，我并没有研究怎样让人们觉得值得购买，相反却是研究怎样避免那种要把它们卖出去的必要性。人们赞扬和认为成功的生活只有一种。我们为什么又应该以贬低别的生活的方式，来夸大其中的一种呢？

我发现，我的同镇同胞们并不想在法院给我一个位置，也不想给我一个助理牧师的职位或者别的任何一个谋生的地方，而是我必须自谋出路，因而我便把我的面孔更完全地转向了森林，在森林里我更加出名。我决定立即开业，我并不等待通常所需的资金到位，而是使用我已经拥有的那点微薄财力。我前往瓦尔登湖的目的，既不是为了生活节俭，也不是为了肆意挥霍，而是要尽可能减少障碍做一些私事，免得因为缺乏常识和生意头脑，而导致小规模事业的失败，那不仅凄惨而且愚蠢。

我始终都努力要养成严格的商业习惯，对每一个人来说，严格的商业习惯都是不可或缺的。如果你与天朝①做生意，那么只要在塞勒姆②的海岸上设一间小小的会计室，也就够了。你可以出口国家能够提供出的物品，纯粹的土特产，

---

① 天朝（celestial Empire），指封建王朝时代的中国。美国马萨诸塞州于一七八〇年代开始了与中国的贸易。

② 塞勒姆（salem），美国马萨诸塞州东北部港市。

大量的冰块和松木，还有一点花岗石，总是用当地的货船装载。这些将会是不错的商业冒险。事事躬亲：既是领航员又是船长，既是业主又是保险业务受理人；既购买，又销售，又记账；阅读所收到的每一封信，又写出和阅读要发出的每一封信；日夜监督进口货物的卸货；几乎同时出现在海岸的许多地方——往往载重量最大的货船将会在泽西州[1]卸货；成为你自己的电报机，保持与地平线那一边的联系，还要和所有驶往海岸的船只保持联系；保持商品的稳定发送，目的是为这样一个遥远而又要求过高的市场提供供应；了解市场的行情，了解每一个地方的战争与和平的前景，并预料贸易和文明的种种趋向——这就要利用所有的探险成果，使用新的航道以及所有先进的航海技术；研究海图，确定暗礁以及新的灯塔和浮标的位置，而且还要不厌其烦地核对对数表，因为要是计算上稍有差错，往往会使本来应该到达一个友好的码头的船在岩石上撞得四分五裂——有拉佩鲁兹[2]的巨大灾难为鉴；还得跟得上各种科学的发展，从汉诺[3]和腓尼基人[4]，再到今人，一切伟大的发现者、航海家、探险家和商人，都要研究；最后，还要随时盘点存货，以便了解你的状况。那是一种使人的能力过度劳累的苦差事——诸如利润和亏损的问题、利息的问题、扣除皮重计算法的问题，以及从中作种种判定的问题，这些都需要有一种万能的知识。

我认为，瓦尔登湖将会是一个做生意的好地方，这并不完全是因为那里有铁路和冰块贸易，而且还是因为它提供了一些优势，也许把它们透露出去并不明智：它是一个好的交易场所，有一个好的基础。那里没有涅瓦河[5]那样的沼泽需要填充，尽管你在每一个地方都必须打桩奠基。据说，涅瓦河涨水的时候，河中的冰块，再加上西风，就会把圣彼得堡从地球的表面上冲走。

鉴于这个生意不需通常的资本就可开张，那么也许并不容易猜测，将从哪里获得那些财力，因为财力仍然是每一个这样的事业所不可或缺的。说到衣服，就立即涉及了实际的问题，或许我们买衣服，更追求时髦，更在意别人的看法，而不是考虑衣服的真正用途。要让有工作要做的人记得，穿衣的目的，首

---

①泽西州（Jersey），美国新泽西州（New Jersey）的非正式称呼。新泽西州是美国东北部一州，美国最早的十三个州之一。

②拉佩鲁兹（Comte de La Perouse，1741—1788），法国航海家，一七八五年率法国探险队从法国出航，探寻西北航道，沿美洲、中国、西伯利亚、南海海岸进行考察，船队离开澳大利亚东南部植物学湾（Botany Bay）后即失踪。

③汉诺（Hanno），迦太基贵族，探险家，活动时期约公元前三世纪后半叶。

④腓尼基（Phoenicia），地中海东岸的古国，约当今黎巴嫩和叙利亚的沿海一带。

⑤涅瓦河（Neva），俄罗斯西北部的一条河，流经圣彼得堡。

先就是要保留维持生命所必需的热量，其次，在这个与人交往的状态中，是要掩盖赤裸裸的身体，而且他可能判断，在不给他的衣橱增添衣服的情况下，可以完成多少必要的或者重要的工作。一套衣服国王和王后只穿一次，尽管那是御用裁缝为他们缝制的，但国王和王后却不能知道穿上一套合身的衣服的舒适之处。他们只不过是挂干净衣服的衣架而已。每天我们的衣服都更与我们自己融为一体，它们接受了穿衣服的人的性格印记，弄得我们要扔掉它们的时候犹豫不决，就好像扔掉的是我们的身躯似的，就像求医问药一样，心情郁郁寡欢。从来也没有一个人，因为衣服上打了个补丁而被我看低：然而我也确信，与拥有一个健全的良心相比，一般人更在乎衣着，衣服要时髦，至少要干净，没有补丁。但即使衣服上的破洞没有补上，那么所暴露出来的最大的邪恶也不过是不够谨慎。我有时用下面的方法来检验我的熟人——谁肯穿膝盖上打了块补丁、哪怕只破两条缝的裤子？大多数人的表现就是，他们好像认为，如果穿上这样的裤子他们就会自毁前程。对他们来说，带着一条断腿一瘸一拐地进城，也比穿着一条破了的马裤进城容易。往往一位绅士的腿出了事故，腿伤可以救治，但如果一个类似的事故发生在他的马裤的裤腿上，那就没得救了，因为他所考虑的，并不是真正可敬的东西，而是受到尊敬的东西。我们熟悉的人没有几个，但熟悉的上衣裤子数量巨大。如果你把你的最后一件内衣给稻草人穿上，而你则一丝不挂站在旁边，那么有谁会不立即向稻草人打招呼呢？前些天，在经过一块玉米田的时候，在一个戴着帽子、穿着上衣的木桩的旁边，我认出了那个农场的农夫。与我上一次看见他的时候相比，他只是有一些更加饱经风霜了。我听说，狗会朝走近它主人的家的每一个陌生人狂吠，但一个赤身露体的贼却能轻而易举让它安静下来。如果人们脱掉了衣服，他们还能在什么程度上保持他们的相对而言的社会地位，这是一个有趣的问题。要是不穿衣服，你能够确定地说，文明人当中谁是最高贵的吗？普法伊弗尔太太[①]曾自东到西进行环球冒险旅行，当她快到俄罗斯的亚洲部分，要去拜访当地的长官的时候，她说她感到不能再穿旅行装了，因为她“现在是在一个文明国家，文明国家是以衣取人的”。即使在我们的民主的新英格兰城镇里，要是意外地获得了财富，那么仅仅是财富在服饰和用品上的表现，就能使财富的拥有者获得几乎每一个人的尊重。但表现出这种尊重的人，尽管人数众多，迄今为止却是不信上帝的人，需

① 普法伊弗尔（Ida Laura Pfeiffer，1797—1858），奥地利旅行家和游记作家。她是最早的女性旅行家之一，其游记成为畅销书，被译成七种语言。

要把传教士派给他们。除此之外，做衣服就需要缝纫，这是一种你可以称之为永无尽头的工作；起码女人的服装就永远也做不完。

一个终于找到什么事情可做的人，并不需要穿上一身新衣服去做；对他来说，那身尘封在阁楼里有一段无法确定的时间的旧衣服足矣。旧鞋为一位英雄服务的时间，要长久于服务于他的贴身男仆——如果一位英雄曾有一位贴身男仆的话，而打赤脚要比穿鞋历史久远，因而英雄也可以打赤脚。只有那些去晚会和议会厅的人，才必须穿上新外套，去晚会和议会厅的人经常换，外套也经常换。但如果我的夹克衫和西装裤，我的帽子和鞋子适合在做礼拜的时候穿戴，那么穿戴它们工作又有何不可呢？有谁曾看到他的旧衣服——他的旧外套，实际上已经破烂不堪，快成了原来的布料了，即使把它送给一个穷孩子，都不能称之为善举，说不定这个穷孩子又会转送给一个更穷的孩子，然而既然他能够将就着撑过去，我们能否说他更为富有？我说，要留神所有那些要求穿新衣服的企业，而不是要留神那些穿新衣服的人。如果没有新人，那么新衣服做出来又适合谁来穿呢？如果在你的面前有什么事业的话，那就穿着你的旧衣服去尝试这个事业。人们想要得到的一切，并不是用什么来做什么事情，而是要做什么事情，或者更精确地说是要成为什么。也许我们根本就不需要新衣服，不管旧衣服是多么破烂肮脏。除非我们有了新的事业，或者扬帆驶向某个新的航程，让我们觉得自己古老的躯体内有了新的生机，如果还是穿旧衣服的话，就有了旧瓶装新酒的感觉了。[①]我们的去旧换新的季节，就像飞禽的换羽期一样，也一定是我们生活中的一个紧要关头。潜鸟[②]隐没在偏僻的池塘里去换羽毛。蛇蜕皮、蚕破蛹，大抵如此，都是依靠内在的辛勤和扩张，因为衣服只不过是外在的表皮和尘世的烦恼[③]而已。否则的话，人们就一定会发现我们航行的船悬挂的是假旗，最终将必然既被人类的看法所抛弃，也被我们自己的看法所抛弃。

我们穿着一件又一件的衣服，似乎我们就像外长植物[④]那样，靠着从外面的增加而成长。我们穿在外面的，而且往往是薄而又花哨的衣服，就是我们的

---

① 参见《圣经·马太福音》第九章第十七节："也没有人把新酒装在旧皮袋里，若是这样，皮袋就裂开，酒漏出来，连皮袋也坏了。唯独把新酒装在新皮袋里，两样就都保全了。"

② 潜鸟（loon），产于北美的一种大鸟，食鱼，叫声既长又怪异。

③ "尘世的烦恼"（mortal coil），典出莎士比亚的悲剧《哈姆雷特》中哈姆雷特的独白。

④ 外长植物（exogenous plants），一种过时的植物分类的纲，这种纲的植物结子，我们的大多数的普通的树即属于此纲。这种纲的树木，在树干和树皮之间有由生长组织形成的年轮。这句话是说，我们就像树木的树干，年龄越大，年轮就越多，年轮就像一件又一件衣服一样。

表皮[①]或者假皮，它并不分享我们的生命，可以在这里或者那里被剥掉，而不会带来致命的伤害；我们经常穿着的更厚一些的衣服，就是我们的蜂窝状的外皮，或者说是树皮；但我们的衬衫则是我们的树的韧皮部，或者说是真正的树皮，如果脱掉的话，就不能不撕扯皮肉并从而把人毁掉。我认为，所有的种族在某些季节里所穿的某种衣服，都相当于衬衫。最好就是，人应该穿着简单，这样他就能在黑暗中把他的双手放在自己的身上，而且应该在所有的方面都简洁而又有准备地生活着，这样一来，如果敌人占领城镇，他就能像古代的那位哲学家一样，毫无焦虑地空着手走出家门。一件厚衣服，大致相当于三件薄衣服，顾客可以根据自己的购买力选便宜的衣服。五美元可以买一件厚外套，可以穿上五年。二美元可以买一条厚裤子。一点五美元买一双牛皮靴子。二十五美分买一顶夏天的帽子。六十二点五美分买一顶冬天的帽子。或者还可以在家里自制一顶更好的，所花的费用也微不足道。穿着自己辛勤劳动得来的衣服，哪里还有贫穷可言？智者难道不会对他表示尊重吗？

当我要求做一件式样特殊的衣服的时候，我的女裁缝严肃地告诉我："他们现在不做这种式样的衣服了。"她根本就没有强调"他们"这个词，好像她是引用了命运三女神那样客观的权威的话，而且我发现，要把我想要的衣服做出来是困难的，而这又纯粹是因为，她无法相信我说的是真话，她认为我太冒失了。我听见这句神谕似的话，于是便仔细思索，掂量每一个字，这样我就可以搞清它的意思，我就可以搞清，"他们"是在什么程度的同源关系上与"我"有关的，在一件这样影响我的事情上他们可能拥有什么样的权威。最后，我也同样神秘地回答了她，而又不再强调"他们"一词。"不错，他们最近没有做这种式样的衣服，但他们现在做了。"如果她不测量我的性格，而只是测量我的肩膀的宽度，好像我的肩膀是挂衣服的钉子似的，那么对我的这个测量又有什么用处呢？我们所崇拜的，并不是美惠三女神[②]，不是命运三女神[③]，而是时装女神。她完全是专断地纺纱，织布，剪裁。如果巴黎的猴王戴上一顶旅行帽，那么全美国的猴子也都戴上旅行帽。世界上极其简单而普通的事情，要让人帮忙才能完成，以至于有时我都不抱任何希望了。首先得让他们从一台强大的压榨机中

---

① 表皮（epidermis），这是医学用语，即皮肤的最外一层。

② 美惠三女神（the Graces），希腊、罗马神话中的美惠三女神，分别为阿格拉伊亚（Aglaiya，意为灿烂）、欧佛洛绪涅（Euphrosyne，意为欢乐）、塔里亚（Thalia，意为花朵）。

③ 这里原文是 the Parcae，指罗马神话里的命运三女神；上面提到的命运三女神，原文是 the Fates，指希腊神话里的命运三女神。

通过，把他们的旧的观念压榨出来，这样他们就不会马上再次站立起来。然后在这群人当中就会有一个人，他的头上长了一个蛆[①]，那是从谁也不知道是什么时候被放置在那里的一个卵孵化出来的，由于甚至火也不能烧死这些东西，因而你也就空忙一场。虽然如此，但我们也不会忘记，埃及有一种小麦，就是由一具木乃伊传给我们的。

总的看来，如果说哪个国家的服装已经达到了某种尊严的艺术境界，我认为这是站不住脚的。当前人们是将就着，有什么衣服就穿什么衣服。他们就像船只失事的水手们，在海滩上能找到什么就穿上什么。而在一段距离之外的空间里或者时间里，人们正嘲笑彼此的衣着。每一代人都嘲笑旧的款式，但又虔诚地仿效着新的款式。我们不论是看见亨利八世[②]的那身装束，还是伊丽莎白女王[③]的装束，都觉得好笑，好像那就是食人生番群岛的国王和王后的装束似的。一切装束如果不穿在人的身上，都是可怜的或者怪诞的。只有从装束朝外凝视的严肃的目光，以及穿着装束度过的严肃的生活，才能抑制住嘲笑，并把任何人的装束视为神圣。如果戏剧中的丑角腹绞痛发作，那么他的服饰也得帮助表现出那种心态。当士兵被炮弹击中的时候，他的破烂军装就像帝王的紫袍一样好看。

男人和女人对新的款式所怀有的那种孩子气而又原始的趣味，使得不知有多少人颤抖，眯着眼睛透过万花筒观看，以期可以发现这代人今天所需要的那种特殊的图案。生产商已经了解到，这种趣味只不过是心血来潮。两种图案的区别，不过是一种特殊的颜色多缝上几针或者少缝上几针，但其中的一种马上就销售一空，而另外一种则在货架上滞销，尽管每每又是，一个季节之后，后面的一种又成了最时尚的样式。相比而言，文身并不算什么陋习。不能仅仅因为它刺入肌肤，不可更换，就称其为野蛮。

我无法认为，我们的工厂体系是人们获得衣服的最好方式。工人的状况正日益变得更像英国工人的状况；而且不足为奇的是，就我所听说或者观察到的而言，主要的目的，并不是让人类穿得好，穿得体面，而毫无疑问是要让公司变得更有钱。从长远来看，人们所能达到的，只能是他们的目标。因而，尽管暂时会遭遇失败，但他们还是该把目标定得高远一些为好。

---

① 头上长了一个蛆（a maggot in his head），引申意思就是想入非非。

② 亨利八世（Henry VIII，1491—1547），英格兰国王。

③ 伊丽莎白女王（Queen Elizabeth，1533—1603），即英国女王伊丽莎白一世。

至于栖身之所，我并不否认现在这是生活的一种必需品，尽管有一些例子，说明在一些比这个国家寒冷的国家里，人们曾长时期没有栖身之所而生活。塞缪尔·莱恩[①]说："拉普兰[②]人只是穿着皮衣，头上和肩膀上裹着皮袋，就可以一夜又一夜地在雪上睡觉——而那种寒冷的程度足以让穿着毛衣暴露在那种寒冷中的人丧命。"他曾经看见过他们这样睡觉。然而他又补充说："他们并不比别的人更强壮。"但大概人类在地球上生活了没有多长的时间，便发现了房屋带来的舒适，也就是家庭的安逸，起初这个说法可能更意味着房屋带来的满足，而并非家庭带来的满足。然而在某些气候区里，在我们看来房屋主要是与冬季或者雨季有关，在一年的三分之二的时间里除了太阳伞之外，房屋并不需要，因而这些满足也就在极大程度上是部分的，是间或发生的。在我们气候区里，在夏天的时候，这个说法以前几乎完全指晚上有一个遮盖物。在印第安人的记录里，一个棚屋就是一天行程的象征，而在树皮上刻出或者画出的一排棚屋，则意味着他们扎营了多少次。人类并不是被造得四肢巨大，体格强壮，因而他必须寻求让他的世界变小，用墙壁围起一个适合他的空间。起初他是赤裸的，是在户外的；但尽管在白天，在晴朗温暖的天气里，这是令人愉快的，但到了雨季，在冬天的时候，更不用说在灼热的阳光下了，倘若他不匆匆用房屋来为自己提供遮蔽的话，那么他的种族的萌芽就会被摧残了。按照神话的说法，亚当和夏娃先是穿的树叶，然后才穿衣服。人类之所以想要一个家，想要一个温暖的地方，或者舒适的地方，首先是为了获得身体的温暖，然后才是情感的温暖。

我们可以想象，在人类的幼年的某个时刻，有某个富有冒险精神的人爬进一个岩洞，把它当作栖息处。从某种程度上说，每一个孩子都在重复这个历史，他们喜欢待在户外，即使是在雨天和冷天。他们玩过家家，骑木马，他们对此怀有一种本能。谁会不记得，儿时曾带着怎样的兴致看着倾斜的岩石，看着通向洞穴的通道？那是对我们最原始的祖先的那个部分所自然怀有的渴望，那个部分仍然留存在我们的身上。从洞穴，我们进而有了棕榈树叶搭成的屋顶，有了树皮和树枝搭成的屋顶，有了编织和拉紧起来的亚麻布搭成的屋顶，有了青草和干草搭成的屋顶，有了木板和木瓦搭成的屋顶，有了石头和瓦片搭成的屋顶。最后，我们不知道住在露天为何物，与我们所认为的相比，在更多的意义上，我们过的是家庭的生活。从壁炉边到田野是一段巨大的距离。倘若我们能

---

① 莱恩（Samuel Laing，1780—1868），苏格兰作家，写有在斯堪的纳维亚地区和德国的游记。

② 拉普兰（Lapland），北欧的一个地区，包括挪威、瑞典、芬兰等国的北部和苏联的科拉半岛。

够有更多的日日夜夜，是在我们与天体之间没有障碍物的情况下度过的，倘若诗人并没有在屋顶的下面吟诵这么多，倘若圣人不是在屋里居住这么长的时间，那就可取了。鸟儿并不在洞穴里唱歌，鸽子在鸽棚里也就不能保持纯真。

然而，如果一个人打算建造一所住房，那么他就有必要运用一点新英格兰人的精明，以免到头来他会发现自己是住在一个作坊里、一个没有线索的迷宫里、一个博物馆里、一个贫民所里、一个监狱里，或者一个华丽的陵墓里。首先要考虑到，一个栖身之所的绝对必要性是不足道的。我见过在这个镇子里的佩诺斯布科特族印第安人[①]，他们住在用薄棉布搭成的帐篷里，而在他们的周围雪几乎有一英尺厚，而且我认为，他们倒愿意让雪更厚一些，以便挡风。怎样才能诚实地生活，自由地获得正当的追求，这个曾困扰我的问题现在不像原来那样令我苦恼了，因为不幸的是，我现在变得有些麻木了。我常常看到，铁路边有一个大箱子，六英尺长，三英尺宽，工人在晚上把他们的工具锁在里面。这让我想到，每一个生活艰难的人都可以花一美元买上这么一个箱子，在上面钻上几个孔，至少让里面进一些空气，这样他就可以在下雨和晚上钻进去，盖上盖子，就能自由地去爱，在他的灵魂中获得自由。这似乎并非最糟糕，也绝非是一种可鄙的选择。你能够愿意怎么熬夜就怎么熬夜，而且每当你起床的时候，你都可以走出去，而没有店主或者房东紧随着你要房租。许多人为了替一个更大和更奢侈的箱子付租金，而一直到死都不胜其烦，而如果住在这样一个箱子里的话，他们也绝不会冻死。我绝非开玩笑。节俭是一种允许轻率看待的话题，但却不能轻率予以处理。一个粗鲁而又吃苦耐劳的种族，大多是住在户外，他们曾在这里建造了一座舒适的房子，用的几乎完全是大自然随时提供给他们的材料。古金[②]是隶属于马萨诸塞殖民地的印第安人的主管人，他在一六七四年写道："他们最好的房子是用树皮封顶的，建造得非常整洁，严实而且温暖。这些树皮是在树液干枯的季节从树身脱落的，趁着还绿的时候，又用重木把树皮挤压成巨大的薄片。……简陋一些的房屋则是用席子封顶，席子是他们用一种灯芯草编织成的，也同样严实温暖，但不如前者好。……我看到有些是六十或者一百英尺长，三十英尺宽。……我经常借宿在他们的棚屋里，发现它们就像最好的英国房屋一样温暖。"他又补充说，那些棚屋里面通常是铺着

---

① 佩诺斯布科特族印第安人（Penobseot Indians），居住在美国缅因州佩诺斯布科特河一带的印第安人。

② 古金（Daniel Gookin，1612—1687），新英格兰历史学家。下面的话引自他的《新英格兰的印第安人史籍》（Historical Collections of the Indians in New England，作于1674年，出版于1792年）。

编织精美、带有刺绣的席子，并配备以各种各样的器皿。印第安人已经有了相当程度的进步，他们把一张席子悬挂在屋顶上的孔上，用一根绳子来拉动，调节通风。首先应该看到，这样的一座圆锥形棚屋最多只需要一两天就可建成，几个小时就可以拆掉和重新安装起来。每一个家庭都拥有一座圆锥形棚屋，或者棚屋中的一个房间。

在处于野蛮状态的时候，每一个家庭所拥有的栖身之处，实际上就是最好的栖身之处，足以满足其粗陋简单的要求。但我认为，我这样说还是很有分寸的，即尽管天上的鸟儿有他们的巢，狐狸有它们的洞穴，野蛮人有他们的棚屋，但在现代文明社会里，却有一半的家庭没有居所。在文明尤其大行其道的大乡镇大城市里，拥有住房的人只占极少数。剩下的人们，则要为这件冬夏都必不可少的最外面的衣服[①]支付年租，这年租本可让他买下一个村子的印第安人棚屋的，但现在却让他们穷困一辈子。这里我无意强调，与拥有住房相比租房是不利的，但显而易见，野蛮人因为栖息处花费甚少而拥有了栖息处，而一般说来，文明人租房是因为他买不起房；而且从长远的观点来看，他也不能更租得起房。但有人回答说，只要付了租金，可怜的文明人就能获得一个与野蛮人的住所相比不啻宫殿的住所。从二十五美元到一百美元不等的年租金——这些是乡下的价格——就使他有权获得经过几个世纪的改进才有的好处：宽敞的套间、干净的油漆层和糊墙纸、拉姆福德[②]式壁炉、用灰泥抹墙、软百叶帘、铜水泵、弹簧锁、宽敞的地窖，以及许多别的东西。但据说享受这些东西的人却常常是可怜的文明人，而没有这些东西的野蛮人却因为身为野蛮人而富有，何以如此呢？如果断言，文明是人的生活状况的真正提高——我想，确实是提高了，尽管只有聪明人才利用了他们的有利条件——那么也必须表明，文明已经造出了更好、但却并非更加昂贵的住房。所谓物价，是指用以交换物品所需要的那部分人生，可即刻或者以后支付。在这个住宅区里，一幢普通的房子大概需要八百美元，而要攒够这个数目，一个工人需要花费十年到十五年的生命，即使他没有家室之累——据估计，每一个人的劳动的金钱价值是一天一美元，因为如果有些人获得的多于一美元，那么别的人就少于一美元——这样一来，他也就必须通常花费多半生的时间，才能挣得他的棚屋。如果我们以为他是付房租，那

---

① 这是比喻，“最外面的衣服”就是住房。

② 拉姆福德，即拉姆福德伯爵（Count Rumford），原名本杰明·汤普森（Benjamin Thompson，1753—1814），生于美国的英国物理学家和政府官员，伦敦英国皇家协会创建人之一。他是保皇党，于一七七六年突然与英国人一起离开了美国。拉姆福德式壁炉即以他的名字命名。

么这也只不过是在两件坏事中做了一个可疑的选择。难道野蛮人会明智得按照这些条件，用他的棚屋换一座宫殿吗？

或许有人猜测，我把拥有这个多余财产的长处，几乎全都降低为以备不时之需的一种储备，至于个人而言，则主要是为了支付葬礼的费用。不过也许人根本不用安葬自己。虽然如此，但这却表明了在文明人与野蛮人之间的一个重要的区别。有人给文明人的生活设计了一套体制，目的是要保存种族的延续，使种族的生活更加完美，这是为我们的利益着想，但却是以牺牲个人生活的质量为代价。但我要指出的是，为了获得当前的这个好处，我们付出了多大的代价；我还想指出，我们本来是可以不付出代价就获得很多利益的。你说，常有穷人和你们同在[①]，说父亲吃了酸葡萄，而酸了牙的却是孩子们，这是什么意思呢？

主耶和华说："我指着我的永生起誓，你们在以色列中，必不再有用这俗语的因由。

"看哪，世人都是属我的，为父的怎样属我，为子的也照样属我，犯罪的他必死亡。"[②]

我的邻居们，也就是康科德的农夫们，他们起码也和别的阶层的人一样富裕，当我考虑他们的时候，我发现，为了可能成为他们的农场的真正主人，他们大多已经劳作了二三十年或者四十年。那些农场他们通常是在承担债务的情况下继承下来的，要不然就是用借来的钱购买的——而且我们可以把那种辛劳的三分之一看作他们的房屋的费用——但通常他们还未曾偿付这一部分。确实，所承担的债务有时超过农场的价值，这样一来，农场本身也就成了一个巨大的债务，可仍然有人去继承它，因为这位新继承人说，他和农场的关系太密切了。在询问财产评估员的时候，我惊讶地得知，他们居然不能马上说出镇子里有十二个人，是无任何负担地拥有他们的农场。如果你想知道这些家宅的历史，那就请在给它们办理抵押的银行里询问。实际上用在农场上的劳动为他的农场缴了费的人，十分罕见，因而每一个邻居都能把这个人指出来。我怀疑在康科德究竟有没有三个这样的人。有关商人，人们说，一个非常大的多数，甚至占百分之九十七，是一定要失败的，农夫同样也是这种情况。然而，有关商人，他们当中的一个人中肯地说，他们的大部分失败并不是真正的金钱上的失败，而只不过是没有偿付约定的款项，因为偿付约定的款项是不方便的——换句话

---

①《圣经·马太福音》第二十六章十一节说："因为常有穷人和你们同在，只是你们不常有我。"
② 语见《圣经·以西结书》第十八章第三节至第四节。

说，出了故障的是道德品质。但这却使得事情糟糕透了，而且令人想到，甚至那剩下的百分之三的人，也没有能够拯救他们的灵魂，而是也许是在一个比那些诚实地失败的人更糟糕的意义上破了产。破产和拒付债款是我们的大量文明跳跃和翻跟头的跳板，但野蛮人则是站在饥荒这块没有弹力的木板上。然而米德尔塞克斯[①]的牛展每年在这里举行一次，博得一片喝彩（Eclat），好像农业机器的一切结合部都在平稳运转似的。

农夫正想方设法解决生计的问题，是用比问题本身更为复杂的方案来解决生计的问题。为了获得小额资本，他做牛群的投机买卖。他用完美的技艺，用手表中的游丝设下一个陷阱，以便抓住舒适和独立，然后，当他转身离开的时候，又让自己的腿落入了陷阱。这就是他贫穷的原因；而由于一个类似的原因，尽管我们被奢侈品所保卫，但在野蛮人的一千种舒适方面，我们却全都是穷人。正如查普曼[②]所吟唱的——

> 这虚假的人的社会——
> ——为了获得尘世的伟大
> 把天国的一切舒适全都变成了稀薄的空气。

而当农夫拥有了他的房屋，他可能并不因此而更富，而是因此更穷，而且可能是房屋拥有了他。按照我的理解，这就是莫摩斯对密涅瓦所造的那幢房子所作的一种理由正当的非议[③]，莫摩斯说，密涅瓦"并没有把房子建造得可以移动，而之所以应该建造移动房子，是为了可以避开坏邻居"。而且现在仍然可以这样进行非议，因为我们的房屋是这种难以移动的财产，结果我们往往成了房屋的囚徒，而不是住在房屋的里面，而且本应该避开的坏邻居，则成了我们自己的可鄙的自我。我知道，在这个镇子里起码有一两家，在几乎一代人的时间里都一直想把他们在郊区的房子卖掉，搬到村子里去住，但却一直没有能够了却此愿，只有死亡才能让他们获得解脱。

---

① 米德尔塞克斯（Middlesex），美国新泽西州的一个自治村镇。

② 查普曼（Georgq，chapman，1559—1634），英国诗人、戏剧家、翻译家。这里引用的是他的《恺撒与庞培的悲剧》（The Tragedy of caesar and Pompey）一诗中的一个诗节，本书作者梭罗以此来抨击人的过度追求。

③ 莫摩斯（Momus），希腊神话中的嘲弄与非难指责之神。密涅瓦（Minerva），罗马神话中掌管智慧、艺术、发明和武艺的女神，相当于希腊神话中的雅典娜（Athena）。

不错，大多数人能够最终拥有得到种种改进的现代房屋，或者是租用这样的房屋。虽然文明一直在改善我们的房屋，但注定要住在里面的人却没有得到同样的改善。文明创造出了宫殿，但要创造出贵族和国王来却并不这么容易。而如果文明人的追求绝非比野蛮人的追求更有价值，如果文明人把他的生命的大部分，仅仅是用于获得粗俗的必需品和舒适的话，那他为什么应该有一个比野蛮人更好的住处呢?

但那些少数穷人又过得怎样呢? 也许人们将会发现，有一些人外部境遇比野蛮人好，另外一些人的外部境遇则比野蛮人差。一个阶层的奢侈，被另外一个阶层的贫困抵消了。一边是宫殿，另一边则是救济院和“沉默的穷人”[①]。那些建造法老陵墓金字塔的千千万万的工匠，他们是以大蒜当饭，而且可能他们自己并没有得到体面的埋葬。为宫殿造出飞檐的石匠，也许在晚上返回的是一个还不如棚屋的茅舍。倘若以为，在一个存在着一般文明迹象的国家里，一个非常大的部分的居民的状况可能并不像野蛮人那样有辱人格，那就错了。我现在说的是有辱人格的穷人，而不是有辱人格的富人。要了解这一点，我只需看看那些在铁路边到处都是的铁皮棚屋即可，铁路是早得到改进的文明。我每天散步的时候，都看见人住在肮脏的住所里，整个冬天都开着门，那是为了采光，而没有任何看得见的柴堆，这是经常可以想见的，而且不论是老人还是年轻人，他们由于长期习惯于因寒冷和苦难而畏缩，致使身体总是缩作一团，他们的四肢和各种功能的发展也受到了遏制。当然应该看看这个阶级，正是他们的劳动，才完成了标志着这一时代的工程。从某种意义上讲，或多或少，在英国这个世界大工厂中，让各个部门保持运转的工人们的境况都大抵相似。或者我还能跟你说说爱尔兰的情况[②]，在地图上标明的爱尔兰，是一个开明的白人地区。把爱尔兰人的身体状况，与北美印第安人，或者南太平洋诸岛的岛民，或者任何一个在与文明人接触而退化之前的野蛮人种族的身体状况对照一下吧。然而我却毫不怀疑，野蛮人的首领和文明人的一般统治者在智力上是一样的。他们的状况只是证明了，什么样的污秽可能与文明相一致。现在我几乎不需要提到在我们的南方各州里面的工人了，他们生产出了这个国家的主要出口产品，而他们自己又是南方的一种主要的产品。不过我还是只谈谈那些据说境遇“中

---

① 康科德用一七七六年和一七八二年的遗赠款项建立了“沉默的穷人基金会”，该基金由第一教区教堂牧师和市镇管理委员会成员支付。

② 一八四五年，本书作者梭罗前往瓦尔登湖的那一年，正是爱尔兰大饥荒爆发的一年，该饥荒一直持续到一八五二年，使爱尔兰的人口减少了百分之二十到百分之二十五。

等”的人吧。

大多数人似乎从来也没有考虑过，房屋是什么，而由于他们认为，他们必须拥有像他们的邻居一样的房子，结果实际上是终生毫无必要地贫穷。这就好像，人应该穿裁缝可能为他剪裁的任何一种衣服，或者说，人在逐渐放弃了棕榈叶帽子或者土拨鼠皮帽子之后，便抱怨时势艰难，因为他无力为自己买一顶王冠！要发明出一种比我们所拥有的更方便、更奢侈的房子是可能的，然而所有的人都会承认，我们负担不起这个费用。难道我们应该总是考虑要获得更多的这些东西，而不能有时满足于更少的东西吗？难道可敬的公民应该这样严肃地教导，通过准则和例子向青年们进行教导，让他们在死以前，有必要提供出若干数量的多余的雨靴、雨伞，以及空空的客房，来接待并不存在的客人吗？为什么我们的家具不应该像阿拉伯人或者印第安人的家具那样简单？我们的种族的恩人们，我们把他们神化为来自天国的信使，他们携带着给人类的神的礼物，当我们想到那些恩人们的时候，在我的脑子里我并没有看到有成群的侍从跟在他们的脚后，也没有成车的时髦家具。或者说，鉴于我们在道德和智力上优越于阿拉伯人，那么我们的家具就应该比阿拉伯人的家具更复杂，倘若我承认这一点，那又会怎样呢？

——难道那不应该是一个奇特的认可吗！当前我们的房间里乱七八糟地塞满了家具，要是有一位好的家庭主妇的话，她就会把其中的大部分清理到垃圾堆里去，而不让她的清晨的工作做不完。清晨的工作啊！在清晨，奥罗拉[①]露出了赧颜，门农[②]演奏出了音乐，那么在这个世界里，人类的清晨工作应该是什么呢？在我的书桌上有三块石灰岩石头，但我却惊恐地发现，它们需要每天除尘，而我心灵中的家具还全都没有掸掉灰尘，因而我厌恶地把那三块石头扔出了窗外。这样一来，我又怎能拥有一个配备家具的房子呢？我宁可坐在露天之中，因为除非有人掘地，灰尘是不会落在青草上的。

引领时尚，让芸芸众生趋之若鹜的，正是奢侈放荡的人。在所谓的最好的旅馆驻足的旅人，很快就能发现这一点，因为小旅馆老板会假定，他是一位萨丹纳帕路斯[③]，而如果他任凭他们温柔地摆布，他就很快会完全失去男子气。我认为，在火车车厢里，我们倾向于把更多的钱花在奢侈的布置上，而不是花在安全和便

---

① 奥罗拉（Aurora），罗马神话中的曙光女神。

② 门农（Memnon），指埃及底比斯附近的阿孟霍特普三世（Amenhotep Ⅲ）的巨大石像，每在日出时发出竖琴声，公元一七〇年经罗马皇帝修复后不再发声。

③ 萨丹纳帕路斯（Sardanapalus），传奇中的亚述末代国王，以穷奢极欲、娇气十足著称。

利上，结果预示着没有了安全和便利，车厢反倒变成一个时髦的客厅：装备着长沙发、软垫凳、遮阳篷，以及一百件别的东方用具。那些东西本来是为伊斯兰教徒的女眷和天朝的女人气的臣民发明出来的，新英格兰的美国人要是知道那些东西的名字，就应该害羞，而我们却把它们带到我们西方来。我宁可坐在一个南瓜上，一个人拥有那个南瓜，也不愿和别人挤在一个天鹅绒坐垫上。我宁可坐在一个牛车上，在地球上自由旅行，也不愿乘坐旅行火车的花哨的车厢去天国，并且一路上呼吸着污浊的空气（malaria）。

原始时代，人类的生活简单而毫无遮掩，这起码暗示出这个优势，说明他仍然只是大自然当中的一个寄居者而已。当他填饱肚子，睡够觉，消除了自己的疲劳的时候，他就打算再次旅行了。这就好像，他是居住在这个世界的一个帐篷里，而且或者是在穿过峡谷，或者是在越过平原，或者是在爬上山顶。但看哪！人们已经变成了他们工具的工具了。过去饿了就自己采摘果实充饥的人，现在成了农夫，过去站在树下庇荫的人，现在成了管家。我们如今已不再夜晚露营，而是在地球上安家，忘记了天空。我们信奉基督教，只因为它是一种改善农业的良方。我们为今生建造家园，为来生建造墓穴。最好的艺术作品表达的是，人为了从这种状况中挣脱出来所进行的斗争，但我们的艺术的效果，则仅仅是要使得这个低级状态变得舒适，使得高级状态被遗忘。倘若有任何美术作品传到我们的手中的话，那么在这个村子里实际上也并无美术作品的立足之地，因为我们的生活、我们的房屋和街道并没有为它提供出合适的基座。没有一颗钉子可以悬挂绘画，没有搁板可以接受一位英雄或者圣徒的半身塑像。当我考虑到，我们的房屋是怎样建造和付款购买的，或者并未付款购买，考虑到它们的内部经济状况是怎样处理和维持的，我并不知道，当来访者正在欣赏在壁炉架上面的华而不实的东西的时候，在他脚下的地板是不是会坍塌，让他穿过地板掉进地窖里，来到某种坚固而又诚实的基础那里，尽管那是泥土的基础。我不能不察觉到，这个所谓的富有而又优雅的生活是一件被跳着欣然接受的东西，而且我并没有继续欣赏那些装饰着这个生活的美术作品，因为我的关注完全被那一跳所占据了；这是因为我记得，记录中的单是靠着人的肌肉而做出的最伟大的真正的一跳，是某些漫游的阿拉伯人跳出的，据说他们能在平地上跳出二十五英尺的距离。在没有人为的支持的情况下，在超过那个距离的时候人是一定要再次落在地上的。我很想对这种巨大的不当行为的拥有者提出的第一个问题就是，是谁在鼓励你？你究竟是那失败的百分之九十七当中的一位，还是那成功的百分之三当中的一位？如果你回答我的这些问题的话，那么也许我就可以看着你的那些花哨的小玩意儿，发现它们具有装饰性。放在马匹前面的兽力车，是既不美，也没有用。在我们能够用美丽的物品装饰我们的房子之前，墙皮就得被剥掉，我们的生活的皮也必须被剥掉，而且应该用美丽的家务料理和美丽的生活作为一种基础：现在，对美丽事物的趣味大多是在户外被培育出来的，在户外既没有房子，也没有管家。

老约翰逊[1]在其《创造奇迹的上帝》(Wonder-Working Provi-dence)一书中，谈到了这个镇子的最早移民，他与那些移民同时代，他告诉我们，"他们最早的住所，是在小山坡上挖的地洞，他们把泥土高高地堆在木头上，在最高的一边生火，烘烤泥土"。他说，"直到在上帝的保佑之下，大地带来了供他们食用的面包之后"，他们才"为自己建造了房子"。而且第一年庄稼又歉收，结果"他们不得不在一个漫长的季节里把面包切得非常薄"。一六五〇年，新尼德兰省[2]的总督用荷兰语为那些想到那里移民的人提供了书面信息，他特别声明，"那些在新尼德兰的人，尤其是那些在新英格兰的人，他们一开始并没有能力按照他们的意愿建造农舍，于是便在地上挖出一个四方形的坑，就像地窖的样子，有六七英尺深，长宽以他们认为合适为标准，在坑的里面用木头封住泥土的四壁，又用树皮或者别的东西塞住木头的缝隙，以避免泥土塌落；用木板为这个地窖铺上地板，顶上用护壁板当作天花板，又在天花板的上方用圆材架起一个屋顶，圆材上面又覆盖着树皮或者草地草皮，这样他们全家人就能在这些房屋里干燥而温暖地住上两三年或者四年的时间，因为我们理解，这些地窖还按照家庭人数的多少分成若干个单间。在这些殖民地开始的时候，新英格兰的有钱人和显要们就是以这种方式开始建他们最初的住房，这是由于两个原因：首先，是为了不把时间浪费在建房上，也不想让下一个季节食品短缺；其次，也是为了不让他们从祖国带来的数量非常之多的贫穷劳动人民丧失信心。这个国家用了三四年的时间适应了农业，而在这一期间他们也花费了几千美元，为自己盖起了漂亮的房子"。

在我们的祖先所采取的这个做法当中，起码还表现出了一种小心谨慎，好像他们的原则就是首先要满足更为急迫的需要似的。但现在更为急迫的需要被满足了吗？当我想到要为自己建造一处奢侈的住房的时候，我便被吓住了，这

---

① 约翰逊(Edward Johnson，1598—1672)，美国历史学家。

② 新尼德兰省(province of New Netherland)是纽约的荷兰名字，尼德兰即荷兰。该地是北美东海岸的一块领土，最初是由荷兰东印度公司发现，一六一四年至一六七四年间为荷兰的一个海外省，称新荷兰省。一六六四年被英国占领，改名纽约。

是因为可以说这个国家还尚未适应于人类的文化，而且我们的前辈把他们的全麦面包切得薄，但我们却仍然被迫把我们的精神面包切得远比他们切得更薄。甚至在那些最没有文化的阶段，也并非要忽视在建筑上的一切装饰；但我们的房屋却应该首先用美来装饰起来，因为我们的房屋在与我们的生活进行接触的时候，就像贝类动物的栖息之所一样，上面并没有覆盖着美的东西。但，唉！我曾在他们当中的一两个房屋里面待过，知道它们内部是如何装饰的。

虽然我们并没有退化到可能需要住山洞、棚屋，或者穿兽皮的程度，但当然最好还是接受人类的发明和工业所提供的、尽管是付出了昂贵代价才获得的那些好处吧。在这样一个住宅区，木板和木瓦，石灰和砖，与合适的洞穴，或者整根的原木，或者数量充足的树皮，或者甚至黏土和平整的石块相比较，要更便宜，也更容易获得。在这个话题上，我是带着领会来说话的，因为不论是在理论上还是在实践上，我都已经使自己熟悉了这个话题。倘若再有一点机智的话，我们就可以使用这些材料，从而变得比现在最富有的人还富有，并使得我们的文明成为一种上帝的赐福。文明人就是一种更有经验和更聪明的野蛮人。不过还是让我赶快谈谈我本人的实验吧。

一八四五年的三月快结束的时候，我借了一把斧子，前往瓦尔登湖边的森林，来到最靠近我打算建房的地方，开始砍伐箭杆似的高大的五针松，它们仍然还是幼树，我把它们用作木料。要是不借一些东西就开始，那会是困难的，但这或许就是让你的同胞对你的事业产生兴趣的最好方法。这把斧子的主人，当他撒手给我的时候，说那是他的珍爱之物；但当我归还的时候，斧子比我借的时候还要锋利。我干活的地方是一个令人愉快的山腰，山腰覆盖着松树林，从松树林朝外我可以看到那个湖，还可以看到在树林中的一块小的开阔地，那里的松树和山核桃树生长茂盛。湖里还结着冰，但有的地方已经融化，黑黝黝地渗着水。我在那里干活的几天里，还下了几场小雪。但大体而言，当我从树林里出来，走到铁路上回家的时候，路上的黄色的沙堆伸展过去，在雾蒙蒙的空气中发着微光，而铁轨则在春天的阳光中发亮，而且我听见，云雀和美洲小鹟以及别的鸟儿，已经前来和我们一起开始共度这新的一年了。它们是令人愉快的春日，在这些日子里，不但大地正在冰雪消融，而且人的不满的冬天[①]也在冰雪消融，蛰伏的生命开始把自己伸展起来了。有一天，我的斧柄脱落了，我

① “人的不满的冬天”，典出莎士比亚的戏剧《理查三世》。

于是削了一片嫩山核桃木用作楔子，用一块石头把它敲了进去，又把整个斧子浸在湖水中，让木头膨胀。这时我看见，有一条有条纹的蛇窜入水中，我在那里待了多久的时间，它就在湖底待了多久的时间，或许不止一刻钟，显然并无不便之处，这也许是因为它尚未从蛰伏状态完全摆脱出来。在我看来，由于一个类似的原因，人们仍然处于他们当前的这种低级而又原始的状态之中；但如果人们会感觉到万物中的春天的影响在唤醒他们的话，那么他们必然会上升到一种更高级和更缥缈的生活中去。以前在覆盖着霜的清晨，我曾经在路上看见有一些蛇，它们的身体的某些部分仍然是麻木而僵硬，等着太阳来给它们解冻。四月一日下了雨，冰融化了，那天上午浓雾笼罩，我听见有一只离群的鹅，它在湖上四处摸索着，发出咯咯声，好像迷了路一般，或者就像是雾的精灵。

一连几天我继续干活，砍削出木料，也砍削出立柱和椽子，全都是用我的那把窄斧子砍削出来，心中并没有许多可传播的或者学者式的思想，我对自己唱道——

人们说，他们懂许多事情；
可是瞧呀！种种艺术和科学，
以及一千种器具——
它们已经飞走了；
只有吹拂的风儿
才是人所知晓的一切。[①]

我把主要的木料砍成每边六英寸的四方形，大部分立柱只砍两边，椽子和地板木料只砍一边，其余各边则留着树皮，这样一来这些木料也就和锯出来的木料一样直，又结实了许多。此时，我已经借到了别的工具，在每根木料上都仔细地凿出了榫眼，在顶上劈出了榫头。白天我在树林里待的时间并不是非常长，然而我却通常带午饭，午饭是面包加黄油，在中午的时候，我坐在我砍掉的绿色松树树枝的当中，读着包面包黄油的报纸，我的面包被赋予了松树树枝的某些香味，因为我的双手覆盖着一层厚厚的松脂。我还没有结束，松树就成了我的朋友，而不是敌人，因为我更熟悉松树了，尽管我已经砍倒了几棵。有时林中的漫游者被我的斧子的砍伐声音吸引过来，于是我们就站在我砍下的木头

① 这是本书作者梭罗本人的诗作。

碎片上面愉快地闲聊起来。

到四月中旬的时候，我的房子的框架已经做好了，随时可以竖立起来，因为我在工作的时候并不匆忙，而是尽我所能。我已经购买了詹姆斯·柯林斯的棚屋，为的是要用那棚屋的木板。詹姆斯·柯林斯是爱尔兰人，在菲奇堡[1]铁路上工作。詹姆斯·柯林斯的棚屋被认为是好得不得了。我去看房子的时候，他不在家。我在外面走动，一开始屋里的人并没有注意到我，因为窗子又深又高。棚屋容积不大，房顶是尖的，除此之外没有什么可看的。四周的垃圾足有五英尺高，简直是个肥料堆。屋顶是最完好的部分，尽管被太阳晒得焦脆，严重变形了。那里根本就没有门槛，而门板的下面则是母鸡的常年的通道。柯林斯太太来到门口，要我进去看看。我一靠近，把母鸡也赶了进去。屋子是黑暗的，大多是泥土地面，阴冷而又潮湿，令人打寒战。木板东一块西一块，经不起搬动。她点着灯，让我看屋顶的内部和四面墙，还有延伸到床下的木板地板。她提醒我不要踏进地窖，她的所谓地窖，是一种两英尺深的垃圾坑。用她自己的话来说，"头顶上有好的木板，四周全都是好的木板，还有一个好窗户"——窗户原先是两个完整的方格，近来只有猫在那里进出了。屋里总共有一个炉子，一张床，一个坐的地方，一个就在那里出生的婴儿，一把丝绸太阳伞，一面镀金镜框的镜子，还有一个特许专卖的新式咖啡磨，它是钉在一棵橡树幼树上的。成交条件很快就谈妥了，因为詹姆斯这时已经回来了。我定于当晚付四美元二十五美分，他定于早晨五点腾出来，在这一期间不得卖给他人：我将在六点获得所有权。他说，我最好还是早点来，免得有人在地租和燃料上提出某种数目含糊而又绝对不公正的要求。他向我担保，这是唯一的障碍。在六点钟的时候，我在马路上与他和他的家人擦肩而过。一个大包袱把他们所有家当都包进去了——床、咖啡磨、镜子、母鸡——就是没有那只猫。那只猫跑到了树林里，成了一只野猫，我后来得知，它踩上了一个捕捉土拨鼠的夹子，最终成了一只死猫。

当天上午，我把这个住房拆卸开，拔掉钉子，用小手推车把木板运到湖边，摊在草地上，再让阳光把它们晒成原状。当我推着车子走在林中的小路上的时候，一只早起的画眉给了我一两声鸣啼。一个叫帕特里克[2]的年轻人奸诈地告诉我，邻居西利，那是一个爱尔兰人，在我推车的过程中，他把那些仍然说得过

① 菲奇堡（Fitchburg），马萨诸塞州北部的一个城市。

② 帕特里克（Patrick）是爱尔兰人的常用名。

去的、直的、可以敲进去的钉子，U 形钉，以及墙头钉，装进了他的口袋里，然后当我回来的时候他就站在那里，在那里消磨白天的时光，精神抖擞，满脸春色，对这场破坏漫不经心；正如他所言，因为他没有多少工作可做。他要在那里代表着观众，使这个似乎无足轻重的事件，显得就像是特洛伊众神的搬迁[①]。

我在一个朝南的山坡上，在土拨鼠打过洞的地方挖好我的地窖。我刨出漆树和黑刺莓的根，清除了植被在土壤深处的残留物。地窖大约六英尺见方，七英尺深，都能看到细沙了，就算冬天再冷，土豆也不会冻坏。地窖的四边是逐渐倾斜的，并没有用石头砌住，不过由于太阳永远也照不到，因而沙子不会滑落。这不过是两个小时的活。我尤其从这个掘土中获得了快乐，因为在几乎所有的纬度地区，人们往地下挖掘，都可找到恒温的地方。在城市里的最豪华的房屋的下面，仍然可以找到地下室，他们的根照旧是储藏在那里，而且在上层的建筑物消失很久以后，子孙后代仍能看到它在泥土中的凹坑。房屋仍然只不过是在一个洞穴的入口处的一种门廊而已。

最终，在五月开始的时候，在我的几个熟人的帮助下，我把我的房子的构架树立了起来，而之所以请熟人帮忙，与其说是出于需要，毋宁说是为了利用这样好的一个机会来增强邻里情谊。把构架竖立起来，感到最荣幸的莫过于我了。我相信，终有一天他们注定要帮我把一个更高的建筑竖立起来。七月四日，房子一钉好木板，建好屋顶，我就搬了进去，因为这时木板的边缘已经被仔细地削薄，互相搭接，这样一来也就完全不会漏雨。不过在铺地板之前，我已经在屋子的一端为烟囱打好了地基，所用的石块足有两手推车，都是我用双手从湖边抱上山的。在秋天的时候，锄完地以后，我便把烟囱砌了起来，这是在生火取暖成为必要之前，与此同时我是在户外，在地上烧饭的，一大早就烧饭。我现在仍然认为，在某些方面这种烧饭方式要比通常的方式更方便，也更惬意。要是下大雨，而我的面包还没有烘烤好，我就用几块木板挡在火的上面，自己坐在木板的下面看着我的面包，以这种方式度过愉快的几个小时。在那些日子里，我手里的活计很多，因而我读书甚少。然而地上的几张小纸片，我的布衬垫或者桌布，都给我提供了与读书一样多的乐趣；事实上，它们达到了像阅读《伊利亚特》[②]一样的目的。

建造房屋的时候，要是比我实际上做的考虑得更周到，是值得的，比如说，

① 这里的用典是，在古希腊和古罗马传说中，特洛伊战争中的一位英雄埃涅阿斯（Aeneas），在特洛伊沦陷后，背父携子逃出火城，经长期流浪，到达意大利，据说其后代在那里建立了罗马。

②《伊利亚特》（Iliad），古希腊荷马史诗，讲述特洛伊战争的故事。

考虑一下，一扇门、一个窗户、一个地窖、一个阁楼，在人的天性中应该有怎样的根基，也许在我们找到比世俗的需要更佳的理由之前，甚至决不要去建造什么上层建筑。人类建造自己的房屋，与鸟儿筑巢一样合情合理。倘若人们用自己的双手建起了他们的住房，并且足够简单而又诚实地为他们自己和家人提供了食物，那么诗的才能就会得到无所不在的发展，就像鸟儿筑巢并为自己和家人提供了食物时无所不在地歌唱一样，这一点又有谁能知道呢？但，哎呀！我们却确实就像牛鹂和布谷鸟，把蛋产在别的鸟儿所筑的鸟巢里，而且它们的叽叽喳喳和不悦耳的鸣叫也决不能让旅人情绪振奋。难道我们应该永远把建房的乐趣拱手交给木匠吗？在芸芸众生的经验中，建筑的意义等于什么？在我的所有的散步中，我从未与这样一个人不期而遇，他所从事的是像建造他自己的房屋一样简单而又自然的职业。我们是社会的一员。成为人的第九部分的，并不仅仅是裁缝[①]：传道士、商人、农夫，他们也是人的第九部分。劳动的这个分工在哪里才是个头？而且这个分工最终是服务于什么目的呢？毫无疑问，另外一个人也可以替我思考；不过如果他在替我思考的时候把我自己的思考排除在外的话，当然也就不可取了。

确实，这个国家是有所谓的建筑师，我听说有这么一位，他起码是一门心思要使建筑上的装饰拥有一个真理的内核，拥有一种必要性，并因而拥有一种美，好像那是上帝给予他的一个启示似的。他的观点或许没错，但只比一般业余爱好者高明一点点而已。他是在建筑上的一位感情用事的改革家，他的改革是从飞檐上开始，而不是从基础上开始。那只不过是要在装饰物之内放置上一个真理的内核，以便使得每一个球形小糖果的里面，都可以有一粒杏仁或者香旱芹籽——尽管我认为，不带糖的杏仁最为有益健康；那并不是要让居民，也就是住在里面的人，能够真正从内到外进行建筑，至于装饰也就不管它了。难道通情达理的人会以为，装饰是某种外部的东西，仅仅是在皮肤上——他们以为，乌龟之所以拥有有斑点的壳，或者贝类之所以拥有珍珠质的色彩，是靠着一种合同，就像百老汇[②]的居民一样，为了建造三一教堂而签订合同。但一个人与他的房子的建筑风格没有什么关系，就像乌龟与它的壳的风格没有什么关系一样：士兵也没有必要无聊得要试图把他的美德的精确颜色涂在他的军旗上。敌人将会发现他的美德到底是什么颜色。当考验到来的时候，他可能脸色苍

---

① 人的第九部分（the ninth part of a man），指裁缝，这是一个戏谑用语。

② 百老汇（Broadway），位于纽约市的一条著名街道。

白。在我看来，这个人是趴在飞檐上，胆怯地把他的半真半假的话，低声说给屋里的那些实际上更明白的粗野的人听。我知道，我现在看到的建筑美，是逐渐从内部朝外部成长起来的，是从居住者的需要和性格中成长起来的，而居住者就是那唯一的建筑者——是从某种潜意识的真实性和高贵成长起来的，而根本就没有考虑到外表；而且不管注定要产生出什么额外的美，在产生之前都会有一种类似的潜意识的生活的美。画家知道，在这个国家最引起兴趣的住所，通常是穷人的最朴实无华、简陋的原木茅舍和村舍；这些茅舍和村舍就是住户的壳，正是住户的生活，而并非是仅仅在这些表面中的任何奇特之处，才使得这些茅舍和村舍美丽如画。同样引起兴趣的，将是市民郊区的箱子形小屋，那时市民的生活就一定会像那小屋一样简单，一样令想象可以接受，而且在他的住房风格上，同样也没有什么让人紧张的副作用。建筑上的装饰的一个大的部分，实际上是空洞的，九月份如果刮上一阵大风，就会把装饰剥掉，就像剥掉借来的漂亮衣服一样[①]，而对实质性的东西并没有造成伤害。人们要是不需要在地窖里存放橄榄和美酒，就不需要建筑学。倘若在文学领域，人们在风格的装饰上同样费尽心思，倘若我们的圣经的建筑师们在圣经的飞檐上，花费了和我们的教堂的建筑师们同样多的时间，那会成什么样子？纯文学（belles-lettres）和美艺术（beaux-arts），以及纯文学教授和美艺术教授们，他们就是这样被制造出来的。确实，对一个人大有关系的，是几根木条究竟是应该斜放在他的上方，还是放在他的下面，而且在他的箱子形小屋上应该涂抹上什么颜色。倘若是他认真地把木条斜放起来，给小屋涂抹上了颜色，那么这就在某种程度上意味深长；但既然精神已经脱离了房屋的居住者，那么这就与给自己做棺材相类似——是坟墓的建筑学，而"木匠"则只不过是"棺材制造者"的代名词而已。有一个人，在他绝望或者对生活麻木不仁的时候说：捧起一把在你脚下的泥土，把你的房屋涂成那个颜色吧。他是在想到他临终前的斗室吗？不妨掷一枚铜钱来决定吧。他一定是有大量的闲暇！你为什么要捧起一把泥土呢？最好还是把你的房屋涂成你自己皮肤的颜色，让它替你变得苍白或者绯红。这是一个改善村舍建筑学的风格的事业！当你为我准备好装饰物的时候，我会佩戴上它们的。

在冬天到来之前，我造好了烟囱，我的房子四周本来就不漏雨，我又给房子的四壁贴上墙面板。这些木板是用新鲜的原木制作的，不太好，而且有很多

---

①"借来的漂亮衣服"（borrowed plumes），源出寒鸦向孔雀借羽毛的寓言。借来的漂亮衣服，当然就是不属于本人的荣耀。

树液，我不得不用刨子把它们的边刨平。

这样一来，我便拥有了一个贴上了墙面板、抹上了灰泥的不透风的房子。房子长十五英尺，宽十英尺，立柱八英尺高，有一个阁楼，一个壁橱，每一边都有一个大窗子，有两个活动天窗，一端是一扇门，对面的一端是一个砖砌的壁炉。下面就是我的房子的精确造价，不过并没有把人工费用算在内，因为全都是我自己造成的，因而只算我所使用的材料的通常价格；我之所以把细节列出来，是因为没有几个人能够精确地说出他们的房子造价是多少，而能够说出各种造房材料价格的人，那就更微乎其微了——

木板	8.035 美元（大多是从棚屋拆下来的旧木板）
屋顶和墙壁用的旧木板	4.00 美元
板条	1.25 美元
两扇带有玻璃的旧窗子	2.43 美元
一千块旧砖	4.00 美元
两桶石灰	2.40 美元（买贵了）
毛发	0.31 美元（买多了）
壁炉铁条	0.15 美元
钉子	3.90 美元
铰链和螺丝钉	0.14 美元
门闩	0.10 美元
粉笔	0.01 美元
搬运费	1.40 美元（大部分我自己背）
总计	28.125 美元

这就是全部材料，木料、石头和沙子除外，我由于是使用无主土地，因而有权使用那里的木料、石头和沙子。紧挨着房子还有一个小的厕所，那主要是用建房剩下的材料建成的。

我打算为自己建造一座房子，它将比康科德大街上的任何一座房子都更富丽堂皇、更奢侈，只要它同样令我感到愉快，而且费用不超过我当前的房子。

我因而发现，希望能有个栖身之地的学生，能够用不超过他现在每年付出的房租的费用，而获得一个终生的栖身之地。如果我似乎夸口得不得体的话，那么我的借口就是，我更是为人类而吹嘘而不是为我自己而吹嘘，而且我的缺点和前后矛盾之处也并不影响我的话的真实性。尽管有大量的言不由衷之词和矫饰——那些言不由衷之词和矫饰就像难以从我的小麦上分离出来的麸子，对此我像任何一个人一样感到抱歉——但我将自由地呼吸，在这一方面挺直腰板，因为它既是对道德体系的一种解脱，又是对生理体系的一种解脱；而且我决意，我决不会谦恭地成为魔鬼的律师。我要竭力为真理说句好话。在坎布里奇学院[①]，一个学生的房间只比我自己的房子大一点，单是它的房租一年就是三十美元，而公司却享有在一个屋檐下并排建造三十二个房间的好处，居住者则忍受着众多而又嘈杂的邻居的不便，而且还有可能住在四层。我不能不想到，倘若在这些方面我们有更真实的智慧的话，那么所需要受的教育就会少一些，这是因为，确实更多的教育已经被获得了，而且不仅如此，为获得教育而在金钱上的花费就会在很大的程度上消失。在坎布里奇学院或者别的地方，学生所要求获得的种种便利，要是双方处理得当的话，那么他或者某个别人为此所付出的生命代价，就不会超过现在的十分之一。要求花钱最多的那些东西，从来也不是学生最需要的东西。例如，学费是费用清单中的重要的一项，而远比这更有价值的教育则并不收费，那种教育是他通过与他的最有教养的同时代人的交往获得的。通常，一个学院的创建方式是获得捐赠款，然后又盲目地遵循着劳动分工的原则，遵循到了极点——而在遵循这个原则的时候永远都必须是小心谨慎的——那就是请来一位承包商，承包商又把它变成了投机，于是雇用爱尔兰人或者别的工人来打地基，与此同时，未来的学生则据说应该为此做准备；而且一代又一代的学生不得不为这些疏忽付费。我认为，如果让学生们，或者让那些希望从中得益的人们自己来打地基，那就会更好。根据制度，学生逃避了人所必要的任何劳动，获得了其垂涎的闲暇和僻静，但他却只不过是获得了一种不光彩而又无利可图的闲暇，因为这使得可以让闲暇变得有益的经验丧失了。“不过，”有人或许说，“你的意思并不是，学生应该用他们的双手去工作，而不是用他们的头脑去工作吧？”我确实不是这个意思，但我指的是，他应该这样认真思考：我的意思是，他们不应该游戏人生，或者仅仅是研究人生，与此同时社会又在这个昂贵的游戏中养活着他们；他们应该从始至终认真地过着人生。不立即尝试对生活进行实验，年轻人又怎能更好地学会生活呢？以我看

① 坎布里奇学院，即位于马萨诸塞州坎布里奇的哈佛学院，本书作者梭罗于一八三七年毕业于该学院。

来，这既会训练他们的数学，也会训练他们的头脑。例如，倘若我希望一个孩子能够对各门艺术和各门科学略知一二，我就不会因循守旧，也就是只不过把他送到某个教授那里，而在那里什么都讲授了，都练习了，就是没有讲授和练习生活的艺术；让他用望远镜或者显微镜来审视这个世界，就是不用他的自然的目光来审视这个世界；让他学习化学，而不让他学会他的面包是怎样做成的，或者让他学习力学，而不让他学会力学是怎样赢得名声的；让他发现海王星的新卫星，而不让他发现他眼睛里的微尘，或者发现他本人就是一颗流浪的卫星；或者让他被蜂拥在他周围的怪物们所吞掉，与此同时又在一滴醋中冥想这些怪物。在一个月结束的时候，哪一个孩子会有最大的进步——是那个用他挖掘出来并熔炼的矿石做出了自己的折刀，并尽可能阅读必要的参考书的孩子，还是那个在同一时间在学院里听冶金学课，并从他的父亲那里得到一把罗杰斯牌袖珍折刀[①]的孩子呢？哪一位最有可能划破手指呢？……令我吃惊的是，我大学毕业的时候被告知，我学习过航海课！——哎呀，倘若我在海港待上一会儿，我就会更懂航海。甚至穷学生也学习政治经济学，并且只教给他政治经济学，而与哲学同义的生活的经济学，在我们的各个学院里甚至都没有认真地讲授过。其后果就是，虽然他在阅读亚当·斯密、李嘉图、萨伊[②]的著作，但却让他父亲陷入了无法摆脱的债务。

我们的各个学院是如此，一百种"现代的改进之处"也是如此：有关它们存有幻想，而又并非总是有确实的进步。魔鬼拥有了原始股，随后又不断对其投资，也就持续索取复利，一直到最后。我们的发明往往是漂亮的玩具，使得我们的注意力偏离开严肃的事情。它们只不过是要达到一个并没有得到改善的目标，那个目标本来已经是极容易达到的——比如通往波士顿或者纽约的铁路。我们极其匆忙地要建造一条从缅因州到得克萨斯州的磁力电报线路，但可能的是，缅因州和得克萨斯州并没有重要信息要传送。要不然就是处于这样的尴尬处境，一个男人急于被介绍给一个耳聋的名女人，但当他被引见的时候，而且她的号角状助听器[③]的一端也放在了他的手上，可是他又无话可说了。那就好

① 袖珍折刀（penknife），从前用于削鹅毛笔。

② 亚当·斯密（Adam Smith，1723—1790），苏格兰经济学家，名著《国富论》即他的著作。李嘉图（David Rocardo，1772—1823），英国经济学家，英国古典经济学的代表，主要著作有《政治经济学及赋税原理》等。萨伊（Jean-Baptiste Say，1767—1832），法国经济学家，主要著作为《政治经济学论》。

③ 号角状助听器（ear trumpet），以前使用的一种助听器，系管状，一端大，一端小，小的一端放置在耳朵上。

像主要的目的就是快速说话，而不是合乎情理地说话。我们急于在大西洋的底下挖掘隧道，以便使旧大陆的消息到达新大陆的时间缩短几个星期；但将会传给美国人耷拉着的大耳朵的第一条新闻，也许就是阿德莱德公主[①]患有百日咳。毕竟，一个骑马一分钟能跑一英里的人，并不会送来最重要的信息：他并不是一位福音传道士，他也不是吃着蝗虫和野蜂蜜绕道而来的[②]。我怀疑，飞马奇尔德斯[③]是不是曾经把一配克的谷粒送到磨房里去。

有人对我说："我感到纳闷，你怎么不攒钱。你喜欢旅行；今天你可以坐汽车去菲奇堡，看看这个国家。"不过我可没有这么傻。我知道，最快的旅行者就是步行的人。我对我的朋友说，我们可以试一下，看谁先到达。距离是三十英里；车费是九十美分。这几乎是一天的工资。我记得，就是在这条马路上工人的工资是一天六十美分。唔，我现在开始步行，天黑以前就可到达；一个星期以来，我都是以这个速度旅行。与此同时，你得赚你的车费，并在明天的什么时候到达，或者可能今天晚上到达，而那是在你足够幸运及时找到工作的时候。白天的大部分时间你不是去菲奇堡，而是在这里工作。因而，如果铁路能够通往整个世界，那么我认为我应该是走在你的前面；至于说看看这个国家，获得此类的阅历，那我就只好和你完全断绝来往了。

这就是普遍的法则，谁也不能以计谋击败它，而且有关铁路，我们甚至可以说，它的长度和宽度相等。要建造一条人人可用的环球铁路，就相当于在这个星球的整个表面上都铲去一层。人们有一种不清楚的概念，认为只要他们合伙经营，不停地用铁锨铲，而且持续到足够长的时间，那么所有的人都会最终乘车到某个地方，而且是几乎不用花费时间，不用花钱便可到达某个地方；但尽管当烟被吹走，蒸汽凝结的时候，有一群人冲向火车站，而且列车员也喊道"请所有旅客上车！"但却会发现，只有少数人上了车，而其余的人则被撞倒并碾过——这将被称为"一个使人忧郁的事故"，而且就是"一个使人忧郁的事故"。毫无疑问，那些最终能够乘坐火车的人，是那些一定能挣出他们的车费的人，换句话说，如果他们能够活到把车费挣出来的话，不过到了那个时候，他们也将会失去他们的开朗情绪，失去他们要旅行的愿望了。把人的一生最好的部

①阿德莱德公主（Princess Adelaide，1792—1849），原是德意志中东部图林根地区的一个公国萨克森－迈宁根（Saxe-Meiningen）公国的公主，后成为英王威廉四世的王后。

②这里用的是圣经典故。《马可福音》第一章第六节说，施洗者约翰在传道的时候，"穿骆驼毛的衣服，腰束皮带，吃的是蝗虫、野蜜"。

③飞马奇尔德斯（Flying Childers），是一种英国纯血马，比赛用马。

分用于赚钱，以便在人生的最没有价值的那部分时间享受一种成问题的自由，这使我油然想起那个英国人，他先是去印度赚大笔的钱，为的是能够回到英格兰过一个诗人的生活。他本来就应该立即爬上阁楼。“什么！”有一百万个爱尔兰人突然从这个国家的所有棚屋里出现了，他们惊叫道，“难道我们所建造的这个铁路不是一个好东西吗？”是的，我回答道，相对而言是好的——换句话说，你们本来有可能做得更糟糕：但由于你们是我的兄弟，我希望你们能够把你们的时间，花在比在这个泥土中挖掘更好的事情上。

在我的房子建成之前，由于想通过某种诚实而又惬意的方法赚上十或者十二美元，以便满足我的额外开支，我便在房子附近的大约两英亩半的土质松软的沙土地上种上了蚕豆，但也种上了少量的土豆、玉米、豌豆和萝卜。这整块地有十一英亩，大部分是长着松树和山核桃树，在上个季节，每英亩卖到八点零八美元。有一个农夫说，它“一无是处，只能养一些吱吱叫的松鼠”。在这块地上我什么肥料也没有施，因为我并不是这块地的拥有者，而只不过是一个擅自占有者，再说我也不期望种这么多地，也就没有一次就把地整完。我在犁地的时候，挖出了几捆树墩，那些树墩在很长的时间里为我提供了燃料，挖出树墩的地方形成了几块环状的处女地，是松软沃土，在整个夏天很容易把它区分开来，因为那里的蚕豆长得更加茂盛。在我的房子后面的那些死掉了而且又大多是没有销路的树木，以及从湖里飘下来的木头，把我剩余的燃料问题也解决了。为了耕地，我不得不雇了牲口和一个帮工帮助我，尽管扶犁的是我本人。在第一个季度，我的农场在购买工具、种子和付工钱等方面的开支，是十四点七二五美元。玉米种子是别人给我的。除非你种得过多，否则种子的花费也是不值一提的。我收获了十二蒲式耳的蚕豆，十八蒲式耳的土豆，另外还有一些豌豆和甜玉米。黄玉米和萝卜种得太晚，没有什么收成。除了当时已经消费掉的农产品之外，我的农场的全部收入为二十三点四四美元，扣除开支十四点七二五美元，剩余为八点七一五美元，而当时手头所剩的农产品估计能值四点五十美元——这个数足以抵偿我并没有种植的生菜的价钱，而且还有余。通盘考虑起来，也就是说，把一个人的灵魂和今天的重要性考虑进去，那么尽管我的实验用时甚短，而且不止是短暂，还由于转瞬即逝而并不完整，但我仍然相信，这比康科德的任何一位农夫在那一年里做得都更好。

第二年我做得更好了，因为我用铁锹平整出了我所需要的所有土地，那大约是三分之一英亩，而且我根本就没有被众多农学名作所吓倒，这其中就有阿瑟·扬[1]的著作。我从这两年的经验中得知，如果一个人愿意过简朴的生活，只吃他所种植的庄稼，而且只种植够他吃的庄稼，并不想用庄稼来交换数量不足的更奢侈、更昂贵的东西的话，那么他就只须耕种几个平方杆[2]的土地，而且用铁锹平整那块土地，要比用牛来犁地便宜，而且间或选择一块新的地，要比给旧的地施肥便宜，而且就好像在夏天有空的时候用他的左手，就能够做他的一切必须做的农活；而这样一来，他就不会像当前一样把自己束缚在一头公牛、一匹马、一头母牛，或者一口猪上面了。在这一点上，我想讲得不偏不倚，就像一个对当前的经济和社会安排的成败不感兴趣的人一样来讲话。我比在康科德的任何一位农夫都独立，因为我并不是固定在一幢房子或者一个农场里，而是能够每时每刻都按照我的天生的强烈倾向做事，而我的天生的强烈倾向又是非常古怪的。我已经比他们生活优裕了，因而如果我的房子被烧掉了，或者我的庄稼收成不好，我的生活还是能够像以前一样小康。

我每每认为，与其说人们是牛群的饲养者，毋宁说牛群是人们的饲养者，牛群要比人们自由得多。人们和牛群交换了工作；但如果我们只是考虑必要的工作，那么就会看到，牛群具有巨大的优势，它们的农场要大得多。人在六个星期的割草并翻晒成干草的过程中，做了在这个交换工作中的他的一部分工作，而这又绝非易事。当然任何一个在所有的方面都生活简朴的民族——也就是任何一个由哲学家构成的民族——都不会犯下使用动物的劳动这样的大错。确实，以前从未有过一个由哲学家构成的民族，而且也不大可能很快就有一个由哲学家构成的民族，我也并不确信有一个由哲学家构成的民族是可取的。然而，我永远也不会驯服一匹马或者一头公牛，并强制它做它可能为我做的任何工作，因为我害怕我由此而变成一个马夫或者牧人；而且如果社会似乎因为这样做而获益的话，那么我们能否确信，一个人的收益就是另外一个人的损失，而且马夫拥有与他的主人同样的感到满意的原因吗？就算某些公共工程没有这个帮助也能够建成，那么就让人与牛和马共享这样的光荣吧；这是不是就是说，这样一来他就不能完成与他的身份更相称的工程呢？当人们在它们的帮助下，开始做不只是没有必要的或者是精美的工作，而且是做奢侈而又琐碎的工作的时候，那么不可避免的就是，有一些人就与牛交换工作，换句话说，他们就变成了最强大者的奴隶。这样一来，人也就不仅为他内心里的动物而工作，而且作

---

① 扬（Arthur Young，1741—1820），英国农学著作家。

② 平方杆（rod），面积单位，等于三十点二五平方码。

为这一点的一个象征，他还为身外的动物而工作。尽管我们拥有许多用砖石建成的实实在在的房子，然而农夫富足与否，却仍然是以牲口棚让他的房子黯然失色的程度来衡量。这个城镇据说在这一带就拥有最大的公牛棚、母牛棚，以及马棚，而且它所拥有的公共建筑也并不落后于时代；但在这个国家里，可供信仰自由和言论自由用的大厅却为数甚少。一个国家不应该寻求用其建筑来纪念自己，可为什么甚至不能用其抽象思想的力量来纪念自己呢？比起东方的所有废墟，《薄伽梵歌》[①]是多么的更令人敬佩啊！高塔和庙宇是帝王的奢侈品。一个简单而又独立的思想并不按照任何帝王的吩咐去劳作。天才并不是任何一位皇帝的家臣，而且造成天才的材料也并不是银子，或者金子，或者大理石，或者说只是在微乎其微的程度上是这种材料。请问，锤打如此多的石头的目的何在？在阿卡狄亚[②]，当我在那里的时候，我就没有看见有谁在锤打石头。许多国家都拥有一种疯狂的野心，想用他们所留下来的锤打出来的石头的数量而使别人对自己的记忆长存。要是花费同样的心血来使他们的举止平和并且优雅的话，那又会怎样呢？一种善良的意识，要比一座像月亮那样高的纪念碑更令人难忘。我更喜欢看到石头待在原处。底比斯[③]的壮丽是一种庸俗的壮丽。有一百个城门的底比斯已偏离了生活的真正目的，所以它还不如围绕着诚实的人的田地的一杆宽的石头墙合乎情理。那些野蛮而又不信基督教的宗教和文明，建造出了富丽堂皇的庙宇，但你所能称之为基督教的却并没有做到这一点。一个国家所锤打的大多数石头，都只是前往那个国家的坟墓。它把自己活埋了。至于金字塔，在它身上毫无可惊叹之处，值得惊叹的倒是这个事实，可以发现有这么多的人是遭受到了足够的耻辱，花费他们的生命来为某个野心勃勃的蠢材修建坟墓，要是把他丢在尼罗河里淹死，用他的尸体喂狗，那就会更明智，也更有男子气概。也许我会为他们和他捏造出借口来，但我并没有时间这样做。至于建筑师的宗教信仰和对艺术的热爱，全世界都完全一样，不管是建造一个埃及的庙宇或者美国银行大厦。总归是代价大于价值。其主要动力就是虚荣，辅之以对大蒜、面包和黄油的热爱。巴尔科姆先生，是一位有出息的年轻建筑师，他仿

---

①《薄伽梵歌》（Bhagavad-Geeta，或 Bhagavad-Gita），亦译《福者之歌》，印度教经典《摩诃婆罗多》的一个部分，以对话形式阐明印度教教义，是印度教最重要的宗教书籍之一。

② 阿卡狄亚（Arcadia），古希腊的一个山区，在今天伯罗奔尼撒半岛中部，以其居民过田园牧歌式淳朴生活著称。阿卡狄亚已成为世外桃源的代名词。

③ 底比斯（Thebes），埃及南部的一个古城，建有古代庙宇和陵墓。

效他心目中的维特鲁威[1]，用硬铅笔和尺子把它设计出来，而建筑工作就交由多布森父子公司做了，这是一个采石公司。被鄙视了三千年的东西，现在开始受人景仰。至于你们的高塔和纪念碑，在这个镇子里曾经有一个疯子，他着手挖一个直通中国的洞，他说，他已经挖到能听见中国的茶壶和水壶格格作响了：但我认为，我将不会不怕麻烦地赞赏他所挖出的那个洞的。[2] 许多人对西方和东方的纪念碑颇为关注，想知道是谁建造的。就我而言，我倒想知道在当年是谁没有建造它们——是谁超然于这种琐事之上。不过还是接着说我的统计吧。

与此同时，我还在村子里做勘测、木工和各种各样别的日工——须知我会的手艺就像我的手指一样多，我赚了十三点三四美元。不算我自己种的土豆、一点青玉米和一些豌豆，也不把在最后一天的时候手头上所有的东西的价值考虑在内，那么八个月的伙食费——也就是说，从七月四日至翌年三月一日，这是这些估计所涵盖的时间，尽管我在这里度过了两年多——就是：

大米	1.735 美元
糖浆	1.73 美元（一种最便宜的糖精）
黑麦粗磨粉	1.0475 美元
玉米粉	0.9975 美元（比黑麦便宜）
猪肉	0.22 美元
面粉	0.88 美元
糖	0.80 美元
猪油	0.65 美元
苹果	0.25 美元
苹果干	0.22 美元
番薯	0.10 美元
一只南瓜	0.06 美元
一只西瓜	0.02 美元
盐	0.03 美元

其中的面粉和糖，都比玉米粉价钱贵，而且还麻烦。

① 维特鲁威（Mareus Virtuvius Polio），公元前一世纪的古罗马建筑师，所著《建筑十书》在文艺复兴时期、巴洛克以及新古典主义时期成为古典建筑的经典。

② 这是幽默之语，因为这个洞实际上并不存在。

从面粉到盐各项，都是实验，但失败了。

是的，我的伙食费总共是八点七四美元；但如果我并不知道，我的大多数读者同样对自己感到内疚，而且他们的所作所为如果印刷出来也同样糟糕的话，那么我就不应该这样厚颜无耻地把我的内疚公之于众。第二年，我有时会捉几条鱼来吃，还有一次，我甚至屠杀了一只毁坏了我的豆荚地的土拨鼠——就像鞑靼人所说，实现了它的转世——并把它吞食了下去，这在某种程度上是为了进行实验；尽管它虽然有一种麝香似的气味，却还是为我提供了片刻的享受，但我却看到，长久食用不会是件好事，即使村子里的屠夫似乎愿意帮你把土拨鼠去毛开膛洗净。

这段时间内的衣服和某些零星花费为八点四零七五美元，尽管这说明不了多少问题。而油和一些家用物品的花费，则为两美元。

洗衣和补衣多半是交给外边做的，但账单还没有收到——在这个地方必要的花费就这么多了，而除此之外，涉及金钱的所有开支就是：

房子	28.125 美元
农场，使用一年	14.725 美元
食品，八个月	8.74 美元
衣服等，八个月	8.4075 美元
油等，八个月	2.00 美元
总计	61.9975 美元

现在，我来告诉那些需要谋生的读者。为了达到谋生的目的，我卖出了农产品：

卖出的农产品	23.44 美元
打短工所得	13.34 美元
总计	36.78 美元

从开支中减去这些钱，还差二十五点二一七五美元，这几乎就是我用来开销的那些钱，是原先就打算付出的花费；而在另一方面，我除了这样而获得了闲暇和独立之外，还为自己获得了一座愿意住多久就能住多久的舒适的房子。

这些统计数字尽管可能显得随意，并因此显得没有什么教益，但由于具有某种完整性，也就有了某种价值。所给予我的东西，我一无遗漏全都记在账上。从上述估计可以看出，单是食品，每个星期就花费了我大约二十七美分的钱。在此之后的大约两年的时间里，我的食品是黑麦和没有发酵的玉米粉、土豆、大米、非常少量的咸肉、糖浆、盐，以及我的饮用水。我居然主要靠吃大米为生，这是恰当的，因为我非常热爱印度的哲学。我以前总是偶尔外出吃饭，相信以后还会偶尔外出吃饭，为了回应某些惯于吹毛求疵的人的异议，我也可以声明，如果总是偶尔外出吃饭，就会经常损害到我的家务安排。但正如我已经声明的，外出吃饭是一种经常的事情，既然如此，也就根本不会影响到这样一个相对的数据统计。

从我这两年的经历中我得知，即使在这个纬度地区，要获得人所必需的食物所造成的麻烦，也是少得令人难以置信；我还得知，人所使用的饮食可以像动物的饮食一样简单，并且可以保持健康有力。我曾做了一顿令我满意的饭，那是因为几个理由而令我满意，那纯粹是一盘马齿苋（学名为 Portulaca oleracea），我从我的玉米地里把它采摘过来，煮熟之后，放上盐。我之所以给出它的拉丁语学名，是因为它的俗名带点咸味。而且请问，在和平的时代，在普通的中午，除了煮熟的数量足够的新鲜的甜玉米，外加上盐，一个通情达理的人还可能再想要什么呢？甚至我所使用的那点甚少的花样，也是顺从于胃口的要求，而不是健康的要求。然而人们却出现这样的情况，他们频繁地挨饿，并不是因为必需品缺乏，而是因为奢侈品缺乏；而且我还认识一个可敬的妇人，她认为她的儿子之所以死去，是因为他养成了只喝水的嗜好。

读者将会意识到，我更是从一种经济学的观点来处理这个问题，而不是从一种饮食学的观点来处理这个问题，而且一个人如果没有一个备货充足的食品贮藏柜的话，是不会贸然尝试我的有节制的饮食的。

一开始，我是用纯玉米粉和盐做面包，那是真正的锄头玉米饼①，我是在户外把饼放在木板上，或者放在我建房的时候锯下来的木头上烘烤的；不过它经常被烟熏黑，带有一种松树的味道。我也尝试过用面粉做面包，但最终发现，黑麦和玉米粉混合起来是最方便的，也最好吃。在天气寒冷的时候，一连烘烤上这么几块绝非毫无乐趣，我仔细地照料和翻动这些面包，就像埃及人照料和翻动他的正在孵化的鸡蛋一样。它们是一种我使之成熟起来的真正的谷物

① 锄头玉米饼（hoe-cake），因原先将饼置于锄头上放入火炉中烘烤而得名。

果实，对我的感官来说，它们拥有一种像别的高贵果实一样的芳香，我用衣服把它们包裹起来，尽可能长久地予以保存。我对古代的、而且是不可或缺的制作面包的艺术作了一番研究，请教了那些被提供出来的权威人士，又返回到原始时代以及那种不含酵母的第一个发明，当时人们是从坚果和生肉的荒野里，第一次来到了这种饮食的温和与雅致之处。我又在我的研究中逐渐朝下走，穿过了生面团的那个偶然的变酸，学习到发酵的过程，我又从那里经过了各种各样的发酵，终于来到了“新鲜、味美、有益健康的面包”的面前，也就是来到了主食的面前。酵母，有人认为它是面包的灵魂，是充满着面包的蜂窝状组织的精神（spiritus），被人们像女灶神维斯太的火一样虔诚地保存着——我猜想，有几瓶珍贵的酵母，最初是在五月花号船[①]上被带过来的，替美国解决了问题，而且它的影响现在仍然在上升，膨胀，扩展，在这国度里掀起了谷物的波涛。我一直是定期而又忠实地到村子里去取这个种子，直到最后，一天上午，我忘记了规则，用开水烫了我的酵母。通过这个事故，我发现，甚至这也并不是不可或缺的——因为我并不是通过综合的过程作了发现，而是通过分析的过程作了发现——于是从那以后我便欣然把它省略了，尽管大多数家庭主妇认真地向我保证说，没有经过发酵的面包可能不安全和不卫生，而上了岁数的人则预言，如果那样生命力将会迅速衰退。然而我却发现，它并不是一种必不可少的原料，我有一年的时间没有用酵母，现在仍然是在生者的国度里；我感到高兴的是，我摆脱掉了在我的口袋里放着一瓶子酵母这种琐事，因为瓶子有时会啪的一声把东西流出来，令我狼狈。省略掉这一项，要更简单一些，也更体面。人类是这样一种动物，他比任何别的动物都更能使自己适应于一切气候环境和状况。我也没有在面包里放盐、苏打，或者别的酸味物质或者碱。看来我是按照马可·波西乌斯·加图[②]在大约公元前二世纪的时候所制订的烹饪法来做的。“Panem depsticium sic facito.Manus mortariumque bene lavato.Fafinamin mortarium indito, aquae paulatim addito, subigitoque pulchre.Ubi benesubegeris. defingito, coquitoque sub testu.”我理解它的意思是：“手揉面包的制作过程是这样的：把手和揉面槽洗干净。把粗磨粉倒进揉面槽，逐渐加水，把面粉彻底地揉好。当你揉好的时候，把面团捏成面包形，再盖上盖子烘烤。”也就是说，在一个烘烤锅里烘烤。这里根本就没有提到酵母。但我并非总是使用这种主食。有一段时

① 五月花号船（the Mayflower），一六二〇年英国清教徒去北美殖民地时所乘坐的船。

② 加图（Marcus Porcius cato，公元前234—前149），古罗马政治家、作家，曾任执政官、检察官等职，维护罗马传统，鼓吹毁灭迦太基，著有《史源》、《农书》等，为拉丁散文文学的开创者。

间，由于囊中羞涩，我有一个多月的时间没有看见面包的影子。

每一个新英格兰人，都可以轻而易举地在这块长着黑麦和玉米的土地上，生产出他自己的制作面包的材料，而不用依赖于遥远而又波动的市场来获得。然而我们与简单和独立却是相距甚远，结果在康科德，商店里很少销售新鲜而又味美的玉米粉，而更加粗糙的玉米片和玉米则几乎没有人吃。通常，农夫用他自己生产的谷物来喂他的牛和猪，而花上更多的钱，在商店里购买面粉，而面粉又并非更有益于健康。我看到，我能够轻而易举地生产出一二蒲式耳的黑麦和玉米，因为前者在最贫瘠的土地上也能生长，而后者也并不要求有最肥沃的土地，而且我还能用手磨把它们碾碎，因此没有大米和猪肉也能生活。而如果必须拥有某种浓缩的甜食，那么通过实验我就发现，不论是用南瓜还是用甜菜，我都能制作出一种质量非常好的糖浆，而且我知道，我只需要栽种几棵槭树，就能更容易地获得糖浆。而如果这些东西还没有长熟，那么除了那些我已经提到的之外，我还可以使用各种各样的代用品。正如前辈们所歌唱的：

因为我们能够用南瓜、欧洲萝卜和胡桃树的薄片
酿造出滋润我们双唇的美酒。[①]

最后，至于盐，这种最粗劣的杂货，获取食盐也许是到海边转一转的好机会呢。或者，如果根本不吃盐，我倒可以少喝一些水。我没有听说过印第安人曾为了获得盐而费神过。

这样一来，就我的食物而言，我就能够避免一切贸易和以货易货了，而且由于我已经有了栖身之地，那么还需要解决的就只有衣服和燃料了。我现在穿的紧身裤，是在一个农夫的家里做的——感谢上帝，人身上仍然还有这么多的美德；因为我认为，从农夫到变成技工的堕落，就像从人到变成农夫的堕落一样伟大和值得纪念；而且在一个新生的国家里，燃料就是一种累赘。至于栖身之地，如果不允许我仍然在公地上定居[②]的话，我就可以用我所耕种的那块土地的卖出价格，购买一英亩的土地——也就是说，用八美元八美分购买。不过实际上，我认为由于我的擅自占用，使那块土地升值了。

---

① 据说这是一位清教徒前辈移民写的诗句，该诗讲的是在新世界里大麦的短缺。

② “在公地上定居”（squat），直译就是“擅自占用土地”，目的是为了获得对该地的所有权。过去人们最早在美国西部地区定居时就是这么做的。不过本书作者梭罗是在他的朋友爱默生（Ralph waldo Emerson）不久前购买的一块林地上建的他的小屋。

有一类持怀疑态度的人，他们有时问我这种问题，我是否认为我单是靠着素食就能生活。而为了立即根绝这个问题——须知根就是信念——我通常这样回答，说我吃木板上的钉子就能生活。如果他们不能理解这一点的话，那么我不得不说的东西他们也就理解不了多少。就我而言，我乐于听说有人正在做这种实验，比如说有一个年轻人，他有两个星期的时间靠着吃硬的生玉米生活，把他的牙齿用作研磨玉米的石臼。松鼠族就做过同样的尝试，而且获得了成功。人类对这些实验感兴趣，尽管有几位老太太可能会感到惊恐，她们或者是在这方面力不从心，或者是在磨坊里拥有归寡妇所有的亡夫遗产的三分之一[①]。

我的家具，有一部分是我自制的，其余的花销也不大，就没记账。家具包括一张床、一个餐桌、一个书桌、三把椅子、一面直径三英寸的镜子、一把火钳和壁炉的柴架、一个水壶、一个长柄平底煎锅，以及一个油炸锅，还有一个长柄勺、一个脸盆、两副刀叉、三个盘子、一个杯子、一个调羹、一个油罐子、一个糖浆罐子，以及一盏涂了日本漆的灯。没有一个人会穷得需要坐在南瓜上。那是得过且过。村子里的阁楼上，有好多椅子我都非常喜欢，只要动手去拿，就归我了。家具！感谢上帝，我能够坐着，也能够站着，而不需要一个家具仓库的帮助。要是一个人看见他的家具被装在一辆车上，毫无遮蔽地在光天化日、众目睽睽之下被拉到乡下，而那些家具又是叫花子一样的空盒子，那么除了哲学家，谁能不感到羞愧呢？那是斯波尔丁牌家具。审视这样一车东西，我永远也说不出，它究竟是属于一个所谓的有钱人，还是属于穷人；拥有者似乎总是穷困潦倒。确实，这样的东西你拥有的越多，你就越穷。每一车都似乎装载了十二个棚屋的东西；而如果一个棚屋是贫穷的，那么这就是十二倍的贫穷。请问，我们如果不是为了处理掉我们的家具，如果不是为了蜕皮（exuviae），又为什么要搬家呢；难道不是为了最终能够从这个世界进入另外一个刚刚配备了家具的世界，而让这个家具的世界付之一炬吗？这就好比一个人，这些圈套全都被扣在他的腰带上，而在我们放了绳索的道路崎岖的乡下，如果不拉动绳索——如果不拉动他的陷阱，他就不能移动。把尾巴留在陷阱里面的狐狸，是幸运的狐狸。麝鼠将会把它的第三条腿咬掉，以便获得自由。无怪乎人已经丧失了他的灵活性。人是多么经常地走上绝路啊！“先生，恕我冒昧，你所说的绝路是什么意思呢？”如果你是一位先知，那么每当你遇见一个人，你都会看

---

① 寡妇通常得到亡夫遗产的三分之一。言外之意就是，要是磨房用得少了，她们应得的遗产也就相应减少了。

到，在他的身后是他所拥有的所有东西，唉，以及大量他假装否认是自己的东西，甚至包括他的厨房家具和他积攒下来不想烧掉的所有零星杂物，而他似乎被拴在上面，哼哧地拖着它们往前走。我认为，走上绝路的是这样一个人，他穿过了木板上的一个节孔，或者穿过了一道门，而他的一雪橇的家具却不能跟着他穿过去。有的人衣着时髦、看似健壮，自由洒脱，一切都安排得井然有序，可是当我听到他谈到，他的“家具”是否上了保险的时候，我都不能不对他怀有同情。“可是我该怎样处理我的家具呢？”这样一来，我的欢快的蝴蝶也就被缠在一个蜘蛛网里面了。甚至那些似乎长时间什么家具也没有的人，如果你更细微地探究的话，你就会发现，他们也有某些家具储藏在某个人的仓库里。我把今天的英格兰看作一个老绅士，他正在带着大量的行李旅行，那是些从长期的操持家务中积累起来的零星杂物，他没有勇气把这些东西烧掉；那是些大箱子、小箱子、圆桶形纸板盒和包袱。起码应该把前面的三项扔掉。现今就是一个健康的人，要带着他的床行走也是力不从心，我当然应该忠告一个病人，应该放下他的床而去跑。我曾看见一个移民，他背着一个装有他的所有家当的包袱蹒跚而行——那包袱就像一个从他的颈背长出来的巨大的表皮囊肿，我对他顿生怜悯之心，而这并不是因为那是他的一切家当，而是因为他得携带那么多的东西。如果我不得不拽我的罗网的话，我也会让它是一个小的罗网，而且不会掐住我的要害部位。但也许最为明智的是，永远也不要把自己的爪子伸进去。

我想附带说说，我没有花一分钱购买窗帘，因为除了太阳和月亮之外，我没有凝视者需要挡住，而且我愿意让太阳和月亮朝里面看。月亮不会使我的牛奶变酸，也不会使我的肉腐坏，太阳也不会伤害我的家具或者使我的地毯褪色，而如果太阳有时是一个过于温暖的朋友，那么我就发现，退却到大自然所提供的某种窗帘的背后，比在料理家务上增加一个窗帘经济。有一位女士主动送给我一张席子，但由于我的屋子里没有空余地方可放，也无暇在屋内屋外打扫它，因而也就谢绝了，我宁可在我门前的草皮上擦脚。最好是在邪恶开始的时候就避免它。

在那以后不久，我参加了一位教堂执事的私人物品拍卖会，须知他并没有白白地过了一生：

人们所作的邪恶死后还活着。①

---

① 语见莎士比亚的戏剧《尤利乌斯·恺撒》。

照旧，他的私人物品的一个大的部分，是从他父亲在世的时候就开始积累的零星杂物。其中还有一只干绦虫。而现在，在他的阁楼和别的满是灰尘的房间里待了半个世纪之后，这些东西并没有被烧掉：并没有点上一堆火烧掉它们，没有对它们进行净化的毁灭，而是给它们召开了一个拍卖会，或者说是让它们得到了增强。邻居们急不可耐地聚集起来观看这些东西，把它们全都买了下来，小心翼翼地运送到他们的阁楼和别的满是灰尘的房间里，让它们待在那里，一直到料理他们的遗产的时候，这些东西又会再次开始搬动。人在死的时候，把他积累起来的财产上的灰尘踢起来了。

某些野蛮民族的习惯，也许可以被我们大有裨益地效法，因为他们似乎每年都要蜕一次皮；他们拥有每年蜕一次皮的观念，不管他们实际上能否蜕皮。巴特拉姆[①]描述了马斯科吉部落印第安人[②]的习俗，也就是庆祝"第一批果实节"[③]，倘若我们也庆祝这样一个节日，岂不是好事？"当一个镇子庆祝第一批果实节的时候，"他说道，"他们先已经为自己准备了新的衣服、新的罐子、盘子，以及别的家庭用具和家具，他们把他们所有的破旧衣服和别的可鄙的东西收集起来，把他们的房屋、广场以及整个镇子打扫干净，清除掉污物，把污物连同剩下的所有谷物和别的陈粮一起，堆成一堆，用火烧掉。在吃了药并且禁食三天之后，镇子里的所有的火都被熄灭了。在禁食的过程中，他们戒绝对每一种欲望和激情的满足。大赦令颁布了；所有的罪犯都可以返回他们的镇子。

"在第四天的上午，祭司长在公共广场摩擦干柴，生起了火，镇子里的每一个住宅都被提供了新的纯洁的火焰。

"他们接着尽情地吃新鲜的玉米和水果，一连三天载歌载舞，"而在接下来的四天里，他们接待来访的客人们，与来自临近镇子的朋友们一起欢庆，他们的朋友们也已经用类似的方式净化了自己，使自己做好了准备。"

每隔五十二年，墨西哥人也进行一次类似的净化活动，因为他们相信，每隔五十二年，世界就轮回一次。

字典上给圣事下的定义是："一种内心的和精神上的德行的一个外在的和可见的迹象。"根据这个定义，我几乎从未听说过比这更真实的圣事了，而且我也毫不怀疑，他们这样做是因为直接从天国获得了灵感，尽管他们并没有一部

---

① 巴特拉姆（William Bartram，1739—1823），美国植物学家。

② 马斯科吉部落印第安人，英文应该是 Muskhogeaz-Indians，为北美印第安人。本书作者梭罗用的是 Mucclasse Indians，这是他的独特拼写法。

③ 第一批果实（first fruits），一个季节中最早成熟并收获的农产品，尤其指用以祭神的瓜果。

《圣经》来记录这个启示。

在五年多的时间里，我就这样仅仅靠着我双手的劳动来养活我自己，而且我发现，一年工作大约六个星期，我就能够支付一切生活费用。整个冬天，以及大多数夏天，我都空闲，可以把时间都用于学习。我曾认真地尝试过开办学校，结果却顶多能收支平衡，甚至还会入不敷出，因为我必须要穿衣、坐车，更不用说还要相应地进行思考和信仰，这使我浪费了不少时间。由于我教书并不是为了使我的同胞获得好处，而是纯粹为了生计，所以我的教书也就是一种失败。我曾尝试做生意；但我却发现，让生意纳入正轨将需要十年的时间，说不定那时我已经踏上地狱之路了。我实际上担心的是，到那个时候我可能会在做着所谓的好生意。以前，我四处寻找谋生之路，为了迎合朋友们的意愿，而耗费了我的灵性，这悲惨的经历仍历历在目。我经常认真地想到，还不如去采摘黑果[①]；我毫无疑问能够做得到，而且由此赢得的利润虽然少，但也足够我生活了——因为我最大的优点就是需求甚少——而这只需要很少的本钱，又是如此不偏离开我的一贯心态，我就这样愚蠢地想。当我的熟人们毫不犹豫地去做生意或者从事各种职业的时候，我想，这个职业与他们的职业最为相似；于是在整个夏天我都在山上漫游，遇见黑果就把它摘下来，在那以后又把它们随便处理掉；就这样，好像是在放牧阿德墨托斯[②]的羊群。我还梦想，我可以采摘草药，或者用运送干草的车把长绿树送到惦记着森林的村民那里去，甚至送到城市里。但从那以后我便明白了，商业使它所经营的所有东西都蒙受诅咒，即使你经营上帝的福音，商业的全部诅咒也与这个生意连在一起。

由于我偏爱某些事情，尤其珍视我的自由，也由于我能够经历困苦然而却又获得成功，所以我也就尚且不想把我的时间，用来赚钱以便购买华丽的地毯或者别的漂亮的家具，或者购买令人愉快的厨房，或者购买一座希腊风格或者哥特风格的房子。如果有人没有障碍便可获得这些东西，而在获得之后又知道如何使用它们，那么我就会把对它们的追求让予他们。有些人“勤劳”，似乎为了爱劳动而劳动，也许是因为劳动能使他们不搞出更糟糕的恶作剧来；对这种人眼下我无话可说。有一些人，他们不知道该怎么处理比他们现在所拥有的更多的闲暇时间，对他们我可以提出忠告，应加倍努力地工作——一直到他们可

---

① 黑果，即黑果木（huckleberry）所结的浆果。

② 面阿德墨托斯（Admetus），塞萨利（Thessaly，希腊东部的一个地区）国王，到海外寻找金羊毛的阿尔戈英雄之一。

以养活自己，并获得他们的自由证书时为止。就我本人而言，我发现散工工人的职业是所有职业中最独立的职业，尤其是鉴于它只要求一年工作三四十天，便可养活一个人。散工工人的工作与日落一起结束，然后他就可以自由地献身于他所选择的追求，而独立于他的工作之外；但他的雇主，由于月复一月地做投机买卖，也就从一年的尽头到另一年的尽头得不到短暂的休息。

简单地说，不论是出于信念还是经验，我都确信，如果我们能够简单而又明智地生活的话，那么在这个地球上维持一个人的生活，也就并不是一种艰苦，而是一种消遣；须知那些更为淳朴的民族所追求的，现在仍然是更为虚假的民族的那些体育活动。人没有必要靠着额头上流的汗水来生活，除非他比我容易出汗。

有一个我认识的年轻人，他继承了几英亩的遗产，他告诉我，倘若他拥有那种谋生的手段的话，他认为他就会像我一样生活。我决不愿意让任何人采用我的生活方式；这是因为，在他还没有学会我的生活方式之前，我可能已经为我自己找到了另外一种生活方式，除此之外，我还愿意让这个世界有尽可能多的不同的人。我又希望，每一个人都能非常小心地找到并追求他自己的方式，而不是他父亲的、他母亲的或者他的邻居的方式。年轻人可以从事建筑，可以种地，可以航海，只要不妨碍他从事他告诉我他想做的事情就行。只有从数学的观点来看，我们才是聪明的，因为水手或者逃亡的奴隶把目光盯在北极星上；但对我们所有的生活来说，这已经是足够的指导了。在一个可以计算出的时期之内我们可能并不能到达我们的港口，但我们会坚持正确的航线。

毫无疑问，在这种情况下，适合于一个人的，也应该适合一千个人，正如一座大房子，按比例计算，并不比一座小房子贵，因为一个屋顶可以覆盖几个套间，一个地下室可以位于几个套间的底下，而一堵墙也可以把几个套间分隔开。但就我而言，我更喜欢单独的住处。而且说服别人与你共用一堵墙，还不如自己把它整个建起来，通常这样花费更少：要是与人共用一堵墙，虽然价钱便宜一些，但这墙壁一定会很薄，若再碰上并不友善的邻居，那边的墙可就得不到维护了。通常可能的唯一的合作，是非常不完全的和肤浅的；而且那点微不足道的真正的合作，就好像并不存在似的，因为真正的合作是一种人们所听不见的和谐。如果一个人拥有信念，那么他就会在每一个地方都带着同样的信念进行合作；而如果他并不拥有信念，那么他就会继续像其他的世人一样生活，不管他所交往的是什么样的人。不论是在最高的意义上还是在最低的意义上，合作都意味着我们一起生活。最近我听说，有人提议，两个年轻人应该一起进行环球旅行，其中的一位没有钱，要一边旅行一边赚钱，或者是做水手，或者是做农夫来赚钱，而另外一位的口袋里则带着一张汇票。显而易见，他们不可能长期成为旅伴或者合作，因为有一位根本就不用工作。他们将会在他们的冒险途中的第一个有趣的危机中分手。尤其是，正如我所暗示的，独自走的人能够今天就动身；但与另外一个人一起旅行的人，却必须等另外一位准备好，那么他们就可能会等上一段时间才动身。

但我听到镇子里一些人说，这一切都太自私了。我承认，到目前为止我很少肆意从事慈善事业。我已经为一种责任感作了某种牺牲，其中就包括牺牲了行善这个快乐。有一些人，他们使用了他们的所有技巧，说服我对镇子里某个贫穷家庭予以支持；倘若我无事可做——因为魔鬼不会让游手好闲的人闲着——那么我就可以尝试做一些这样的消遣活动。然而，当我想到要在这一方面做些努力，穷人的天堂负起一种责任，把某些穷人养活起来，让他们过着像我养活我自己一样的舒适生活，在这个时候，我甚至还没有冒昧到把这提出来，他们就一个个毫不迟疑地表示，他们宁可穷下去。在我的镇子里的男人和女人以如此多的方式献身于为他们的同胞行善的时候，我想这至少有一个好处，他们因此没有更多的精力去干别的违反人性的事情。慈善事业与别的任何事情一样，必须有天赋才能做好。至于行善，这已是一个人满为患的行业了。除此之外，我也曾正正经经地尝试过，但奇怪的是，我竟很高兴它与我的素质不相一致。大概我并不应该有意识地和故意地放弃我的特殊的行业，来做社会要求我做的善事，来拯救宇宙于毁灭之前；而且我相信，现在维持着这个宇宙的，是在别的地方的一种与慈善相类似，但又更加坚定的力量。但我不会阻止任何一个人去发挥自己的才能。我谢绝了这个工作，而他则是全身心地用整个生命来做这个工作，我想对他说，即使世人把这称之为作恶，也要坚持下去，须知世人是大有可能把这称之为作恶的。

我绝不是要说，我的情况是一个奇特的情况；毫无疑问，我的许多读者会做类似的辩护。在做某件事情——我不敢保证我的邻居们一定会断言那是件好事情——的时候，我会毫不犹豫地说，我是一个可以雇用的大好人；不过究竟是不是大好人，那就要由我的雇主来搞清楚了。在善这个字的共同的意义上我所做的那种善，一定是偏离开我的大道，而且大多是完全无意而为之的。实际上，人们会说，就从你所在的地方以你的本色开始吧，而不用把目标主要定在使自己更有价值上，而且应该怀着仁慈之心去行善。倘若我要以这种口吻来说教的话，我就宁可说，开始做一个好人吧。这就好像，当太阳点着了它的火焰，照耀得月亮或者一颗六等星的星星更加光辉灿烂的时候，它居然停止了下来，就像罗宾·古德费洛[①]一样四处走动，在每一个村舍的窗户朝内窥视，令人发疯，让肉变质，让黑暗可以被看见，而不是增加它的和煦的热量和善行，一直到它明亮得让凡人不能直视它的面庞，接着，与此同时，它又按照自己的轨道在世界各处行善，或者正如一位真正的哲学家所发现的那样，是世界在各处同它一起获得了善。法厄同[②]希望能够用他的善行证明他具有天国的出身，他驾驶着太阳神的马车，但还不到一天，太阳神的马车就偏离轨道了，他把天国中的较低街道上的几个街区的房子烧掉了，烤焦了大地的表面，让每一个泉水都干涸，并且制造了伟大的撒哈拉沙漠，直到最终朱庇特用一个霹雳猛地把他头朝地掷到大地上，而太阳神由于对他的死亡感到悲伤，有一年的时间没有发光。

善行一旦变质，那气味便奇臭无比。它是人的腐肉，也是神的腐肉。倘若我确实知道，有一个人正带着要给我行善的有意识的意图前来我家，我就会逃命而去，就像躲避非洲沙漠中的所谓的西蒙风，西蒙风干热，让你的嘴巴、鼻子、耳朵和眼睛都充满灰尘，直至使你窒息；而我之所以逃脱，是唯恐我会获得他给我行的某些善——唯恐让他的善的某种病毒与我的血液混合起来。不，在这种情况下，我宁可以自然的方式忍受邪恶。要是我挨饿他给我饭吃，我冻僵他给我温暖，我跌进沟里他拉我上来，这样的人对我来说并不是一个好人。我能够为你找到一只将会同样做的纽芬兰[③]狗。慈善行为并不是在最广阔的意义上的对同胞的爱。霍华德[④]以他自己的方式，毫无疑问是一个非常仁慈和值得尊敬的人，而且也得到了报偿；但是，相对而言，如果一百个霍华德的善行，并没有帮助处于最好的身份却又最应该得到帮助的我们的话，那么对我们来说一百个霍华德又有什么价值呢？我从未听说有过这样一个慈善会议，它诚恳地提出要为我行善，或者要为我这样的人行善。

那些印第安人完全让耶稣会会士畏缩不前了，那些印第安人在被绑在火刑柱上受火刑的时候，又向折磨他们的人提出用新的方式来折磨自己。由于他们对肉体上的折磨毫不在乎，所以有时他们也不为传教士们所能够提供的任何安

---

① 罗宾·古德费洛（Robin Goodfellow），英格兰民间故事中的顽皮小妖精，好恶作剧的精灵。

② 法厄同（Phaeton），希腊与罗马神话中的太阳神赫利俄斯（Helios）之子，驾驶其父的太阳车狂奔，险使整个世界着火焚烧，幸亏主神宙斯（zeus）见状用雷将其击毙，使世界免遭此难。宙斯是希腊神话中的主神，相当于罗马神话中的朱庇特（Jupiter）。

③ 纽芬兰（Newfoundland），加拿大东部的一个岛屿。

④ 霍华德（John Howard，1726？—1790），英国监狱改革家。这句话是说，霍华德的善行只是惠及监狱中的犯人，而没有惠及普通人。

慰所动。而且己所不欲，勿施于人的法则，在那些人听起来就不那么有说服力，就他们而言，他们并不在意别人怎么对待他们，他们以一种新的方式爱他们的敌人，而且几乎是自愿地原谅了敌人所做的一切。

务必要给予穷人他们最需要的那种帮助，尽管让他们远远落在后面是你造成的。如果你给钱，那就应该和穷人一起把它花掉，而不是把钱扔给他们了事。有时我们会犯下一些莫名其妙的错误。往往穷人与其说是寒冷饥饿，不如说是肮脏、穿得破破烂烂和行为粗鲁。这在某种程度上是他的趣味，而不仅仅是他的不幸。如果你给他钱，他也许就会用这钱购买更多的破烂衣服。我以前时常怜悯那些笨手笨脚的爱尔兰工人，他们穿着这样难看而又破烂的衣服在池塘上凿挖冰块，而我则是穿着干净一些、有时是时髦一些的衣服发抖，一直到后来，在一个严寒的日子，一个落进了水中的工人来到我的屋子取暖，我看见，他脱掉三条裤子和两双长筒袜，才露出身子来，虽然他的衣服是足够肮脏破烂的，但他却能够做到拒绝我提供给他的额外的衣服，因为他有着这么多的贴身的衣服。穿这么多的衣服，他掉落水中真是活该了。然后我开始怜悯我自己了，我以为，送给我一件法兰绒衬衣，比送给他一个廉价的成衣商店要仁慈。砍伐邪恶的枝丫的人有一千个，但砍伐邪恶根基的人却只有一个，而且有可能的就是，那个把最大量的时间和金钱赠给贫困的人们的人，正在通过他的生活方式尽最大的力量，产生出那种他要减轻而又终归徒劳的苦难。正是虔诚的奴隶主，把从第十个奴隶获得的收入献了出来，为其余九个奴隶购买了星期日的自由。有些人雇用穷人到他们的厨房里干活，以此表现出他们对穷人的仁慈。若是他们把自己雇用在厨房里，难道不是更仁慈吗？你吹嘘说，你把收入的十分之一用在慈善活动上：也许你应该把十分之九用在慈善活动上，与它了结关系。这样一来，社会才重新得到财产的十分之一。这究竟是由于那个拥有这个十分之一财产的人的慷慨，还是由于法官们的玩忽职守？

慈善行为几乎就是唯一得到人类充分欣赏的美德。不但如此，它还在很大的程度上被过高评价了。在一个阳光明媚的日子，在康科德这里，有一个健壮的穷人对我夸奖一个同镇子的人，因为按照他的说法，那个同镇子的人对穷人仁慈，意思是说对他本人仁慈。这个种族的仁慈的叔叔阿姨们，比这个种族的真正的精神父母更受到敬重。有一次，我听到一位牧师演讲者讲述英格兰，此人又有学问又聪明，他先是列举了英格兰在科学、文学和政治上的知名人士，莎士比亚、培根、克伦威尔、密尔顿、牛顿以及别的人，然后谈到了英格兰的基督教英雄，他把他们抬高到一个远远高于所有其他人的地位，认为他们是伟人中的最伟大的人，就好像他的职业要求他这样说似的。那些基督教英雄是佩恩[①]、霍华德和弗赖太太[②]。每一个人都一定会感觉到这种说法的虚假和伪善。最后提到的那几个人并不是英格兰的最优秀的男人和女人，也许他们只是英格兰的最优秀的慈善家。

我无意减损慈善行为应该得到的赞扬，而只是要求公正对待所有那些用其生活和行为给人类带来恩惠的人。我主要珍视的，并不是一个人的正直和仁慈，一个人的正直和仁慈就像他的树干和叶子。我们用植物的枯萎的叶子为病人制作药茶，那些植物只不过得到了低劣的使用，而且大多是被冒牌医生所利用的。我想得到的，是一个人的鲜花和果实；我想使某种芬芳能够从他的身上随风传送到我的身上，有某种成熟来给我们的交流增添情趣。他的善必定不是一种偏私而短暂的举动，而必须是一种不断出现的过剩之物，这不用他花一分钱，他也毫无察觉。这是一种掩盖了大量罪孽的慈善。慈善家常常营造一种被人抛弃的凄惨氛围，想感动人类，并将其称之为同情。我们所给予的，应该是我们的勇气，而不是我们的绝望，应该是我们的健康和从容，而不是我们的疾病，而且不得让我们的疾病由于传染而扩散。从南方的哪个平原，传来恸哭的嗓音？在哪个纬度上，居住着我们应该送去光明的异教徒？谁是那个我们要救赎的放纵而又粗暴的人？要是一个人身体不健康，他就不能履行职责了，要是他肠子疼痛——须知肠子是同情的所在地，他就应该立即着手改造——改造这个世界。他本人就是世界的一个缩影，他发现，而且这也是一个真实的发现，是他发现的——他发现，这个世界一直是在吃绿苹果，事实上，在他看来，地球本身就是一个巨大的绿苹果。想想真是可怕，苹果还没有成熟，人类的孩子就要啃它了。他的极端的慈善行为便让他径直去找爱斯基摩人和巴塔哥尼亚人[③]，去接触人口稠密的印度村庄和中国村庄。在几年的慈善活动过程中，有权势的人利用他达到了自己的目的，而他当然也治愈了他的消化不良，地球一边或者两边的面颊上也泛出了淡淡的红晕，好像开始成熟，于是生活便失去了其粗鄙，再次变得甜蜜，有益于健康了。我从未梦见过比我所犯下的更严重的罪恶了。我从不知道，而且将永远也不会知道，还有比自己更罪孽深重的人。

我认为，改革家的伤感并非来自对受难者的怜悯，而是来自他灵魂的愧疚，

---

① 佩恩（wiuiam Penn，1644—1718），又译“彭威廉”，英国基督教新教贵格会（即公谊会）领袖，北美宾夕法尼亚殖民地创建人。

② 弗赖太太（Elizabeth Fry，l780—1845），英国基督教新教贵格会会员，英国监狱改革家。

③ 巴塔哥尼亚人（Patagonian），南美洲最南端的土著。

尽管他是上帝最圣洁的儿子。如果能让错误纠正过来，如果春天能来到他的身边，如果曙光出现在他的卧榻边，那么他就会毫无歉意地抛弃他的那些慷慨的同伴。虽然我可以反对我嚼过的别的东西，但我却并不反对烟草的使用，其理由就是，我从未嚼过烟草，而且嚼过烟草的人即使改过更新了，也自会因为嚼过烟草而受到惩罚。倘若你被引入歧途，而从事这些慈善行为，那就不要让你的左手知道你的右手做的是什么，因为那并不值得知道。要把落水的人救起来，并且系好你的鞋带。从从容容地去做一些自由自在的事情吧。

我们的举止已经被与圣徒们的交流糟蹋了。我们的圣歌集里所回荡着的旋律，是对上帝的诅咒和对上帝的永远容忍。可以说，就是先知和救世主也只能安慰人的恐惧而不能肯定人的希望。从来没有什么地方记载过对生命的馈赠所表现出来的简单而压抑不住的满足，也没有记载过对上帝的难忘赞美。健康和成功全都会有益于我，不管那种益处可能显得是多么遥不可及；疾病和失败全都促使我感到悲伤，给我带来不幸，不管那种不幸可能对我怀有多少同情，或者我可能对那种不幸怀有多少同情。这样一来，如果我们确实想通过真正是印度式的、植物的、有磁性的或者自然的手段来使人类复原的话，那么首先我们自己就应该像大自然一样简朴和令人愉快，就应该驱散挂在我们额头间的乌云，并把一些活力注入我们的毛孔里。不要继续充当教会执事济贫助理，而是应该努力成为世界上的杰出人物之一。

我在设拉子[①]酋长萨迪大人[②]的《蔷薇园》(the Gulistan)中读到："他们问一位智者，在至高无上的上帝所创造的众多高大成荫的名树当中，除了柏树之外，没有一种是自由(azad)的，而柏树又不结果实；这其中有什么神秘之处？智者回答说，每一种树都有其相应的果实与季节。时令合则枝叶茂密，开花结果，时令不合则枝叶枯萎，花朵凋谢。

柏树既不存在时令合，又不存在时令不合，因而始终生长茂盛；而独立派教徒(azads)就具有这种天性。——不要把你的心固定在转瞬即逝的事情上：因为在哈里发[③]的部落灭绝之后，迪亚拉河(the Dijlah)，也就是底格里斯河，仍将继续穿过巴格达而流淌：如果你富有，那就应该像枣树一样慷慨施与；而如果没有什么可以施与，那就像柏树一样做一个自由的人吧。"

---

① 设拉子(Shiraz)，伊朗西南部城市，古波斯文化中心，其东北六十公里处有波斯帝国都城波斯波利斯(Persepolis)遗址。

② 萨迪(Sadi，或 saadi，1184? —1292)，波斯诗人。

③ 哈里发(ealiph)，伊斯兰国家的教主和统治者。

补充诗篇 贫穷的借口

你太放肆了，可怜而又贫困的家伙，
居然要求在苍穹拥有一个位置，
因为你的简陋的小屋，或者说你的木桶，
在廉价的阳光里，在背阴的泉水边，
用树根和野菜培养着某种懒惰或者迂腐的德行；
在那里，你的右手把那些仁爱的激情从头脑里扯掉，
而在头脑中开着花的美德本来是生长繁茂；
你贬低了大自然，使感觉麻木，
就像蛇发女怪一样，把活人变成石头。
我们并不要求与你的被动克制
进行乏味的交往，
也不与那种非自然的愚蠢交往，
那种愚蠢既无欢乐又无悲伤。
我们也不要求你把那种虚假升华了的被动坚忍
置于积极的坚忍之上。
这伙卑劣怯懦的人，
他们把自己的位置固定在平庸之中，
变成了你的奴性的心灵；但我们只推崇
这种美德，它容许无节制、勇敢、慷慨的行动。
那是帝王似的庄严，
是洞察一切的谨慎，是没有限度的宽宏，
这种英勇的美德古人并没有留下名称，
而只留下了典范，比如赫丘利、阿喀琉斯、忒修斯。回到你的讨厌的小屋里去吧；当你看到这个被照亮的新天空的时候，研究一下那些值得敬重的是什么人。

——托·卡鲁[①]

---

① 卡鲁（Thomas Carew，1595—1640），英国骑士派诗人，得宠于国王查理一世；写有假面剧《不列颠的天空》、长诗《狂喜》、爱情诗《诗集》等。这首诗的题目是本书作者梭罗加上去的。

第二章　我的栖身之处与我的生活目的

人生如果达到了某种境界，自然会认为无论什么地方都可以安身。因此，我也就把我周边十几英里内的村庄，全都考察了一番。我在想象中已经把所有的农场一个接着一个买了下来，因为所有的农场都要出卖，而且我也知道它们的价格。我走过每一个农场主的地盘，品尝了他的野苹果，就有关农业与他进行了交谈，以他出的价格购买了他的农场，盘算着日后再用什么价格抵押给他。价格甚至还可以高一些——什么都买下了，就是没有买下土地证书——我把他的话当作土地证书，因为我太喜欢交谈了。我耕耘这块土地，而且我相信，在某种程度上我也耕耘了他这个人，而当我从中享受到足够的乐趣的时候，我又起身离去，让他继续耕耘下去。这个经历，使我有资格被我的朋友们看作是一种房地产经纪人。不管我坐在什么地方，我都可以在那里生活，而景色也就相应地从我的身上辐射了出来。一座房子如果不是一个座位，又是什么呢？——如果是一个乡下的座位，那就更好了。我发现，许多可以建房的地点不会很快就得到改善，有些人可能认为离村子太远，但在我看来，是村子离它太远了。唔，我可以住在那儿，我说道；而且我确实在那里住了，住了一个小时，一个夏天和一个冬天；我现在看到，我能够让岁月离开，能够捱过冬天，能够看到春天的到来。这个地区的未来的居民，不管他们可能把他们的房屋安置在什么地方，都可以确信，已经有人先于他们住过了。只要一个下午的时间，就足以把这块土地开辟为果园、林地和牧场，并且决定，在门前应该留下什么优质的橡树或者松树，而且从那个地方，每一棵枯萎的树都能够物尽其用。然后我就让它处于那种状态，也许就让它休耕，因为一个人的富裕程度，是与他能做到不予触动的东西的数量相称的。

我的想象把我带到这么远的地方，我甚至想到有几个农场会拒绝我的购买——这正是我所希望的——但我从未由于实际上曾经拥有而吃过苦头。我几乎实际上就要拥有的那一次，是在我购买了霍洛韦尔家的乡间住宅的时候，我已经开始拣选种子，收集木料用来造一辆手推车，准备把这件事情继续下去。但在房主把房契给我之前，他的妻子——每一个男人都有这样一位妻子——改变了主意，希望保留这个房子，于是他便提出要给我十美元，以便使自己从这个交易中解脱出来。说实话，当时我在这个世界上只有十美分，而究竟我是那个拥有十美分的人，还是那个拥有一个农场的人，还是那个拥有十美元的人，还是那个既有十美分，又有一个农场，又拥有十美元的人，这我是算不出来的。然而，我让他既保留那十美元，又保留那个农场，因为我已经走得足够远了；更精确地说，为了慷慨起见，我就用我购买时要付的价格，把这个农场又卖给了他，而且鉴于他并不是一个有钱人，我给了他一个十美元的礼物，同时又仍然拥有我的那个十美分，以及种子，以及制作手推车的木料。这样一来我就发现，我在没有伤害到我的穷困的情况下原来是一个有钱人。不过我仍然保留了那个景色，并且从那以后，每年都不用手推车就把那个景色所带来的东西搬走。就景色而言——

我是我眺望的一切景色的君王，
我在那里的权力无可置疑。[①]

我经常看见，一个诗人在享受了一个农场的最有价值的部分之后离开，而爱发脾气的农夫却认为，他只带走了几个野苹果。嗨，过了许多年那位主人都不知道，诗人已经把他的农场写进了诗里。那道最让人艳羡的无形篱笆，把他的农场圈了起来，挤出了它的牛奶，撇去了牛奶上的乳皮，把奶油都带走了，而给农夫留下的只是脱脂奶。

在我看来，霍洛韦尔农场的真正吸引力在于：它是一个完全安静的地方，它离村子大约两英里远，离最近的邻居有半英里远，一片宽阔的田野把它与公路隔离开来；它紧挨着一条河流，主人说，春天河上会有雾，所以就没有霜冻，不过这对我来说无关紧要；房子和牲口棚颜色灰暗，一派断壁残垣的景象，篱笆也破烂不堪，说明在我和先前最后一位居住者之间相隔了这么长的时间；苹果树遭到了兔子的啃咬，因而有空洞，长满了地衣，这表明我会有什么样的邻居；但最重要的是那段回忆，我曾逆水而上，当时房子掩映在浓密的红色的枫树林之中，而从中又传来家犬的吠声。我急于要把它买下，免得业主搬走某些石头，砍掉有空洞的苹果树，挖掉那些在牧场上突然长出来的小白桦树，或者，简单地说，免得再做他的任何改善。为了享受这些优势，我准备把原状保持下去；我准备就像阿特拉斯[②]一样，把世界扛在我的肩膀上——我从未听说他为此获得了什么补偿——而且我这样做，并没有别的动机或者借口，只是为了我可以付清它的费用，不必节外生枝便可拥有它；因为我一直明白，如果我能做

---

① 这是英国诗人威廉·柯珀（William Cowper，1731—1800）的诗句。
② 阿特拉斯（Atlas），希腊神话中的以肩顶天的巨神。

得到不打扰它的话，那么它就能生产出我所想要的那种最丰富的收成。但结果呢，我在上面已经说过了。

这样一来，有关大密集的种植（我始终是花园园丁）我能够说的一切，就是我已经把种子准备好了。许多人认为，种植的年头越长，种子就越优良。我毫不怀疑，时间是能够甄别出优劣的；而且当我终于可以种植的时候，那么我将不可能失望。不过我倒愿意断然地对我的朋友们说，只要可能自由地和没有承诺地生活，我就不可能失望：把你关进农场或者县看守所，并没有多少区别。

老加图的《农书》（De Re Rustica）是我的“培养者”，他有一段话，我所见到的唯一的译文使这段话成了纯粹的胡扯，这段话是：“当你想到要购买一个农场的时候，要翻来覆去地思考，不要贪婪地把它买下来，也不要嫌麻烦不去考察它，不要以为转上一圈就够了。如果农场真的很好，你去的次数越多，它给你的快乐就越多。”我认为，我不会贪婪地把它买下来，而是只要我活着，我就会围着它一圈又一圈地转，死后就埋葬在那里，这样它就可以最终让我更快乐。

现在要说的是我下一个这种实验，我打算更详尽地予以描述，为了方便起见，我将把两年的经历一并写来。正如我已经说过的，我并不打算写一首抑郁颂，而是要像清晨的雄鸡一样，站在它的栖木之上生机勃勃地自吹自擂，但愿能够把我的邻居们唤醒。

当我最初在树林里栖身的时候，换句话说，当我开始在那里度过我的白天和夜晚的时候，那一天碰巧就是美国独立纪念日，是一八四五年的七月四日。当时我的房子还没有为过冬建好，而是仅仅能避雨而已，还没有抹上泥灰，也没有建好烟囱，墙壁是遭到风渍的粗糙木板，带有大的裂缝，这使得夜晚凉爽。斧子砍成的白色立柱，以及刚刚用刨子刨平的门和窗子框，让房子看起来又干净又通风，在上午的时候尤其是如此，那时房子的木料被露水浸湿，因而我想象，到中午的时候，某种甜蜜的树胶就会从那些木料里渗出。在我的想象中，整个白天这个房子都会多少保留着这种晨曦的氛围，这使我想起了我前一年访问过的在山上的某座房子。这是一个通风的、没有抹上灰泥的小木屋，适合款待一位旅行的神，而女神也可以在那里拖着她的裙子。那些经过我的栖身之处的风，扫过山脊，带来断断续续的旋律，那是只有天堂才有的人间仙乐。上午的风不停地吹，创世记的诗篇层出不穷，但能够听得见的人为数甚少。奥林匹斯山[1]随处都显现在大地之上。

---

① 奥林匹斯山（Olympus），希腊神话中的诸神之家。

我以前所曾拥有过的唯一的房子，如果说把一条船排除在外的话，就是一顶帐篷。夏季远足的时候，我偶尔使用它，这个帐篷现在仍然卷了起来，放在我的阁楼上。但那条船，几经转手之后，已经沿着时间的溪流漂走了。我由于有了这个更加结实的栖身之处，在这个世界上定居也就取得了一些进步。这个框架被覆盖得非常薄，因而成了我的一道水晶般的保护层，并影响到了建房者。它在某种程度上让人想到了一幅轮廓画。我不必到户外去吸收空气，因为户内的空气一点也没有失去它的清新。甚至在最多雨的气候，坐在屋内也不如坐在门的后面好到哪里去。《哈里梵萨》[①] 中说："没有鸟儿的住所就像没有加上佐料的肉。"我的住所并非如此，因为我发现，我自己突然成了鸟儿的邻居；我不是把一只鸟儿关进了笼子里，而是把我自己关进了在它们附近的一个笼子里。我不仅更靠近那些通常频繁出入花园和果园的鸟儿，而且还更靠近那些更野性和更令人激动的森林歌手，它们从来也不给一个村民唱小夜曲，或者说很少给一个村民唱小夜曲——那就是鸫科鸣鸟、威尔逊鸫、猩红比蓝雀、原野雀鹀、三声夜鹰，以及许多别的鸟。

我的房屋坐落在一个小池塘的岸边，在康科德村南边大约一英里半的地方，地势比康科德村高一些，位于那个小镇与林肯镇之间的那片广阔的森林中，而在北边大约二英里的地方，就是本地的唯一名胜——康科德战场。但由于我的房屋是在森林中很低的地方，因而在半英里之外的同样覆盖着森林的对岸，也就成了我的最遥远的地平线。在第一个星期，每当我朝外看到这个池塘，我都觉得它就像是山腰上的一个高高的山中小湖，它的湖底远远高于别的湖面。而且我看到，在太阳升起的时候，它脱去它的薄雾的睡衣，而且在各处，它的柔和的涟漪或者反光的光滑表面被逐渐暴露了出来。与此同时，雾就像幽灵一样，悄悄地向四处退去，退进森林，就像某个夜间举行的秘密宗教集会解散了一般。如同山腰上的露珠的情况一样，一直到天大亮树上还悬挂着露珠。

在八月，一场徐缓的暴雨停歇下来的时候，这个小湖作为一个邻居也就有了最大的价值。在那个时候，不论是空中还是湖水都完全是静止的，但天空乌云密布，下午三点时分却有着傍晚的一切宁静，鸫科鸣鸟在四周鸣唱，从一个岸边到另外一个岸边都能听到。像这样的一个湖，在这样的时刻最为平静；云彩让在湖上方的那部分清澈的空气变得稀薄而且黑暗，而充满了光和倒影的湖

---

①《哈里梵萨》(The Harivansa)，五世纪印度史诗，一般认为是著名的《摩诃婆罗多》(MalIabharata)的一个部分。

水，本身也就变成了一个更为重要的尘世里的天国。在附近的一个山顶上，树林不久前刚刚被伐掉，从那里朝南可以看到，有一个赏心悦目的远景就在湖的对面。山和山之间有一个宽阔的缺口，形成了湖岸，两个相对的山坡朝彼此倾斜，令人想到在那个方向，应该有一个溪流穿过一个树木茂密的山谷流淌出来，但那里根本就没有溪流。我就是以这样的方式，在附近的青山之间和之上，看着在地平线上的某些遥远而又更高的带有蓝色色调的山脉。确实，我踮起脚尖，就能瞥见在西北方向的更蓝和更遥远的山脉的一些山峰，它们是天国自己的造币厂铸造的不褪色的蓝色硬币，我还能瞥见村子的一角。但朝别的方向，即使从这个位置，我也不能看到在围绕着我的树林之外的地方。附近有水是令人满意的，水能让地球有浮力，能够漂浮。甚至最小的水井也有价值，它的一个价值就是，当你朝井里看的时候，你就能够看到，地球并不是连绵的一大片，而是孤岛。这就像井水能让黄油保持凉爽一样重要。在这个小山顶，越过池塘眺望萨德伯里草地，我觉得在发大水的时候，草地就像脸盆里的硬币一样被抬高了，可能这是山谷中热气升腾导致的幻象。在池塘之外，大地似乎是一层薄壳，这个薄壳是绝缘的，甚至这个小小的进行干预的水流也能让它漂浮起来，这时我才意识到，我居住的这块地方只不过是干燥的土地。

尽管从我的门口朝外的视野仍然是有所限制的，但我却一点也没有感到拥挤或者受到局限。有足够的牧场可让我驰骋想象。小湖对岸是矮橡树覆盖的高原，一直延伸到西部的大草原和鞑靼式的干草原，它们为所有的流浪家庭提供了足够的空间。当达摩达拉[①]的牛群要求得到新的更大的草场的时候，他说："只有可以自由享受广阔的地平线的人，才是世界上最幸福的人。"

不论是地点还是时间都改变了，我居住的地方距离宇宙、距离我所向往的那些历史时代都更近了。我所居住的地方，就像天文学家在夜间看到的许多天体一样遥远。我们经常想象，在星系中某个遥远而又更神圣的角落里，在仙后座五亮星的后面，有一些远离喧嚣和干扰的罕见而怡人的地方。我发现，我的房子实际上就处于这样一个离群索居的地点，但又是宇宙中永世常新、不受亵渎的那个部分。假如说，越是接近昴宿星团或者毕宿星团、金牛座或者牵牛星的地方，就越值得定居的话，那我真的就是住在那里，或者说是与那些星座一起，远离了被我抛在身后的尘世，如同微光闪耀，照亮我最近的邻

---

① 达摩达拉（Damodara），印度教中的克利须那（Krishna，亦译克里希那，即印度教三大神之一黑天）的另外一个名字。

居，而邻居又只有在没有月光的晚上才能看见我。我所擅自占用的，就是天地间的这一部分——

> 那里曾经住着一个牧羊人，
> 他的思想就像高山一样崇高，
> 他的羊群在高山之上，
> 时刻为他提供食物。[1]

如果他的羊群总是漫游到高于他的思想的牧场上，那么我们应该怎样看那个牧羊人的生活呢？

每天清晨都是一个使人感到愉快的邀请，使得我的生活与大自然一样朴素，而且我可以说，与大自然一样单纯。我一直就像希腊人一样，是曙光女神奥罗拉的真诚的崇拜者。我起床起得早，然后在池塘里沐浴：这是一种宗教活动，是我做的最好的事情之一。据说，在成汤王的浴盆上就镌刻着这样的铭文："苟日新，日日新，又日新。"[2]这我能够理解。清晨把英雄辈出的年代带回来了。天一破晓，当我打开门窗坐着的时候，蚊子便穿过我的套间进行人看不见又难以想象的旅行，它发出的微弱的嗡嗡声触动了我，就像赞颂声誉的号角对我的触动一样。那是荷马[3]的安魂曲，它本身就是空中的《伊利亚特》和《奥德赛》，唱出了自己的愤怒与漂泊。在这当中蕴涵着宇宙的禅机，只要不被禁止，它就总是在渲染世界的永恒的活力和生机。清晨是一天的最难忘的一段时间，是唤醒人们的时刻。那时我们最无睡意，至少有一个小时，我们身体中日夜昏睡的某个部分会苏醒。

假如我们不是被自己的天赋唤醒，而是被仆从的手臂机械地推醒；假如我们不是被内心的新生力量和内心的渴望唤醒，而是被工厂的钟声唤醒，不是伴随着天堂的悠扬音乐，不觉得芬芳弥漫空气——假如我们醒来时生命并不比睡眠时崇高，那么这样的一天，如果这可以被称作一天的话，又有什么希望可言？而这样一来，黑暗也就结出果实，证明自己是善良的，完全可以与光明相媲美。一个人如果不相信每一天都有一个更早、更神圣的、未被他亵渎的黎明，

---

① 这是一首发表于一六一〇年的无名氏的诗作。

②《大学·曾传》："汤之盘铭曰：'苟日新，日日新，又日新。'"

③ 荷马（Homer），约公元前九至前八世纪的古希腊吟游盲诗人，史诗《伊利亚特》和《奥德赛》被认为是其所作。

那么他就已经对生活绝望了，而走上一条堕落的、黑暗的道路。在感官生活的那一部分休息以后，人的灵魂，或者更确切地说灵魂的器官，又每天都得以恢复元气，他的天赋又再次尝试能够创造出什么样的高尚生活。我应该说，一切难忘的事件都是在清晨的时间，在清晨的空气中发生。《吠陀经》[①]说："一切悟性都随着清晨苏醒。"诗歌和艺术，以及人们的最美好、最难忘的行动，都可以追溯到这样一个时刻。所有的诗人和英雄，比如门农[②]，都是曙光女神奥罗拉的孩子，在太阳升起的时候奏出他们的音乐。对思维活跃、精力旺盛、与太阳同步的人来说，白天就是永恒的清晨。时钟的报时、众人的态度以及工作性质，都无关紧要。清晨是我醒来的时刻，在我的心中有一种黎明。道德改良就是要做出扔掉睡眠的努力。假如人们不是整天睡觉的话，那又为什么对他们的白天作这样蹩脚的描述呢？他们并不是这样蹩脚的计算者。倘若他们不是被困倦所征服的话，他们是能够有所作为的。几百万人都清醒得足以从事体力劳动：但在一百万人当中，只有一个人是清醒得足以做出脑力上的努力，而在一亿个人当中，只有一个人是清醒得足以过上一种诗意的或者是神圣的生活。醒着即为活着。我从未遇见一个十分清醒的人。我又怎能直视他的脸呢？

我们必须学会再次觉醒并保持觉醒，而这又并不是靠着机械的帮助，而是靠着对黎明的无穷尽的期望，那种期望在我们睡的最熟的时候也并没有抛弃我们。与人类用一种有意识的努力，来升华他的生活那种无可置疑的能力相比，我不知道还有什么更鼓舞人的事实。能够画出一幅特殊的图画，或者雕刻出一个塑像，并从而使得几个物品变得美丽，是了不起的；但远远更为荣耀的，则是雕刻和画出我们所看透的那种气氛和生活环境，从道德观点来看我们是能够这样做的。影响时代特征的艺术，才是最高境界的艺术。每一个人的任务，都是要使得他的生活，甚至他的生活的细节，值得被他的最升华的和最关键的时刻所仔细思考。倘若我们拒绝我们所获得的这种微不足道的信息，或者更确切地说是用尽了这种信息，那么神谕就会清晰地告诉我们，怎样可以做到这一点。

我之所以到森林中去，是因为我想从容不迫地生活，想只是面对着生活的实质性的事实，并且看到，是否我不能学到生活需要教给我的东西，而并非到了我死去的时候，发现我并没有按照生活对我的教育而生活。我并不想过那种并非生活的生活，因为生活是如此珍贵；我也不想听天由命，除非那是完全必

---

①《吠陀经》(The Vedas)，印度教最古老的经典文献。

②门农(Memnon)希腊神话中的埃塞俄比亚人之王，在特洛伊战争中为阿喀流斯(Achilles)所杀，主神宙斯赐予永生。

要。我想深入地生活，把生活的一切精髓都汲取出来，想顽强地生活，如斯巴达人一样，铲除一切非生活的东西，大刀阔斧，细微修理，把生活驱逐到角落里，把生活条件降低到最低限度。如果生活本来就是卑贱的话，那又为什么不把生活的全部和真正的卑贱找出来，并把它的卑贱公之于世；而如果生活是崇高的话，那么就通过经历来理解它的崇高，并能够在我的下一次旅程中真实地描述它的崇高。这是因为在我看来，大多数人都奇怪地搞不清楚什么是生活，不管那是魔鬼的生活还是上帝的生活，而且他们又多少匆忙地得出了结论，认为在这里人的主要目的就是"赞美上帝，永享他的赐福"。[①]

我们仍然卑贱地生活着，就像蚂蚁一样，尽管传说告诉我们，我们老早以前就变成了人。我们就像小矮人一样与鹤作战。这是错上加错，碎布加上碎布，我们最美好的品德因此便遇到了它的劫数，而这本来是多余的，可以避免的。我们的生活就这样在琐碎中被挥霍了。一个诚实的人只需数数他的十个手指头，在极端的情况中可以再数数他的十个脚趾，就几乎足以把其余的都归并在一起了。要简朴，简朴，简朴！我告诉你，你要处理的事务有两三件足矣，而不是一百件或者一千件；不要数上一百万，而是数上半打，并且简略地记下你的账。在文明生活的这个波涛汹涌的大海之中，这就是那些乌云、风暴、流沙，以及一千零一个可以留出余地的东西，这样一来，如果一个人不想船只沉没、葬身海底而无法抵达港口的话，他就必须准确地计算来生活，而获得成功的人也就确实必定是一个伟大的计算者。要简化，简化。如果有必要的话，那就只吃一顿，而不要一日三餐；如果有必要的话，那就只吃五个菜，而不要吃一百个菜；并且相应地减少别的食品。我们的生活就像一个德意志联盟，它是由小国组成，其疆界总是在波动，结果甚至德国人也无法告诉你，在某个特定的时刻它的疆界是什么。国家尽管有着所谓的内部改善，可顺便说一句，这些改善只是非常外表和肤浅的东西；而国家本身则是一个如此庞大臃肿、难以运转的机器，里面塞满了家具，被它自己布下的罗网所绊倒，被奢靡与挥霍毁灭殆尽。它缺乏深谋远虑，没有一个有价值的目标，就像在这个国度里的一百万个家庭一样。治愈它的唯一措施，就是采取强硬的经济政策，过一种比斯巴达人还要苛刻的简朴生活，并且升华目的。现在的生活太放荡了。人们以为，国家必须拥有商业，出口冰块，用电报来交谈，开车一个小时行驶三十英里，而毫不怀疑它们是否合适；但我们究竟应该像狒狒一样生活，还是像人一样生活，却有点

---

① 语见英国西敏寺（Westminster Abbey）的教理问答。

搞不清楚。如果我们没有生产出枕木来，没有铸造出铁轨来，没有日日夜夜献身在这个工作上，而是对我们的生活修修补补，以这样的方式改善我们的生活，那么还有谁会建造铁路呢？而如果铁路没有建造出来，我们又怎能及时地到达天国呢？但如果我们待在家里，专心于我们的事，那么谁又会需要铁路呢？不是我们在铁路上旅行，是铁路在我们身上旅行。你是否想过，在铁路下面的那些枕木是什么？每一根枕木都是一个人，是一个爱尔兰人，或者一个新英格兰人。铁轨就铺在他们的身上，他们被沙子覆盖，火车车厢在他们的上面平稳地驶过。我敢保证，他们是可靠的枕木。而且每过几年，又有一块地被建好了铁路，又有火车在上面行驶过去；这样一来，如果有人有幸乘坐火车，那么别的人也就有了被碾压的不幸。而如果他们碾压过的是一个正在梦游的人，是一根方向错了的多余的枕木，并把他唤醒了，他们就会突然刹车，大叫大嚷，好像那是一个例外似的。我高兴地了解到，每隔五英里就要需要一帮人，才能让那些枕木一直躺倒在那里，与路基齐平，因为这意味着，枕木有时是会翘起来的。

我们为什么竟会这样匆忙地生活，这样浪费生命？在我们饥饿之前，我们就决心要挨饿了。人们说，一针及时，可省九针，因而他们今天及时缝上一针，以便省下明天的九针。至于工作，我们并没有任何重要的工作。我们患上了圣维杜斯舞蹈病[1]，不能够让我们的脑袋停止晃动。假如我在教区里，只不过拉了钟绳几下，比如说是要发出火警信号，那么在钟声还没有落下来之前，在康科德的郊区那些在自己的农场里干活的人，尽管在早上还多次说农活如何要紧，却全都会放下手里的活，朝钟声跑去，我几乎可以说，孩子和女人也全都会朝钟声跑去，而这又并非主要的是要从火中抢救财产，如果我们承认事实的话，他们更是要去看火的燃烧，因为火是一定会燃烧的，而且又应该知道，我们并没有放火——要不然就是要看见火被扑灭，并且在扑灭上助一臂之力，如果火灭得漂亮的话；是的，即使着火的是教区教堂本身。几乎没有一个人在饭后小睡半个小时醒来后，抬起头问："有什么新闻？"好像其余的人类都为他站岗似的。有的人要别人每隔半个小时就叫醒他，毫无疑问也是为了要知道有什么新闻；然后为了回报，他们把自己做的梦讲述出来。在睡了一夜的觉之后，新闻就像早饭一样不可或缺。"请告诉我在这个地球上的任何地方发生在一个人身上的任何新的事情。"——而且他一边喝咖啡，吃面包卷，一边从报纸上读到，

---

① 圣维杜斯舞蹈病（saint Vitus dance），多见于儿童的一种疾病，症状为面部和身体突然出现轻微的失控性痉挛。

今天上午在瓦奇托河[①]有一个人的眼睛让别人给挖出来了；与此同时他从未考虑到，他是生活在这个世界的黑暗、深奥莫测的巨大洞穴里，而且他本人的眼睛作为一种器官已经退化了。

就我而言，没有邮局我也能轻而易举地凑合。我认为，通过邮局而进行的重要交流非常之少。挑剔地说，我一生中只收到过一两封抵得上邮资的信——几年前我就写过这么一句话。一便士邮政[②]通常是这样一种制度，你通过它认真地给一个人一个便士，来换取他的思想，而那个思想又往往是安全地以开玩笑的方式提供了出来。而且我确信，我从未在报纸上读到任何值得注意的新闻。如果我们读到，有一个人被抢劫了，或者被谋杀了，或者死于事故，或者有一幢房子被烧着了，或者一艘船沉没了，或者一艘蒸汽船爆炸了，或者有一头牛在西部铁路被撞死了，或者一条疯狗被杀死了，或者在冬天出现了一群蝗虫——那么我们根本就不必再读别的新闻了。一条足矣。如果你了解了原则，又何必在乎它的不计其数的例子和应用呢？在哲学家看来，所谓的新闻全都是道听途说，那些编辑和阅读新闻的人是喝茶的老太太。然而对这种道听途说趋之若鹜的人又并非少数。我听说，几天以前人们冲进一家报馆，想了解最新的国际新闻，结果报馆的几块大的方形平板玻璃都被挤碎了——我认真地认为，这种新闻，一个头脑灵活的人在十二个月或者十二年前就可足够精确地写出。例如，有关西班牙，如果你知道每隔一段时间，便把唐卡洛斯[③]和西班牙公主，以及唐佩德罗、塞威尔和格拉纳达以正确的比例抛出来——自从我读报以来他们可能把那些名字稍微更改了一下——并在没有别的娱乐新闻的时候提供出一场斗牛，那么它就能成为不折不扣的新闻，能够就像报纸上在这个标题下面的最言简意赅而又表达清楚的报道一样，让我们很好地了解在西班牙的事情的精确状态或者变化。至于英格兰，一六四九年的革命几乎就是来自那个地方的最后一条重要的新闻；而如果你已经知道了英格兰历年的谷物平均产量，那么你就可能再也不关心这个新闻了，除非你的投机纯粹是为了赚钱。假如要一个人判断，谁是很少看报的，他会说，国外从来就没有什么新闻，就是法国革命也不是什么新闻。

什么是新闻！更为重要的是要知道永远也不会过时的事情。“（卫大夫）蘧

① 瓦奇托河（wachito River），流经阿肯色州和路易斯安那州的河流。

② 一便士邮政（penny-post），指旧时无论邮件路程远近均收一便士邮资的邮政制度。

③ 卡洛斯（Don Callos，1788—1855），西班牙王位觊觎者，国王查理四世的第二个儿子，王室正统主义者领袖。

伯玉使人于孔子。孔子与之坐而问焉。曰：夫子何为？对曰：夫子欲寡其过而未能也。使者出。子曰：使乎！使乎！[①]”周末本是农民休息的时间，他们已经昏昏欲睡了，因为星期日是一个辛勤工作的星期的恰当的结束，而不是新的一周的勇敢的崭新开始，牧师不应该用这个另外的冗长的布道，来折磨他们的耳朵，而是应该用雷鸣似的声音喊道：“停下来！停住！为什么似乎是这么快，而实际上又慢得要死呢？”

假象和错觉被看作是最可靠的真理，而现实则是难以置信。若是人们愿意只是冷静地观察现实，而不让自己被欺骗，那么把生活与我们所知道的事情相比较，生活就会像一个童话，像《天方夜谭》这样的消遣读物。倘若我们只尊重必然的和有权存在的事物，那么音乐和诗歌就会在街道上回荡。当我们从容不迫而又明智的时候，我们就能领悟到，只有伟大而又有价值的东西，才能永久和绝对地存在——琐碎的恐惧和琐碎的欢乐只不过是现实的影子。现实始终是使人兴奋和崇高的。人们闭上眼睛睡眠，同意被假象所欺骗，从而也就在每一个地方确立并证实了他们的日常生活和习惯，而习惯仍然是建立在纯粹错觉的基础上。戏耍生活的孩子们，能够比成年人更清晰地辨明生活的真正法则和关系。成年人活得一塌糊涂，但却认为他们由于有经验而更明智，换句话说，他们是由于遭受了失败而更明智。我在一本印度书里读到，“从前有一个王子，他在婴儿的时候就遭到放逐，被一位山林居民抚养成人，由于是在这种状态成长起来，因而他也就想象他是他所生活在其中的野蛮种族当中的一员。他父亲的一位大臣发现了他，向他透露了他的身份，由于有关他的身份的误解被去掉了，因而他知道自己原来是个王子。”这位印度哲学家继续说，“因而灵魂从它所处的境遇中出发，看错了它自己的身份，一直到圣哲向它披露真相，它才知道原来自己就是梵[Brahma]。”[②]我领悟到，我们这些新英格兰的居民之所以实际上过着这种平庸的生活，是因为我们的眼力并没有透过事物的表面。我们认为，表象的东西就是真正的东西。你想，如果一个人从这个镇子走过，并且只看到现实的话，那么那座“磨坊水坝”[③]会通向哪里呢？倘若要他给我们讲述他在那里所看到的现实的话，那么我们就认不出他所描述的那个地方。你如果看到一个礼拜堂，或者一个法院大楼，或者一个监狱，或者一个商店，或者一个住宅，并且说出在真正凝视的时候它实际上是什么东西的话，那么在你对它们的讲述

① 语见《论语·宪问篇第十四》。

② 梵[Brahma]，印度教主神之一，为创造之神，亦指众生之本。

③ 磨坊水坝（mill-dam），用以把河拦成水池，为磨坊水车提供水力。

中，它们就全都会分裂成为碎片。人们以为真理是在遥远的地方，是在体系的郊外，是在最遥远的星星的背后，是在亚当[1]之前和最后一个人之后。在永恒之中，确实有某个真实而又崇高的东西。但这些时间、地点和时机全都是在现在，在这里。上帝本人在当前的时刻达到了顶点，而永远也不会在所有的时代的流逝中变得更加神圣。我们只有让周遭的现实不断地浸润渗透，才能够领会崇高和高尚的事物。天地万物不断地和顺从地对我们的种种观念产生反应；不管我们的旅行是迅速还是缓慢，道路都为我们铺好了。那么就让我们在构想出的观念中度过人生吧。不论是诗人还是画家都从未有过这样美好而又高贵的设计，但起码他的一些后代能够予以完成。

让我们就像大自然一样，从容不迫地度过一天，而不要因为落在铁轨上的每一个坚果外壳或者蚊子翅膀而偏离轨道。早早起身吧，吃不吃早饭无关紧要，但求身心从容无忧；任友人来去，钟声响起，孩子哭泣——下决心好好过一天。我们为什么要认输，随波逐流呢？不要让我们在位于子午线的浅水处，那所谓的正餐的可怕的急流和漩涡中，跌倒被淹没。你如果经受住这个危险的话，你就是安全的，因为剩下的路是下坡路。要带着未松弛的神经，带着清晨的活力，在危险旁边航行，要朝另外一个方向看，就像尤利西斯[2]一样把自己绑在桅杆上。如果机车鸣响汽笛，那就让它继续鸣响，直到累得声音嘶哑。如果钟声敲响，我们为什么要跑呢？我们将考虑，钟声像什么音乐。让我们静下心来工作，涉足于见解、偏见、传统、错觉和表象的烂泥之中，涉足于那个覆盖着地球的淤积层，穿过巴黎和伦敦，穿过纽约和波士顿以及康科德，穿过教会和国家，穿过诗歌、哲学和宗教，直到我们来到一个我们称其为现实的坚硬的底部和在其应在之处的岩石，并且说，没错，就是它。由于拥有了一个支点（point d.appui），又开始在洪水、冰霜和烈火的下面，建造一堵墙或一个国家，或者牢靠地立起一个路灯柱，或者也许立起一个测量仪器，那并不是一个尼罗河水位测量标尺，而是一个现实水位测量标尺，这样一来未来的各个时代就可以知道，假象和表象的洪水经常是积累得多么深。如果你正好面对着一个事实，你就会看到，太阳的两面都发光，好像一把短弯刀[3]，并且感受到，太阳的甜蜜的刀刃

---

① 按照基督教《圣经》的说法，亚当是人类的始祖，也就是第一个人。

② 尤利西斯（ulysses），古希腊史诗《奥德赛》（Odyssey）中的英雄奥德修斯（Odysseus），是拉丁文名。

③ 短弯刀，原文是 cimeter，是 scimitar 的变体。主要由亚洲人（如阿拉伯人和波斯人）使用的一种刀身弯曲、刀刃在凸出侧的军刀。

正在穿过心脏和骨髓把你分开，这样你就能愉快地结束你的现世的事业。不管生死，我们都追求现实。如果我们真的是在死去，那么就让我们听见在我们的喉咙里的格格响声，感受到在四肢里的寒冷；而如果我们活着，那就让我们忙我们自己的事情。

时间只不过是供我垂钓的溪流。我饮用溪水；但在我饮水的时候，我看到了它的沙床，发现它是多么的浅。它的涓涓细流徐徐流走了，但永恒仍在。我想进一步饮水，我想在空中钓鱼，天空的河床是用星星的鹅卵石铺成的。我一个鹅卵石也数不出来。我不认识字母表上的第一个字母。我始终感到遗憾的是，我不像我出生的那一天聪明。智力是一把切肉刀，它觉察出事物的秘密并切入事物的秘密。我不想让我的手忙于没有必要的事情。我的头就是双手和双脚。我感到，我的最好的能力集中在我的头上。我的本能告诉我，我的头是一个掘洞的器官，就像有些生物用它们的口鼻和前爪掘洞一样，我想用我的头穿过群山开矿，并掘出一条路来。我认为，最丰富的矿脉就在附近的某个地方。因而我凭借占卜杖[①]，根据升腾的薄烟雾来判断，我将在这里开矿了。

第三章　阅　读

如果在选择追求的时候能够稍微审慎一些的话，那么所有的人也许都会从本质上成为学者和观察者，须知学者和观察者的性质和命运当然令所有的人都感兴趣。在为我们自己或者我们的后代积累财产的时候，在建立一个家庭或者一个国家的时候，甚至在获得声誉的时候，我们都是凡夫俗子，但是在讨论真理的时候，我们则是不朽的，没有必要害怕改变，也没有必要害怕事故。最古老的埃及哲学家或者印度哲学家，揭开了神的塑像的面纱的一角，那颤抖的长袍如今还是这样撩起，因而我就像那个塑像一样凝视着一种新的光荣，因为如此大胆的正是在他身上的我，而现在审视着那个幻景的，正是在我身上的他。在那个长袍上没有落下任何尘土；自从那种神性被揭示出来，时间并没有流逝。那个我们确实在改善，或者可以改善的时刻，既不是过去，也不是现在，也不是将来。

与一所大学相比，我的住所要更为有利，不仅有利于思考，而且有利于严

① 占卜杖（divining rod），是一种叉形杖，据称可以用来探寻矿脉和水源。

肃的阅读。尽管我是在普通的流动图书馆的服务范围之外，我却比以往更位于那些在世界各地流通的书籍的影响之中，那些书中的句子最初是写在树皮上的，现在也只不过是每隔一段时间誊写在亚麻布纸上。诗人米尔·卡马尔·乌丁·马斯特[1]说："坐着在精神的世界里驰骋，这是我从书中获得的优势。一杯美酒即令人沉醉。当喝下深奥的学说的琼浆的时候，我便体验到了这种快乐。"在整个夏天我都把荷马的《伊利亚特》放在我的桌子上，尽管我只不过偶尔读上几页。起初，没完没了的体力劳动使得更多的学习成为不可能，因为在那同一个时期，我的房子还没有建完，而且我还得为我的豆子地锄草。但是想到以后可以好好地阅读，我就精神振作起来。我在工作的闲暇，读了一两本浅薄的游记，结果那种阅读使得我为自己感到害羞，于是我便问，我到底是住在什么地方。

能够用希腊文阅读荷马或者埃斯库勒斯[2]的作品的学者，就没有变得放荡或者奢侈的危险，因为他把上午的几个小时用来阅读荷马或者埃斯库勒斯笔下的英雄的事迹，就暗示他是在一定程度上仿效那些英雄。这些英雄的篇章，即使是用我们的母语的印刷符号印刷出来的，在这个颓废的时代，也终难逃化作一堆僵死文字的命运。我们必须不辞辛劳地探询每一个字、每一行话的意思，竭尽我们的智慧、勇气以及豪情挖掘出蕴涵其间的深层含义。现代的廉价而又多产的出版业，尽管翻译了那么多著作，却没有能够使我们更靠近古代的英雄作家。他们似乎还是那么孤独，印刷他们作品的文字一如既往，还是那么稀奇古怪。如果只是学到一种古代语言的某些字句，也值得花费宝贵的青春时光，因为那些字句是从街道上的浅薄的话中提升出来的，而成为持久的联想和刺激。农夫记住并重复他所听到的那几个拉丁语词，并不是徒劳无益。人们有时谈论起来，好像对古典作品的研究终于要为更为现代、更为实用的学习让路了。但有进取心的学者却将总是要研究古典作品，不管那些作品可能是用什么语言写出来的，也不管它们可能是多么古老。因为如果古典作品不是被记录下来的人类最崇高的思想的话，又是什么呢？它们是唯一不朽的神谕，在它们当中对最现代的探究所作的回答，就是德尔斐的神谕和多多纳的神谕也没有做到。[3]或许我们不妨忘记研究大自然，因为大自然老了。书读得好——也就是说，以

---

① 米尔－卡马尔·乌丁·马斯特（MIr Camm-Uddin-Mast），十八世纪波斯诗人。

② 埃斯库勒斯（Aeschylus，公元前525—前456），古希腊三大悲剧作家之一，现存（被缚的普罗米修斯）、《波斯人》、《阿伽门农》等悲剧七部。

③ 德尔斐（Delphi）和多多纳（Dodona）均为古希腊城市，都有神示所，即宣示神谕的地方。

一种真正的精神阅读真正的书——是一种高尚的训练，读者所耗费的心力，超出了举世公认的任何训练。它要求像运动员那样进行训练，几乎终生抱定这个目标，持之以恒。读书与著书一样，也必须审慎而又有节制。即使你讲的语言与原著的语言相同也是不够的，因为在口语和书面语之间，在听的语言和读的语言之间，还是存在着明显的差距。其中一种是短暂的——是一种声音，一种口舌，只不过是一种方言，几乎是野蛮的，而且我们就像野蛮人一样，从母亲那里无意间学得。另外一种，则是那种语言的成熟和体验：如果那是我们的母语的话，那么这就是我们的父语，是一种有节制和精选出来的表达，它寓意无穷，非我们的耳朵所能领悟，为了能说这种语言，我们必须再出生一次。那些在中世纪仅仅能说希腊语和拉丁语的芸芸众生，并不能凭着出生的运气而有资格阅读那些使用这些语言进行写作的天才们的作品；因为这些作品并不是用他们所会的希腊语或拉丁语写出来的，而是用文学的精选出来的语言写出来的。他们并没有学会希腊和罗马的那些更高贵的方言，写出那些作品所使用的材料本身对他们来说是废纸，他们所珍视的相反却是一种廉价的当代文学。但当欧洲的那几个国家获得了他们各自的、尽管是简陋的书面语言，足以满足他们兴起的文学的需要的时候，基本的学术复活了，学者们得以从那个遥远的古代识别出古代的珍宝。罗马和希腊大众当年听不明白的作品，在经过几个时代之后有一些学者阅读了，今天也只有一些学者仍然在阅读。

不管我们可能会怎样钦佩演说家偶尔的口若悬河，但最高贵的书面话语却通常远远在转瞬即逝的口头语言的后面，或者说远远高于转瞬即逝的口头语言，就像群星灿烂的天空是在云彩的后面一样。天空中是有星星的，那些有能力的人就可能观察到它们。天文学家总是在评论它们，观察它们。它们不同于我们的日常谈吐或者雾气氤氲的呼吸。论坛上的所谓的雄辩，其实通常就是书斋里的修辞。演说家听凭于一个起因短暂的灵感，对他面前的乌合之众讲话，对那些能够听得见他的话的人讲话；但作家，他的更宁静的生活就是他的起因，激发演说家灵感的事件和人群也会让他分心，他是对人类的心智讲话，对任何时代所有能够理解他的人讲话。

无怪乎亚历山大[1]在远征的时候，随身携带装在一个珍贵的盒子里的《伊利亚特》。一个书写的字就是最上等的文物。与任何别的艺术作品相比，它都是

① 亚历山大，即亚历山大大帝（Alexander the Great，公元前356—前323），马其顿国王，先后征服希腊、埃及和波斯，并侵入印度，建立亚历山大帝国。

某个既与我们更加亲密又更具有普遍性的东西。它是最靠近生活自身的艺术作品。它可以被翻译成每一种语言，不仅可以被阅读，而且实际上可以被所有的人挂在嘴边；它不是仅仅可以用画布和大理石描绘出来，而是可以用生命自身的呼吸描述出来。一个古代人的思想的象征，变成了一个现代人的言语。两千个夏天，既给希腊的大理石雕刻带来一种更加成熟的金色的秋天色调，也给希腊文学的纪念碑带来一种更加成熟的金色的秋天色调，因为它们把自己的安详而又神圣的气氛，带进了所有的国度，使自己免遭时光的侵蚀。书是世界的珍贵财富，是各个民族代代相传的健康遗产。最古老的和最优秀的书，是自自然然、堂堂正正地站立在每一个农舍的书架上。它们自己没有理由去恳求，但在它们启迪和激励读者的时候，读者的常识就不会拒绝它们。它们的作者是每一个社会里的自然的和富有魅力的贵族，它们给人类带来的影响要大于国王或者皇帝。目不识丁，也许还日空一切的商人，通过进取心和勤奋，而赢得了他所渴望的闲暇和独立，跻身于财富与时尚的圈子，他最终必将要转入那些更加高级、然而却又仍然不可进入的知识分子和天才的圈子，他这才意识到自己教养上的不足，意识到他的所有财富都是虚幻和不充分的，他要进一步证明他的正确的判断力，于是要努力为他的子女获得他敏锐地感到欠缺的知识文化，这样一来，他也就成为一个家族的奠基者。

那些没有学会用作品的写作语言来阅读那些古代经典的人，也就对人类种族的历史有着一种非常不完整的认识，因为值得注意的是，那些古代经典都还没有被翻译成任何现代语言，除非我们的文明本身可以被看作是一种现代译文。荷马的作品是从来也尚未用英语印刷，埃斯库勒斯的作品也是尚未用英语印刷，甚至维吉尔[①]的作品也是尚未用英语印刷——这些作品几乎就像清晨本身一样高雅、质纯和美丽；因为后来的作家，我们不管说他们是多么具有天才，都几乎无法与那些古人的精巧的美和完善以及终生的和英勇的文学劳动相媲美。那些对古代经典一无所知的人，才会谈到要把它们忘却。等到我们拥有了那种使我们能够阅读和欣赏它们的学问和天才的时候，再把它们忘却也不迟。当那些我们称之为经典作品的文物，以及各个国家的更加古老、比经典还经典但甚至又更不为人知的圣书被进一步积累起来的时候，当像罗马教皇的皇宫这样的地方，在收藏了像荷马、但丁和莎士比亚这样的作家的作品的同时，还收

① 维吉尔（Virgil。公元前70—前19），古罗马诗人，其诗作对欧洲文艺复兴和古典主义文学产生巨大影响。

藏了像《吠陀本集》、《阿维斯陀古经》[1]和《圣经》这样的圣书的时候，那么未来的所有的世纪都将相继地把它们的纪念品放置在世界的广场之上。用这样一摞纪念品，我们将可望能够最终登上天国。

人类还从来没有读懂伟大诗人的作品，因为只有伟大的诗人才能读懂它们。人们读这些作品，如同仰望星辰一样，充其量是观看星象，而不是研究天文。大多数人学会阅读，是为了获得一种微不足道的便利，就像学会用密码书写，是为了记账并在做生意的时候不会上当，但对于一种高尚的智力训练的阅读，他们所知微乎其微或者一无所知。然而只有这种阅读，才是在一个高层次的意义上的阅读，它不是像奢侈品一样让我们昏昏欲睡，听任更高尚的官能一直睡眠，而是我们在阅读的时候不能不蹑手蹑脚，不能不献出最警觉、最清醒的时间。

我认为，在学会了我们的字母以后，我们就应该阅读文学中的最优秀的作品，而不应该在四五年级的时候，总是在重复我们的 a，b，abs，以及只有一个音节的单词，不应该在我们的一生都坐在最低年级的教室里。大多数人，如果他们读过《圣经》，或者听过别人读《圣经》，或者也许《圣经》这本好书的智慧让他们感到自己有罪，他们就感到满足了，而在他们的余生则阅读所谓的轻松读物，从而浪费掉自己的才能，无所事事。在我们的流动图书馆里，有一部几卷本的著作，书名叫《小里丁》，这本书我认为涉及的是我没有去过的一个名字叫小里丁的镇子[2]。有一些人，他们就像鸬鹚和鸵鸟一样，能够把这种东西全都消化掉，甚至在饱餐了肉和蔬菜之后也能消化掉，因为他们不能容忍浪费任何东西。如果说别的人是提供这种粮秣的机器，那么他们就是阅读这种粮秣的机器。他们读了有关泽布伦与塞芙罗尼亚的第九千个故事，他们之间的爱前无古人，而且他们的真正的爱情的道路并不平坦——反正就是那个爱在进展的时候遭遇到障碍，跌倒了再爬起来，继续进展！有某个可怜的不幸的人，他爬到了教堂的尖塔上，而他本来就应该永远也没有爬到教堂的钟楼上；然后，在掉以轻心地让他爬到那个地方以后，快乐的小说家便把钟敲响，让整个世界的人聚集在一起倾听，啊，天哪，他是怎样又下来的！就我而言，我认为，他们最好还是把普遍的小说领域里的这种有抱负的英雄，全都变形为人形风标，就像以前把英雄放置在各个星座当中一样，让他们不停地摆动，直到生锈，而根本不会

①《吠陀本集》(Vedas)，印度教最古老的经典文献。《阿维斯陀古经》(Zendavestas)，约公元前六百年波斯琐罗亚斯德教的圣书。

② 美国有一个地方叫里丁(Reading)，是宾夕法尼亚州东南部的一个城市。这是个小地方，却为它写了一部几卷本的大作，读之实在是浪费才能。

下来用他们的恶作剧来烦扰诚实的人们。下一次小说家敲响钟的时候，我将不会移动身子，尽管礼拜堂被烧成了灰烬。"《蹑手蹑脚的舞会》，一部中世纪的罗曼司，由著名作家'提特尔—托尔—坦'执笔，每月出一集；买者甚众，欲购从速。"人们读起这种广告的时候，圆睁着眼睛，身子挺直，带着质朴的好奇，胃口大开，胃的内壁的皱褶甚至都不需要磨得锋利，就像某个四岁的小孩坐在凳子上，读着他的二美分一本的封面烫金的《灰姑娘》[1]一样——照我看来，在发音，或者音调，或者重音上都没有任何改善，也没有在道德的增减上获得更多的技巧。其结果就是视力模糊，维持生命的重要器官的循环停滞了下来，所有的智力官能都普遍懈怠和退化。每天这种姜饼都被烘烤出来，在几乎每一个烤炉里，都比纯麦面包或者黑麦加玉米面包烤得更起劲，而且市场前景更看好。

最优秀的书，甚至那些所谓的优秀读者也不读。我们的康科德的文化意味着什么？在这个镇子里，除了极少数的人之外，大都对最好的或者非常好的书没有兴趣，甚至对英国文学中的最好的或者非常好的书也没有兴趣，而英国文学中的字我们又全都能读出来和拼写出来。在这里和别的地方甚至受过大学教育的和所谓的受过普通教育的人，实际上对英国的经典也所知甚少，或者一无所知；至于被记录下来的人类智慧，也就是古代经典和各种宗教经典，凡是想略知一二的人都有机会读到，但不论在什么地方，都没有人花费什么气力去进行了解。我认识一位樵夫，是一个中年人，他拿起一份法语报纸，他说并不是为了读新闻，因为他已经不屑于读新闻了，而是为了"使自己不断练习法语"，因为在血统上他是加拿大人；而当我问他，他认为在这个世界上他能够做的最好的事情是什么，他说道，除了这之外，就是使他的英语不退化，并能够提高水平。受过大学教育的人普遍做的或者渴望做的，大致就是如此，而且他们读英语报纸就是为了这个目的。一个刚刚读完也许是一本最优秀的英语书的人将会发现，没有几个人能就这本书与他交谈？也许他刚刚读完一本希腊语的或者拉丁语的原著，甚至所谓的文盲也熟悉对该书的赞扬，但他却将会发现，他根本就找不到可以交流体会的人，而必须继续对此保持沉默。确实，在我们的大学里几乎没有这样一位教授，他掌握了该种语言的难点，又相应地掌握了一个希腊诗人在智慧和诗意上的难点，而且又有心将其传授给敏捷而又英勇的读者。至于那些圣书，也就是人类的各种宗教经典，在这个镇子里有谁能够把它们的书名告诉我？大多数人并不知道，除了希伯来人之外，任何一个民族都应该有一

①《灰姑娘》(Cinderella)，著名童话故事。

部圣书。一个人，任何一个人，都会不怕麻烦地捡起一个一美元的银币；但这里是金子般的话语，是古代最聪明的人说出的话语，他们的价值早就被历代智者所证实——然而我们学习阅读的，充其量就是轻松读物，是初级读本和点名记分册，而在我们离开学校之后，则是读《小里丁》和故事书，而那些书是供孩子们和初学者读的；而且我们的阅读，我们的交谈和思维，全都是在一个非常低的层次上，只配得上侏儒和矮子。

我渴望认识比在我们这个康科德的土地所产生出来的人更聪明的人，他们的名字在这里几乎不被人知晓。或者我是不是可以听说过柏拉图[①]的名字，而又从未读过他的书？那就好像柏拉图是我的同镇子的人，然而我又从来没有见过他似的，——好像他就是我隔壁的邻居，然而我却从未听见他说话，或者倾听他的话语的智慧似的。但实际上又是怎样呢？他的包含着在他身上的不朽的东西的《对话录》就放在下一个书架上，然而我却从未读过。我们教养不良，粗俗而且无知；在这个方面，我承认，在我同镇子的那些根本不识字的人的文盲状态，与那些只能读儿童读物和弱智读物的人的文盲状态之间，我做不出任何非常清晰的区分来。我们应该像古代的杰出人物一样优秀，但在某种程度上应该首先知道他们是如何优秀。我们是一个由矮小的人组成的种族，我们的知识飞行的高度就像日报的专栏文章那么高。

并不是所有的书都像它们的读者那么乏味。可能有一些话语探讨的恰恰是我们的状况，如果我们能够真正听到和理解那些话语，它们就会比清晨或者泉水更有益于我们的生活，并且可能为我们在事物的表面上加上一个新的外观。有多少人通过阅读一本书，而在他的生命中开始了一个新的时代啊。书之所以为我们而存在，也许是因为它将会解释我们的不可思议的事情，并揭示出新的不可思议的事情。那些当前不可言传的事情，我们可能发现在别的地方已经言传了出来。那些使我们烦恼、使我们困惑和使我们困窘的问题，已经相应地发生在所有的智者身上了；谁也没有幸免；而且每一个人都按照他的能力、用他的话语和他的生命回答了这些问题。除此之外，有了智慧我们就能够学会宽容。在康科德郊区的一个农场里的孤独的雇工可能认为并非如此，因为他已经有了他的第二次诞生和奇特的宗教经历，而且他相信，他的信念已经把他带进沉默的庄严和孤傲的状态。但在几千年以前，琐罗亚斯德[②]就走了相同的道路，有了同样的经历；但是

① 柏拉图（Plato，公元前427—前347），古希腊哲学家。

② 琐罗亚斯德（zoroaster，公元前628？—前551？），古代波斯琐罗亚斯德教创始人。据说二十岁时弃家隐修，后对波斯的多神教进行改革，创立了琐罗亚斯德教。

由于他有智慧，他知道这个经历是普遍的，于是相应地对待他的邻居，据说他甚至还发明和建立了在人们当中的崇拜。如果让他谦恭地与琐罗亚斯德进行无言的交流，又通过所有的知名人士的自由化的影响而与耶稣基督本人进行无言的交流的话，那么"我们的教会"就会失败了。[①]

我们吹嘘说，我们属于十九世纪，我们迈的步子比任何国家都快。但要考虑一下，这个小小的村子为它自己的文化所做的贡献是多么少啊。我并不想恭维我的同镇子的人，也不想被同镇子的人恭维，因为这不会使我和我同镇子的人取得进步。我们需要受到刺激——我们实际上就像牛群一样被驱赶着小跑起来。我们拥有一个相对而言是体面的公立学校[②]的体系，那是只为幼儿办的学校；但除了那个饿得半死的在冬天赞助文化活动的组织，以及近来政府提议要建立的一个图书馆的微不足道的开端之外，并没有为我们自己开办学校。我们在身体上的营养或者身体上的微恙的几乎每一个方面上的花费，都高于在我们的精神营养上的花费。现在到了我们应该有非公立学校的时候了，到了在我们开始成为男人和女人的时候并不停止我们的教育的时候了。到了村庄应该成为大学的时候了，而且村庄的老人也应该成为大学的研究员，在余生拥有闲暇——如果他们确实是这样富裕的话——进行自由的研究。难道这个世界应该永远被限制在一个巴黎或者一个牛津吗？难道学生们不能够在这里上寄宿学校，在康科德的天空之下获得一种文科教育吗？难道我们不能雇用某位阿伯拉尔[③]来为我们讲学吗？哎！由于给牲口喂饲料和照料商店，我们离开学校时间太久了，而且我们的教育被可悲地忽略了。在这个国家，村庄应该在某些方面取代欧洲的贵族的位置。村庄应该成为美艺术的资助人[④]。村庄是足够富有了。它所欠缺的，只是慷慨和高雅。它能够把足够的钱花费在农夫和商人所珍视的东西上，但却认为，提出要把钱花费在更聪明的人知道是更有价值的东西上，是不切实际。这个镇子花了一万七千美元盖了一个镇公所，谢谢财富或者政治，但大概在一百年以后，它也不会把这么多的钱花在活着的人们的脑筋上，而人们的脑筋又是真正应该放进蚌壳里面的肉。每年为在冬天赞助文化活动的组织所认捐的那一百二十五美元，比在这个镇子里筹集的任何一笔同样数量的钱都花得值。如果说我们是生活在十九世纪，那么为什么我们不应该享受十九

---

①这句话的言外之意就是，东方的古老的琐罗亚斯德教比加引号的"我们的教会"还要深刻。

②公立学校（common school），指美国的公立学校，一般包括中小学部，但有时仅有小学部。

③阿伯拉尔（Peter Abelard，1079—1144？），法兰西逻辑学家、道德哲学家和神学家。

④美艺术（fine arts），即绘画、音乐、雕塑等。在欧洲，贵族有资助美艺术的传统。

世纪所提供的那些优势呢？为什么我们的生活竟会在任何方面都狭隘呢？如果我们要读报纸，为什么不立即略过波士顿的小道消息，而拿起世界上的最好的报纸呢？——而不是吮吸那些“中立派别”的报纸的半流质食物，不是浏览在新英格兰这里的《橄榄枝报》[①]。如果把所有的学术团体的报告放在我们的面前，我们就能知道他们是否有知识。为什么我们要让哈珀兄弟出版社和雷丁公司为我们选择读物呢？正如一位趣味高雅的贵族，周围聚集着有益于修养之物——天才、学问、智慧、书籍、绘画、雕塑、音乐、哲学方法，诸如此类，同样我们的村庄也不可在有了一个教师、一个教区牧师、一个教堂司事、一个教区图书馆，以及三个市镇管理委员会成员之后，便裹足不前，因为我们的清教徒前辈移民当年就是带着这些人，在一块荒凉的岩石上度过了一个寒冷的冬天。所谓集体行动，就是按照我们的习俗的精神行动；我坚信，由于我们的状况要更为繁荣，我们的财力也要高于贵族。新英格兰能够雇用世界上所有智者，前来给她上课，与此同时给他们提供食宿，而根本就不狭隘。这就是我们想要的非公立学校。我们不是要有贵族，而是要有人们组成的高贵的村庄。如果有必要的话，那就在河上少建造一座桥，稍微绕一点儿路，而起码也要在我们四周黑暗而无知的深渊之上，架起一座拱桥。

第四章　声　音

不过当我们埋头读书，尽管那是最精粹、最经典的作品，当我们阅读的只是某些特定的书面语言的作品，而那些语言本身只不过是方言和地方性的语言，在这样的时候，我们就会面临忘记一种语言的危险，这种语言能将万事万物不依赖比喻就明确表达出来，只有这种语言才是内容丰富和标准的。出版的东西很多，但被铭记住的东西却很少。穿过百叶窗照射进来的光线，在百叶窗完全被取下来的时候，也就不再被记住了。没有一种方法，也没有一种训练，能够取代总是保持警觉的必要性。不管历史、哲学、诗歌课程选得如何精粹，也不管社会是多么优秀，生活常规是多么令人钦佩，与总是看必看的事物的那种训练相比，它们又算得了什么呢？你是想成为一个读者，或者仅仅要成为一个学生，还是要成为一个先知呢？那就阅读你的命运，看一看你面前的事物，

---

①《橄榄枝报》(Olive-Branches)，基督教卫理公会办的一种报纸。

并继续走向未来吧。

在第一个夏天我并没有读书，我给豆子地锄草了。不，我经常做得比这好。有些时候，我做不到把当前的鲜花盛开似的时刻用于工作，不管那是脑力工作还是体力工作。我喜欢我的生活中有一个大的余地。有时，在一个夏天的清晨，在习惯性的洗完澡之后，在松树、山核桃树和漆树当中，在未受打扰的孤独和寂静之中，我坐在我的阳光明媚的门口，耽于幻想，从太阳升起一直坐到中午，与此同时，鸟儿在四周鸣唱，或者无声地从房屋里掠过，直到阳光落在我的西窗，或者从远处的马路上传来旅行者的马车喧闹声，才让我想起时光在流逝。在那段时间里，我就像玉米一样在夜间生长，那些时间比做任何手中的活都要好上许多。它们并不是从我的生活中减掉的时间，而是大大多于生活通常给予我的时间。我意识到，东方人所谓的敛心默想和清静无为是什么意思。在很大程度上，我并不在意时光是怎么流逝的。白昼向前移动，好像要照亮我的某些工作；那是清晨，而看呀！现在是傍晚了，而什么值得纪念的事情也没有完成。我并没有像鸟儿那样歌唱，而是面对着我的持续不断的好运露出会心的微笑。那只栖在我房门前的山核桃树上的麻雀在鸣啭，同样我也在暗笑或者发出压抑着的颤音，那只麻雀在我的“鸟巢”之外也可能听得到。我的日子并不是分成一周的几天，并没有带有任何异教徒的神的印记①，也没有细分成小时，不被时钟的嘀嗒声所烦恼。因为我就像布里②的印度人那样生活，据说对他们来说，昨天、今天和明天都是一个字，他们在说这同一个字的时候，朝后面指表示昨天，朝前面指表示明天，朝头上指则表示今天。毫无疑问，在我的同镇子的人看来，这纯粹就是懒散；不过若是鸟儿和鲜花用它们的标准来检验我的话，那么它们就不会发现我不够标准。确实，一个人必须找到在他自己身上的机缘。大自然的一天是非常平静的，难得会谴责他的懒惰。

与那些不得不四处寻找娱乐、出入社交场合与剧院的人相比，在我的生活模式当中起码有这个优势，我的生活本身就变成了我的娱乐，而且永远也不会不新颖。那是一出没有结局的多幕剧。倘若我们确实总是按照我们所学到的最后一个而且是最好的方式来生活，并调节我们的生活的话，那么我们也就永远不会被倦怠所困扰。如果你足够紧密地跟随你的天赋的话，那么你的天赋就一定每一个小时都向你展现出一个新的前景。家务活是一种愉快的消遣。当我

---

① 西方的周日是以希腊罗马诸神命名的，如星期四（Thursday）就是以主神朱庇特命名（day of Jupiter），而在基督徒看来，希腊罗马诸神当然就是异教徒的神。

② 布里（Puri），即印度奥里萨邦布里县，临孟加拉湾。

的地板脏了的时候，我便早早地起床，把我的所有的家具都搬到户外，放置在草地上，床和床架一并搬出去，然后用水冲地板，把从湖里取来的白沙撒在地板上，又用一把扫帚把地板擦洗得又干净又白；而等到村民们吃完早饭的时候，上午的阳光已足以让我的房屋干燥了，可以让我把家具再搬进去，而我的敛心默想则几乎没有被打断过。看到我的所有家庭用具放在草地上，让我感到愉快，我的所有家庭用具堆成一小堆，就像吉卜赛人的背包一样，而我的那个三条腿的桌子，则站立在松树和山核桃树当中，在搬动的时候我并没有取下桌子上的书和笔墨。那些家庭用具似乎自己就乐意被搬出来，好像不愿意被搬进去似的。我有时禁不住想要在它们上面展开一个凉棚，在那里就座。看见太阳照在这些东西上，听见自由的风吹拂着它们，是值得的；最熟悉的物品在户外看，要比在屋内看更有趣得多。有一只鸟栖息在旁边的一个树枝上，珠光香青[①]在桌子的下面成长，而且黑莓的藤蔓绕着桌子腿；松果、栗树刺果，以及草莓的叶子散落在各处。好像这些东西就是以这样的方式变成了我们的家具，变成了桌子、椅子、床架——因为它们曾经就在那些家具当中。

我的房子是建在山坡上，就在那片大一些的树林的边上，在一片由北美油松和山核桃树的幼树组成的树林当中，距离池塘有六杆[②]远，从池塘到山坡有一条狭窄的人行小径。在我的前院里，长着草莓、黑莓、珠光香青、金丝桃[③]和黄花、矮橡树和沙樱、乌饭树和野豆。五月底，沙樱（cerasus pumila）用其娇美的鲜花装饰着小径的两边，那鲜花以伞形花序的样子，呈圆筒状长在它的短茎上，而到了秋天，短茎被个大而漂亮的樱桃压弯，就像光线一样，缠绕着从每一边落了下来。出于对大自然的敬意，我尝了樱桃，尽管这种樱桃并不好吃。漆树（rhus glabra）在房子四周生长茂盛，顶穿了我所筑起的那道堤围，在第一个季节就长了五六英尺。它的宽阔的羽状热带树叶是令人愉快的，尽管看上去有些奇怪。那些大的叶芽，在晚春突然从似乎是死了的干枝条上长了出来，好像中了魔法一样，长成了仪态万方的直径为一英寸的绿色嫩枝；有时，当我坐在窗前的时候，那些漆树是这样纵情地生长，让它们软弱的关节承受着这样的压力，以至于我听见一个新的嫩枝突然落了下来，就像一把扇子一样落在了地上，这时风根本就没有吹动，它是由于自身的重量而折断的。在八月，大量的沙樱鲜

① 珠光香青（life everlasting，即 pearly everlasting），一种产于美洲、亚洲东部与印度的香青属植物。

② 杆（rod），英国长度单位，一杆等于五又二分之一码。六杆等于三十三码。

③ 金丝桃（Johnswon，即 saint-john' s-wort），金丝桃属的一种草本植物。

花怒放，吸引了许多野蜜蜂，樱桃逐渐呈现出了明亮的天鹅绒般的深红色，又再次由于自身的重量而弯下腰来，折断了它们的嫩枝。

这个夏天的一个下午，当我坐在窗前的时候，苍鹰在我的林中空地上盘旋；动作迅疾的野鸽子，不是三三两两地从我的眼前飞过，就是烦躁地栖在我房子后面的五针松的树枝上，也就朝着空气表达出了一种情绪；一只鱼鹰使池塘的光滑水面起了一道涟漪，带出了一条鱼；一只水貂偷偷从我门前的沼泽出来，抓住了沼泽边上的一只青蛙；莎草在四处轻快地飞翔的芦苇莺的重压之下，弯下了腰；而在最后的半个小时里，我听见了火车车厢发出的哐啷哐啷声，那声音时而消失，时而复活，就像山鹑的拍打声一样，那些车厢把旅客从波士顿带到乡下。须知我的与世隔绝，与那个孩子不一样，我听说，那个孩子被赶了出去，送给了在镇子东部的一个农夫，但很快又跑掉了，再次回到了家，此时他已是衣衫褴褛，非常想家。他从未看见过这样一个沉闷而又人迹罕至的地方；人们全都去了某个地方；嗨，你甚至都听不见汽笛声！我怀疑，在马萨诸塞现在是否还有这么一个地方：

> 的确，我们的村子已经成了一个靶垛，
> 被飞快的铁路之箭射中，在宁静的平原上，
> 那慰藉人心的声音就是——康科德。[①]

菲奇堡铁路与池塘毗连，在我居住的地方以南大约一百杆[②]处。我经常沿着路轨到村子里去，好像它是我与社会连接的纽带。往返于全程的货物列车上的货运工，像老熟人一样跟我打招呼，他们经常从我的旁边经过，显然是把我当成了一个铁路工了：我就是一个铁路工。我太乐意做地球轨道的某个地段的铁路养护工了。

不论是在夏天还是在冬天，机车的汽笛声都穿透了我的树林，那声音听起来就像一只飞过某个农夫院子的苍鹰的尖鸣，汽笛声告诉我，许多焦躁不安的城市商人正进入这个镇子的范围之内，要不然就是富于冒险精神的乡下商人从另外的一边到来。由于他们是来自同一个地平线，因而他们相互叫喊着发出警告，要对方让路，这种喊声有时穿过了两个镇子。乡村啊，你们的食品杂货来

---

① 这是本书作者梭罗的朋友埃勒里·钱宁（Euery channing，1818—1901）所作《瓦尔登之春》（Walden Spring）一诗中的诗句。

② 一百杆等于一千六百五十英尺，或者五百三十码。

了；乡亲们啊，你们的口粮配给来了！没有一个人能够靠他的农场获得独立，因而不能对它们说“不”。而你要为此付出代价！乡下人的汽笛尖鸣着；木材就像长长的攻城槌，以二十英里的时速撞向城墙，而且有足够多的椅子，可以让住在城里的所有疲倦而又忧心忡忡的人们就座。乡下用这样巨大而又笨拙的客套话，给城市递过去一把椅子。印第安人的黑果山全都被摘光了，越橘草坪全都用耙子挖进了城市。棉花装上车，卸下了纺织品；丝绸装上车，卸下毛织品；书装上车了，但是作者的智慧却被卸下来了。

我看见火车头拖着长长的车厢飞快地行驶，就像行星的运动——或者更确切地说，就像一颗彗星，因为它的轨道并不像是一个能够返回的曲线，所以观看者并不知道，以这种速度，按照这个方向，他还能否回到这条轨道上来——火车头冒出的蒸汽就像一面旗帜，形成金色和银色的花环在后面飘扬，就像我见过的绒毛般的云彩在高高的天空，把它的云团展现给光线——就好像这个旅行的半人半神[①]，这个产生云彩者，不久便能把日落时的天空当成它的列车的服装；当我听见这匹铁马用它的雷霆般的鼻音，让群山发出回音，用它的脚震撼着大地，并从它的鼻孔喷出烟火来（他们将会把哪种双翼飞马或者火龙放进新的神话里，我并不知道）的时候，那就好像地球拥有了一种现在值得在上面居住的新的种族似的。倘若一切都如同它所呈现的那样，那么人们也就使得种种元素成为他们达到高尚目的的仆人了。倘若火车头上悬浮的云彩是英雄业绩的汗水，或者就像在农夫的田野上空漂浮的云彩那样有益的话，那么种种元素和大自然本身就会由衷地陪伴着人们完成他们的使命，并成为人们的护送者。

我是怀着与注视着太阳的升起时所怀有的同样感觉，注视着上午的火车的通过，太阳的升起并不比上午的火车更加准时。火车在前往波士顿的时候，它的一连串的云彩远远地伸展在背后，上升得越来越高，一时间遮住了太阳，并把我的远处的田地置于阴影之中。这是一列天国的火车，相形之下，大地上的那些小火车则只不过是长矛的倒钩而已。在这个冬天的早晨，依靠着在群山当中的星星的光线，这匹铁马的马夫早早地起了床，为他的骏马喂饲料，上挽具。火也是这样早早地点燃，以便把那至关重要的热量置于它的内部，让它启动。要是这个事业就像清晨一样单纯，那该多好！如果积雪深厚，火车就系上它的雪鞋，用那个巨大的犁，在群山到海岸之间犁出一道犁沟来，车厢在犁沟里面

①半人半神（demigod），即神和人所生的后代，如希腊神话中的大力神赫丘利；亦可译为次神。这里当然是比喻，指火车机车，在本书作者梭罗的时代，火车机车是新生事物，受人崇拜，堪称半人半神。

就像一个紧随其后的播种车一样，把所有的焦躁不安的人们和流动的货物当作种子撒在乡下。这匹喷火的骏马整天飞过乡下，只是在为了让它的主人可以休息一下的时候才停下来，而且在半夜的时候，我也被它的沉重的脚步声和目空一切的鼓鼻声唤醒，在那个时候，在树林中的某个遥远的峡谷里，它面对着被包裹在冰雪中那些元素；而且它只能和晨星一起到达它的马厩，而到达之后又是既不休息，又不睡觉，便再次开始它的旅行。或者也许在傍晚的时候，我听见，它在马厩里呼出当天的多余的能量，这样就可能让它的神经平静下来，让它的肝脏凉爽下来，以便睡上几个小时铁马的觉。要是这个既旷日持久而又不知疲倦的事业，又同样英勇而又使人受到感染，那该多好！

在镇子边缘的人迹罕至的树林里，以前白天只有猎手进入，而如今在最漆黑的夜晚，灯火通明的车厢在乘客浑然不觉中穿行于此。此刻它还停靠在村镇或者城市的人头攒动的明亮的火车站里，而转瞬之间就到了迪斯默尔沼泽[①]，让猫头鹰和狐狸恐惧。列车的出发和到达，现在成了村子的划时代事件。列车定期精确来往，非常远的地方都能听见它的汽笛声，因而农夫们用列车来定时，这样一来一种管理有序的体制也就控制着整个乡下。自从铁路被发明以来，人们已经在某种程度上更加守时，难道不是这样吗？与在驿站的时候相比，他们在火车站谈话和思考难道不是更快了吗？在原先的地方的气氛中，有某种令人振奋的东西。它所创造的奇迹让我吃惊；而且我的一些邻居，我本来会一劳永逸地预言，他们永远也不会用这样迅速的运输工具前往波士顿的，现在则是铃声一响，就在场了。以“铁路风格”行事，现在成了口头禅；而且不管哪个职权部门经常和真诚地警告人们离开铁道，也是值得的。在这个情况中，不会停下来去宣读“取缔闹事法”[②]，也不会在暴徒的头上面放枪。我们构筑了一个从不改变方向的命运，一个从不改变方向的阿特洛波斯[③]。（让阿特洛波斯成为你的机车的名字吧。）为人们做的广告上说，在某个小时某个分钟，这些弩箭将会朝罗盘上的某些特定的点射过去；然而它却谁的事情也不干涉，孩子们则在另外一条轨道上上学去。因此，我们的生活也就更加稳定。这样一来，我们受到的

---

①迪斯默尔沼泽（Dismal Swamp），位于弗吉尼亚州和北卡罗来纳州沿海平原的一片沼泽。迪斯默尔（dismal）字面意思是“凄凉的”。

② 英国于一七一五年通过一项“取缔闹事法”（Riot Act），也就是勒令散去。这项法令规定，十二人以上非法集会扰乱治安者，在此法令宣读一小时内应立即解散，否则课以重刑。

③ 阿特洛波斯（Atropos），希腊、罗马神话中的命运三女神之一。

教育，是要使我们全都成为退尔的儿子。[①]空气中充满了无形的弩箭。除了你本人的那条道路之外，每一条道路都是命运的道路。那么，还是走自己的路吧。

在我看来，商业的可取之处就在于它的进取心和勇敢。商业并不合起手掌向朱庇特[②]祈祷。我看到，这些人每天都带着或多或少的勇气和满足在生意场上奔波，他们的作为甚至超过了自己的预期，他们的成就也许超过了原先的有意识的构想。与在布埃纳维斯塔战役[③]中，那些在火线上坚持了半个小时的人相比，那些把扫雪机当作冬天的住房的人的坚定、乐观和勇气更感染了我。他们所拥有的，不仅是凌晨三点的那种勇气，波拿巴[④]认为，凌晨三点的那种勇气是最罕见的勇气，他们所拥有的是在凌晨三点也不休息的那种勇气，只有在风暴停息或者他们的铁骑的肌腱被冻僵的时候，他们才睡觉。也许在大暴风雪时期的这个上午，大雪仍然肆虐，让人们的血液感到寒冷，我听见火车机车的低沉的声音，透过其冰冷的呼吸产生的浓雾传了过来，宣告列车就要到达，不会有长久的耽搁，尽管从新英格兰东北方向刮来的一场暴风雪对此行使了否决权。而且我看到，铲雪的人们披雪戴霜，站在锄雪板上，头部隐约可见，而被锄雪板铲翻的不仅有雏菊和田鼠洞，还有内华达山脉[⑤]的巨石——那遍布于宇宙表层的东西。

商业的自信和安详、警觉、冒险和不知疲倦，是出乎意料的。此外，它所采用的方法又是非常自然，与许多异想天开的事业和溺于感情的实验相比要自然得多，因而也就取得了极大的成功。当货物列车哐啷地从我旁边驶过去的时候，我感到精神振作，膨胀了，我闻到了那些储存品的气味，它们在从长码头到尚普兰湖[⑥]的途中一直散发着气味，这使我想到了异域风情、珊瑚礁、印度洋、热带气候，以及广阔的地球。看见明年夏天这么多亚麻色头发的英格兰人的头上将戴着棕榈叶帽子，看见马尼拉大麻和椰子壳，看见废旧杂物、黄麻袋、废铁以及生了

---

① 这里的退尔即威廉·退尔（William Tell）。退尔是瑞士传说中反奥地利统治、争取瑞士独立的民族英雄，他被迫用箭射落置于其子头顶的苹果，结果成功，儿子安然无恙。

② 朱庇特（Jupiter），罗马神话中的主神。这句话是说，商业不靠神，而是靠自己的努力。

③ 指一八四七年二月二十二日至二十三日的布埃纳维斯塔战役（Baule Of Buena Vis-ta）。这是墨西哥战争期间，在蒙特雷附近进行的一次战役。美国泰勒将军率五千人攻入墨西哥，占领蒙特雷和萨尔蒂略。墨西哥的洛佩斯·德圣安娜将军集结约一万四千人抗击入侵者。二月二十三日墨西哥军开始总攻，被美军的强大炮火击退，死伤约一千五百人。

④ 波拿巴，即大名鼎鼎的拿破仑，其全称是拿破仑·波拿巴（Napoleor Bonapane）。

⑤ 内华达山脉（Siena Nevada），位于美国加利福尼亚州的东部。

⑥ 从长码头（Long Wharf）到尚普兰湖（Lake Champlain），也就是从波士顿港到佛蒙特州的西部边界。

锈的钉子，我感到自己更像一个世界公民了。这一车厢的破碎风帆，与用它们制造成纸张并印出书籍相比，要更易读和更有趣。谁又能够像这些风帆的裂缝那样，把它们所经历的风暴的历史写得这样绘声绘色呢？它们就是无须校订的校样。途经这里的是从缅因树林运来的木料，上次山洪暴发，致使这些木料未能出海，结果或流失，或破裂，因此每一千根木料都上涨了四美元；松木、云杉木、雪松木，不久以前它们还是同等质地的树木，在熊、驼鹿和北美驯鹿的栖息地之上摇曳起伏，如今却被分成三六九等。接着用车运送的是托马斯顿[1]石灰，是上等品，它们将被运到山里面熟化。这一捆捆花色和质地各异的破布，是棉布和亚麻布最终制成衣服后剩下的下脚料——那些衣服的款式只有在密尔沃基还仍然受到称赞。从富人和穷人的所有的住处搜集来的这些花哨破布，英国的、法国的，或者美国的印花布、条纹布、平纹细布等等，将要成为有一种颜色或者只有几种色度的纸张，上面将写上真实生活的故事，有上层社会的故事，也有下层社会的故事，可都是以事实为依据！这一辆封闭的车厢散发出了咸鳕鱼的味道，是那种新英格兰和商业的强烈气味，令我油然想起了大浅滩[2]和那些渔场。一条咸鳕鱼，为了这个世界而彻底地腌制了起来，这样什么也就不能让它变质，并让圣徒们的韧性自愧不如，这样的咸鳕鱼又有谁没有见过呢？你可以用咸鳕鱼铺设街道或者打扫街道，并且劈开你的引火柴，而且卡车司机也可以躲在咸鳕鱼的后面，让他自己以及他的货物避开太阳和风雨——而就像一位康科德的商人曾经做过的那样，商人把咸鳕鱼挂在他的门口，作为开业的一个标志，一直到最后他的最老的顾客也无法确切地说出，它究竟是动物、植物还是矿物，然而它却一定就像雪花一样纯洁，如果放进锅里煮的话，就一定会为星期六的正餐烧出一份味美的暗褐色的鱼来。接下来运送的是西班牙皮革，牛尾巴仍然在弯曲着，尾巴翘起来的角度同那些牛在西班牙大陆的无树大草原上猛冲的时候一样——这是所有的固执的一种类型，表明一切与生俱来的邪恶几乎是无可救药。实话说，当我得知一个人的真正性格的时候，我承认，要在这种生存状况中把它变好或者变坏，我并不抱有任何希望。正如东方人所说："一条恶狗的尾巴可以被烤热，挤压，用带子捆绑起来，但在让它受了十二年的苦之后，它还将保持其自然的形状。"对于这些尾巴所展现出来的这种顽固不化来说，唯一有效的祛除就是把它们熬制成胶，我认为通常对它们就是这样做的，

---

① 托马斯顿（Thomaston），缅因州的一个城镇，以石灰矿著称。

② 大浅滩（Grand Banks），指北美洲纽芬兰岛东南广阔的大西洋浅滩，为世界大渔场之一。

然后它们就会固定不动，被粘住。这里是一大桶糖浆或者白兰地，是发给佛蒙特州卡廷斯维尔的约翰·史密斯的，他是格林山[①]里的某位商人，他替在他的林中空地附近的农夫们进口货物，现在也许正站在船的舱壁旁，想到刚刚抵达海岸的船只会怎样影响他的价格，现在他告诉他的顾客们，他期望下一列火车能送来一些头等质量的货物，在这个上午之前他已经告诉他的顾客们二十遍了。这已经在《卡廷斯维尔时报》(Cuttingsville Times)上做了广告。

当这些货物装上去的时候，别的货物卸了下来。我被飕飕的声音所惊动，于是放下书本，抬起头来，看见有一些高大的松树，在遥远的北部山区被砍了下来，飞翔着越过了格林山和康涅狄格河[②]，像一支箭一样，在十分钟之内便穿过了镇子，而别的人几乎都没有看到；它将

> 被制作成某艘大旗舰上的
> 桅杆。[③]

而且听呀！这里驶来了运送牲口的火车，它运载的牲口来自一千座山，来自空中的羊圈、马厩和牛棚，赶牲畜的人拿着棍子，牧童在他们的羊群当中，除了山上的牧场之外，一切都在旋转，就像被九月份的大风从山里吹来的叶子一样。空气中充满着牛犊和羊的呜呜叫声，牛群拥挤着，好像有一个用作牧场的山谷正从旁边经过似的。确实，当那头系铃带头的老公羊摇响铃声的时候，群山就像公羊那样蹦跳，而小山就像羔羊一样蹦跳。满满一个车厢的赶牲畜的人，也在其中，现在与他们所驱赶的畜群一样高，他们的职业已经消失了，但他们却仍然紧抓着他们的那些没有用处的棍子，把赶牲口用的棍子看作他们的重要职位的象征。但他们的狗，它们在哪里呢？对它们来说，这是一种逃窜；它们已经完全被扔出去了；它们已经失去了那种嗅觉。我认为，我听见它们在彼得波罗山[④]的后面吠叫，或者在格林山[⑤]的西部山坡上气喘吁吁。在牛羊被屠杀的时候它们不会在场了。它们的职业，也消失了。它们的忠诚和聪慧现在状况不佳。它们将耻辱地溜回到它们的狗窝里，或者也许会发疯，与狼和狐狸勾结

① 格林山(Green Mountains)，美国佛蒙特州的一个山脉，是阿巴拉契亚山系的一个部分。
② 康涅狄格河(the Connecticut)，位于美国东北部。
③ 这是英国诗人密尔顿(John Milton，1608—1674)的《失乐园》中的诗句。
④ 彼得波罗山(Peterboro' s Hills)，位于新罕布什尔州的南部。
⑤ 格林山(Green Mountains)，位于佛蒙特州。

起来。这样一来，你的畜牧生活掠过去了，消失了。但铃响了，我必须离开轨道，让列车过去。

铁路与我何干？
我从不去看
哪里是终点。
它填满了几个凹地，
成为燕子的堤岸，
它使沙尘飞扬，
让黑刺莓成长。

不过我穿越铁路，就像穿越在林中的手推车车道一般。我将不让铁路上的烟雾、蒸汽以及嘶嘶的声音把我眼睛弄瞎，毁坏我的耳朵。

现在列车过去了，焦躁不安的世界也全都随同列车过去了，池塘里的鱼儿不再感觉到列车的隆隆声，因而我比任何时候都更孤独。也许在那个漫长的下午的其余时间，我的默想只被远处公路传来的微弱的马车或者牛车的声音所打断。

有时，在星期天，在顺风的时候，我听见有钟声，那是从林肯、阿克顿、贝德福德或者康科德传来的钟声，那是一种模糊、甜蜜的旋律、就像天籁之音，值得被传到荒野之中。在树林上的一个足够高的地方，这个声音嗡嗡颤动，好像在地平线上的松针就是它所弹拨的竖琴的琴弦似的。在最可能远的地方听到的所有的声音，都产生了一种相同的效果，那是宇宙的里拉琴[①]的颤动，恰似横亘其间的大气，用天空的蔚蓝给遥远的山脊涂上一抹碧色，而让我们赏心悦目。在这种情况下，一个由空气演奏出来的旋律传到了我的耳边，它与树林中的每一个叶子和针叶进行交谈，大自然的要素接受了声音的那个部分，让它转了调，并在山谷到山谷之间发出了回响。在某种程度上，这个回响是一种原始的声音，而其魔力和魅力就在其中。它不仅仅是对钟声中值得重复的声音的重复，而且在某种程度上也是树林的嗓音，是由树林中的一位仙女唱出的同样普通的歌词和乐音。

在傍晚的时候，森林尽头的地平线上传来一阵美妙悦耳的哞哞声，起初我还以为是偶尔为我吟唱小夜曲的流浪乐师在歌唱，他们可能正在翻越山岭，走过山

---

① 里拉琴（lyre），古希腊的一种弦乐器，琴身作 U 形。

谷；但不久声音拉长了，就变成了母牛的廉价而又自然的音乐，这让我既感到失望，又感到欣慰。我清晰地感知到，那些年轻人的歌唱与母牛唱出的音乐是近似的，说到底都是天籁，我这样说并非有意讽刺，而是想表达我对那些年轻人的歌唱的赞赏之情。

在夏天的某些日子里，往往在七点半的时候，在傍晚的列车驶过之后，三声夜鹰[1]便吟唱上半个小时的晚祷曲，它们或者是栖在我门旁边的一个树桩上，或者是栖在屋脊上的柱子上。它们几乎就像时钟一样准时开始歌唱，误差在一个特定时刻的五分钟之内，那个特定时刻就是每天傍晚太阳落山的时候。我有了一个难得的机会，得以熟悉它们的习惯。有时我听见，有四五只三声夜鹰在树林的不同地方同时歌唱，偶然歌曲的一个小节连着另外一个小节，而且它们离我是这么近，使得我不仅能够区分在每一个音符后面的咯咯声，而且经常能够区分就像在蜘蛛网里面的苍蝇发出的那种奇异的嗡嗡声，只不过成比例地更响亮罢了。有时一只三声夜鹰会在树林里，在几英尺的距离上围着我盘旋，好像被一根绳子拴住似的，大概在那个时候我靠近它的鸟蛋了。在整个夜晚它们都唱唱停停，在黎明之前和大约黎明的时候还是一如既往歌声悦耳。

当别的鸟儿寂静的时候，长耳鸮便接着这个曲调唱了下去，就像哀悼的女人一样，唱出了它们的古老的“呜噜噜”的声音。它们的凄厉的尖叫声，具有真正的本·琼森风格[2]。这些午夜的智慧女巫啊！那并不是诗人的诚实而又率真的“涂喂涂呜”的哀叹，而并非开玩笑地说，那是一种最庄重的墓园哀歌，宛如一对殉情的恋人，在地狱丛林中缅怀他们人世爱恋的痛苦和欢乐，聊以慰藉。然而我喜欢它们在树林的边缘用颤音唱出的哀诉，唱出的悲伤的回答；有时这使我油然想起了音乐和歌唱的鸟儿；就好像那是音乐的黑暗而又使人流泪的一面，是乐意被歌唱出来的遗憾和叹息似的。它们是鬼魂，是情绪低落的鬼魂和忧郁的预感，是堕落的灵魂，那些灵魂曾经具有人的形状，在夜晚走过大地，做出了黑暗的业绩，现在正在它们犯下过失的场景之中，唱着哀诉的圣歌或者挽歌来赎罪。它们使我对我们共同居住的大自然的多样性和能力，有了一种新的意识。“啊——但愿我从未出生！”一只长耳鸮在池塘的这一边叹息道，并带着绝望的焦躁不安盘旋着，飞往在灰色的橡树上的一个新的栖息处。接着，“但愿我从未出生——！”在池塘的对面的另外一只长耳鸮颤抖着诚恳地回答道，而

① 三声夜鹰（whippoorwill），一种产于北美洲的小鸟。

② 琼森（Ben Jonson，1572—1637），英国剧作家、诗人、评论家。

且从远处，在林肯树林里，传来了隐约的“出生——！”的声音。

一只森鸮[①]也曾经为我唱了小夜曲。在近旁，你能够想象它是大自然中的最忧郁的声音，好像森鸮想用这个声音，把人类临死前的呻吟保存在它的合唱之中，使之模式化，长存下去——这种呻吟是必死的人留下来的可怜而又无力的声音，在进入黑暗的山谷的时候，那必死的人把希望留在后面，像动物一样嚎叫，又像人一样啜泣，一种汩汩作响的悦耳声音让它变得更加可怕——我发现，当我试图模仿的时候，我已经开始说出“汩汩”一词的字母了——它表现出了这样一种心态，它在对一切健康而又勇敢的思考的抑制中，到达了胶状的发霉阶段。这让我油然想起了食尸鬼[②]、白痴，想起了精神病人的嚎叫。但现在从远处的树林里传来了一声回应，距离使那个曲调确实变得更加悦耳——“呼——呼——呼——呼啦——呼”；确实它多半都只是带来令人愉快的联想，不管是白天听到还是夜间听到，也不管是夏天听到还是冬天听到。

我为有猫头鹰而感到高兴。让它们替人们发出那种白痴似的、疯子似的叫声吧。它是一种绝妙地适应于沼泽和不见日光的暮色中的树林的声音，令人联想到人们还没有认出的一个巨大而又没有得到开发的大自然。它们代表着荒凉的暮色，代表着所有的人都拥有的不满足的想法。在整个白天，太阳都照射着某个荒蛮的沼泽的表面，在那里一棵孤零零的云杉屹立着，云杉上面挂着松萝地衣，小的苍鹰在上面盘旋，无冠山雀[③]在长绿树当中口齿不清地唱着，而鹧鸪和兔子则躲藏在下面；但现在一个更加阴暗和适合的白天破晓了，一个不同种族的生物醒了过来，以表达出在那里的大自然的意义。

在傍晚的晚些时候，我听见马车过桥的隆隆声从远处传来——这是一种在夜晚听起来比别的声音都更遥远的声音——比狗的不停的吠叫声，以及有时在远处的谷仓旁的场地里的某头极度悲伤的母牛的哞哞叫声，听起来都更加遥远。与此同时，整个湖滨都响起了牛蛙的号角般的叫声，它们是古代的酒鬼和纵酒欢闹者的强壮鬼魂，仍然是不知悔改，正试图在它们的冥湖里唱上歌曲的一个片段——如果瓦尔登湖的仙女们能够原谅这个比较的话，因为尽管那里几乎没有杂草，但却有青蛙——那些鬼魂乐于保持它们的古老的节日宴席的极其有趣的规则，尽管它们的嗓音在嘲弄欢乐的过程中逐渐变得嘶哑严肃，而且葡萄酒也失去了其风味，变成了只是使它们的大肚子膨胀起来的烈性酒，而且甜

① 这里的森鸮和上面的长耳鸮，是不同种类的猫头鹰。猫头鹰也叫鸮。

② 食尸鬼（ghoul），传说中从坟墓里挖尸体吃的魔鬼。

③ 无冠山雀（chicadee，即 chickadee，前者为变体），美洲产的几种无冠羽的山雀。

蜜的陶醉也从未淹没对过去的回忆，而只不过是使它们吃饱喝足，腿脚浮肿，肚皮涨大罢了。那只级别最高的牛蛙，它的下巴搭在一株心叶姜[1]的叶子上，那片心脏形的叶子起到的功能，就是做了它的流口水的口颊部的餐巾，在这个北岸的下面，它痛饮了一口以前不屑一顾的水，并一边发出“特鲁恩克——特鲁恩克——特鲁恩克！”的叫声，一边把酒杯传了下去，立即从某个遥远的小湾，相同的口令在水面上重复着，在那个小湾里，那只级别次高、腰围次大的牛蛙把它的那杯酒一饮而尽；当这个仪式在湖边绕了一圈的时候，司仪满意地发出了“特鲁恩克——特鲁恩克——特鲁恩克！”的叫声，每一只牛蛙都依次重复这个叫声，一直到那只肚子最不膨胀、最不漏水、最肌肉松弛的牛蛙也重复了这个叫声，丝毫无差；然后酒杯再次传下去，一直到太阳把晨雾驱散，这时只有那位家长没有跳进池塘里，它还在徒劳地不时以低沉的声音发出“特鲁恩克”的叫声，等着能有牛蛙回应。

我是否从我的林中空地听见过公鸡的叫声，我并不能肯定，我认为，只是为了听它的音乐，把一只小公鸡当作鸣禽养起来，也是值得的。这个以前的印第安野鸡的音调，当然是任何鸟儿当中的最引人注目的音调，如果这些野鸡不用驯养便得到归化，那么这个音调很快就会成为在我们的树林中的最著名的声音，胜过鹅的嘎嘎声和猫头鹰的鸣叫声；然后就可以想象，当公鸡的嘹亮歌声休息的时候，母鸡的咯咯声便可填补这些间歇！无怪乎人类把这种鸟加在他的驯养的物种之中——更不用说鸡蛋和下段鸡腿肉了。在冬天的清晨，在有大量这种鸟的树林里散步，在它们的故土树林里散步，并且倾听小野鸡在树上啼叫，那声音既清晰又尖利，在几英里的地方都发出回响，把别的鸟儿的微弱音调全都淹没——想想那是一种什么景象！它会让各个国家都保持警觉。有谁会不早起，会不在他的生活中起得一天比一天早，直到他变得难以言传地健康、富有和睿智呢？这种外国的鸟的音调，被所有国家的诗人们所颂扬，与他们本国的鸣禽的音调一起颂扬。所有的气候都与勇敢的雄鸡[2]相宜。它甚至比本地的雄鸡还本土化。它的健康始终是好的，它的肺部始终是健康的，它的情绪永远也不低落。甚至在大西洋和太平洋上的水手，也被它的嗓音所唤醒；但它的尖利的叫声却从来也没有把我从睡眠中唤醒。我既不养狗、猫、母牛、猪，也不养母鸡，因而你就会说，家庭的声音欠缺；而且我也没有搅乳器，没有手

① 心叶姜（heart-leaf），几种野姜当中的一种，叶子呈心脏形。

② 雄鸡（Chanticleer），源自法国古叙述诗《列那狐的故事》中拟人化了的雄鸡的名字。

纺车，没有水壶在炉子上唱歌，没有咖啡壶发出嘶声，也没有孩子们的哭声来安慰人。如果是一个守旧的人的话，那么在这种状况的面前他就会失去感觉，或者死于无聊。甚至墙里也没有老鼠，因为它们饿得出去了，或者更精确地说，它们从来也就没有被引诱进来，——只是在屋顶和地板的下面有松鼠，在屋脊的立柱上有三声夜鹰，有一只蓝背樫鸟在窗户底下喋喋不休，在房子的下面有一只野兔或者土拨鼠，在房子的后面有一只长耳鸮或者猫头鹰，池塘里有一群野鹅或一只放声大笑的潜鸟，而且在夜晚将会有一只狐狸叫喊。甚至没有一只云雀或者黄鹂光顾过我的林中空地，它们是温和的种植园鸟儿。现在没有小公鸡在啼叫，院子里也没有母鸡发出咯咯声。根本就没有院子！只有没有用篱笆围起来的大自然来到你的窗台。在你的窗户下面，一片幼树树林正在成长，而野漆树和黑刺莓的藤蔓穿过了你的地窖；结实的北美油松由于空间不够，而摩擦着墙面板，让墙面板嘎吱作响，它们的根长到了房子的底下。在刮大风的时候，被吹掉的并不是天窗盖或窗帘，而是在你的房子后面有一棵松树啪的一声折断，或者连根拔起，成为燃料。在大风雪时期，不是无路通往前院的大门——根本就没有大门——根本就没有前院——根本就没有通向文明世界的道路！

第五章　孤　独

这是一个怡人的夜晚，此刻整个身体都是一种感觉，并通过每一个毛孔吸入快乐。我带着在大自然当中获得的一种奇怪的自由来来往往，成了大自然本身的一个部分。尽管阴天有风，天气凉爽，尽管我并没有看到有什么吸引我的特别之处，但我仍然穿着衬衫，沿着池塘的石头岸边走去，这时天地万物都是非同寻常地令我感到愉快。牛蛙好像吹喇叭一般发出叫声，宣告夜晚的来临，而三声夜鹰的音调，则被微风从水面上携带了过来。我对桤木和杨树的飘动的树叶所产生的共鸣，几乎使我无法呼吸；然而就像这个湖一样，我的安详也被激起了涟漪，但却没有被扰乱。傍晚的风吹起的微波，就像反光的平滑湖面一样远离风暴。尽管现在天已经黑了，但风仍然在吹，在树林中呼啸着，波浪仍然在冲击，而且有一些动物在用它们的音调为别的动物唱催眠曲。从来就不是一切皆静谧。最凶猛的动物现在并不是在憩息，而是在寻找猎物；狐狸、臭鼬和兔子现在是毫无畏惧，在田野和树林里游荡。它们是大自然的巡夜人——是把生气勃勃的白昼联系起来的纽带。

我回到家的时候，发现已经有客人来访，他们留下了名片——那些名片或者是一束鲜花，或者是一个用长绿树枝条编织成的花环，或者是用铅笔在一片黄色的胡桃树叶或者一片木屑上写下的一个名字。那些难得到树林里来的人，手中带着林中的一点物品沿途把玩，他们又有意无意把那物品留了下来。有一个人，削去一根柳枝的皮，把它编成一枚戒指，又把它丢在我的桌子上。我总是能够知晓我不在家的时候是否有人造访，所根据的就是弄弯的嫩枝或者青草，或者是他们的鞋印。而且一般说来，根据所留下的小小的痕迹，例如所丢下的一朵花，或者拔出来之后又扔在甚至半英里之外的铁路上的一把草，或者雪茄或者烟斗留存下来的气味，就可知道他们是男性还是女性，多大岁数，身份如何。不仅如此，我还频繁地通过烟斗的气味被告知，在六十杆之外的公路上有旅人在经过。

在我们的四周通常有足够的空间。我们的地平线从来就不是近在咫尺。不论是茂密的树林还是池塘，都并非恰恰在我们的门口，而是总是有一块我们熟悉、被我们踩出来的空地，它是从大自然那里开拓出来的，被我们所占用，又给围上了篱笆。但我却拥有方圆几英里的人迹罕至的森林，那是人们遗弃给我的，使得这个巨大的领域和范围为我所独有，这又是为什么呢？我的最近的邻居也在一英里之外，除非从离开我家半英里的山顶上看，否则是看不见一所房子的。我的地平线出现在完全是属于我的树林的边上；放眼望去，可以看到池塘的一边是铁路，另一边则是篱笆相毗连的林区马路。但总的来说，我的住所就像大草原一样荒凉。它是新英格兰，又简直就是亚洲或者非洲。可以说，我拥有我自己的太阳、月亮和群星，拥有一个完全属于我的小小的世界。到了晚上，从来没有一个旅人经过我家，或者敲我的门，结果我不是第一个人就是最后一个人；除非是在春天，在经过了长时间的间隔之后，才有人从村子里前来钓鳕鱼——他们显然更是出于他们自己的天性才在瓦尔登湖钓鱼的，把黑暗用作鱼钩上的诱饵——但很快又撤回，鱼篓里通常是空空如也，而“把世界留给了黑暗，也留给了我”①，而夜晚的黑色核心从来也没有受到人类的邻里关系的玷污。我相信，尽管女巫全都被吊死了，而且基督教和蜡烛也已经被引进了过来，但人们一般来说还是有点怕黑暗。

---

①“把世界留给了黑暗，也留给了我”，是英国诗人托马斯·格雷（Thomas Gray，1716—1771）的名诗《墓园挽歌》中的名句，见该诗的第一诗节。

然而有时我却体验到，甚至对可怜的遁世者和最忧郁的人来说，都可以在任何一个自然物体上找到最甜蜜和最温情、最天真和最鼓舞人的朋友。对于生活在大自然当中，并且仍然拥有他的知觉的人来说，不可能存在任何情绪低落的忧郁。对于一种健康而又天真的听力来说，风暴只不过是风神埃俄罗斯[①]的音乐。什么也不能理所当然地让一个纯朴而又勇敢的人产生出庸俗的悲伤。当我享受四季的友谊的时候，我相信，什么也不能使得生活成为我的一种负担。今天的那场浇灌着我的蚕豆并把我留在家里的细雨，并不是令人沮丧，使人忧郁，而是也对我有好处。尽管它使得我不能在豆田里锄地，但却比我的锄地有大得多的价值。倘若继续下雨，以至于使得地里的种子腐烂，使得低地里的土豆被毁掉，但它却仍然会有利于在高地上的青草，而既然有利于青草，那也就会有利于我。有时，当我把我自己与别的人进行比较的时候，那就似乎我比他们更受到众神的宠爱，那宠爱超出了我所意识到的任何应得的奖赏；那就好像，我在他们的手中拥有了一种我的同辈所没有的保证和担保，好像我受到了特殊的指导和保护似的。我并不恭维我自己，但如果可能的话他们却恭维我。我从未感到过孤单，或者说是最少受到一种孤独感的压抑，只有一次是例外，那是在我来到林中的几个星期以后，当时有一个小时的时间我都在怀疑，是否人的近邻关系对一种宁静而又健康的生活是必不可少。独自一人是某种令人不快的事情。但我同时却又意识到，在我的心境中有一种轻微的精神错乱，于是我似乎预见到我是会恢复过来的。在细雨当中，当我一门心思想这些事情的时候，我突然意识到，在大自然里面有这样甜蜜而又仁慈的朋友。就在雨水的滴答声中，在我的家四周的每一个声音和景象中，一种无限而又难以言传的友谊之情突然就像一种大气一样支撑着我，它使得人类邻里关系的想象中的好处无足轻重，而从那以后，我就再也没有想到那些好处。每一个小小的松针都带着同情扩大伸展开来，以朋友的态度对待我。这使我明显地意识到，甚至在我们习惯地称之为狂暴而又阴郁的场面之中，也有某种与我有血缘关系的东西出现，而且与我血缘最近和最富有人情味的，也不是一个人或者村民，这使得我想到，任何一个地方都不会再次令我感到陌生了。

哀痛过早地毁灭了悲伤的人；
托斯卡的美丽的女儿，

① 埃俄罗斯（Aeolus），希腊神话中的风神。

她在这生者的国度里来日无多。[1]

我度过的一些最愉快的时光，是在春季或者秋季暴雨下个不停的时候，不仅是在上午，而且在下午暴雨都把我关在家里，无休止的倾盆大雨的咆哮声使我平静下来；在下雨的时候，早来的薄暮宣告一个漫长的傍晚的到来，在这个漫长的傍晚里许多念头有时间扎根并把自己展现出来。来自东北方向的滂沱大雨让村子里的房屋受到这样的考验，女仆们拿着拖把和水桶站在大门前，把洪水拒之于门外；在这些时候，我则坐在我的小小的房子的门的后面，这是我的唯一的出入口，我完全享受着这扇门的保护。在一场大雷雨中，闪电击中了在池塘对面的一棵大的油松树，从上到下劈出了一道非常显眼、完全是匀称的螺旋形凹槽，有一英寸多深，四五英寸宽，就像你在一根手杖上刻出凹槽一般。一天，我再次路过它，抬头望去，看见八年前一道可怕而又不可抗拒的闪电从无辜的天空落下时留下的那个印记，只见那个印记现在比以往更加清晰，这时我不禁感到敬畏。人们经常对我说，“想必你住在那里定会感到孤单，想与人们更接近一些，雨雪天和晚上尤其是如此吧”。对此我禁不住想回答：我们所居住的这整个地球只不过是宇宙中的一个点。你想，那边的星球，它的圆平面的宽度是我们的仪器所不能测量的，在那个星球里的那两个最遥远的居民住得有多远？我为什么应该感到孤单呢？难道我们这颗行星不是在银河系当中吗？你给我提出的这个问题，在我看来并不是最重要的问题。把一个人同他的伙伴分开，使他孤独的，是一种什么空间呢？我已经发现，不管两条腿作多大努力，都不能使两个头脑更靠近。我们最想居住在什么的附近呢？毫无疑问不是想居住在许多人的附近，不是想居住在人们最为密集的火车站、邮局、酒吧间、礼拜堂、校舍、食品杂货店、烽火山庄[2]，或者五点[3]的附近；而是想居住在我们的生活的永久来源的附近，我们在我们所有的经验中发现，我们的生活是来自那里，就像柳树站在水边，并朝水的方向伸出它的根须一样。天性不同，情况也有所不同，但一个明智的人如果要挖他的地窖，就一定会选择这个地方。……

---

① 这是奥西恩的一首诗中的一个挽歌。奥西恩（Ossian）是传说中三世纪爱尔兰英雄和吟游诗人，他的这首诗题为《英雄之爱》（Colna-dona），托斯卡（Toscar）就是诗中的一位英雄，他的女儿叫玛尔薇娜（Malvina）。这首诗以哀悼玛尔薇娜的死亡的这个挽歌开始。

② 烽火山庄（Beacon Hill），马萨诸塞州首府波士顿的一个高级住宅区，方圆约一平方英里，有大约一万居民。

③ 五点（the Five Points），纽约市帕克街、沃斯街和巴克斯特街（Park，Worth，and Baxterstreets）交汇点的名称，在整个十九世纪，这个住宅区都是以作为邪恶荒淫的中心著称。

一天傍晚，我在瓦尔登湖边的马路上意外地碰上我的一个同乡，他已经积累了一笔所谓的“可观的财产”——尽管我从未“一睹为快”；他正赶着两头牛去市场，他问我，我怎么能想到要放弃这么多的舒适生活。我回答说，我非常确信，我是相当喜欢这种生活；我并没有开玩笑。于是我回到家上了床，而让他继续在黑暗和泥泞之中前行，前往布赖顿——布赖顿就是光明的城镇的意思[①]——等到他赶到那里，就会是第二天上午的某个时候了。

对死者而言，不论何时何地，可能怎样觉醒或者复活都无关紧要。觉醒或者复活可能发生的地点总是相同的，让我们感到无可名状的愉快。我们多半是只让题外的和无常的境遇成为我们的理由。事实上，它们就是我们困惑的原因。距离万物最近的，就是那种塑造了万物的力量。距离我们最近的，就是不断实施着的最首要的法则。距离我们最近的，并不是我们雇用并喜欢与之交谈的那个工匠，而是创造了我们的那个工匠。

“鬼神之为德，其盛矣乎！视之而弗见，听之而弗闻，体物而不可遗。使天下之人齐明盛服，以承祭祀。洋洋乎如在其上，如在其左右。”[②]

我们是一个我已经产生了浓厚兴趣的实验的对象。在这种情况下，我们能不能稍微不需要那种有我们的闲言碎语的交往——能不能用我们自己的思想来振作我们？孔子说得对，“德不孤，必有邻”。[③]

有了思考，我们就可能在一个清醒的意义上极度兴奋。通过思维所作出的意识到的努力，我们就能超然于行动以及行动所带来的后果；而所有的事情，不论是善的还是恶的，都像水流一样从我们的身边流过。我们并非完全卷入在大自然之中。我可能或者是一根随波逐流的木头，或者是在空中俯瞰这根木头的因陀罗[④]。一场戏剧表演可能使我感动；而另一方面，一个似乎与我更有关系的实际发生的事件却可能并不会感动我。我只知道自己是一个人的实体，可以说是思想和感情的场景，我意识到某种双重性，而由于这种双重性，我远离自己就像远离另外一个人一样。不管我的经历是多么强烈，我都意识到我的一个部分的出现以及对它的批评，可以说那并不是我的一个部分，而是一个旁观者，它并不分享我的经历，而是注意到我的经历；它不是你，同样也不是我。那出生命的戏剧，可能是悲剧，当那出戏剧演完的时候，观众也就离开了。就他而

① 布赖顿（Bright-town），字面意思就是光明的城镇。

② 语见《中庸》第十六章。

③ 语见《论语·里仁篇之四》。

④ 因陀罗（Indra），印度最古老的宗教文献及文学作品《吠陀》中的主神，司雷雨。

言，那是一种虚构，只是想象的一件作品。有时，这种双重性可能轻而易举便使得我们成为糟糕的邻居和糟糕的朋友。

我发现，大多数时间独处是有益健康的。与同伴在一起，即使是最好的同伴，也很快就令人厌倦，耗费精力。我喜欢独处。我从来也没有找到像孤独这样可以做伴的同伴。与待在我们的寝室里相比，我们在外出待在人群当中的时候，多半要更加孤单。一个进行思考和工作的人，不管他乐于待在什么地方，都始终是孤单的。孤独是无法用介乎一个人和他的同伴之间的空间的英里数来衡量的。在坎布里奇学院的一个拥挤场所里，真正勤奋的学生就像沙漠里的托钵僧一样孤独。农夫能够整天独自在田野或者树林里工作，锄地或者砍柴，而并不感到孤独，因为他忙于干活；但到了晚上回到家里，他却不能独自一人坐在一间屋里静思，而是必须去一个能“看见人”的地方，娱乐一番，他认为这是对他一天的孤独的补偿；因而他感到纳闷，学生怎么能够整个晚上和白天的大部分时间独自待在室内，而并不感到倦怠和“沮丧”；但他并没有意识到，学生虽然是在室内，却仍然是在他的田野里工作，在他的树林里砍柴，就像农夫工作和砍柴一样，而且也像农夫一样，相应地寻找同样的娱乐和交际，尽管其方式可能要紧凑一些。

交际通常是太无足轻重了。我们每隔非常短的时间就见面，而又没有时间获得彼此的新的价值。我们每天三顿饭都见面，让我们再次品尝一下那种有霉味的陈奶酪，那种有霉味的陈奶酪就是我们自己。我们不得不达成某些规则，称之为礼仪和礼貌，以便使得这频繁的见面可以容忍，使我们不至于公开对抗。我们在邮局里见面，在社交聚会里见面，每天晚上在炉边见面；我们住得太拥挤，彼此碍事，互相绊脚，我认为，这样一来，我们也就失去了对彼此的某种尊重。当然对非常重要而又热诚的交流来说，不那么频繁也就足矣。请考虑一下在工厂里面的姑娘们吧——她们从来也不孤单，在梦中也难得孤单。要是方圆一英里只有一个居民，就像我这样，那就好了。一个人的价值并不在于他的皮肤，我们用不着触摸他。

我听说，有一个人在树林里迷了路，在一棵树的脚下饿得要死去，也累得要死去。由于身体虚弱，他的病态的想象力让他周围出现了某些怪诞的幻觉，他信以为真，因此孤独感也就缓解了。因而由于在身体上和精神上健康和有力量，我们也可能不断被一个类似的，但又更正常和更自然的交际所鼓励，并且得以知道我们从来就不是孤单的。

在我的家里，我有许多朋友；尤其是在清晨，那时无人来访。容我提出几个比较，这样某个比较就可能会传达出有关我的形势的一个概念。与在池塘里大笑的潜鸟相比，我并不孤独，我也不比瓦尔登湖本身孤独。请问，那个孤独的湖有什么朋友？然而在它的蔚蓝色的湖水中，并没有蓝色的魔鬼，而是有蓝色的天使。太阳是孤独的，除非是在阴霾的天气里，那时会出现两个太阳，不过其中的一个是假太阳。上帝是孤独的——但魔鬼，他却远非孤独，他有大量的朋友，他就是一个军团。比起在草原上的一株孤零零的毛蕊花或者蒲公英，比起一片豆叶，或者一株酢浆草，或者一只马蝇，或者一只大黄蜂，我并不更加孤独。比起米尔溪，或者风标，或者北极星，或者南风，或者四月的阵雨，或者一月的解冻，或者新房子里的第一只蜘蛛，我并不更加孤独。

在漫长的冬夜里，当林中大雪纷飞，风在怒号的时候，一位年老的移民兼原先的业主偶尔会来访问我，据说瓦尔登湖就是他挖掘的，他又给它砌了石头湖岸，沿湖边种植了松树林。他给我讲述古老的传说和来世的传奇，我们交流社会趣闻，畅谈对事物的见解，因而即使没有苹果或者苹果酒，也足以度过兴高采烈的夜晚——他是一个最睿智、最幽默的朋友，我很爱他，他拥有的秘密比戈菲或者惠利[①]拥有的还多。尽管人们认为他已经死了，但谁也说不出他葬在什么地方。一位老太太也住在我的附近，大多数人都看不见她，有时我喜欢到她的空气芳香的植物园里漫步，采摘药草并听她讲寓言故事。她具有一种无与伦比的多产的天才，她所记忆的东西比神话还要久远，而且她能够告诉我每一个寓言的起源，依据的是什么事实，因为那些事件是在她年轻的时候发生的。她是一位脸色红润、精神矍铄的老太太，不论什么天气什么季节，她都高兴，而且有可能比她的所有的孩子活得长。

大自然的难以名状的单纯和仁慈——太阳和风雨、夏季和冬季的难以名状的单纯和仁慈——它们永远在提供这样的健康，这样的欢乐。它们对我们这个种族怀有这样的同情，结果如果有人为一个正义的事业而悲伤的话，那么整个大自然都会感动，太阳的光辉会暗淡下去，风会像人那样叹息，云会下泪雨，树木会在仲夏落叶，穿上丧服。难道我与大地没有通灵之处？难道在一定程度上我本人不是树叶，不是具有植物气质吗？

那个将使我们保持健康、安宁和满足的药丸是什么呢？那并不是我的或者你的曾祖父的药，而是我们的曾祖母也就是大自然的万能的药，是蔬菜药，植物药，她用这种药使自己青春永驻，比她同时代的许多老帕尔[②]活得长，用植

---

①戈菲即威廉·戈菲（William goffe），惠利即爱德华·惠利（Edward Whalley），他们被指控行刺英国国王查理一世，而在美国藏身。他们是“阴谋家”，所以秘密多。

②帕尔，指英国人托马斯·帕尔（Thomas Parr），据说他活了一百五十二岁。

物的烂叶腐根来维持她的健康。就我的万灵药而言，不要让我喝从冥河和死海[①]里取出来的那些小瓶的冒牌合剂——我们看到，那些制造出来运送瓶子的大篷车样式的黑色马车，有时就运送那些冒牌的合剂——而是让我深吸一口纯净的清晨空气吧。清晨的空气啊！如果人们不能在一天的源头分享这清晨的空气的话，那么我们又为什么必须，甚至为了那些丢掉了这个世界的清晨时光的订单的人的利益，而把这空气装入瓶子里，送到商店里去卖呢？不过要记住，甚至在最凉爽的地窖里，到中午的时候这空气也保存不住，而是早在中午以前就从瓶塞冒出，向西追随曙光女神奥罗拉的脚步去了。我绝非许革亚[②]的崇拜者，许革亚是那个老草药医生埃斯科拉庇俄斯的女儿，在纪念碑上她被展现为一只手举着一条蛇，另一只手举着那条蛇有时饮用的那个杯子；更精确地讲，我是朱庇特的侍酒者赫柏[③]的崇拜者，赫柏是朱诺和野莴苣的女儿，具有使神和人恢复青春活力的力量。她大概是曾在这个星球走过的唯一最健美、最健康而又强壮的年轻女士，每当她到来的时候，春天也就来了。

第六章　来　客

我认为，我像大多数人一样喜欢交际，并且做好了足够的准备，能够像水蛭一样暂时死死咬住任何一个挡着我的道的血色红润的人。我自然绝非隐士，如果我有事去酒吧，就有可能一直待到最频繁去酒吧的人离开为止。

我的房子里有三把椅子，孤独的时候用一把椅子，结交朋友的时候用两把，交际的时候用三把。当来客超过三人，出乎预料，那么他们所有的人也就只有一把椅子，不过他们通常是站立着，从而节约了空间。一个小小的房子竟能容得下这么多伟大的男性和女性，这是令人吃惊的。曾经有一次，在我的屋檐下面，同时有二十五到三十个人，不但有他们的灵魂，而且还有他们的躯壳，然而在分手的时候，我们却并没有意识到，我们原来彼此靠得这么近。在我看来，我们的许多房子，不论是公房还是私房，对居住在里面的人来说都是大得奢侈，因为它们有几乎数不清的套间，有巨大的大厅，还有储存葡萄酒和以备

① 死海（Dead Sea），在约旦和巴勒斯坦之间，是一个大咸湖。

② 许革亚（Hygeia），希腊神话中的健康女神，是医药神埃斯科拉庇俄斯（Aesculapius）的女儿。

③ 赫柏（Hebe），希腊神话中的青春和春天女神，原为斟酒女神，相传为主神宙斯（Zeus，即罗马神话中的朱庇特 Jupiter）和天后赫拉（Hera，即罗马神话中的天后朱诺 Juno）的女儿。

不时之需的军需品的地下室。它们是如此巨大而又宏伟，结果居住在里面的人似乎只是在其中大批出没的臭虫。我感到惊讶的是，在特里蒙特大厦，或者阿斯特大厦，或者米德尔塞克斯大厦[①]，当门前的仆人通报来客的时候，我却看见在供住旅馆的人用的门廊上，爬出了一只可笑的老鼠，那老鼠又很快便偷偷溜进人行道里的一个洞里。

我有时在这么一个小房子里所体验到的一个不方便之处，就是当我们开始用浮夸的言辞吐露浮夸的思想的时候，我难以与我的客人保持足够的距离。你的思想必须有空间，才能让思想进入航行的状态，并在一两个航道上行驶之后进入港口。你的思想的子弹必须克服它的侧向和反弹的运动，并且落进它的最后的和稳定的行动方向，才能到达听者的耳朵，否则的话它就可能从他的头的一边再次掠过去。而且，我们的句子也必须有空间，才能在间隔中逐渐呈现出来，并形成它们的队列。个人就像国家一样，在他们之间也必须有合适的宽阔而又自然的边界，甚至有一个相当大的中立地带。我发现，与一个朋友隔着池塘交谈是一种奇特的奢侈。在我的房子里，我们靠得太近，结果竟无法听见——也就是说，我们无法用足够低的声音让对方听见，这就好像，当你把两块石头扔进平静的水里，它们又靠得太近，结果也就打破了彼此的波动。如果我们只不过是饶舌的和大声的谈话者的话，那么我们就能够做到非常靠近地站在一起，亲密地站在一起，并且感到彼此的呼吸；但如果我们有节制地和沉思地说话的话，那么我们就想离开得更远一些，这样所有的体温和水分都可能有机会挥发出去。如果我们想与在我们每一个人身上的没有言传、无法言传或者正在言传的东西，进行最亲密的交往的话，那么我们也就必须不仅沉默，而且通常在身体上还要彼此远离，这样一来我们无论如何也听不见彼此的嗓音。用这个标准来判断，言语也就方便了那些耳朵有点背的人；但如果我们不得不叫喊的话，那么有很多美妙的事情我们就无法说出来。当交谈开始呈现出一种更崇高、更隆重的情调的时候，我们也就把我们的椅子逐渐推开，分开得更远，一直到椅子接触到在对面角落里的墙壁，然后通常也就没有足够的空间了。

然而，我的"最好的"房间，却是在我的房子背后的那片松树林，那是我的客厅，始终为朋友们做好准备，太阳很少落在它的地毯上。在夏日，当贵客到来的时候，我便把他们带到那里，而一个价值无限的仆人则打扫了地板，拂拭了家具上的尘土，让一切井井有条。

---

① 特里蒙特大厦、阿斯特大厦、米德尔塞克斯大厦，分别为波士顿、纽约市和康科德的旅馆。

倘若只有一位客人，那么有时他就会分享我的便饭，而与此同时，搅拌玉米粉糊，或者注视着一片面包在灰烬中膨胀，烤熟，也就决不会打断交谈。但倘若有二十个客人前来，坐在我的房子里，那么吃饭就免谈了，虽然可能有够两个人吃的面包，可吃饭却好像是一种被放弃了的习惯。我们是自然地实践着禁食，而且人们也从未感到这是对好客的一种冒犯，而是感到这是最合适、最体谅的做法。肉体生活的消耗和衰退往往是非常需要修补的，而这种消耗和衰退在这样一个情况中却似乎神奇得得到了减缓，而且维持生命所必需的体力也坚守阵地。这样一来，我也就既能招待二十个人，也能招待一千个人；而且如果他们发现，我在家里的时候有人却是失望地或者饥饿地离开我的家的话，那么就请相信，起码我是同情他们的。在旧的地方建立起新的和更好的习俗是非常容易的，尽管有许多主妇怀疑这一点。你不必把你的声望，建立在你所提供的正餐的基础上。就我本人而言，有效地使我不频繁到一个人的家里去访问的，并不是任何一个种类的三头猛犬刻尔柏洛斯[①]，而是那个人所摆出的要请客的样子，我认为那是非常客气但又委婉地暗示，不要再麻烦他了。我想，我是永远也不会再次访问那些地方了。我应该以把斯宾塞[②]的这几句诗当作我的陋室铭而骄傲，我的一位来客曾在一片黄色的胡桃木叶子上写下了这几句诗，当作名片。

他们到达那里，挤满了小小的房子，
不是为了寻找那里所没有的款待；
休息就是他们的宴会，一切顺其自然：
最高尚的思想有着最大的满足。

温斯洛[③]在任普利茅斯殖民地的总督之前，曾与一个同伴一起，徒步穿过树林，前往马萨索伊特[④]处作礼节性拜访，到达他的住处的时候又累又饿，他们受到了这位印第安人酋长的热情接待，但那天有关吃饭则什么也没有说。

---

① 刻尔柏洛斯（Cerberus），希腊、罗马神话中守卫冥府人口的有三个头的猛犬。

② 斯宾塞（Edmund Spenser，1552—1599），英国诗人，以长篇寓言诗《仙后》著称，下面所引的诗句就出自该诗。

③ 温斯洛（Edward Winslow，1595—1655），北美普利茅斯殖民地开拓者，曾三次任该殖民地总督。他于一六二〇年乘"五月花"号船移居新英格兰，为英国清教徒移民领袖之一。

④ 马萨索伊特（Massassoit，1585？—1660），北美万帕诺亚格印第安人首领、各部族的大酋长，一六二一年白人移民乘"五月花"号驶抵普利茅斯后，他与移民订立和平协议，彼此友善相处直到他去世。

用他们自己的话来说，当夜晚来临的时候，“他让我们睡在他本人与他的妻子的那张床上，他们睡在一边，我们睡在另外一边，床也只是木板，铺在离地一英尺处，木板上面铺着一张薄的席子。他还有两个下属，由于没有空间，也就挤压着我们；这样一来，我们旅途劳顿，而我们的借宿则是更加劳顿”。第二天一点钟的时候，马萨索伊特“带来了两条他捕捉到的鱼”，有三条鲤鱼那么大，“在煮这两条鱼的时候，起码有四十个人想能分上一口。大多数人都吃上了一口。我们在两个夜晚和一个白天就吃了这一顿饭；要是我们当中的一个人没有买了一只山鹑的话，我们一路上就会饿肚子了”。他们担心，他们会由于食物和睡眠不足而神志不清，睡眠不足是由于“那些野人的野蛮歌唱（因为他们是唱着歌曲入睡的）”造成的，也考虑到他们可以在还有力量旅行的时候赶回家，于是便离开了。至于借宿，确实他们是受到了差劲的接待，尽管他们所认为的不便之处，却毫无疑问是当作一种荣誉提供的；不过就吃饭来说，我看不出那些印第安人怎么还能做得更好。他们自己就没有东西可吃，他们的聪明之处就在于，向客人道歉代替不了食物；因而他们勒紧腰带，对此一言不发。温斯洛又访问了他们一次，那时对他们来说是一个食物丰富的季节，因而在这一方面就没有短缺。

至于人嘛，你在什么地方都少不了人。在我住在树林期间，我的来客比我一生中的任何别的时期都多；我的意思是说，我有一些来客。我在那里遇见了几个人，见面的情况比我在任何别的地方所可能有的情况都更加有利。不过因为琐碎的事情来看我的客人要更少一些。在这一方面，仅仅是因为我与镇子的距离，便使我的朋友得到了筛选。到目前为止我已经隐退到孤独的伟大海洋之内，进入到社交的河流入海的地方，因而在很大程度上，就我的需要而言，在我的周围沉淀下来的只是最优秀的沉淀物。除此之外，还有证据随风朝我飘来，说明在这个大洋的另外一边有一些没有得到探索和教化的大陆。

今天上午到我的住处来的，只能是一个真正的具有荷马风格或者帕夫拉戈尼亚人[①]风格的人——他有一个如此合适而又富有诗意的名字，因此对不起，我不能在这里把它印出来——一个加拿大人、一个樵夫，还制造柱子，他一天能给五十根柱子穿孔，他用他的狗捉住的一只土拨鼠做了他的最后的晚餐。他也听说过荷马，“要是没有书的话，就不知道下雨天该做什么”，尽管也许在许多个雨季里他都没有把一本书从头到尾读完。在远处他老家的教区里的时候，有

①帕夫拉戈尼亚（Paphlagonia），古安纳托利亚的一个地区。帕夫拉戈尼亚人是安纳托利亚最古老的民族之一。经历吕底亚和波斯的统治，公元前333年向亚历山大大帝臣服。公元四世纪时成为罗马的一个行省。

一位会念希腊文的牧师曾经教他读他在遗嘱中写的诗句。现在在他捧着书的时候，我必须把下面的诗为他翻译出来，即阿喀琉斯因为普特洛克勒斯[1]面容悲伤而责备他。“普特洛克勒斯，你为什么像个小姑娘那样流泪呢？”——

是否只有你听到了来自菲提亚的消息？
他们说阿克托的儿子梅诺提厄斯尚且活着，
爱考士的儿子庇洛斯活在密耳弥多涅人当中，
不管两人当中谁死了，我们都会极度悲伤。[2]

他说，“这是好诗”。他的腋下夹着一大捆白栎树皮，是这个星期天的早晨搜集起来的，准备给病人用。“我想今天做这样的事情是没有害处的。”他说道。在他看来，荷马是一个伟大的作家，尽管他的作品写的是什么他并不知道。要找到一个比他更淳朴自然的人是困难的。邪恶和疾病在这个世界上抹上了这样一种阴沉的道德色泽，而对他来说邪恶和疾病却似乎几乎并不存在。他大约二十八岁，在十二年前离开了加拿大和他父亲的家，来到美国工作，以便最终赚足钱买一个农场，也许是在他的祖国买农场。他是用最粗糙的模子铸造出来的：身体肥胖而又懈怠，然而举止优雅，粗脖子被太阳晒得黑黑的，有一头浓密的黑发，一双无神、呆滞的蓝眼睛，那双眼睛偶尔又表情生动地明亮起来。他戴着一顶灰色的棉布低顶圆帽，穿着一件泛黄的羊毛色长大衣，穿着牛皮靴子。他很能吃肉，通常是用一个马口铁桶盛着他的午饭，走上几英里从我的门口经过，前去工作，因为他整个夏天都砍柴：他的午饭是冷肉，往往是冷土拨鼠肉，还有一个用粗陶制的瓶子，里面是咖啡，瓶子用绳子系在腰带上；有时他请我喝上一口。他来得很早，穿过我的豆田，但并不急着去工作，北方佬表现的就是这个样子。他并不想伤害自己。他就是只赚出他的膳食费，他也不在意。经常发生的事情就是，当他的狗在途中抓住一只土拨鼠的时候，他就会把他的午饭放在树丛里，走上一英里半的路回去，把土拨鼠去毛开膛收拾好，然后把它

① 阿喀琉斯（Achilles）与普特洛克勒斯（Patroclus）都是希腊神话中的人物。普特洛克勒斯是希腊战士，在特洛伊战争中被赫克托耳（Hector）所杀，友人阿喀琉斯又杀死赫克托耳为其报仇。

② 这是荷马史诗《伊利亚特》中的一个诗节。其中密耳弥多涅人（MyrmidDns），指跟随其王阿喀琉斯参加特洛伊战争的位于希腊东部的塞萨利（Thessaly）人。爱考士（Aeacus），是主神宙斯之子，阿喀琉斯的祖父，死后成为阴间三判官之一。

放在他搭伙的那家人的地窖里，而在此之前，他要先仔细考虑上半个小时，他是不是应该把土拨鼠安全地沉在池塘里，等到夜幕降临的时候再说——他喜欢长时间地琢磨这些事情。他在上午路过的时候，经常会说："鸽子真多啊！要是不用天天工作的话，我打猎就能获得我想要的所有的肉了——鸽子肉、土拨鼠肉、兔子肉、山鹑肉——天哪！一个星期的食物我一天就能够得到。"

他是一个技艺精湛的樵夫，老是琢磨怎样改进美化他的艺术。他砍树是齐根砍下，而且靠近地面，这样一来以后新生的嫩枝就可能更加茁壮，而且雪橇也可以在树根上滑过去；他不是砍过树以后用绳子将整棵树拉倒，而是逐渐地把树削成一个细桩或薄片，最后用手一推，树也就折断了。

他之所以令我感兴趣，是因为他是如此安静和孤独，而且又如此愉快；好心情和满足感洋溢在他的那双眼睛上。他的快乐不掺有杂质。有时，我看见他在树林里工作，砍伐树木，他会用一个带有无法表达的满足的大笑向我致意，并用加拿大法语向我打招呼，尽管他也会说英语。当我走近他的时候，他就会停下他的工作，带着几乎压抑住的快乐，躺在一棵被他砍倒的松树边，剥下内层树皮，卷成一个球，一边大笑交谈，一边嚼着这个球。他的身心是这样的健旺，以至于有时他遇到任何让他思索和引他发笑的东西，竟笑得跌倒在地，打起滚来。看着周围的那些树木，他会大叫起来："的确，在这里砍伐足以让我感到快乐；我不需要更好的运动了。"有时，在空闲的时候，他就带着一把手枪整天在树林里自娱自乐，一边走着，一边每隔一段时间为自己鸣枪致敬。在冬天的时候，他就生起一堆火，在中午的时候用壶煮咖啡；由于他是坐在原木上吃午饭，因而山雀有时就飞来，落在他的手臂上，啄着他指头上的土豆；他说，他"喜欢有这些小家伙在他的周围"。

在他的身上，那个动物的人得到了重大的开发。在身体的忍耐力和满足上，他是松树和岩石的表兄。我有一次问他，在干了一天的活之后，他是不是有时在晚上感到疲倦；而他则表情诚恳而又严肃地回答道："天知道，我这辈子从来就没有疲倦过。"但是在他身上的那个知识的和所谓的精神的人，却在睡眠，就像在婴儿时期一样。他只是受到了天主教神父教育土著居民所使用的那种幼稚无效的方式所给予的教育，那种方式教育出来的学生，从未达到有意识的程度，而只是达到了信任和尊敬的程度，而且孩子也并没有变成成年人，而仍然是孩子。当大自然把他创造出来的时候，大自然给了他一个强健的体魄和对他的命运的满足，并在每一个方面都用尊敬和信赖做他的支柱，这样他就可能像孩子一样活过他的七十岁。他是如此真诚和单纯，以至于对他所作的任何介绍，都不足以超过你向邻居对一只土拨鼠所作的介绍。他得逐渐认识自己，就像你得逐渐认识你自己一样。他不会要花样。人们为他的工作而付给他工资，并从而帮助他有饭吃，有衣服穿；但他从来也不与他们交换意见。他的谦恭是如此单纯和自然——如果从来也没有野心的人可以称之为谦恭的话——结果谦恭也就绝非在他身上的一个显著品质，而且他也不能想象出谦恭是什么。对他来说，聪明人就是半神半人。如果你告诉他有这样的一个人要来，他的反应就好像他认为，任何一件如此宏大的事情都不会指望他去做什么，而是会承担它自己的责任，从而让他还是被忘却为好。他从未听到过赞扬的声音。他尤其尊敬作家和牧师，认为作家和牧师的表现是奇迹。当我告诉他我写了大量的东西的时候，他想了好长的时间，以为我说的只不过是书法，因为他本人的书法也很漂亮。我有时发现，在马路旁边的雪地上，漂亮地写着他家乡的教区的名字，而且还标着正确的法语重音符号，于是我便知道，他经过这里了。我问他，他是否想把他的思想写出来。他说，他曾经为那些不能读写的人读信和写信，但却从未试图把思想写出来——不，他没有能力，他不知道该先写什么，那会要他的命的，而且与此同时还要注意拼写正确与否！

我听说，有一位著名的智者兼改革家问他，他是否想让这个世界得到改变；但他却惊讶得窃笑起来，用他的加拿大口音回答，他以前从未想过这个问题，“不，这个世界我是够喜欢的了”。同他打交道，会使一个哲学家受到许多启发。在一个陌生人看来，他似乎根本就不懂人情世故；然而有时我却在他的身上，看到了一个我以前从未见过的人，我不知道，他究竟是像莎士比亚一样有智慧呢，还是像孩子一样单纯无知——他究竟是具有一种优秀的诗意的意识呢，还是愚蠢。有一个镇民告诉我，他有一次看见他戴着小便帽，吹着口哨在村子里闲逛，还以为他是王子微服私访呢。

他只有两本书，一本是年历，一本是算术，他相当擅长算术。年历对他来说是一种百科全书，他认为是包含了人类知识的精华，在相当大的程度上也确实是如此。我喜欢就有关当前的各种各样的改革探询他的态度，而他则总是能够最简单和最实际地看待那些改革。他以前从未听说过这种事情。没有工厂行吗？我问道。他穿的就是家里做的佛蒙特灰布衣服，他说道，这挺好。他能够不喝茶和咖啡也行吗？除了水之外，这个国家还提供别的饮料吗？他用铁杉树叶子泡水饮用，觉得在热天的时候比水好喝。当我问他没有钱是不是也行的时候，他就阐明了钱给人们带来的方便之处，令人想到钱这个习俗的起源，以及拉丁语中“钱”(pecunia)一词的派生过程，而这又与最有哲理的解释相吻合。

他认为，如果一头牛是他的财产，他又想到商店里买针线，那么每一次都用那头牛的某个部分抵押针线所需的费用，也就既不方便也不可能。他能够比任何哲学家都更好地为许多习俗辩护，因为在描述与他有关的习俗的时候，他说出了习俗流行的真正理由，而不是胡乱猜测其他理由。还有一次，他听到柏拉图有关人的定义——没有羽毛的二足动物，他还听说，有人拿来一只拔光了毛的公鸡，说它就是柏拉图所谓的人，他认为，膝盖弯曲的方向不对就是一个重要的区别[①]。有时他会呼喊："我多么喜欢谈话呀！确实，我能够谈上一整天！"有一次，在好几个月没有见到他之后，我问他，这个夏天他是不是又有了新观点。"哎呀！"他说道，"像我这样必须工作的人，如果他没有忘记他所拥有的观点的话，就会做好工作。也许和你一起锄地的人想和你比赛；这样的话，上帝作证，你必须把心思都放在那上面，满脑子都得想着杂草。"在这种时候，他有时会首先问我，我是否有所改进。冬季的一天，我问他，他是否总是对自己感到满意，我希望在他的内心里找到什么东西，以取代在身外的牧师，找到某种更高的生活动机。"满意！"他说道，"有些人满足于一件东西，有些人满足于另外一件东西。也许一个人如果已经获得足够的东西的话，他就会满足于整天坐着，背对着炉火，肚子对着餐桌，真的！"然而不管采用什么策略，我都从未能够让他从精神的层面上去看待事物；他所能够设想到的最高境界，就是一种简单的权宜之计，你可以期望一个动物会欣赏那种权宜之计；而实际上，大多数人都是如此。如果我提出改进一下他的生活方式的话，那么他也仅仅是回答说太晚了，而没有表现出任何遗憾之处。然而他却彻底地信赖真诚和类似的美德。

在他身上可以察觉出有某种建设性的独创性，不管那是多么微小，而且我偶尔注意到，他是在独立思考并表达出他自己的见解——这是一种非常罕见的现象，以至于我宁愿每天都走上十英里的路去观察它；它不啻是社会的许多习俗的再次产生。尽管他犹豫不决，而且也许并不能清楚地表达自己的见解，但在背后却总是有一种像样的思想。然而他的思想却又如此原始，淹没在他的动物的生活之中，结果尽管他的思想比一个仅仅是有学问的人的思想有出息，却也很少成熟得成为能够被报道出来的任何东西。他提出，在生活的最底层可能有天才人物，尽管他们可能永远是身份寒微和没有文化，但他们总是有自己的见解，或者根本就不会不懂装懂——他们甚至就像瓦尔登湖一样被认为是深不

①也就是说，他认为，就是按照柏拉图的定义，拔了毛的公鸡也不是人，虽然那公鸡既"没有羽毛"，又是"二足动物"，但公鸡的膝盖弯曲方向不对。由此可见他有不俗的思辨能力。

可测，尽管他们可能是蒙昧和朦胧不清的。

许多游客特意到我这里来，为的是要看我和我的房子的内部，而为了给拜访找一个借口，便要一杯水喝。我告诉他们，我是喝池塘里的水，并朝那边指去，同时提出要借给他们一个长柄勺。尽管我远离人们居住，但我却并未免除一年一度的来访，我想那是在四月一号，那时每一个人都出门；而且我也有我的那一份好运，尽管在来访的人们当中有一些稀奇古怪的家伙。来自济贫院和别的地方的智力有缺陷的人前来看我，但我努力使得他们运用他们所拥有的所有智力，让他们向我吐露心迹。在这种时候智慧成了我们交谈的主题，我也从中受益。确实，我发现，他们当中的一些人，比所谓的教会执事济贫助理和市镇行政管理委员会委员还要聪明，我想该让他们调换一下位置了。至于智慧，我认为在弱智者和智力健全者之间并没有多大区别。尤其是有一个随和的头脑简单的贫民，我经常看见他与其他人一起，在田间站着或坐在蒲团上，被人当作篱笆用，以防牛群和他自己走失，有一天他访问了我，并表达出了要像我那样生活的愿望。他告诉我，他“在智力上有所欠缺”，他是带着最大的直率和真诚告诉我的，那种直率和真诚高于一切所谓的谦恭，或者更确切地说，是低于一切所谓的谦恭。下面是他说的话。主把他创造成了这个样子，然而他却以为，主对他的关心不亚于对任何一个他人的关心。“从我的童年开始，”他说道，“我始终是这个样子；我从来就不是很有头脑；我同别的孩子不一样；我智力低下。这是主的意志，我想。”而他在那里，则证明他说的是事实。对我来说，他是一个形而上学的谜。[①] 我很少遇见一位像他这样有希望的同胞——他所说的一切，都是这样简单而又诚恳，又是这样真实。而且足够真实的是，他显得有多么谦恭，他就是多么崇高。起初我并不知道，这是一种明智的策略的结果。似乎在这位贫穷而又智力低下的贫民所表现出来的那种真诚而坦率的基础上，我们的交谈可能取得比圣人们的交谈还好的结果。

我有一些客人，他们通常算不上镇子里的穷人，但却无论如何都算得上是世界的穷人，他们不求你盛情款待，只求你殷勤备至；他们热切希望得到帮助，而且在恳请之前就先说明，首先他们就是决心决不自助。我要求来客，他实际上不可饿肚子，尽管他可能有世界上的最好的胃口，也不论他是怎样有好胃口的。慈善的对象可不是来客。尽管我又开始忙我的事情，回答他们的问题的时候离他们也越来越远，但他们就是不知道访问本已结束了。在农业季节工人外

① 形而上学的谜（metaphysical puzzle），也就是难解的谜。

出找工作的季节，几乎有各种智力的人都来访问过我。有些人的智力多得不知道怎样应用。

——这就是那些逃亡的奴隶们[1]，他们带着在种植园里的那种举止，不时地进行倾听，就像寓言里面的狐狸一样，好像他们听见猎犬正跟在他们的后面吠叫，于是哀求地看着我，几乎等于要说——

啊，基督徒，你要把我送回去吗！

在这其中有一个真正的逃亡奴隶，我曾经帮助他朝北极星的方向逃去。有些人只有一个主意，就像一只母鸡只有一只小鸡，或者一只母鸭只有一只小鸭子一样；有些人有一千个主意，头脑凌乱，就像那些母鸡，本来是要它们照顾一百只小鸡的，但它们却全都去追逐一个小虫子，结果每天都有二十来只小鸡在晨露中丢失了——结果它们也就变得羽毛蜷曲而且污秽；还有的人只有主意而没有腿，他们是一种智慧的蜈蚣，让你浑身发毛。有人提议应该放上一本花名册，让客人们留下名字，就像在怀特山[2]那里一样；但是，不幸的是！我的记忆力太好了，没有必要让客人们留下名字。

我不能不注意到我的客人们的一些怪癖。少男少女和年轻的女人们一般似乎乐于待在树林里。他们朝池塘里面看，赏花，提高了他们的时间的价值。做生意的人，甚至农夫，他们只想到寂寞和工作，想到我与一件什么事情距离遥远；尽管他们说，他们喜欢偶尔在树林里漫步，但显而易见并非如此。那些焦躁不安、承担义务的人们，他们的时间全都花费在谋生和维持生活上面；牧师们谈到上帝，好像这个话题为他们所独享似的，他们不能容忍各种各样的见解；医生、律师，还有不安宁的管家们，他们在我外出的时候窥视我的橱柜和床铺——某某太太是怎样知道我的床单不如她的床单干净？那些不再年轻的年轻人，他们得出了结论，最安全的就是走各种职业的老路——所有的这些人通常都说，在我的处境中是不可能怎么行善的。唉！难就难在这里。年老体弱和怯懦的人，不管年龄多大也不管是男是女，他们想得最多的就是疾病、突然的事故，以及死亡；对他们来说，生活似乎是充满了危险——可是如果你想不到危

---

① 南北战争前，废奴主义者建立了帮助奴隶逃往美国北部或者加拿大的地下交通网，本书作者梭罗一家即地下交通网的成员。

② 怀特山（White Mountains），阿巴拉契亚山脉的一部分，在美国新罕布什尔州的中部和缅因州的西部。长一百五十公里，主要山峰以历届总统命名，有“总统峰群”之称。

险的话，那又会有什么危险呢？而且他们认为，一个小心谨慎的人会仔细地选择最安全的位置，这样B大夫[①]就可能随叫随到。对他们来说，村庄实际上就是一个"社区"，是一个进行相互防御的联盟，而且你会以为，要是不带上一个药箱的话，他们是不会去摘黑果的。其要旨就是，如果一个人是活着的话，也就总是有他可能死去的危险，尽管首先必须承认，与他是既死去又活着相比，那种危险要少一些。一个人坐着，所冒的风险与跑步的时候一样多。最后，还有那些自封的改革家，他们是最令人厌烦的人，他们以为我总是在唱着：

> 这就是我建造的房子；
> 这就是那个住在我建造的房子里的人；

> 不过他们却并不知道，第三行是：

> 但就是这些人骚扰着
> 那个住在我建造的房子里的人。

我并不害怕抓小鸡的老鹰，因为我没有养小鸡，但更确切地说，我害怕抓人的老鹰。

我有一些比这最后一种人更让我高兴的来客。孩子们前来摘浆果，铁路工人穿着干净的衬衫在星期天的上午来这里散步，还有渔夫和猎人，诗人和哲学家，总而言之，一切诚实的朝圣者，他们为了自由的缘故而外出，来到树林里，并且确实把村庄留在了身后，我已经准备就绪，要用"欢迎，英国人！欢迎，英国人！"来迎接他们，因为我曾经与那个种族有过交流。

第七章　豆　田

我所种的豆子，把每一垄的长度都加在一起，已经有七英里长了，与此同时，豆田急需间苗，因为最后一批豆子还没有播种，最先播种的豆子已经长得相当大了；确实，是不可轻易拖延的。这个如此固定而又自尊的苦差事，这个

① 指康科德的乔赛亚·巴特利特医生（Dr.Josiah Bartlett）。

小小的赫丘利的苦差事[①]，又有什么意义呢，我并不知道。我开始喜欢我的一垄垄的豆子了，尽管它们多得超过了我的需要。它们把我固定在大地上，因而我就像安泰[②]一样获得了力量。但我为什么会种豆子呢？只有天知道。整个夏天这都是我的奇特的苦差事——也就是要使地球表面的这个部分，长出这种豆子，而以前这里除了甜美的野果和令人愉快的鲜花之外，只出产委陵菜[③]、黑莓、金丝桃等等。我能了解豆子什么，或者说豆子能了解我什么呢？我珍爱它们，我给它们锄草，一直照看着它们，而这就是我每天的工作。宽大的叶子看起来非常漂亮。我的助手是浇灌这块干燥的土地的露水和雨水，以及这块土地自己所具有的肥力，而这个肥力多半是贫瘠匮乏的。我的敌人是蠕虫，冷天，尤其是土拨鼠。土拨鼠把我的豆田啃掉了四分之一英亩。但我又有什么权利把金丝桃以及别的植物撵走，毁掉它们的古老的百草园呢？然而不久，剩下的豆子就将强壮得让那些植物难以对付了，足以前往迎战新的敌人了。

我清楚地记得，在我四岁的时候，家人带着我从波士顿来到这个镇子，也就是我的故乡，当时曾穿过这些树林和这块田野，来到这个池塘。那是在我的记忆中留下了印记的最古老的场景之一。而现在，今天晚上，在同一片水域上，我的笛声又唤起了昔日的回音。那些松树还是站在这里，年龄比我大；或者说，如果有一些松树倒下来的话，我就用它们的树桩烧晚饭，新的松树又在四周成长起来，为新的幼稚的目光准备出另外一个外貌。那几乎就是相同的金丝桃，从相同的多年生的根在这个牧场上冒了出来，甚至我也最终助上了一臂之力，为我儿时的梦想披上了那个绝妙的景色，而我的出现和我的影响所产生的一个结果，就见于这些豆子叶子、玉米叶子，以及土豆的藤蔓。

我种植了大约两英亩半的山地；由于这块地开垦出来只有十五年的时间，而且我本人又挖出了两三考得[④]的树桩，因而我也就并没有给它施肥；不过在夏天期间，我在锄地的时候挖出了一些箭头，说明在白人来到这里开垦土地之前，似乎就有一个已经灭绝的民族曾经在这里居住过，并种植了玉米和豆子，并因而在某种程度上耗尽了这种庄稼所需要的土壤肥力。

---

①赫丘利（Hercules），希腊、罗马神话中的英雄，希腊神话中称赫拉克勒斯，罗马神话称赫丘利，即大名鼎鼎的大力神，以完成十二件苦差著称。

② 安泰（Antaeus），希腊神话中的巨人，只要身体不离开土地，就百战百胜，后被大力神赫丘利识破，把他举在空中掐死。

③ 委陵菜（cinquefoil），一种蔷薇科植物。

④ 考得（cord），木柴的度量单位。

当公路上还没有土拨鼠或者松鼠穿过，或者太阳还没有爬到橡树丛上，当万物还挂着露水的时候，我就已经开始锄掉在我的豆田里的那些傲慢的杂草了，在它们的头上覆盖上泥土，尽管农夫们劝告我不要这样做——我想给你们提出忠告，如果可能的话，就要在露水尚在的时候做你的一切工作。一大早，我便赤脚工作，涉足于带露水的易碎沙地之上，就像一个造型艺术家一样，但在晚些时候，太阳便让我的脚起水疱了。我在阳光下在豆田锄地，在沙砾多的黄色山地上缓慢地来回走动，走在十五杆长的成垄的绿色豆苗之间，其尽头一边是橡树丛矮林，我可以在树荫底下休息，而另外一边则是一块黑莓田，等到我又走了一个来回的时候，那些绿色的浆果的色泽又更深了一些。锄掉杂草，在豆子的茎上培土，促进我所种植的这种草[①]的生长，让黄色的土地用豆子的叶子和花朵表达出它在夏天的思想，而不是用苦艾、胡椒和栗草来表达土地的夏天的思想，而这就是我的日常的工作。由于我得不到马或者牛、雇工或者当地人的帮助，也得不到改良了的农业工具的帮助，所以我比通常慢了许多，也比通常更与我的豆子亲密。不过手工劳动，即使从事得到达了苦工的边缘，也许永远也不是最糟糕的闲散形式。它具有一种经久不变而又永存的寓意，对学者来说产生了一种经典的结果。在那些向西穿越林肯山和韦兰草地、前往谁也不知道的地方的旅行者们看来，我是一个非常辛勤的农夫（agricola laboriosus）；他们悠然自得地坐在轻便两轮马车上，胳膊肘放在双膝上，松弛的缰绳垂成花彩形状，而我则是这块土地的待在家里的辛勤的当地人。但不久我的家宅就离开了他们的视线，也离开了他们的思想。在一段很长的距离里，在公路的两侧，这是唯一的可以看见的耕地，所以他们也就尽可能地观看；有时在田间劳作的人听见旅行者们的闲聊和评论，那些话本来是并不想让他听见的："蚕豆种的太迟了！豌豆种的太迟了！"——这是因为当别人已经开始间苗的时候，我还继续在播种——而我这位很不地道的农夫却并没有有所觉察。"老兄，这些谷物是用作饲料的吧，这些谷物是用作饲料的吧。""他住在那里吗？"那个穿着灰色上衣、戴着黑色无边软帽的人问道；还有一个长相粗陋的农夫勒住他那匹的温顺的驽马，问我在做什么。他看见犁沟里没有施肥，就建议我撒些烂泥、废料、灰烬，或者墁灰。可这里的犁沟有两英亩半，而我只有一把锄头当车用，用双只手来拖——因为我厌恶别的大车和马匹——而烂泥又在远处。旅客们喋喋不休地讲着话，他们大声地把这块地与他们所经过的田野进行比较，这样我也就得

---

① 言外之意就是，豆子也是一种草。

以知道我在农业世界里的地位。这是一块没有出现在科尔曼先生[①]的报告里的田地。而且，顺便说一句，对于大自然在尚未被人类所利用的、仍然是更加荒芜的田野上所生产出的庄稼的价值，又是由谁来估价的呢？英国用作饲料的干草的收成被仔细地衡量了，其所含的湿度、硅酸盐以及碳酸钾都被计算出来了；但是在所有的有林小谷地、树林中的池塘、牧场和沼泽里，都长着只是尚未被人类收割的丰富而又多样的作物。我的那块土地，就好比是在野地与耕地之间的一个连接环节；就像有的国家是文明的，有的国家是半文明的，还有的国家是野蛮或者未开化的一样，我的那块土地就是一块半耕地，尽管这个说法并非贬义。我栽培的豆子正在快乐地返回到它们的野生、原始的状态，而我的锄头则为它们吟唱一首瑞士牧歌（Rans des Vaches）。

在附近，在一棵白桦树的最顶端的小树枝上，棕鸫在歌唱——有些人喜欢把它叫作红歌鸫——它整个上午都在歌唱，因为能与你交往而感到高兴，如果你的土地不在这里的话，它就会找到另外一位农夫的土地。当你在撒种子的时候，它就叫道："撒种，撒种——盖土，盖土——拔出来，拔出来，拔出来。"不过这并不是玉米，所以不会受到像它这样的敌人的伤害。你可能感到纳闷，它的冗长杂乱的话语，它的业余的帕格尼尼[②]在一根琴弦或者二十根琴弦上的演奏，到底与你的种植有什么关系？然而与流失掉了养分的灰烬或者墁灰相比，你还是更喜欢它。它是一种廉价的顶肥，对此我抱有全部信念。

当我用我的锄头给成垄的庄稼地培上新土的时候，也就打搅了那些没有载入史册的民族的遗迹，在远古的时候他们就生活在这片天空之下，他们的小小的作战工具和狩猎工具，被带到这个现代的今天的光线之中。它们与别的天然石头混合在一起，有一些带有被印第安人火烧过的痕迹，有一些是被阳光晒过的，还有陶器和玻璃的碎片，它们是被不久前的土地耕种者送到这里的。当我的锄头碰到石头叮当作响的时候，那种音乐在树林和天空中回响，是给我的劳动作伴奏，这种伴奏产生出了一种立即的而又是无可估量的收成。那不再是我所种出的豆子苗，我也不是为豆子地锄地；如果我还记得什么东西的话，那么我就是带着同样的怜悯和骄傲记得我的那些熟人，他们是到城里听清唱剧去了。在阳光明媚的下午——因为我有时是干上一整天——夜鹰在头顶上盘旋，就像眼睛里的一颗微粒，或者是天空的眼睛里的一颗微粒，它不时地发出声响

---

① 科尔曼先生，指亨利·科尔曼（Henry Coleman，1785—1848），马萨诸塞州农业官员。

② 帕格尼尼（Nicoh，Paganini，1782—1840），意大利小提琴家、作曲家，其创作和高超的演奏技巧影响深远。在我国，帕格尼尼对学小提琴的人来说是无人不晓。

猛扑下来，好像天空被撕裂了，最终被扯成了破布，然而没有线缝的天穹仍存；天上满是小小的精灵，她们又在地上，在光秃秃的沙子上，在岩石和山顶上产卵，因为在那里几乎无人发现她们；当树叶被风吹起，在天空飘浮的时候，她们仪态高雅，身材苗条，就像池塘里泛起的涟漪；这就是在大自然当中的亲缘关系。苍鹰是波浪的空中兄弟，它在波浪的上方飞过观察，它的被空气膨胀起来的完美双翼，回应着大海那没有羽翼的自然之力。有时候，我注视着一双雌性的苍鹰，她们在高空盘旋，或高飞，或低翔，或比翼，或分离，好像她们就是我自己的思想的体现。有时候，我被野鸽子所吸引，它们从这个树林飞到那个树林，振翼飞翔，行色匆匆，发出一种微弱的颤音；有时候，我的锄头会从腐烂的树桩下面挖出一条花斑蝾螈，它行动缓慢，怪异，奇特，是埃及和尼罗河的一种遗迹，然而又与我们同一时代。当我停顿下来，斜倚着锄头的时候，我在田垄的任何地方都能听见这些声音，看见这些景象，它们是乡村提供出来的永不枯竭的款待。

节庆之日，镇子发射大炮，那声音就像玩具气枪一样在树林中回荡，军乐的某些余音偶尔也传到这么远的地方。我是在镇子另外一端的我的豆田里，在我看来，大炮的声音就像马勒菌[①]爆裂似的；如果军队外出演练，我又浑然不知，有时我会隐约觉得大地一整天都痒痒麻麻的，好像马上就要出疹子，或者发猩红热、溃疡性皮疹，直到最后，一阵更加怡人的风匆匆扫过田野，吹上韦兰公路，给我带来了“民兵们”的信息。那种遥远的嗡嗡声让人觉得，好像某个人的蜜蜂在成群结队地移动，而邻居们，按照维吉尔[②]的忠告，正在他们最洪亮的家用器皿上面敲出一种微弱的小铃铛似的声音，努力把蜜蜂再次召唤进蜂箱里。而当这个声音完全消失，嗡嗡声停止，而且最怡人的微风也并不透露内情的时候，我便知道，他们已经把最后一批雄峰全都安全地送进了米德尔塞克斯的蜂箱，现在他们是一门心思地想着涂满蜂箱的蜂蜜了。

知道马萨诸塞州和我们祖国的自由都得到了确切保障，我感到骄傲。当我再次锄地的时候，感到自己充满了一种难以表达的自信，并带着对未来的一种平静的信念快乐地从事着我的劳动。

当有几个乐队同时演奏的时候，那声音听起来就好像整个村子是一个巨大

---

① 马勒菌（puff-ball），一种菌类植物，它爆裂把种子释放出来。

② 维吉尔（Virgil，公元前 70—前 19），古罗马诗人。

的风箱，村子里的房子随着嘈杂声交替地膨胀和倒塌似的。不过有时传到这些树林的，确实是一种真正高尚而又激励人心的旋律，小号歌颂着声誉，于是我的感觉，就好像我能够饶有兴趣地向一个墨西哥人吐口水似的[1]——因为我们为什么应该总是代表着琐事呢？于是我便四处寻找一只土拨鼠或者臭鼬，来训练我的骑士品质。这些军乐似乎就像巴勒斯坦那么遥远，令我油然想起在地平线上的十字军战士进行曲，悬于村子上方的榆树树梢也略微颤动起来。这确实是一个伟大的日子，尽管从我的林中空地看，天空还是一样，一如平日那样永远没有边际，看不出有什么不同。

由于种植和锄地，也由于收割和脱粒、挑拣以及出售豆子——最后一项最为艰难——我还可以加上食用，因为我确实品尝了，因而我与豆子所培养起来的那种长期的了解，是一种奇异的经历。我决心了解豆子。当豆子正在成长的时候，我经常是从清晨五点就开始锄地，一直干到中午，通常在一天的其余时间处理别的事务。试想，一个人与各种各样的杂草之间竟可以有那种亲密而又奇特的关系——说起这事怪烦人的，因为这个苦差事就已经够烦人的了——那就是如此无情地破坏了杂草的纤柔的组织，用锄头把杂草从根部切断，把一种草全部锄掉，又孜孜不倦地培养另外一种草。这是罗马苦艾，这是苋草，这是酢浆草，这是胡椒草——着手对付它，把它砍断，把根翻过来对着太阳，不让它的一根纤维留在背阴处；如果你让它的一根纤维留在背阴处，那么不出两天，它就会让自己从另外一边长出来，并且就像韭菜一样绿。这是一场旷日持久的战争，不是与鹤打的战争，而是与杂草打的战争，是与那些有太阳、雨水和露水帮忙的特洛伊人[2]打的战争。每天豆子都看见我用一把锄头武装起来，前来拯救它们，让敌人的士兵们减员，把死去的杂草填在壕沟。许多身强力壮、摇动着头盔上的羽饰的赫克托耳，比他们的拥挤在一起的战友们都高出整整一英尺，他们都被我的武器打倒在地。

我的一些同时代人，把那些夏日用在去波士顿或者罗马追求美艺术上了，有的人在印度进行敛心默祷，还有的人在伦敦或者纽约做生意，我则是同新英格兰的别的农夫一起，把那些夏日用在农业上。这并不是说我想有豆子吃，因

---

① 这是在挖苦美国墨西哥战争（U.S.-Mexican War, 1846—1848），战争开始的时候本书作者梭罗正在瓦尔登湖，他反对这场战争，因为它会扩大奴隶制。

② 当然这是比喻。特洛伊人是希腊联军的敌人，杂草也是敌人。下面提到的赫克托耳，是特洛伊主将，被希腊联军主将阿喀琉斯杀死，当然也是比喻。

为就豆子而言，我天生就是一个毕达哥拉斯[1]学说的信奉者，不管豆子是意味着粥还是选举，还是用豆子来换大米；不过正如有些人只是为了比喻和表达，也必须在田里工作一样，也许有一天豆子也会服务于一个写寓言的人。总的看来，一种难得的娱乐，如果持续时间太长，也可能成为一种虚耗。尽管我并没有给它们施肥，而且也不是一下子就把地全都锄上一遍，但只要是我锄到的，我都是锄得非同寻常地好，并最终获得了报偿，正如伊夫林[2]所说，"实际上任何堆肥或者粪肥，都根本无法与用铁锨翻土这种持续的动作相媲美"。他又在别的地方补充说，"泥土，尤其是新鲜的泥土，本身就具有某种磁性，泥土用这种磁性来吸引盐，吸引给予它生命的力量或者美德（随你怎么叫吧），而为了养活我们，我们在泥土上所做的一切劳动和翻动也就成为合乎逻辑的事情；所有的粪肥和别的混合肥料都只不过是这个改善的替代物"。除此之外，既然这是一块"肥力耗尽、贫瘠的正在过安息日的世俗的土地"，因而这块土地就有可能如凯内尔姆·迪格比爵士[3]所认为的那样，吸引了空气中的"维持生命所必需的神灵"。我收获了十二蒲式耳的豆子。

不过有人抱怨说，科尔曼先生的报道主要的是乡村绅士的花费昂贵的实验，因而为了更加具体，我把我的支出列出如下：

一把锄头	0.54 美元
耕、耙、犁	7.50 美元，花费太多了
大豆种子	3.125 美元
土豆种子	1.33 美元
豌豆种子	0.40 美元
芜菁种子	0.06 美元
篱笆用白线	0.02 美元
耕马及三小时雇工	1.00 美元
收获用车马	0.75 美元

① 毕达哥拉斯（Pythagoras，公元前 582？—前 507？），古希腊哲学家、数学家、毕达哥拉斯教团创始人，提倡禁欲主义，认为数为万物的本原。据说他禁止门徒吃豆子。

② 伊夫林（John Evelyn，1620—1706），英国乡绅和著作家、皇家学会创始人之一，写有美术、林学、宗教等方面著作三十余部。

③ 迪格比（Sir Kenelm Digby，1603—1665），英国廷臣、海军军官和著作家，曾率领私掠船在今土耳其的伊斯肯德伦击沉法国船只，著有《论肉体的本质》等哲学著作，后任大臣，曾出使罗马。

总计	14.725 美元

我的收入(pattern familias vendacem, non emacem ease oportet① 一家之主应该是卖方，而不是买方)系来自：

卖出的 9 蒲式耳 12 夸脱豆子	16.94 美元
卖出的 5 蒲式耳大土豆	2.50 美元
卖出的 9 蒲式耳小土豆	2.25 美元
卖出的草	1.00 美元
卖出的茎秆	0.75 美元
总计	23.44 美元

我在别的地方说过，我还有 8.715 美元的结余。

我种豆实验的结果是这样的。在大约六月一日的时候，我种了那种常见的小的白色矮菜豆，每行三英尺长十八英寸宽，而且是仔细地选用了新鲜、圆满、没有掺杂的种子。首先要防范虫子，而且没有出苗的地方要补种。然后，如果那是一块无遮蔽的地方的话，那就要防范土拨鼠，因为它们几乎会把刚生长出来的嫩叶啃光才走；还有，当嫩的卷须长出来的时候，土拨鼠就会注意到它，它们就会像松鼠那样笔直地坐着，把蓓蕾和嫩的豆荚都折断。但尤其是，如果你想逃避霜冻并得到一个好的、可以卖得出去的收成的话，那就要尽可能早点收获；通过这个手段，你能够避免重大损失。

我还进一步获得了下述这个经验。我对自己说，明年夏天我将不会这样勤奋地种植豆子和玉米了，而是要播种这样的种子，如果种子没有丢失的话，比如真诚、真实、淳朴、信念以及天真等等，看看即使不那么辛苦，不施那么多的肥，这些种子能不能在这块土地上生长，并养活我，因为毫无疑问对这些作物来说，这块土地的肥力并没有消耗殆尽。唉！我对自己这样说；但现在又一个夏天过去了，又过去了一个夏天，还过去了一个夏天，因而我不能不对你说，读者，我所种植下的那些种子，如果它们确实是那些美德的种子的话，已经被虫子吃掉了，或者已经失去了它们的生命力，因而也就没有生长出来。通常，父

① 这是古罗马农学家加图(Marcus Poreius Cato，公元前 234—前 149)的话。

亲勇敢，儿子也会勇敢；父亲怯懦，儿子也会怯懦。这一代人肯定会在每一个新的一年里种植玉米和豆子，完全就像印第安人在几个世纪之前所做的那样，也完全就像印第安人教给最初的移民所做的那样，好像在这当中有一种命运似的。有一天，我看见一个老人，令我吃惊的是，他起码是第七十次在用一把锄头挖洞，而又不是为了让自己躺在里面！但是为什么新英格兰人居然并不作新的尝试？为什么他这样强调他的谷物、他的土豆和草的收成，以及他的果园，而并不尝试种植这些之外的作物呢？我们为什么这么关心我们的用作种子的豆子，而根本就不关心新的一代人呢？如果我们能够遇见这样一个人，我们确信能够在他的身上看见我所提到的这样一些品质，我们对这些品质的珍视超过其他别的产品的品质，不过这些品质又大多是传播和飘浮在空中，而这些品质已经在他的身上生根成长起来了，那么我们就会真正感到满足和振奋。例如，沿着公路就出现了像真理和正义这样一种微妙而又难以名状的品质，尽管是这种品质的最微小的量或者新的变体。应该指示我们的大使们，让他们把这样的种子送回来，而国会应该帮助把这些种子分发到全国各地。[①] 我们永远也不应该诚恳地讲究礼节。如果价值和友谊的核心存在的话，那么我们也就永远不应该用我们的卑劣行为彼此欺骗、彼此侮辱和彼此排斥。我们见面的时候不应该这样匆忙。大多数人我根本就见不到他们，因为他们似乎没有时间；他们忙于种他们的豆子。我们不想同这样的人打交道，他埋头苦干，在工作的间隙倚靠在一把锄头或者铁锹上，好像那是拐杖似的，虽然不像蘑菇，但又像蘑菇似的从泥土里迅速冒出了头，是某种不仅是挺直的东西，就像燕子飞落下来，走在地上：

当他说话的时候，它的双翼会时而展开，
好像它要飞翔，却又把双翼合拢起来。[②]

这样一来，我们也就会猜测，我们可能是正在与一个天使交谈。面包可能并非总是能够给我们营养，但却总是对我们有益；它甚至能够带走我们的关节的那种僵硬，使得我们变得身体柔软，轻松愉快，而当我们不知道什么使我们痛苦的时候，我们就可在人或者大自然中认出宽宏，就可分享任何一种纯粹的和英勇的欢乐。

---

① 这是影射历史。美国国会议员曾经把种子免费送给选民。

② 语见英国宗教诗人夸尔斯（Francis Quarles，1592—1644）的《牧羊人的神谕》（TheShepherd's Oracles）一诗。

起码，古代的诗歌和神话就让我们想到，农业曾经是一种神圣的艺术；但我们却是带着不虔诚的匆忙和冒失来从事农业的，因为我们的目的仅仅是要获得大的农场和大的收成。要不是有农夫用以表达他的职业的神圣感，或者回想起这职业的神圣起源的发展和所谓的感恩节的话，那么我们也就既没有节日，也没有游行队伍，也没有典礼。吸引他的，是奖品和盛宴。他不是向刻瑞斯[①]和尘世里的朱庇特奉献祭品，更确切地说，而是向地狱里的普路托斯[②]奉献祭品。我们每一个人都不能幸免于贪婪和自私，不能幸免于一种奴性的习惯，那就是把土地看作财产，或者主要的是看作获得财产的手段，这样一来，风景就被破坏了，农业变得和我们一样低下，而农夫也就过着最卑贱的生活。他只是像一个强盗那样来了解大自然。加图说，农业的利润是尤其虔诚或者公正（maximeque pius quoetus），而按照瓦罗[③]的说法，古代的罗马人"把同一个大地称作母亲和刻瑞斯，而且认为，那些在大地上耕作的人是过着一种虔诚而又有用的生活，而且只有他们才是国王萨杜恩[④]的种族的后代"。

我们往往忘记，照耀着我们的耕地的阳光，与照耀着草原和森林的阳光并无区别。它们全都同样反射和吸收太阳的光线，而我们的耕地，又只不过是太阳在它每天的行程中所看到的那幅灿烂图画中的一个小的部分。在太阳看来，地球全都是像一个花园一样得到了平等的耕作。因而，我们也就应该带着一种相应的信任和宽宏接受它的光和热的好处。即使我珍视这些豆子的种子，并在一年的秋天收获豆子，那又怎样呢？我观看了这么长久的这片广阔的土地，并不指望我做主要的耕作者，而是离开我，去接近那些浇灌它、绿化它的与它更友好的力量。这些豆子有一些成果并不是由我来收割的。难道它们不是在某种程度上为土拨鼠而成长的吗？麦穗（在拉丁语中是 spica，古文作 speca，源自 spe，意思是希望）不应该只是农夫的希望；它的核或者说麦粒（在拉丁语中是 granum，源自 gerendo，意思是结果实），并非它所结出的一切果实。这样一来，我们又怎么能够歉收呢？看到大量的草的种子成了鸟儿的粮仓，难道我不应该也喜悦吗？相对而言，田野是不是能够填满农夫的谷仓并不太重要。真正的农夫将不再担忧，就像松鼠对今年树林能否结出栗子来并不表现出关心一样，真

---

① 刻瑞斯（Ceres），罗马神话中的谷物和耕作女神。

② 普路托斯（Plutus），希腊神话中的财神。

③ 瓦罗（Marcus Terentius Varro，公元前 116—前 27），古罗马学者、讽刺作家，有涉及多个学科著作六百二十多卷，其《论农业》是今天仅存的较完整的作品。

④ 萨杜恩（Satum），罗马神话中的农神。

正的农夫将每天完成他的劳动，放弃对他的田野的产品的一切要求，而且在他的思想里，不仅要献出他的最初的果实，而且也要献出他的最后的果实。

第八章　村　子

在中午之前，在锄完地之后，或者也许在阅读和写作之后，我经常在池塘里洗个澡，以游过它的一个小湾为限，洗掉劳动在我身上留下来的尘埃，或者抚平读书所留下来的最后的皱纹，而下午，则是绝对的自由时间。每天或者隔上一天，我都要信步前往村子，听一些闲言碎语，闲言碎语在那里是一直不停，或者是口口相传，或者是从一家报纸传播到另外一家报纸，而这些闲言碎语，如果服用极少的剂量的话，就会以其自己的方式，像树叶的飒飒作响和青蛙的喇叭似的声音一样令人耳目一新。我走在树林里，是为了看鸟儿和松鼠，而我走在村子里，是为了看大人和孩子们；我听见的不是在松树林当中的风声，而是大车的咔嚓声。从我的房子朝一个方向看，在河边的草地上有一个麝鼠的聚居地；而在另外一道地平线上，在榆树树丛和梧桐树的掩映之下，有一个有着忙碌的人们的村子，在我看来，他们是奇特的，好像大草原上的狗似的，每一位都是坐在其洞口，或者跑向一个邻居的洞口去说长道短。我经常到那里去，为的是要观察他们的习惯。在我看来，这个村子似乎就是一个巨大的新闻编辑室。另一方面，为了支持这个新闻编辑室，他们又像在州政府大街上的雷丁出版公司所曾经做过的那样，经营坚果和葡萄干，或者盐和玉米粉，以及别的食品杂货。对于前一种商品——也就是新闻，有些人胃口极大，而且具有极其健康的消化器官，结果他们能够老是坐在公共大街上，一动不动，让新闻就像地中海的夏季季风一样慢慢地升腾起来，低语着吹过他们，要不然就像吸进乙醚似的，能够对疼痛麻木和感觉不到疼痛——否则的话，新闻听起来经常是令人痛苦的——却又影响不了意识。当我在村子里漫步的时候，我几乎从来也不会看不到一行这样的重要人物，他们或者是坐在梯子上晒太阳，不时地身体前倾，眼睛东张西望，脸上带着淫欲的表情，要不然就靠在一个谷仓上，双手叉在口袋里，就像女像柱[①]一样，好像是要把谷仓支撑起来似的。既然他们通常是在户外，因而风里面不管有什么东西他们都能听到。这些是最粗糙的磨粉

① 女像柱（caryatides），雕刻成着装妇女形状的建筑物支柱。

机，所有的闲言碎语都首先在这里粗略地消化一下，或者说是粉碎开来，然后再倒进户内的更细微、更精密的漏斗里。我注意到，村子的要害部门是食品杂货店、酒吧、邮局和银行；而且他们还在方便的地方摆放了一口钟、一门大炮，以及一辆消防车，它们是这个机器的一个必要的组成部分；而房屋的安排是为了最大限度地发挥人的潜力，是安排成巷子，彼此面对，这样一来每一个旅行者都不得不受到夹道鞭打，而且每一个男人、女人和孩子都可以揍他一下。当然，那些距离巷子口最近的人，他们最能看见别人，也最能被别人看见，那些人也就能最先揍他，并为他们所处的位置而付出了最高的代价；而住在郊外的零星居民为数甚少，巷子的长长的豁口就是在郊外开始出现的，在那里旅行者能够翻过墙去，或者转身进入牛走的小路，从而得以逃脱，那些郊外居民也就付出了非常无足轻重的地面税或者窗户税。四周全都挂出了招牌，以便引诱旅行者；有些招牌是抓住他的胃，比如酒馆以及供应酒的地窖就是如此；有些招牌是抓住他的想象力，比如干货商店和珠宝店就是如此；而其他的招牌则是抓住他的头发、脚或者裙子，比如理发店、鞋店或者裁缝店就是如此。除此之外，在每一座房子的面前，都有人站着邀请旅行者拜访，而且在这些时候可望有人聚集过来，这甚至更加可怕。通常我都能奇妙地从这些危险中逃脱出来，或者是立即大胆地径直前往目的地，那些受到夹道鞭打的人不妨如此，或者让我的脑子想高尚的事情，就像奥菲士[①]，"弹着竖琴，大声地歌唱众神，淹没了塞壬[②]的嗓音，从而避开了危险"。有时我突然拔腿便跑，于是谁也说不出我的去向，因为我并不太在乎优雅得体，从来也不会犹豫便从篱笆上的缺口钻过去。我通常甚至突然闯进某些人的家里，在那里受到热情招待，了解到核心的新闻和最新筛选过的新闻，什么事件平息下来了，战争与和平的前景如何，以及世界是不是有可能更长时间团结一致，在这以后他们便放我从后面的街道出来，这样我便得以再次逃进树林。

当我在镇子里逗留的时间久的时候，那么把自己投身到夜晚之中，也就是件非常高兴的事情。尤其是在天黑而且又有狂风暴雨的时候，我肩上扛着一袋黑麦或者玉米粉，从村子的某个灯光明亮的客厅或者讲演厅起航，驶往我在树林里的那个温暖舒适的港口。我把外面的东西全都扎牢之后，便带着快乐的思想撤退到舱口的下面，只让我的外表去掌舵，而在一帆风顺的时候甚至把舵也

① 奥菲士（Orpheus），希腊神话中的诗人和歌手，善弹竖琴，弹奏时猛兽俯首，顽石点头。

② 塞壬（Siren），希腊神话中的半人半鸟的女海妖，以美妙歌声诱惑过往船员。使驶近的船只触礁沉没。

捆扎了起来。“当我航行的时候”，我坐在船舱的炉火旁，心中有许多愉快的想法。尽管我也遇到过几次狂风暴雨，但不论是在什么天气，我却从未船只失事，也从不沮丧。即使在普通的夜晚，树林里也比大多数人想象的要黑。在最黑的夜晚，在树林的当中，我必须时不时地抬起头，看着在路的上方的树之间的空隙，以便找到我的途径，而在没有大车路的地方，我又不得不用我的脚摸索我所走出来的那条模糊的小径，或者用手触摸那些特殊的树木，按照它们之间的已知的关系来导向，比如说在两棵松树之间通过，松树之间的距离不超过十八英寸。有时黑暗闷热的夜晚回来，眼睛看不见路，只得用双脚探着路前进，梦游一般，直到深夜才到家，当手放在门闩上开门的时候，才如梦初醒，又再回想起我之前走过的任何一步路。于是我想到，如果我的身体的主人能够把我的身体放弃的话，也许它就能自己找到回家的路，就像手无须帮助便能找到嘴巴一样。有几次，当客人碰巧待到夜晚的时候，而那又是一个漆黑的夜晚，我也就不得不把他送到在房子后面的大车路上，然后给他指出他要走的方向，而为了不迷失方向，他又需要得到他的脚的引导而不是眼睛的引导。在一个非常黑暗的夜晚，我就是以这种方式，给两个在池塘边钓鱼的年轻人指出了路。他们住在树林外面大约一英里的地方，应该很熟悉这条路线。一两天以后，他们当中的一位告诉我，那天晚上，他们大部分时间都是在无目的地走动，离他们的家非常近，然而却是快到早晨的时候才到家，由于在此期间下了几场大的阵雨，而且树叶又是非常潮湿，因而回到家的时候，他们全身都湿透了。我听说，当如俗话所说，在天黑得你用刀子都割不开它的时候，许多人甚至在村子的街道上都迷路了。有些住在郊外的人，在乘坐马车来到镇子购物之后，也不得不在那里过夜；而外出拜访的女士们和先生们，由于偏离了预期的路线半英里，就不得不用脚来探路，而不知道什么时候该拐弯。在任何时候在树林里迷路，都是一种既有价值，又令人惊讶和值得纪念的经历。在暴风雪中，即使在白天，人们走在一条非常熟悉的公路上，也常常不知道哪条路通向村子。尽管他知道这条路他走了一千次，也还是辨别不出一点痕迹，而是对他来说，它就像西伯利亚的公路一样陌生。当然，到了晚上，那种困惑又是更加巨大。在我们的最无关紧要的散步中，我们是不断地、尽管是潜意识地操纵着方向盘，就像舵手一样，被某些著名的灯塔和海岬引导着，而如果我们驶出了通常的航向，我们在脑海里仍然有着某个附近的海角的方位；直到我们完全迷路了，或者转换了方向——因为人只需要一旦闭上眼睛转换了方向，就能迷路——我们才能领会到大自然的巨大和奇特。每一个人都必须再次获悉罗盘上的方位点，醒来几次就获悉几次，不管是从睡眠中醒来还是从茫然中醒来。直到我们迷路了——换句话说，直到我们失去这个世界了——我们才能开始发现我们自己，才能意识到我们是在什么地方，意识到我们的种种关系在程度上是多么无限。

在第一个夏季快要结束的时候，一天下午，当我去村子里鞋匠那里取鞋的时候，我被抓了起来，关进监狱里，这是因为，正如我在别的地方已经讲述过的，[①]我没有向这样一个国家缴税，或者说没有承认这样一个国家的权威，这个国家就在它的国会大楼的门口，像牲畜一样买卖男人、女人和孩子。我到树林里去是出于别的目的。但是，不管一个人到了什么地方，人们都会用他们的肮脏的机构去追逐他，用爪子抓住他，如果他们能够的话，还会强迫他成为他们的不顾一切的秘密共济会的会员。的确，我可能已经作了强有力的抵抗，并取得了或多或少的效果，我可能已经"发狂地"反对了社会；不过我却更愿意让社会"发狂地"反对我，因为社会就是那个不顾一切的一方。然而，第二天我就被放出来了，我拿到了我的那只补好的鞋子，及早回到了树林里，在费尔黑文山上享用我的黑果大餐了。我从来都是只受到那些代表国家的人们的骚扰。除了存放我的文稿的桌子有锁之外，我并没有锁或插销，我的门闩或者窗子上甚至都没有一颗钉子。不论是晚上还是白天，我都从不把门闩住，尽管我会出去待上几天；即使到秋天的时候我在缅因的树林里待上两个星期，也不闩门。然而与受到一个小分队的士兵的保卫相比，我的房子受到了更大的尊重。疲倦的漫步者可以在我的炉火旁休息和暖和身子，文人可以用我的桌子上的那区区几本书使自己开心，而好奇的人，则可以打开我的壁橱的门，看看我的中午饭剩下了什么，而我又打算用什么作为晚饭。然而，尽管有许多各个阶层的人以这种方式来到池塘，我却并没有因此感到有任何严重的不方便之处，除了一本小书之外，我从来也没有丢失过任何东西，那是一卷荷马史诗，它也许是因为封面镀金而不妥当，我相信，到这个时候我们阵营里面的一个士兵已经发现了这本书。我确信，如果所有的人都像我当时那样生活简朴的话，那么盗窃和抢劫就不会存在。这些事情只会发生在那些社会里，有些人拥有超过足够的东西，而别的人则没有足够的东西。蒲柏[②]翻译的荷马史诗很快就会得到恰当的传播：

---

① 指本书作者梭罗的论说文《论公民的不服从》(Civil Disobediente，1849)。

② 蒲柏(Alexander Pope，1688—1744)，英国诗人，长于讽刺，善用英雄偶体，著有长篇讽刺诗《夺发记》、《群愚史诗》等，并翻译荷马史诗《伊利亚特》和《奥德赛》。

Nec bella fuerunt,

Faginus astabat dum scyphus ante dapes.

当人们需要的只是山毛榉木制的碗的时候，
也就没有战争来骚扰人们。

“子为政，焉用杀？子欲善而民善矣。君子之德风，小人之德草。草上之风必偃。”[①]

第九章　池　塘

有时，我对人际交往和闲言碎语感到不适，对村子里的所有朋友都感到厌倦，于是就漫步西行，到离我的习惯住所更远的地方去，进入镇子的那些更人迹罕至的地方，“进入新的树林和新的牧场”，[②] 或者，在太阳正在落山的时候，在费尔黑文山用黑果和蓝莓做我的晚饭，并储存上可供几天用的食品。这些果实并没有把它们的真正味道给予购买者，也没有给予种植它们到市场上销售的人。只有一种方式才能获得这种味道，然而没有几个人采用那种方式。如果你想知道黑果的味道的话，那就要询问牛仔或者鹧鸪。若是以为你从未摘过黑果，却又已经品尝过黑果了，那就是一个低级的错误。黑果从来就没有到达波士顿；波士顿并不知道有黑果，因为黑果是长在波士顿的三座山上。这种果实的花被市场的大车磨掉了，这种果实的芬芳和精华也随之一起丧失了，而仅仅成为干饲料。只要永恒的正义在主宰，就不会有一颗纯洁的黑果能从山野被运送到那里。

偶尔，我干完一天的锄地活之后，便来到某位没有耐性的朋友的身旁，他自上午起就在池塘钓鱼，就像一只鸭子或一片漂浮的叶子一样，一言不发，一动不动。他思考着各种哲理，等到我到达的时候，他通常已经得出了结论，认为他是属于古代的修道院住院修士的教派。有一个年纪更大的人，他是一个优秀的渔夫，还精通各种木工活，他以为我的房子是为了方便渔夫而建造起来的，而感到高兴。而当他坐在我的门口整理他的鱼线的时候，我也同样感到高兴。

---

① 语见《论语・颜渊篇第十二》。

② 语见英国诗人弥尔顿（John Milton，1608—1674）的《利西达斯》（Lycidas）一诗。

偶尔我们也会一起泛舟，他坐在船的一头，我坐在另外一头，不过我们之间并没有说多少话，因为他年岁大了，耳朵聋了，不过他偶尔也会哼唱圣歌，那圣歌与我的哲学达到了完全的和谐。这样一来，我们之间的沟通也就是一种完全没有被打断的和谐的沟通，与用言语进行的沟通相比，记忆起来要更加令人感到愉快。通常有这种情况，当我无人与之交流的时候，我便往往用船桨敲击我的船舷，产生回响，用盘旋而又膨胀的声音充满了周围的树林，就像动物园的饲养员唤醒他的野兽一样，唤醒周围的树林，我一直敲击，直到每一个长满树木的山谷和山腰都咆哮起来。

在温暖的傍晚，我经常坐在船上吹长笛，看见鲈鱼在我的四周来回游动，我似乎把它们陶醉了，而月光则在层叠起伏的湖底上移动，那里散落着森林的林木残骸。以前，在漆黑的夏夜，我有时与一个朋友一起来到这个池塘探险。我们在近水处生起一堆火，认为火能把鱼吸引过来。我们用绳子穿上一串鱼虫，捕捉到一条条鳕鱼，而在捕完鱼之后，已是夜深时分，我们便把燃烧着的木头高高地扔向天空，就像冲天火箭一样，那些木头落进了池塘，发出了大的嘶嘶声熄灭了，而我们又突然在完全的黑暗之中摸索。我们穿过黑暗，吹着口哨，再次前往有人的地方。但现在我已经在池塘边安家了。

有时候，我待在村子里的一家人的客厅里，等到全家人都就寝之后，我才返回树林。而在某种程度上是为了获得第二天的午饭，我就在午夜花上几个小时的时间，乘船在月光之下钓鱼，猫头鹰和狐狸为我唱着小夜曲，我还不时听见有某种不知名的鸟儿在附近吱吱啼叫。对我来说，这是一些非常难忘而珍贵的经历——在水深四十英尺的地方抛锚，距离岸边有二十杆或者三十杆远，有时四周被几千条小鲈鱼和小银鱼所包围，那些鱼在月光下用尾巴在湖面搅起涟漪。我用一根长的亚麻绳，与夜晚出没于水下四十英尺处的神秘鱼群交流。有时当我在夜间的柔和微风中漂流的时候，又在池塘上面拖着一条六十英尺长的渔线，不时感到鱼线在微微颤动，这表明有某种生命在面临绝境的时候来回游动着，那是由于无知铸成大错而陷入的绝境，不知如何是好。最终你两手交错拉着鱼线，缓慢地把一条有角的鳕鱼拉到了空中，鳕鱼吱吱叫着，扭动着身子。当你的思绪在其他浩瀚的宇宙天际驰骋遨游的时候，你却感到了这个隐约的抽动，它打断了你的梦想，使你与大自然再度联系起来，这是非常奇特的，在漆黑的夜晚尤其是如此。似乎我接着就会既可以把我的鱼线往下抛，抛进这并不比空气稠密的水中，又可往上抛，抛进空中。这样一来，我就好像是用一个鱼钩抓住了两条鱼。

瓦尔登湖的景色，规模不大，尽管它非常美丽，但却算不上宏伟，也不会让不常来这里的人或者不住在池塘边的人多么感兴趣。然而这个池塘的水的深度和纯洁却非同寻常，值得特别描述一番。它是一口清澈、深绿色的井，有半英里长，周长为一又四分之三英里，占地约六十一英亩半；它是一股在松树和橡树树林当中的长年不断的泉水，除了云彩和蒸发的水汽之外看不到进水口或者出水口。四周的山从水边突兀升起，到达四十英尺到八十英尺的高度，但在东南和东边，在距离池塘分别有四分之一英里和三分之一英里远的地方，则分别高达一百英尺和一百五十英尺。山上覆盖着森林。康科德的所有水体都起码有两种颜色，远看是一种颜色，近看又是一种颜色，而近看的颜色要更合理一些。第一种颜色更依赖于光线，随天气而变化。在晴朗的天气里，在夏天，在一段距离之外来看水似乎是蓝色的，在波浪起伏的时候尤其是如此，而从远处看，则似乎全都是一样。在暴风雨的天气里，水体有时是深的蓝灰色。然而，据说大海一天是蓝色的，另外一天又是绿色的，而在大气中又没有任何可以感知到的改变。我曾经看到，在陆地被白雪所覆盖的时候，在我们的河里不论是河水还是河里面的冰，都几乎像青草一样绿。有些人认为，蓝色“应该是纯洁的水的颜色，不管那水是液态的还是固态的”。但是，在从船上直接朝下看到水体的时候，水体却具有非常不同的颜色。瓦尔登湖有时是蓝色的，有时是绿色的，即使从同一个角度看也是如此。它位于大地与天空之间，也就带有了天地二者的颜色。从山顶上来看，它反射出了天空的颜色，但在附近，在靠近池塘边的地方它却有着一种淡黄的色泽，在那里你能够看见沙子，然后是淡绿色，那淡绿色又逐渐变深，在池塘的水体中成为一种一致的深绿色。在某些光线中，甚至从山顶上来看，池塘边的水体也是一种鲜艳的绿色。有些人认为，这是对青翠的草木的反射；不过在靠着铁路的沙坝的地方，水也是同样的绿，而在春天，在树叶还没有长大的时候也是如此，因而它可能纯粹就是无处不见的绿色与沙子的黄色相混合所产生的结果吧。这就是它的彩虹色。也是在那个地方，在春天的时候，从湖底反射出来的阳光发出的热量通过大地传输出来，温暖着那里的冰，使其首先融化，形成一条狭窄的水道，环绕着池塘中央冻结的部分。就像我们的其他水体一样，在晴朗的天气里，当波澜起伏的时候，波浪的表面就可能以直角把天空反射出来，或者由于有更多的光与它相混合，因而在一段距离之外就比天空本身还要深蓝。而在这样的时候，在湖上划船，为了看到水中倒影而带着分离的视觉来观看，因而也就觉察出了一种无与伦比而又无法描述的淡蓝色，浸了水的或者闪光的丝绸和刀锋就令人联想到这种颜色，它比天空本身还要蔚蓝，与波浪的相对一面的原始的深绿交替出现，而相形之下，那种原始的深绿也就只不过是浑浊而已。我记得，那是一种玻璃似的、带绿色的蓝色，就像在太阳落山之前，穿过云彩的远景，在西方看见的一片片的冬天的天空。然而单是它的一个玻璃杯的水，举到光线面前的时候，却又像同样数量的空气一样没有颜色。众所周知，一块大的玻璃板会有一种绿色的色泽，制造玻璃的人说，这是由于它的“体积”所致，但小块的同样的玻璃则会是没有颜色。要想反射出我从来也没有证明过的那种绿色的色泽，该需要多么大的体积的瓦尔登湖的水啊。我们的河流的水，如果一个人低头直接朝它看的话，那就是黑色的或者深棕色的，而且就像大多数池塘一样，给在里面洗澡的人的身体带来一种淡黄色的色调；但这里的水却是像水晶一样纯洁，结果洗澡人的身体就显得像雪花石膏一样白，愈加不自然，另外由于四肢在水中被放大了，扭曲了，这个身体也就产生了一种怪异的效果，适合让米开朗琪罗[1]这样的雕刻家研究一番。

池塘的水是非常的清澈，结果在二十五英尺或者三十英尺的深度，也能轻而易举地看到池塘的底部。在池塘上划船的时候，你可以在水面下许多英尺的地方，看见成群的鲈鱼和小银鱼，它们也许只有一英寸长，然而只要看见身上的横向条纹，便可知道那是鲈鱼，而且你会认为，它们在那里生存，一定是过着清苦生活的鱼。有一次，那是许多年以前，在冬天的时候，我为了捕捞狗鱼，而在冰上凿洞。我在上岸的时候，又把斧子扔回冰面，但好像鬼使神差似的，斧子滑动了四五杆远，直接掉进了一个洞里，那里的水有二十五英尺深。出于好奇，我趴在冰上，朝洞里看，在洞的一边略微看见了斧子，斧子是头朝下站立着，斧柄笔直，随着湖水的脉搏轻轻地前后摇动；而倘若我不打搅它的话，它就可能笔直地站在那里，摇动着，一直到随着时间的推移，斧柄最终腐烂。我用我所带着的一个冰凿，直接在上面又凿了一个洞，并用我的刀子，砍下了在周围所能找到的最长的白桦树，我结了一个活套，系在树的一端，把它小心翼翼地放下去，套上了斧柄上的疙瘩，然后拉住白桦树上的绳子，把斧子又提了上来。

除了一两处小小的沙滩之外，腰带样子的湖岸上都是光滑的白色鹅卵石，就像铺路石一样，湖岸很陡峭，因而在很多地方，纵身一跳便可进入没顶的水中。要不是湖水特别清澈，否则根本就无法见底。有些人就认为它没有底。湖水没有一处浑浊，因而漫不经心的观察者就会说，水里面根本就没有杂草；

---

① 米开朗琪罗（MichaeI Angelo，1475—1564），意大利文艺复兴兴盛期的雕刻家、画家、建筑师和诗人，人类历史上最伟大的雕刻家之一。

至于容易注意到的植物，只有那些刚刚被淹没的小小的草地上才有，而那些草地严格说来并不是湖的组成部分，更仔细地观察的话，也发现不了一棵菖蒲，或者灯芯草，甚至也发现不了百合，不论是黄色的还是白色的百合，而是只能发现几棵小的心叶姜和眼子菜[1]，也许还能发现一两棵莼菜[2]；不过所有这些植物，游泳的人可能觉察不到；这些植物干净明亮，就像它们生长其中的水一样。那些石头向水里延伸了一两杆远，然后湖底就是纯洁的沙子，不过最深的地方除外，在最深的地方通常有一点沉淀物，大概是由在连续的多个秋天中飘来的落叶腐烂造成的；即使在仲冬时节，你起锚的时候，也能带出色彩明亮的绿草来。

我们还有一个和这个完全一样的池塘——白湖，它位于西边大约两英里半的九亩角；但尽管我熟悉以这里为中心的方圆十二英里之内的大多数池塘，我却不知道还有第三个这样清澈而又像水井一样的池塘。也许一个又一个印第安人部落相继饮用了它，赞美了它，测量过它的深度，然后又消失了，但它的水仍是一如既往又绿又清澈。它并不是一个间歇泉！也许在那个春天的早晨，当亚当和夏娃被赶出伊甸园的时候，瓦尔登湖就已经存在了，而且甚至在那个时候，瓦尔登湖也在霏霏春雨中伴随着薄雾和南风泛起涟漪，湖面上有不计其数的鸭子和鹅，那些鸭子和鹅并没有听说过亚当和夏娃的堕落，对它们来说，有这样清澈的湖已经足矣。甚至在那个时候，湖水已经开始涨落，并已经澄清了它的水体，让水体有了现在所有的那种色泽，并且获得了天国的一项专利，成为世界上的唯一的瓦尔登湖，成为天国的露水的蒸馏器。又有谁知道，在多少个被忘却的部落的文献中，这个湖就是卡斯蒂利亚灵感之泉[3]？在古代神话中的黄金时代，又是什么仙女在这里掌管？它是第一水[4]的宝石，康科德的王冠上戴着的就是这块宝石。

也许最早来到这口水井边的人们，已经留下了他们的脚步的某种痕迹。我惊讶地发现，在环绕着这个池塘的地方，甚至在湖边一个浓密的树林刚刚被砍伐掉的地方，在陡峭的山腰上，有一条货架子样的小路，它时起时伏，时而靠近

① 眼子菜（potamogeton），一种水生草，穗状花序，叶子通常漂浮。

② 莼菜，原文是 water-target，等于 water shield，是一种水生植物，其飘浮的叶子的上面呈橄榄绿色，下面红色。

③ 卡斯蒂利亚灵感之泉（Castilian Fountain），希腊神话中诗歌灵感之泉。

④ 第一水（first water），这是行话，所谓第一水，也就是钻石和珍珠等宝石中质量最高或者光泽最纯的。

水边又时而离开水边，大概就像在这里的那个人类种族一样古老，是被土著猎手们的脚踩踏出来的，又不时地被这块土地的当前居民不知不觉地踩踏。在冬天的时候，就在一场小雪下过之后，人站在池塘的中央，就尤其能够清晰地看到这条小路，它就像一条波状起伏的白线，没有被杂草和细枝所遮掩，而且在许多地方，在四分之一英里以外的地方仍然非常明显，而在夏天，即使近在咫尺也难以分辨出来。可以说，是雪把它雕刻成了清晰的白色隆高浮雕。但愿有一天，人们在这里建造别墅的时候，其装饰华丽的庭院仍能保留这条小路的某种痕迹。

湖水时涨时落，不过究竟有无规律，又是在什么期间之内涨落，谁也不知道，尽管照例有许多人冒充知道。水位通常在冬天高，在夏天低，不过与一般的潮湿和干燥并不一致。我能够记得，与我住在旁边的时候相比，湖水什么时候降了一两英尺，什么时候又涨了至少五英尺。有一个狭窄的河口沙洲，它一直伸到湖水里，沙洲的一边是非常深的湖水，大约在一八二四年的时候，在离主要的湖岸大约六杆远的地方，我在这沙洲上煨了一锅海鲜杂烩浓汤，而到现在有二十五年的时间都不可能这样做了；而另一方面，我的朋友们经常是将信将疑地听我告诉他们，几年以后，我通常是在位于树林里的一个僻静的小湾，坐船钓鱼，小湾离他们所知道的那个唯一的湖岸有十五杆远，现在那个地方早就变成草地了。不过有两年的时间湖水在持续上涨，现在，也就是一八五二年的夏天，比我住在那里的时候正好高出了五英尺，换句话说，与三十年前一样高，因而在那块草地上又可以钓鱼了。从表面上看，湖水涨高了六七英尺，但从周围的山上流下来的水并不多，因而水位上涨肯定是受了水流源头的影响。就在那个夏天，湖水又开始回落了。值得注意的是，这样一来，这个涨落，不管是否是周期性的，都似乎需要许多年的时间才能完成。我见过湖水上涨了一次，回落了两次，我预料，再过十二年或者十五年，湖水又会回落到我所知道的那么低的地方。在东边一英里的地方有一个弗林特湖，有进水口和出水口让湖水出入，还有一些居中的小池塘，它们与瓦尔登湖同时涨落，不久以前与瓦尔登湖同时涨到了最高水位。就我的观察而言，白湖也是如此。

瓦尔登湖在长时间的间隔之后的涨落，至少有这个好处：湖水在这个巨大的高度上持续一年多的时间，尽管使得绕湖散步非常困难，但却也消灭了自从上一次涨水的时候在湖边生长出来的树丛和树木——北美油松、白桦、桤木、大齿杨等等，而在再次回落的时候，就留下了一个没有障碍的湖岸。这是因为，与许多池塘和每天潮起潮落的所有水体不同，当水位最低的时候，瓦尔登湖的湖岸是最为干净。在我的房子旁边的池塘的那一边，有一排十五英尺高的北美油松被消灭了或者说是倒下了，好像是被撬棒撬倒了似的，这样一来也就终止了它们的逐步侵占；而那些树的大小表明，自从上一次涨潮，水上升到这个高度是用了多少年的时间。通过这个涨落，这个湖也就维护了它对一个湖岸的权利，这样一来，湖岸也就好像是被剪掉了细毛，树木也就不能依靠拥有权来拥有它。这些就是湖的不长胡须的嘴唇。湖不时地舔着它的口颊部。当水位最高的时候，桤木、柳树和槭树从它们在水中的树干的四周，长出了大量的几英尺长的纤维状的红色的根，并且长到离地三四英尺的高度，努力自我保护；我知道，在湖边有一些伞房花越橘，它们通常并不结果实，但在这种情况下却果实累累。

湖岸何以铺设得这么整齐，有些人觉得大惑不解。我的同镇子的人都听说过这个传说——最老的人告诉我，他们在年轻的时候就听说过了——古时候，印第安人在那里的一座山上举行一场帕瓦仪式[①]，那座山高耸入云，就像现在这个池塘深陷大地一样。据说他们说了许多亵渎神灵的话，尽管这是印第安人从未犯下的一种邪恶行为，而当他们在说亵渎的话的时候，山摇动了起来，突然下陷，只有一个印第安老女人逃脱了，她的名字叫瓦尔登，而这个池塘也就用她的名字命名。人们猜测，当山摇动的时候，这些石头从山腰上滚落了下来，变成了当前的湖岸。不管怎么说，非常确定的就是，以前这里没有池塘，现在有一个池塘；而这个印第安人的传说在任何方面，都与我所提到的那个老移民的描述并不冲突。那个移民清楚地记得，当他带着他的占卜杖来到这里的时候，他看见从草皮上升起一团薄薄的水汽，而那个榛木占卜杖又动也不动地朝下方指着，因而他得出结论，应该在这里挖掘一口水井。至于这些石头，许多人仍然认为，很难用波浪在这些山上所产生的作用来解释。不过我注意到，周围的山到处都是这样的石头，这样一来，在铁路的最靠近池塘的两侧，他们也就不得不把这些石头堆积成墙。除此之外，在湖岸最陡峭的地方，石头也就最多。不幸的是，这样一来，这个传说对我来说也就没有什么神秘可言了。我发现了铺设石头的人了。如果说这个湖的名字不是源自某个英国地方的名字——比如塞福隆瓦尔登——的话，那么人们也可能猜测，它原先是叫作被墙围起来的池塘（Wailed—in Pond）。

这个池塘是为我挖好的现成的井。一年当中有四个月的时间，它的水一直

---

① 帕瓦仪式（pow-wow），北美印第安人为祈求神灵治病或保佑战斗、狩猎等胜利而举行的仪式，通常伴有巫术、盛宴、舞蹈等。

都是既纯洁又寒冷；而且我认为，在那时，它就像镇子里的任何水一样好，如果不是最好的水的话。在冬天的时候，所有的暴露在空气当中的湖水，都比不暴露在空气当中的泉水和井水冷。放在我所待在的屋子里的湖水，从下午五点到第二天的中午，也就是一八四六年的三月六日的中午，是四十二华氏度，而室内的温度，温度计显示的是有时达到六十五或者七十华氏度，这在某种程度上是由于屋顶上的阳光所致；这个四十二华氏度比村子里刚刚打出来的最冷的井水还要低上一度。在同一天，沸泉的温度是四十五华氏度，这在任何测试过的水中是最温暖的，尽管它是我所知道的在夏天里的最冷的水，因为在夏天的时候附近的浅的和不流动的表层水并不与这里的泉水相混合。除此之外，在夏天的时候，由于其深度，瓦尔登湖从来也不像暴露在阳光之下的大多数的水那么温暖。在最温暖的天气里，我通常是把一桶水放在我的地窖里，在那里它在夜间变得凉爽，而且在白天的时候仍然凉爽；尽管我也求助于在附近的一口泉水。过了一个星期，它还像刚刚舀出来的时候那么好，而且也没有水泵的味道。凡是在夏天的时候，在一个池塘的岸边宿营一周的人，只需要把一桶水埋在他的宿营地的阴凉处几英尺深的地方，也就用不着冰块这样的奢侈品了。

我曾在瓦尔登湖捕捉到狗鱼，有一条重七磅，更不用说另外一条了，它迅速带走了钓竿上的丝线，本渔夫有把握地认为它有八磅重，之所以说认为，是因为我并没有看见这条鱼。我还捕捉到了鲈鱼和鳕鱼，每一种都有一些是两磅多重，还捕捉到了小银鱼、圆鳍雅罗鱼或者棘臀鱼（Leuciscus pulchellus）、很少的几条太阳鱼，还有几条鳗鱼，有一条鳗鱼重四磅——我之所以记得这么仔细，是因为一条鱼的重量是它获得名声的唯一资格，而且这些又是我在这里听说过的唯一的鳗鱼；还有，我还隐约记得有一条小鱼，大约五英寸长，两侧是银白色的，背部稍带绿色，在表现上有点像雅罗鱼，我在这里提到这一点，主要是为了把我的事实与传说联系起来。虽然如此，这个池塘里面的鱼并不是非常多。狗鱼虽然不太多，却也是它所拥有的主要产品了。有一次我趴在冰面上，看见起码有三个不同种类的狗鱼：一种是又长又扁，铁灰色，非常像在河里捕捉到的狗鱼；一种是呈明亮的金黄色，其倒影稍带绿色，生活在深水之中，是这里最常见的一种狗鱼；还有一种是金黄色，样子像第二种，但两侧布满深棕色或者黑色的小斑点，夹杂着几个模糊的血红色斑点，非常像鳟鱼。学名 reticulatus（网状）在这里对不上号，guttatus（布满斑点）要更合适一些。这些全都是非常结实的鱼，比它们的个头表现出来的要重。这些小银鱼、鳕鱼，还有鲈鱼，以及生活在这个池塘里面的所有的鱼，都比在河里以及大多数池塘里面的同种类的鱼要干净得多，好看得多，肉也结实得多，因为这里的水要更纯洁，而且能够轻而易举便把它们与另外的鱼区分开来。大概许多鱼类学家会把它们当中的一些看成新的变种。这里还有纯种的青蛙和乌龟，还有一些淡菜；麝鼠和水貂在这里留下了它们的痕迹，偶尔还有旅行的甲鱼来这里造访。有时，当我在上午把船推下水的时候，便惊动了在夜间藏匿在船底下的一只大甲鱼。野鸭和鹅在春天和秋天的时候经常来到这里，白肚皮的燕子（Hirundo bicolor）在池塘上方飞速掠过，而在整个夏天，斑鹬（Totanus macularius）都在池塘的石头岸边出没。我有时打搅了栖息在湖水上方的一棵五针松上的一只鱼鹰；但我却怀疑，这个池塘是否曾经就像费尔黑文湾[①]一样遭受到飞翔的海鸥的冒犯。充其量它容忍一只每年都来一次的潜鸟。这些全都是现在经常来这里的重要的动物。

在东边的沙岸附近，那里的水有八英尺或者十英尺深，在无风的天气中，你坐在船上，或者在池塘的某些别的地方，都可以看见，那里有一些圆形的石头堆，它们直径六英尺，高一英尺，由不到母鸡下的蛋大的小石子构成，而周围又全都是光秃秃的沙子。一开始你会纳闷，莫非是印第安人特意在冰上堆起了这些石堆，这样一来，在冰融化的时候，它们就会沉到湖底；但它们又太规则了，而且它们当中的一些显然是刚刚堆起来的，因而不可能是如此。它们与在河里所发现的那些石堆相类似；不过这里既没有胭脂鱼也没有七鳃鳗，我也就不知道它们可能是什么鱼堆积起来的。也许它们是圆鳍雅罗鱼的巢。这些石堆让湖底具有了一种令人愉快的神秘。

湖岸参差不齐，毫无单调之感。在我的心目中，西岸是凹进去的，里面是深水湾，北岸要陡峭一些，而南岸则像美丽的扇贝，在那里一个又一个海角彼此重叠，说明在其间还有一些未被探索的小湾。要想看到森林的美丽的背景，或者看到森林的明显的美，那就要从一个小湖的中央去看，而小湖又被从水边升起的群山所环绕；因为在这样的情况中，倒映出森林的湖水不仅形成了最好的前景，而且由于湖岸蜿蜒，湖水还形成了森林的最自然而又最宜人的边界。在那里的边缘上没有光秃秃之处和瑕疵，因为没有用斧子砍出来的空地，也没有耕地与它相毗连。在水边树木有充分的空间可以扩展，每一棵树都把它的最茁壮的树枝伸向水边的方向。在那里，大自然编织出了一道自然的花边，人们可以沿着岸边的最低矮的灌木丛，逐渐望到最高的树木。这里看不到人工的什么痕迹。湖水就像一千年以前一样，冲刷湖岸。

---

① 费尔黑文湾（Fair-Haven），萨德伯里河（Sudbey River）上的一个水湾，离瓦尔登大约一英里远。

湖泊是风景的最美丽和最富有表现力的特色。它是大地的眼睛，注视者朝这个眼睛观看，就可衡量出他自己的天性的深度。在岸边的那些河生树木，就是眼睛边缘的细长睫毛，而四周长满树木的群山和悬崖，就是悬拃在上方的眉毛。

在九月的一个宁静的下午，薄雾使得对面的岸线显得朦胧，我站在池塘东端的平坦沙滩上，看到原来这就是"湖面如镜"。回过头去，只见湖面就像一条最纤细的薄纱带，伸展过去越过山谷，在远处的松树林上面闪着微光，把一层大气与另外一层大气分开。你会以为，你能够从湖面的底下走到对面的山上，而身上仍然没有水，还会以为，在湖面上掠过的燕子可以在湖面上栖息。确实，他们有时就俯冲到这条线的底下，好像是出了错似的，但它们又醒悟了过来。当你从湖面朝西望去的时候，你不得不用你的双手去保护你的双眼，因为不论是那个真正的太阳还是被反射出来的太阳，都是同样明亮；如果在真正的太阳和被反射出来的太阳之间，你挑剔地审视湖面的话，它实际上也就像镜子一样光滑。如果水面上有滑行的长足昆虫，彼此之间间隔相同，在阳光中晃动，在湖面上造成了可以想象到的最细微的光亮，如果有鸭子在整理自己的羽毛，或者如我已经说过的那样，有燕子飞得如此之低，以至于触到了水面，那么也就破坏了如镜的湖面。远处，可能会有一条鱼跃出来，在空中划出一道三四英尺的弧线，水面波光一闪，鱼入水时，水面又是波光一闪。有时，这道银白色的弧线被整个地暴露了出来。或者在这里或者那里，也许有一根蓟种子冠毛在水面上漂浮，鱼在朝它猛冲过去的时候，又再次让水面泛起涟漪。它就像熔化了的玻璃，冷却了，但却没有凝结，里面的区区几粒微尘又纯洁又美丽，就像玻璃上的瑕疵一样。你经常可以发现一个更光滑更黑暗的水体，它好像是被一个看不见的蜘蛛网与其他的水体分开一般，那个看不见的蜘蛛网成了水中的仙女在上面休息的栅栏。从山顶上，你能够看见到处都有鱼在跳跃；这是因为，只要有一条狗鱼或者小银鱼从这个光滑的表面咬上了昆虫，就明显地打搅了整个湖的均衡。如此简单的一件事，竟可以这样精巧地呈现出来，真是令人惊叹——这个鱼类的谋杀将会暴露出来——而我站在远处，也能把那些直径为六杆的盘旋的波纹辨别出来。你甚至能够发现，在四分之一英里以外的地方，有一只水蝽（Gyrinus）[①]在光滑的水面上不停地移动；水蝽在水面上划出微波，造成了一个明显的涟漪，两条岔开的线形成了涟漪的边缘，但是在水面滑行的长足昆虫却并不造成可以觉察到的涟漪。当水面相当动荡的时候，水面上却既没有在水面滑

① 水蝽（water-bug），一种生活在水中或者水面上的小昆虫。

行的长足昆虫，也没有水蝽，但是在平静的日子里，显然它们便离开它们的避风港，靠着短暂的推力，冒险从一个岸边滑向另外一个岸边，直到完全滑过湖面。在一个晴朗的秋日，太阳的温暖被充分接收，这时坐在高处的树桩上，俯瞰着池塘，端详那些在水面上泛起涟漪的圆圈，真是一种令人心旷神怡的活动，须知在天空和树木的倒影之中，如果没有那些泛起涟漪的圆圈，湖面就看不到。在这片巨大的水面之上，即使有一些骚动也会很快平静下来，就像在水中汲水，颤抖的涟漪到了岸边之后，便立即恢复了平静。在池塘上只要有一条鱼跳跃，或者一个昆虫落下，都能这样用盘旋的涟漪把自己报道出来，用美丽的线条报道出来，好像那就是它的泉水在不断涌起，是它的生命的有节奏的徐缓跳动，是它的胸膛的起伏。欢乐的震颤感与痛苦的震颤感是无法区分的。湖泊的种种现象是多么安宁啊！人类的所有的东西再次就像在春天的时候那样发光——啊，现在每一片树叶，每一根树枝，每一块石头以及每一个蜘蛛网，都在下午三点钟左右的时候闪耀着，就像在春天的清晨覆盖着露水时闪耀那样。船桨或者昆虫的每一个动作，都会产生出光的闪动；而如果船桨落水的话，那种回响会是多么悦耳啊！

在这样的一天，也就是九月或者十月的一天，瓦尔登湖是一面完美的森林镜子，它的边是用石头镶成，在我看来，那些石头好像是因为稀少和罕见而珍贵。也许没有什么东西，能够像在大地的表面上的一个湖泊这样美丽，这样纯洁，同时又是这样的大。它是天国的水。它不需要篱笆。一个个印第安人部落来来往往，而又没有玷污它。它是一面石头无法砸开的镜子，这面镜子上涂的水银永远也不会脱落，大自然也在持续地修复着它的镀金；任何风暴，任何尘土，都不能使它的永远清新的表面暗淡下去；——在这面镜子里，呈现在它上面的一切杂质都沉落下去，被太阳的雾蒙蒙的刷子刷干净了，掸干净了——这就是光的擦尘布——即使在上面哈气也不留下痕迹，而是把它自己的气哈出来，成为云彩，在镜子表面的上方高高地飘浮着，又反射在它自己的胸膛上。

一片水域能够把天上的精灵暴露出来。它持续地从天上接受新的生命和新的运动。就其性质而言，它介乎大地与天空之间。在地上，只有草和树像波浪一样起伏，但水自身却又被风吹出了涟漪。从一道道、一片片光芒当中，我可以看到微风是从哪里吹过水面。值得注意的是，我们能够俯视它的表面。也许最终我们能够这样俯视空气的表面，并且记下一个更加深奥莫测的精灵从它上面掠过的地点。

在十月下旬，当严霜到来的时候，在水面滑行的长足昆虫和水蝽终于消失了；然后在十一月，在无风的日子里，通常绝对没有任何东西能使湖水的表面起涟漪。在十一月的一个下午，持续数日的暴雨过后，在平静之中，天空突然完全被乌云遮蔽，空气满是薄雾，我注意到，这个池塘是异常平滑，因而要辨认出它的表面是困难的；不过它所反射出来的，并不是十月的明亮色彩，而是十一月湖四周黯淡的山色。尽管我是尽可能徐缓地从湖面上经过，但我的船所激起的轻微的波浪却延伸到几乎是我的目力所及之处，让那些反射出来的倒影带上了螺纹。但当我从湖面上望去的时候，我看见在一段距离之外，各处都有一种微弱的闪光，好像有一些逃脱了霜冻的在水面滑行的长足昆虫聚集在这里，也可能是，湖面由于是这样光滑，也就把从湖底涌起来的泉水暴露出来了。我徐缓地把船划到这当中的一个地方，惊讶地发现，自己被不计其数的小鲈鱼包围着，它们大约五英寸长，在绿色的水中带有一种鲜艳的青铜色，它们在那里嬉戏，不断地浮到水面，让水面泛起涟漪，有时在水面上留下水泡。在这种反射出云彩的透明的，而且似乎是深不可测的湖水中，我似乎就像乘坐气球一样，在空中飘浮，而这些鲈鱼的游动，让我觉得就像一种飞翔或者翱翔，好像它们就是一群密集的鸟儿，正好从左右两边在我的下面通过，它们的鳍，就像帆篷一样，在它们的周围挂了起来。在这个池塘里有许多这样的鱼群，它们显然是在冬天在它们的广阔的天窗上拉下冰的百叶窗之前，使用这个短暂的季节，有时让湖面显得像有一股微风吹到了它，或者有几个雨点落在了那里。当我不经意地靠近它们，惊动了它们的时候，它们便突然用尾巴拍击水面，让水面泛起涟漪，好像有人用一个毛刷般的树枝击打湖水似的，并立即在深处躲避起来。终于风刮了起来，雾更浓了，波浪开始流动，鲈鱼跳得比以前更高了，露出三英寸长的半个身子，于是水面上立即出现了上百个黑点。有一年，甚至到了十二月五日这么晚的时候，我看见水面上有一些波纹，以为马上就要下大雨了，因为空气里满是雾气，于是我便匆匆在船桨那里就座，划船回家；雨量似乎已经在迅速增加，不过我感到我的面颊上并没有雨水，我预料会被彻底湿透。但突然那些波纹消失了。原来波纹是鲈鱼造成的，我的船桨的喧闹声吓得它们游到了深处，于是我看到，它们在隐约之中消失了；因而我终归是过了一个干燥的下午。

有一个老人以前经常到这个池塘来，那是几乎六十年前的事情了，当时湖边林木茂盛，显得黑暗。他告诉我，在那些日子里他有时看到，这里因为有鸭子和别的水禽而生机盎然，而且空中还有许多老鹰。他是来这里钓鱼，使用的是在岸边找到的一只老独木舟。独木舟是用两根五针松原木做成的，原木被挖空了，又钉在一起，两头被削成正方形。它非常笨拙，但在漏水并且也许是沉到湖底之前，也使用了许多年。他并不知道这独木舟是谁的；它属于这个池塘。他经常把成条的山核桃树皮绑在一起，制成他的船锚的缆绳。有一个在革命[1]前住在池塘边的老人，一个制陶工人，曾经告诉他，湖底有一个铁箱子，他曾经见过那个铁箱子。有时那个铁箱子会漂浮上来，漂到岸边；但当你走向它的时候，它就会返回到深水处，消失了。我听了这只古老的原木独木舟的传说很高兴。它取代了一只印第安人的独木舟，那是用同样的材料制造的，但制作得要精致一些。它也许原先是岸边的一棵树，然后又好像是落入到水中，在水中漂浮了有一代人的时间[2]，对这个湖泊来说是再适当不过的船只了。我记得，当我第一次朝这些水深处看的时候，可以看到有许多大的树干隐约躺在湖底，它们或者是以前被风吹过去的，或者是在木料便宜的时候，在上一次砍伐时被留在了冰上；但现在它们大多都消失了。

当我第一次在瓦尔登湖划船的时候，它完全被浓密高大的松树和橡树树林所围绕着，在它的一些小湾里，葡萄藤缠绕着水边的树，形成了船只可以从下面经过的遮阴篷。形成了湖岸的群山非常陡峭，山上的树木又非常高大，这样一来，当你从西端向下俯瞰的时候，它也就具有了一个圆形露天剧场的外貌，可以演出某种森林的戏剧。我年轻的时候，曾经花费了许多个小时，在湖面上随着和风漂浮，在夏天的上午，我把船划到湖的中央以后，平躺在座位上，如梦如醒，一直到船触到了沙子才被唤醒，于是我站了起来，看看我的命运把我推到了什么样的湖岸——在那些日子里，闲散就是最吸引人和最多产的行业。许多个上午我都是消磨过去了，我宁可以这种方式度过一天的最有价值的部分；因为如果说我不是在金钱上富有的话，也是在阳光充足的时间和夏日上面富有，而且我是把这些时间挥霍掉；我也并不因为我并没有把这些时间浪费在工场和教师的办公桌上而后悔。但自从我离开那些湖岸之后，樵夫们让湖岸进一步荒芜了，因而从现在开始，将有许多年的时间，再也不能穿过林中小径漫步了，再也不能在林木之间欣赏湖水了。如果从今以后我的缪斯沉默了，她也可以被原谅。当鸟儿的树丛被砍倒的时候，你又怎能期望鸟儿歌唱呢？

现在湖底的那些树干，以及那条老的原木独木舟，以及周围的深色的树林都消失了，而那些几乎不知道这个池塘是在什么地方的村民们，他们不是到这

---

① 这里的革命，指一七七五年至一七八三年间的美国独立战争（American Revolution）。

② 一代人的时间，即大约二三十年的时间。

个池塘里游泳或者饮水，而是正在考虑用一根管子把水引到村子里来，用来洗碟子，而这湖水起码也应该就像恒河[①]一样神圣！——只要拧一下水龙头，或者拔掉塞子，就可以获得他们的瓦尔登湖！那匹恶魔似的铁马[②]，它的刺耳的嘶叫整个镇子都能听到，它用马蹄把沸泉的水搅浑，而且也正是它把瓦尔登湖岸边的所有的树林全都吃掉；它就是被唯利是图的希腊人引进的、那匹肚子里藏着一千个人的特洛伊木马！这个国家的斗士，也就是穆尔厅的穆尔[③]，他在哪里啊？应该由他在深壑里与它交战，在那个臃肿的害虫的肋骨之间刺上一支复仇的长矛。

然而，在我所知道的所有特色当中，也许瓦尔登湖呈现出的是最好的特色，而且也最好地保持着它的纯洁。有许多人被比作瓦尔登湖，但没有几个人当之无愧。尽管樵夫们先是把这个岸边的树砍光了，然后又把那个岸边的树砍光了，尽管爱尔兰人在湖边建起了猪圈似的肮脏住所，铁路侵入了它的边界，卖冰的人还曾经到这里取过一次冰，但湖本身并没有改变，还是我年轻的时候见过的同样的湖水；所有的改变都是在我的身上。湖水尽管有那么多的涟漪，但却没有获得一个永恒的皱纹。它青春永驻，而且我可以驻足观看，燕子明显像往昔一样飞落下来，从水面上叼起昆虫。今天晚上它又再次感动了我，好像我在二十多年的时间里并不是几乎每天都看见它似的——哎呀，这就是瓦尔登湖，是我这么多年以前发现的那同一个林区湖泊。在这里一片森林在去年冬天被砍伐掉了，而另外一片森林又在岸边迅速生长起来，还是那么生气勃勃；同样的思绪又像以往那样涌上了它的表面；是的，对它自己和它的造物主来说，那是同样的欢乐和幸福的水流，而且对我来说，也可能是同样的欢乐和幸福的水流。毫无疑问它是一个勇敢的人的作品，在他的身上绝无欺骗！他用他的手把这片水围绕起来，在他的思想中把水深化，净化，又在他的遗嘱中把它遗赠给了康科德。根据它的面貌我看出，在湖上反射出来的是同样的倒影；我几乎能够说，瓦尔登湖，那是你吗？

装饰一行诗，
绝非我的梦想；
只有住在瓦尔登湖之滨，

① 恒河（tlle GaIlges），印度北部的一条河，被印度教徒视为圣河。

② 铁马（iron horse），指早期的火车头。

③ 穆尔厅的穆尔（Moore of the Moore Hall），英国民谣中的屠龙英雄。

才能离上帝和天国最近。
我就是它的卵石湖岸，
是吹拂过它的微风；
我的手心里，
捧着它的水，它的沙，
而它的最深的度假地，
高居在我的心里。[①]

火车从来也没有停下来看看它；然而我却认为，那些火车司机和司炉工以及制动手，还有那些持有季票并且经常看见它的乘客，更适合欣赏这些景色。到了晚上，火车司机并没有忘记，或者说他的天性并没有忘记，在白天他起码有一次看到过这个宁静而又纯洁的景象。尽管只被看到过一次，它也仍然有助于把州大街[②]和机车上的煤烟洗刷掉。有人[③]提出，应该把它叫作“上帝的水珠”。

我说过，瓦尔登湖没有明显的入水口，也没有明显的出水口，不过一方面，它却与弗林特湖远远地和间接地有着联系，弗林特湖地势要高一些，通过在那个地域的一个个小池塘与瓦尔登湖相连。而另一方面，瓦尔登湖又直接和明显地与地势低一些的康科德河相连，那是通过一个个类似的小池塘联系起来的，在某个别的地质时期康科德河可能流经那些小池塘，如果稍微挖掘一下，康科德河又可能再次流向那里，不过上帝不允许这样做。如果说瓦尔登湖的水就像树林中的一个隐士，在这么长的时间里这样克制而又艰苦地生活着，从而获得了令人惊叹的纯洁的话，那么弗林特湖的相对不纯洁的湖水竟会与它混合在一起，或者说瓦尔登湖竟会把自己的甜蜜之水浪费在汪洋的波浪之中，谁能不感到遗憾？

位于林肯乡的弗林特湖，又名沙湖，是我们最大的湖和内海，在瓦尔登湖东边大约一英里处。它大得多，据说有一百九十七英亩的面积，鱼也更多；不过相对而言湖水浅，而且不是特别纯净。穿过树林到那里去，经常是我的消遣。如果仅仅是为了感觉风在自由地吹着你的面颊，看见波浪的起伏，并且记得水手们的生活的话，那是值得花费时间的。在秋天的时候，在刮风天，我到那里

① 这是本书作者梭罗本人的诗。
② 州大街（State Street），波士顿的金融区。
③ 这里的有人，指本书作者的朋友爱默生（Emerson）。

去捡栗子，在那个时候，栗子落入水中，被冲到我的脚边。有一天，当我沿着它的莎草丛生的岸边蹑手蹑脚地走着的时候，刚刚溅起的水花吹到了我的脸上，我偶然遇见了一条船的腐烂的残骸，船舷不见了，给人的印象是只有它的平船底留在灯芯草的当中；然而由于其木板上的纹路，船的轮廓仍然显示得清晰，好像它是一个大的破旧垫板。它像海边失事的船只，给人带来深刻的印象，而且还有一个同样深刻的寓意。到这个时候，它只不过是腐殖质和区别不出的湖岸，灯芯草和菖蒲从湖岸长了出来。我经常赞叹在这个池塘的北端的沙底上留下来的涟漪印记，那些印记由于水的压力而使涉水者的脚感到坚硬，我还经常赞叹那些单行生长的灯芯草，它们以波浪的线条生长，与那些涟漪的印记相对应，一行排在一行的后面，好像是波浪把它们种植出来似的。在那里我还发现奇特的球形植物，数量可观，显然是由细草或者草根构成，那也许是谷精草，直径为半英寸到四英寸不等，完全是球状。这些球形植物在沙子湖底的浅水当中被冲来冲去，有时被冲到岸边。它们或者是密集的草，或者是在中间有一点沙子。一开始你会说，它们是被波浪冲刷所形成的，就像鹅卵石一样；然而最小的有半英寸长，是由同样粗糙的材料造成，它们只是在一年当中的一个季节中产生出来。除此之外我还怀疑，对于一种已经获得了坚硬度的材料来说，波浪与其说是把它建造出来，毋宁说是把它消磨掉。在干燥的时候，它们可以在一段不确定的时间里保持它们的形状。

弗林特湖！这就是我们的命名法的贫乏之处。那个肮脏而又愚蠢的农夫[①]，他的农场与这个天国之水相毗连，而他又无情地使这天国之水的岸边成为光秃秃的一片，他有什么权利用他的名字给这个湖命名？他是那种一毛不拔的人，更喜欢美元的反光的表面，或者明亮的美分，因为他能从中看见他自己的恬不知耻的脸。他甚至把在湖里安家的野鸭也看作非法进入者；他的手指由于长期形成了像哈比[②]一样攫取的习惯，而长成了弯曲坚硬的爪——所以我根本不喜欢这个名字。我到那里去，并不是要见他，也不是要听到他的消息；他从来也没有看见这个湖，从未在这个湖里游过泳，从来也没有爱过这个湖，从来也没有保护过这个湖，从来也没有为这个湖说过一句好话，也从来没有因为上帝创造了这个湖而感谢上帝。相反，应该用在湖中游泳的鱼来给它命名，应该用经常到这里来的飞禽

① 那个农夫指弗林特。弗林特拒绝了本书作者梭罗的要求，不让他在弗林特湖边建小木屋。倘若允许建的话，我们就可能读到一本名为《弗林特湖》的书了。

② 哈比（Harpy），希腊和罗马神话中的一种脸及身躯似女人，而翼、尾、爪似鸟的怪物，性格残忍贪婪。

或者四足动物来给它命名，或者用生长在岸边的野花来给它命名，或者用其历史的线索与这个湖的历史交织在一起的某个野人或者野孩子来给它命名；而不是以他的名字来命名。他根本就没有资格拥有这个湖泊，只不过是一个趣味相投的邻居或者立法机关把那一纸契约给了他而已——他只想到它的金钱价值；他的出现也许让所有的湖岸都受到了诅咒；他让周围的土地枯竭，还乐意让湖里的水体枯竭；他唯一感到遗憾的就是，那不是英国的干草或者越橘牧场——在他看来，确实没有什么东西能够救赎它——如果湖底的淤泥能够卖钱，他宁可把湖水排干。湖水并不能让他的磨粉机转动，能够观赏湖水也不能让他感到三生有幸。我并不尊重他的劳动，他的农场的每一个东西都有价格，如果能为他自己获得任何东西的话，他会把这个景色，把他的上帝，都带到市场去。他为了他的事实上的上帝而去市场；在他的农场里，没有什么东西是自由生长的，他的田地里不长庄稼，他的牧场里没有鲜花，他的树上不结果实，而是结美元；他并不爱他的果实的美，只有在果实变成美元的时候，他才觉得他的果实成熟了。把那种能够欣赏真正的财富的贫困给我吧。对我来说，农夫们有多么贫困，就多么值得尊敬和有趣——贫困的农夫们。一个模范农场！那里的房子就像粪堆里的真菌类植物那样站立着，人们的寝室，马、牛和猪的住处，清洗干净的和没有清洗干净的，全都彼此临近！与人们一起储备起来！一个巨大的油渍，散发出粪肥和脱脂乳的强烈气味！在一个高度耕耘的状态之下，用人的心灵和大脑施肥！那就好像要你在教堂墓地里种植土豆似的！模范农场就是这个样子。

不，不。如果景色的最美丽的特色要用人来命名的话，那么只能用最高尚最值得尊敬的人来命名。让我们的湖泊得到起码像伊卡罗斯海[①]那样真正像样的名字，在那个海里，“海岸上仍然回响着一个勇敢的尝试”。[②]

面积小的鹅湖，位于我前往弗林特湖的路上；费尔黑文湾是康科德河的延伸，据说有大约七十英亩的面积，它在西南一英里处；而白湖，又在费尔黑文湾之外一英里半的地方，它的面积大约是四十英亩。这就是我的湖区[③]。这些湖泊，连同康科德河一起，成为我的水中的特权；夜以继日，年复一年，它们磨着我带给它们的谷子。

---

① 伊卡罗斯海（Icarian Sea），伊卡罗斯（Icarus）是希腊神话中发明家代达罗斯（Daedalus）的儿子，因插上蜡制的翅膀飞近太阳而死。

② 这是苏格兰诗人德拉蒙德（William Drumond，1585—1649）的《伊卡罗斯》一诗中的诗句。

③ 湖区（lake country），位于英格兰西北部，因有浪漫派诗人华兹华斯（WilliamWord-sworth）等而闻名遐迩。当然这里是比喻。

既然樵夫们、铁路以及我本人已经亵渎了瓦尔登湖，因而在我们所有的湖泊当中，最吸引人的，如果说不是最美丽的湖泊，森林中的那颗宝石，就是白湖了——不管它是源自其水体的不同寻常的纯洁，还是源自其沙子的颜色，这都是一个因为普通而拙劣的名字。然而，不论是在这些方面还是在别的方面，它都是瓦尔登湖的孪生弟弟，尽管稍逊一筹。它们是这样相似，以至于你会说，它们一定是在地下相连。它有着相同的石头湖岸，它的水体也有同样的色调。正如在瓦尔登湖里那样，在闷热的三伏天气候里，穿过树林看它的一些小湾的时候，便可看到，湖水是一种朦胧的带蓝色的绿色或者淡灰绿色，这是因为那些小湾不深，因而湖底的反光便给湖水染上了颜色。多年以前，我经常推车到那里运沙子，用来制造砂纸，[①]从那以后我继续访问那个地方。有一个经常去那里的人提出，应该把它叫作绿湖。也许它可以称之为黄松湖，是由于下述原因。大约十五年前，你能够看到一棵北美油松的树梢，在这一带属于称之为黄松树的那种树，不过它并不是一个不同种类的物种，它从深水伸出到水面之上，距离岸边有许多杆远。有些人甚至认为，这个池塘的水曾经低落过，那里原先有一个原始森林，这棵树就是那原始森林中的一棵。我发现，甚至早在一七九二年，在马萨诸塞历史学会的藏书中，有一本《康科德镇地志》(Topographical Descrip.tion of the Town of Concord)，是它的一个市民写的，作者在谈到了瓦尔登湖和白湖之后，又补充说："当水非常浅的时候，在白湖的中央可以看到一棵树，尽管树根是在水面之下五十英尺的地方，但树却似乎就生长在它现在所站立的地方；这棵树的顶部折断了，折断的地方直径为十四英寸。"在一八四九年的春天，我同一个居住在萨德伯里的最靠近这个湖的人进行了一次交谈，他告诉我，正是他在十年或者十五年之前，把这棵树拖出了水面。就他所能记得的而言，它距离岸边有十二杆到十五杆远，那里的水是三十英尺到四十英尺深。当时是冬天，上午的时候他一直在取冰，他决心，在下午的时候，他将在邻居的帮助下，把那棵老的黄松树拖出来。他用锯在冰上锯出了一个通往岸边的水道，用牛把它拖了上来，拽到了冰上；但是，在他的工作取得大的进展之前，他惊讶地发现，拖上来的是树根，树枝的残干面朝下，小的一头牢牢地固定在湖底的沙子里。在大的一头，直径大约有一英尺，他本来期望能够得到一根好的锯材原木，但它却腐烂得只能当柴烧。那时候他的棚屋里还有一些它的树枝。树桩上有斧子砍过和啄木鸟啄过的痕迹。他认为，这可能是岸边的一棵死树，

① 本书作者梭罗一家曾经制造铅笔和砂纸。

但最后又被吹进了湖里，树梢浸了水，根部又干又轻，就颠倒过来沉了下去。他的八十岁的父亲记不得这棵树是什么时候离开了原地。湖底仍然可以看见几根相当大的原木，由于水面的波动，那些原木在湖底看起来就像是巨大的水蛇在游动。

这个湖泊很少遭到船只的亵渎，因为湖里没有什么可以引诱渔夫之处。这里并没有白色的百合，因为百合需要泥土，也没有普通的白菖蒲，只有蓝菖蒲（Iris versicolor）稀疏地长在洁净的水中，从岸边的石头湖底生长出来，在六月又有蜂鸟前来造访，而不论是它的有点蓝的叶片还是花的颜色，尤其是它们在水中的倒影，都与淡灰蓝色的湖水达到了罕有的和谐。

白湖和瓦尔登湖是地面上的两颗大水晶，是光之湖。如果它们被永远凝结，并且小得足以用手抓住，那么它们也许就会被奴隶们带走，就像宝石一样装饰帝王的王冠；但由于是液体，而且数量充裕，而且我们和我们的后继者永远都能获得，因而我们也就不把它们当成一回事，而去追求科－依－诺尔钻石[①]。它们太纯洁了，因而不具有市场价值；它们没有淤泥。与我们的生活相比，它们是多么的美丽，与我们的性格相比，它们是多么的透明！我们从来也没有听说它们有卑下之处。比起农夫门前鸭子戏水的水洼子，它们是多么的美丽！来到这里的是干净的野鸭子。大自然中的人类，还没有谁能够欣赏它。鸟儿用其全身的羽毛和歌声，与鲜花达到了和谐，但什么样的少男少女能够与大自然的既野性又华贵的美融合在一起呢？大自然的繁茂是最为孤独的，远离他们居住的城镇，最为单独地繁荣起来。你如果谈论天国，也就羞辱了大地！

第十章　贝克农场

有时我到松树林漫步，松树林就像庙宇一样屹立，或者就像海上的装备齐全的舰队，树枝如波浪起伏，随着光线轻轻荡漾，是如此柔软，如此翠绿，如此阴凉，以至于德鲁伊特教[②]的祭司们也会抛弃他们的橡树，而到这里膜拜。有时

① 科－依－诺尔钻石（diamond of Koh-i-noor），指印度的一颗原重一百九十一克拉的历史最悠久的大金刚石；一八四九年以来为英王御宝，重琢成一百〇八点八克拉；一九三七年成为英王王冠宝石。

② 德鲁伊特教（Druidism）是在基督教之前，古代不列颠、爱尔兰和法兰西等境内的凯尔特人所信仰的宗教，他们在橡树树丛里举行敬神仪式。

我也到弗林特湖对面的雪松林漫步，那里的雪松披满了爬得越来越高的带有灰白色毛的蓝莓，因而适合站立在瓦尔哈拉殿堂[1]的面前，而爬行的刺柏则用满是果实的花环覆盖着地面。有时我也到沼泽地漫步，那里的松萝地衣像花彩那样，悬挂在白云杉木上，而伞菌[2]，也就是沼泽众神的那些圆桌，则覆盖着地面，更美丽的真菌类植物[3]装饰着树桩，就像蝴蝶或者贝壳即植物油螺一样。那里长着泽花[4]和山茱萸，红色的桤木浆果就像小妖精的眼睛一样发亮，蜡蜂攀缘着大树，即使最坚硬的木头也会被划出一道道沟痕。野冬青的浆果之美，让观看者流连忘返，而别的无名的野生禁果让他眼花缭乱，不胜诱惑，那些野生禁果美得让凡人无法品味。我不是去访问某位学者，而是多次访问特殊的树木，它们的种类在附近罕见，它们是在远处，在某个牧场的中央，或者在树林或者沼泽的深处，或者是在山顶。比如黑桦木，我们有它的一些好看的标本，直径为二英尺；还有它的表兄弟，黄桦，它穿着宽松的金黄色衣服，像黑桦木一样散发着香味；还有山毛榉，树干匀称整洁，覆盖着美丽的地衣，简直是完美无缺。除了零散的样品之外，据我所知，镇子里只剩下它的一个规模说得过去的小树丛，有些人认为，它们的种子是被周围山毛榉果实所吸引的鸽子播种下来的。当你劈开树木，会看到其银色的果仁闪闪发光，值得细细观赏。还有椴树、鹅耳枥木，还有学名叫 celtis occidentalis 的假榆树，这种树我们只有一棵是长得好的。还有一棵更高一些的像桅杆一样笔直的松树，一棵顶果豆[5]，还有一棵比一般完美的铁杉，它像一座佛塔一样站立在树林的中央；我还能够提到许多别的树木。这些就是我在夏天和冬天都参拜的神殿。

有一次，我正好站在一道彩虹拱顶的支撑点上，彩虹横贯大气的底层，给周围的草和树叶染上了颜色，令我目眩，好像我是透过彩色水晶观看似的。它是一个彩虹的光芒构成的湖泊，刹那间我就像海豚一样生活那个湖泊里。倘若彩虹持续的时间再长一些的话，就可能给我的有益的活动和生活染上色彩。当我走在铁路上的砌道上的时候，我经常惊叹于围绕着我的影子的光环，欣然想象自己就是上帝的选民。有一个访问我的人宣告，在他前面的某些爱尔兰人的影子没有光

---

① 瓦尔哈拉殿堂（Valhalla），北欧神话中主神兼死亡之神奥丁（Odin）接待战死者英灵的殿堂。

② 伞菌（toad-stool），一种像蘑菇的野生植物，有毒。亦译毒覃。

③ 真菌类植物（fungi），比如蘑菇就是。

④ 泽花（swamp-pink），美国东部的一种稀有的沼泽生草本植物。

⑤ 顶果豆（shingle tree），东印度的一种豆科材用乔木，其木材坚实耐用，特别用来做茶叶盒。

环，这种光环只有本地人才有。本维努托·切利尼[①]在他的回忆录里告诉我们，在他被关押在圣安杰洛城堡期间，他做了一个噩梦，或者说是出现了一个幻觉，在此之后，不论他是在意大利还是在法兰西，不论是在清晨还是在傍晚，都有一道灿烂的光环出现在他的头的影子的上面，而当草上有露水变得潮湿的时候，那道光尤其显著。这大概与我所提到的是同一种现象，这种现象在清晨尤其可以被观察到，不过在别的时候也能看到，甚至在月光下也能看到。尽管它经常出现，但却一般并不被注意到，而在像切利尼那样的一个可以激发起想象的情况中，它就足以成为迷信的基础。此外，他还告诉我们，他只指给了非常少的人看。但那些知道自己头上有光环的人，难道就真的是杰出人物吗?

一天下午，我动身穿过树林，前往费尔黑文湾钓鱼，为的是弥补我的匮乏的蔬菜之不足。途中我经过快乐牧场，它附属于贝克农场，是一个诗人曾经歌颂过的隐退处，诗的开头是——

> 你的入口是一片怡人的田野，
> 田野中有一些布满苔藓的果树，
> 果树旁有一条气色健康的小溪，
> 麝鼠在溪边悄悄地经过，
> 而敏捷的鳟鱼，
> 在四下突然游动。[②]

在我去瓦尔登湖之前，我曾经想到要住在那里。我“钓过”苹果，跃过小溪，吓坏了麝鼠和鳟鱼。那些下午在人们面前似乎是无比漫长，可能有许多事情在那当中发生，这其中的一个下午就是我们的寿命的一个大的部分，尽管当我动身的时候已经过去一半了。途中下了一场阵雨，这迫使我在一棵松树的下面站了半个小时，把树枝堆在头上，又用我的手帕挡雨；当我终于站在齐腰深的水中，在眼子菜的上面抛下钓钩的时候，我发现自己突然是位于一片云的影子之中，雷声开始轰鸣，力度如此之大，因而我所能够做的，也就只能是洗耳恭听了。我想，众神用这样的之字形闪电，击溃一个未带武器的可怜渔夫，一定

---

①切利尼（Benvenuto Cellini，1500—1571），意大利雕塑家、金匠，除雕塑外也从事金币、奖牌等金属制品的制作，代表作有《帕尔修斯》雕像，并写有《自传》。

②本章中所有的诗歌，都见于梭罗的朋友埃勒里·钱宁（Ellery Channing）的诗集《贝克农场》（Baker Farm）。

是得意了。所以我匆匆到最近的一个小屋里躲避，那个小屋离任何一条公路都有半英里远，不过这样一来也就离池塘更近，而且好久没有人居住了：

诗人在他的风烛残年，
建造了这个小屋，
看呀，这小小的陋室
正在走向毁灭。

缪斯就是这样讲出了寓言。不过我却发现，现在那个屋子里却住着约翰·菲尔德，他是一个爱尔兰人，还有他的妻子和几个孩子，孩子当中最大的是一个宽脸庞的男孩，他是他父亲的工作助手，也从沼泽地跑回来避雨，最小的是一个满脸皱纹、像个女巫似的、圆锥形脑袋的婴儿，他坐在父亲的膝上，就像坐在贵族的宫殿里一般，他在潮湿和饥饿当中，从他的家里朝外看，带着婴儿的特权，好奇地看着这个陌生人，他并不知道，他是一个贵族家族的最后一位，是这个世界的希望和众人注目的中心，而不是约翰·菲尔德的可怜而又营养不良的小孩。在那里我们坐在一起，那是在漏水最少的那一部分屋顶的下面，而屋外则是倾盆大雨，雷声轰鸣。以前，在那条船被建造起来，把这个家庭漂洋过海送到美国之前，我已经在那里坐过许多次了。约翰·菲尔德明显是一个诚实、勤劳，但又得过且过的人；而他的妻子——则是勇敢地在那个高大的炉子边，做了这么多的一顿又一顿的饭；她的脸又圆脂肪又多，胸脯袒露着，仍然在想着能有一天改善她的状况；她的一只手总是拿着拖把，不过哪里也看不见拖把带来的效果。小鸡也来到这里躲雨，它们像家庭成员一样在屋子里高视阔步，据我看来，它们太具有人性了，因而烤好了味道会很糟糕。它们站着，直视我的目光，或者相当厉害地啄着我的鞋。与此同时，我的东道主告诉了我他的经历：他为附近的一个农夫努力地“在沼泽地里干活”，用一把铁锹或者沼泽用的锄头翻地，使之变成牧场，每翻出一英亩地能赚十美元，还可以获得那块地以及肥料的一年的使用权。同时他的宽脸庞的年纪小小的儿子也快活地在他父亲边干活，他并不知道，他父亲的这笔交易是多么划不来。我试图用我的经验帮助他，我告诉他，他是我最近的邻居之一，我到这里来钓鱼，看起来好像是游手好闲，其实也像他本人一样是为了谋生。我是住在一个整洁、光亮而又干净的房子里，而造价几乎不超过像他这样的破屋子一年的通常租金。如果他愿意的话，他也可以在一两个月的时间里为他自己造出一座他自己的宫殿。我不喝茶，不喝咖啡，不吃黄油，不喝牛奶，也不吃鲜肉，因而不必为了获得它们而工作。还有，由于我并不努力工作，所以我也无须努力吃饭，因而用在我的食品上的花费也就微不足道。但是由于他以喝茶开始，还要喝咖啡，吃黄油，喝牛奶，吃牛肉，因而他也就不得不努力工作为它们付款，而当他努力工作的时候，他也得再次努力吃饭，以补充他的身体的损耗。因而这也就是半斤八两——确实，一个是多于半斤，一个是少于八两——因为他不满足，而且还浪费了他的生命。然而他却又认为，他来到美国是赚到了便宜，因为在这里他每天都能喝茶，喝咖啡和吃肉。但那个唯一真正的美国是这样一个国家，在那里，你可以自由追求一种能够使你没有这些东西也行的生活方式，在那里，国家并不努力迫使你维持奴隶制、战争以及别的不必要的花费，而奴隶制、战争以及别的不必要的花费又是直接或者间接产生自对这些东西的使用。须知我是故意地这样对他讲话，好像他是个哲学家，或者他想做一个哲学家似的。倘若地球上的所有的草地仍旧处于一种荒野的状态，倘若那就是人们开始救赎自己的开端所带来的后果的话，我是应该感到高兴的。一个人要发现最有利于他自己的文化的东西，并不需要研究历史。但不幸的是，一个爱尔兰人的文化，却是一个需要用一种道德上的沼泽用锄头来从事的事业！我告诉他，由于他在沼泽里如此努力地工作，他就需要厚靴子和结实的衣服，而厚靴子和结实的衣服又很快就弄脏，穿坏；但我却穿着轻便的鞋子和薄的衣服，它们的费用还不到一半，尽管他可能认为我穿得像个绅士（然而，我并不是穿得像个绅士），而且如果我愿意的话，我就能够不用费力，而是作为一种消遣，在一两个小时的时间里捕捉我两天所需要的那么多的鱼，或者挣出能够养活我一个星期的钱来。如果他和他的家庭想简单地生活的话，那么他们就可以在夏天摘黑果，让他们愉悦。听到这话，约翰叹了口气，他的妻子则双手叉腰凝视着，他们两个人似乎都在盘算，他们是否有足够的资本开始这个方向的航行，或者有足够的算术能力把这个航行完成。对他们来说，那是依靠航位推算[①]而进行的航行，而他们又不清楚这样怎么能够到达他们的港口。因而我认为，他们仍然是勇敢地接受生活，按照他们的方式接受生活，直视生活，竭尽全力地接受生活，没有技能把细楔子插入生活的巨大支柱将其劈开，再细细地打磨它——他们想粗略对付生活，就像对付一株蓟一样[②]。但他们却是在一种势不可当的不利状态下战

---

① 航位推算（dead reckoning），不是根据天文观察的航位推算法。

② 蓟（thistle），叶片带刺。

斗——唉，约翰·菲尔德是没有进行计算地生活着，因而也就失败了。

“你钓鱼吗？”我问道。“哦，是的，我躺在湖边的时候有时能钓上许多，钓到的是好的鲈鱼。”“你用的是什么鱼饵？”“我用蚯蚓钓小银鱼，然后用小银鱼做诱饵钓鲈鱼。”“你最好还是现在去，约翰。”他的妻子说道，脸上闪光，抱有希望。但约翰犹豫不决。

阵雨现在结束了，在东边树林的上空有一道彩虹，预示着将会有一个美丽的傍晚；因而我离开了。出门时我要了一杯水喝，以顺便看一下这口井的底部，完成我对这个地区的调查；但不幸的是，井里是浅水和流沙，而且井绳断了，水桶又不知在什么地方。这时，他找来一个煮饭器皿，水似乎是蒸馏过，几番争议和推脱之后，水终于到了口渴的人的手里——水还没有凉下来，水还应该沉淀。我想，就是这样的稀粥维持着这里的生命；所以，我闭上眼睛，熟练地把沙子沉到了底下，为主人的真心的款待而最诚心诚意地把水喝了下去。在这种情况下，当涉及举止的时候我并不神经质。

我在雨后离开了那个爱尔兰人的家，转身再次朝池塘走去，匆匆前去捕捉狗鱼，在僻静的草地上艰难地行走，在泥坑和沼泽地里艰难地行走，在荒凉和野蛮的地方艰难地行走，片刻间，对我这个上过中学和大学的人来说，这种匆忙似乎是微不足道的。不过当我从山上跑下，跑向映红了的西方，彩虹就在我的肩上，某些微弱的丁零声透过清洗过的空气传到了我的耳朵，那声音是从哪里来的，我并不知道，在这个时候，我的守护神似乎在说——每天都去远方，去宽广的地方钓鱼打猎吧——到更远、更宽广的地方去吧——并且毫无疑虑地在许多溪流边和壁炉边休息吧。你趁着年幼，当纪念造你的主[①]。要在黎明之前起床，摆脱牵挂，而寻找冒险。要让正午发现你在别的湖泊的旁边，让夜晚不论在什么地方都能在家里追上你。没有比这些地方更大的田野，没有比在这里可以玩的游戏更值得玩的游戏。要按照你的天性野性地成长，就像这些莎草和蕨属植物一样，它们永远也不会变成英国干草。让雷声轰鸣吧；倘若雷电会毁掉农夫们的庄稼，那又怎么样？在你看来，那并不是它的使命。在他们逃往大车和棚屋里的时候，你在云彩的下面躲避吧。不要让谋生成为你的工作，而是让你的娱乐成为你的工作。要享受土地的乐趣，但不要拥有土地。人们由于缺乏开创能力和信念，而成了现在这个样子，他们又购买又销售，就像农奴一样度过他们的一生。

---

①语见《旧约·传道书》第十二章第一节。

哦，贝克农场！

景色中最丰富的元素
就是一点天真无邪的阳光。……

在你的围上栅栏的草地上
没有人能跑去狂欢。……

你从未与任何人辩论，
你从未被问题所困惑，
你穿着朴素的赤褐色工作服，
还是像初见时那么温顺。……

爱人者，来吧，
恨人者，来吧，
圣鸽的孩子们，
州里的盖伊·福克斯，[1]
把各个阴谋活动
都吊在坚固的椽木上。

只是到了晚上，人们才从附近的田野或者街道温顺地回家，操持家务的声音在那里回荡，他们的生命在那里憔悴，因为生命再次呼吸着它自己的空气；在清晨和傍晚，他们的影子到达的地方比他们每天走的地方远。我们应该从远方回家，从冒险、危险以及每天的发现回家，带着新的经验和性格回家。

我还没有到达池塘，某种新的冲动就已经把约翰·菲尔德带了出来，他改变了主意，这次在太阳落山之前就不“在沼泽地里干活”了。但他这个可怜的家伙只钓到两条鱼，而我钓的鱼有一长串，于是他说他的运气就是如此；但当我们在船上交换座位的时候，运气也交换座位了。可怜的约翰·菲尔德！——我相信，除非他能通过读这篇文章而有所进步，否则他是不会读的——他想在

① 盖伊·福克斯（Guy Fawkes，1570—1606），英国天主教徒，因密谋在国会开会时将英王詹姆士一世及其主要大臣炸死而被处决。

这个原始的新国家，以某种派生出来的老国家的方式生活——想用小银鱼去钓鲈鱼。我承认，小银鱼有时是一种好的诱饵。他的眼界全都是他自己的，然而他又是一个穷人，生来就穷，继承下来的是爱尔兰的贫穷或者贫穷的生活，还有从他的始祖亚当的祖母那里继承下来的拖泥带水的方式，因而不论是他还是他的后代，也就不能在这个世界上出人头地，除非他们的在沼泽里跋涉的长着蹼的脚上，穿上有翼的鞋。

第十一章　更高的法则

当我提着我的那串鱼，拖着我的鱼竿，穿过树林回家的时候，天已经非常黑了，这时我瞥见，有一只土拨鼠正悄悄地穿越我面前的道路，于是我感到有一种野蛮的喜悦在奇怪地兴奋着，感到受到了强烈的诱惑，想把它抓住生吞掉；这并不是因为我当时饥饿，只不过是因为它代表着那种野性。然而，当我住在池塘边的时候，有那么一两次发现自己是在树林里闲逛，就像一条饿坏了的猎犬一样，带着一种奇怪的放纵心情，去寻找某种我可以吞掉的野味，而且对我来说，任何一口食物都不可能是太野蛮。最野蛮的场景，对我来说也变得莫名其妙的熟悉。我在我自己身上发现了，并且仍然在发现，有一种要走向更高的生活的本能，或者是一种走向所谓的精神生活的本能，在这一点上大多数人都是如此；还有一种是要走向一种原始的状态和野蛮的状态的本能，这两种本能我都尊敬。我对野性的爱，并不亚于对善的爱。在钓鱼中所具有的那种野性和冒险，对我来说仍有可取之处。我有时喜欢十足地掌握生活，喜欢更像动物那样度日。也许我之所以与大自然这样熟悉，是因为我非常年轻的时候就钓鱼和打猎。钓鱼和打猎很早就让我们认识了那些自然景色，并让我们流连其中，而如果没有那些活动的话，在那个年纪我们就会不熟悉那些自然景色。渔夫、猎手、樵夫，以及别的人，他们在田野和树林里度过一生，在一个奇特的意义上自己就是大自然的组成部分，因而在他们的工作的间隔观察起大自然来，甚至比哲学家或者诗人心态都更为有利，因为哲学家或者诗人是带着期待接近大自然的。大自然并不害怕把自己向他们展现出来。在北美大草原上的旅行者，自然是一位猎手，在密苏里河和哥伦比亚河的上游源头的旅行者，自然是一位设陷阱捕兽者，而在圣玛丽瀑布的旅行者，则自然是一位渔夫。只是一名旅行者的人，只能学到二手的东西，只能不完善地学习，而且只具有可怜的说服力。当科学报道出那些人实际上或者本能地已经知道了什么东西的时候，我们才最感兴趣，因为根据人类的经验，只有那才是一种真正的人性。

有些人断言，新英格兰人没有什么娱乐活动，因为他没有这么多公共假日，而且大人和孩子们也不像他们在英格兰那样玩这么多的游戏，这些人是错了，因为在这里，那些更为原始但又更为单独的娱乐活动，比如打猎、钓鱼等等，尚没有让位于英格兰的那些游戏。在我同时代的人里，在十岁到十四岁的新英格兰男孩当中，几乎每一个人都扛着一支猎枪；他的渔猎区域并不像英国贵族的私人渔猎区有限制，而是甚至比野人的私人渔猎区还要广阔。这样一来，也就难怪他并不更加经常在村庄里的公用草地上玩耍了。不过一种改变已经正在发生，这并不是因为人口增加了，而是因为猎物减少了，须知包括动物保护协会在内，也许猎手才是猎物的最伟大的朋友。

除此之外，当我住在池塘边的时候，我有时希望用鱼来使我的饮食具有多样性。实际上，我是出于与最初的渔夫们相同的需要而钓鱼。不管我可以想起什么样的人性来反对钓鱼，那种人性全都是做作的，与其说是与我的感情相关，毋宁说是与我的哲学相关。我只是现在才谈到钓鱼，因为我老早就对捕猎野禽有不同的感觉，而且在去树林居住以前就把我的枪卖掉了。并不是说我不如别的人仁慈，而是说我并没有察觉我的感情是非常造作。我并不怜悯鱼，也不怜悯蠕虫。这就是习惯。至于捕猎野禽，在过去的几年里我是携带着枪，我的理由是，我正在研究鸟类学，我设法获得的只是新的或者罕见的鸟类。不过我承认，我现在倾向于认为，有一种比这种方式更好的研究鸟类学的方式。它要求对鸟类的习惯进行更为密切的关注，因而如果说只是出于那个原因的话，我也愿意把枪排除掉。然而，尽管为了仁慈的理由而有了这种异议，但我却不得不怀疑是否有同样价值的野外运动能够取代这些活动。我的一些朋友曾经有关他们的孩子不安地问过我，是否应该让他们打猎，我的回答是，是的——我记得，那是我受到的教育的最好的部分之一——应该让他们成为猎手，既是渔夫又是猎手，尽管一开始只不过是喜欢打猎，但如果可能的话，应该让他们最终成为强大的猎手，这样一来，在这个或者任何一个植物荒原里，他们就一定找不到对他们来说是足够大的猎物。迄今为止，我与乔叟[①]笔下的那位修女所见略同，她

① 乔叟（Geoffrey Chaucer,1340？—1400），英国诗人，用伦敦方言创作，使其成为英国的文学语言。下面的诗句见于他的代表作《坎特伯雷故事集》。

从未听到被捕获的雌鸟说
猎手们并不是圣徒。

在个人的历史中，就像在人类的历史中一样，有这么一个时期，那时猎手们是“最好的人”，阿尔冈昆人[①]就是这样称呼他们的。对于一枪也没有放过的孩子，我们不能不表示同情；他绝非更加富有同情心，而他的教育又可悲地受到了忽视。对于那些老是想打猎的青年，这就是我的回答，我相信随着年龄的增长，他们很快就会放弃打猎。在过了欠考虑的童年时代以后，没有一个富有同情心的人，会肆无忌惮地谋杀任何一个像他一样凭着土地保有权而生存的生物。身处绝境的野兔就像孩子一样哭叫。母亲们啊，我提醒你们，我的同情心并非只针对人类。

年轻人最经常就是这样开始认识森林的，而且这也是他本人最有独创性的部分。他一开始是作为猎手和渔夫到那边去，直到最后，如果他身上有一种更好的生活的种子的话，他可能就像诗人或者博物学家那样，把他的恰当的对象区分开来，而放弃他的枪和鱼竿。在这一方面，芸芸众生仍然还年轻，而且总是年轻。在某些国家，一个打猎的牧师绝非是不常见的景象。这样的一个人可能会成为一条好的牧羊犬，但却远远不是好的牧羊人。[②]我一直是出人意外地认为，除了伐木、凿冰之类的活动之外，据我所知，唯一能够让我的镇民同胞们在瓦尔登湖待上整整半天时间的明显的活动，就是钓鱼，不管他们是镇子里的父亲们还是孩子们，只有一个人是例外。通常如果不钓上一长串的鱼的话，他们就不认为他们走运，或者他们所花费的时间得到了好的报偿，尽管他们在整个时间都有机会看到这个池塘。他们可能到那里去上一千次，然后钓鱼的沉渣才会沉落到湖底，使得他们的目的纯洁起来；但毫无疑问，这样一种净化的过程将会一直在进行。州长和他的顾问班子记不清这个池塘了，因为他们去那里钓鱼的时候还是孩子；但现在他们年纪太老了，太有尊严了，因而不会去钓鱼，这样一来他们也就永远不再知道它了。然而就是他们这些人，也期望最终能够去天国。如果立法机关考虑它的话，那也主要是规定在那里可以使用多少个鱼钩；但他们不明白，在湖边垂钓的鱼钩实际钓起的是池塘的景色，这样一来立法反而成了诱饵，而适得其反。所以，即使在文明社会，处于蒙昧状态的人也

---

① 阿尔冈昆人（Algonquin），居住在加拿大渥太华河河谷地区、属于阿尔贡金语族的印第安人。

② 这句话语义双关。牧羊人（shepherd）也指牧师，也就是精神引导人。好的牧羊人（the good Shepherd）特指耶稣基督。这句话言外之意就是，打猎的牧师远不是好牧师。

必须经历打猎这个发展过程。

近年来，我一再发现，我做不到钓鱼而又不稍微降低一点自尊。在这方面，我是屡试不爽。我钓鱼技艺娴熟，而且就像我的许多同胞一样，我也具有某种钓鱼的本能，那种本能时常复活，但却始终是，当我钓完了鱼，我便感到，倘若我没有钓鱼，那就会更好一些。我想，我并没有弄错。那是一种模糊的暗示，然而黎明的第一道曙光也是模糊的暗示。在我的身上毫无疑问有这种本能，它属于天地万物当中的较低层次；然而每有一年过去，我的渔夫特色也就减少一分，尽管我并没有更多的人性，甚至并没有更多的智慧；现在我根本就不钓鱼了。不过我又看到，如果我要在荒原里生活的话，我就会再次受到诱惑，要认真地成为一名渔夫和猎手。除此之外，在这种日常饮食和所有的兽肉中，都有某种从本质上讲是不干净之处，于是我便开始看到，家务劳动是从哪里开始的，这种努力是从哪里开始的，是什么东西花费了这么多的钱，才能每天都有一个整洁而又可尊敬的样子，才能使得房子保持清新，没有难闻的气味和难看的景象。我由于一直是我自己的屠夫、厨师帮工和厨师，又是享用菜肴的绅士，因而我也就能够从一种非同寻常的复杂经历出发来讲话。在我的情况中，反对食用动物食品的实际理由，就是动物食品不干净；而且，除此之外，当我抓到鱼，洗了鱼，煮了鱼并吃了鱼之后，似乎那些鱼并没有从本质上养活了我。这无足轻重，没有必要，付出大于所带来的效果。一点面包和几个土豆也能同样果腹，而随之的麻烦和污物要少。我就像我的许多同时代人一样，也有多年很少食用动物食品，或者喝茶，或者喝咖啡等等；这与其说是因为我发现它们产生了任何不良效果，不如说是它们并不令我的想象感到惬意。对动物食品的厌恶，并不是经验所带来的效果，而是一种本能。在许多方面过着低于一般水平的生活，过着艰苦的生活，似乎要更令人愉悦；尽管我从未这样生活过，我却在这一方面走得相当远，足以让我的想象感到惬意。我相信，每一个在最好的状况下认真地保留他的更高的或者诗意的心智的人，都特别倾向于回避动物食品，回避任何一种的过量食品。我在柯尔比与斯彭斯[①]的著作中发现，昆虫学家们阐明了一个意味深长的事实，即“某些昆虫在性成熟的时候，尽管是配备以进食的器官，却并不使用那些器官”，而且它们规定了“一条普遍的规则，几乎所有的昆虫在性成熟的时候，都比处于幼虫的状态时吃的少得多。食量大的毛虫在

① 柯尔比（William Kirby，1759—1850），英国昆虫学家，被认为是“昆虫学之父”。斯彭斯（William Spence,1783—1860）也是英国昆虫学家，二人是朋友，合著《昆虫学引论》。下面的引文即见于该书。

变形为蝴蝶的时候”“以及贪吃的蛆在变成苍蝇的时候”，都满足于饮用一两滴蜂蜜或者某种别的甜的液体。蝴蝶翅膀下面的腹部，一直到现在还保留着幼虫的样子，也就是这么一小片东西，诱来了多少捕食它的天敌。贪吃的人就是一个处于幼虫状态的人；有些国家全都处于那种状态，那些国家没有幻想力，也没有想象力，他们的巨大的腹部把他们出卖了。

要提供和烹饪不会令想象力反感的简单而又干净的饮食，是困难的，不过我认为，当我们为身体提供食品的时候，也应该给想象力提供食品；想象力和食品都应该坐在同一张桌子旁。然而也许是可以做到这一点的。暂时吃下去的水果，不一定会使我们对我们的胃口感到羞愧，也不会打断那些最有价值的追求。但如果在你的那道菜里加上额外的佐料，就会让你中毒。靠着丰盛的饭菜生活，是不值得的。大多数人在亲手准备一顿丰盛的饭菜的时候，不论是荤菜还是素菜，如果被别人看见，都会感到羞耻，因为每天都有人为他们准备那样的饭菜。然而在这一点没有改变之前，我们就不是文明人，而且如果我们是先生们和女士们的话，我们就不是真正的男人和女人。这当然暗示出来，应该做什么改变。要是问为什么想象力不会与肉和脂肪妥协，那可能是徒劳的。想象力不会与肉和脂肪妥协，对此我感到满意。人类是一种肉食动物，这难道不是一种指责吗？确实，在很大程度上，人类能够通过捕食别的动物而生存，而且也确实这样生存着；但这是一种可悲的方式——任何一个用罗网捕捉兔子，或者屠宰羊羔的人都可能明白这一点——而那个将教育人类把自己局限于一种更为清白、更为有益于健康的饮食的人，将会被认为是他的种族的恩人。不论我本人的实践可能会是什么样子，我都毫不怀疑，不再吃动物，是在人类的逐渐改善的过程中人类的命运的一个部分，就像野蛮部落一样，当他们与更文明的人接触的时候，也就毫无疑问不再彼此相食。

人的天性经常会发出各种微弱的暗示，那些暗示当然是真实的，如果他听从那些暗示的话，也就无从知道他的天性能够把他带到什么样的极端，甚至疯狂；然而当他变得更加坚定和忠实的时候，他的道路也就是那个样子。一个健康的人所感觉到的那种最微弱而又有把握的异议，将会最终战胜人类的论据和习惯。谁也不会跟着他的天性一直走到它误导他的时候。尽管结果会是身体上的虚弱，然而也许没有一个人能够说，应该为这些后果感到遗憾，因为这些后果是一种符合更高的原则的生活。如果白天和黑夜能够使你愉快地迎接它们，而生活又散发出像鲜花和香草那样的芬芳，更加轻快，更加星光照耀，更加不朽——那么这就是你的成功。大自然全都会向你祝贺，而你一时也有理由为你自己赐福。最大的收益和价值，距离被欣赏也就最远。我们轻易便会怀疑，它们是否存在。我们很快就忘却它们。它们是最高的现实。也许最惊人和最真实的事实，从来也没有在人与人之间交流出来。在某种程度上，我的日常生活的真正收获，就像黎明或者傍晚的色调一样难以捉摸，不可描述。它是一粒被抓住的小小的星尘[1]，是我所紧握着的彩虹的一个部分。

然而就我而言，我从来也不是非同寻常地过于拘谨；如果有必要的话，有时我也能够津津有味地吃上一只油炸老鼠。我感到高兴的是，我在这么长的时间里都是喝水，这与我更喜欢自然的天空而不是食鸦片者的天国是出于相同的原因。我乐意永远保持清醒，而醉酒的程度却无穷无尽。我相信，对于智者来说，水是唯一的饮料；酒并不是这样一种高尚的饮料。想想吧，一杯暖咖啡就能粉碎一个上午的希望，一杯茶就能粉碎一个晚上的希望！啊，当我受到它们的诱惑的时候，我是多么的堕落啊！甚至音乐也可能醉人。这种明显无足轻重的原因，却毁灭了希腊和罗马，而且也将毁灭英格兰和美国。在所有的嗜酒中毒当中，谁会不宁可被他所呼吸的空气陶醉呢？我发现，对长时间持续的做粗活的劳动所提出的最严肃的异议，就是那些劳动迫使我也暴饮暴食。不过说实话，我发现当前我本人在这些方面不那么苛求了。我在饭桌上不那么虔诚了，并不求神赐福；这并不是因为我比以前聪明了，我必须承认，而是因为随着岁月的流逝我变得粗俗和冷漠了，不管这多么令人遗憾。也许这些问题只有在年轻的时候才会考虑，就像大多数人认为只有在年轻的时候才会考虑诗歌一样。我的实践是“乌有乡”，我的看法是在这里。虽然如此，我却远非把自己看作《吠陀经》上所说的那些特权人物，它说，“凡是对无所不在的至高无上者怀有真正的信念的人，可食所有存在之物”，也就是说，他不一定非要询问他的食物是什么，或者是谁准备了他的食物；而且就像一位印度评注者[2]所说，甚至在他们的情况中也应该看到，吠檀多派把这个特权限制在“危急关头”。

有时又有谁不是胃口没有花费一点气力，但却从他的食物中获得了一种难以言传的满足呢？普通而粗糙的味觉能给我精神上的感触，上颚的味觉可以激发我的灵感，坐在山腰上吃的一些浆果为我的天赋提供了食品，想到这我就激动得发抖。曾子曰：“心不在焉，视而不见，听而不闻，食而不知其味。”[3]能够区分出他的食物的真正味道的人，永远也成不了贪吃的人；而不能

① 星尘（star-dust），顾名思义，就是星的尘土，也就是虚无缥缈的东西。

② 指罗伊（Raja Rammonhun Roy，1772—1833），印度宗教哲学家。

③ 语见《大学·曾传》。

区分他的食物的真正味道的人，不能不是贪吃的人。一个清教徒可以带着与市参议员吃甲鱼时的同样粗俗的胃口，去吃他的黑面包片。玷污了一个人的，并不是进入口中的食物，而是吃食物时的胃口。那既不是质量，也不是数量，而是对感官上的味道的热爱；在那个时候，所吃下去的东西并不是一种维持我们的动物生命的食物，也不是启发我们的精神生命的食物，而是送给占有了我们的寄生虫的食物。如果说猎手喜欢吃甲鱼、麝鼠和别的这种野味，那么淑女就喜欢吃牛蹄冻，或者海里的沙丁鱼，两者并没有什么区别。猎手是到磨房水池去，淑女是到她的肉冻罐子那里去。令人诧异的是，他们怎么能够又吃又喝地过着这个污秽的禽兽生活，你和我又怎么能够又吃又喝地过着这个污秽的禽兽生活。

我们的整个生活是令人吃惊地带有道德性。在美德与邪恶之间，从来也没有瞬间的休战。善是唯一永远也不会亏本的投资。在震颤于世界各地的竖琴的音乐中，令我们激动的就是它对善的强调。竖琴是宇宙保险公司的旅行推销员，介绍公司的各种条例，而我们所应支付的全部核定额，就是我们的那一点点善行。尽管青年最终会变得麻木不仁，但宇宙的法则却并不是麻木不仁，而是永远站在最敏感的人的一边。请听听每一阵西风中的责备吧，那里面一定有责备，而没有听到这个责备的人是不幸的。我们只要触动或者按动琴弦，那种迷人的道德寓意就能让我们惊呆。许多恼人的嘈杂声可以传得很远，听起来又被当成音乐，这是对我们的卑贱生活的一种骄傲而又甜蜜的讽刺。

我们意识到，在我们的身上有一种兽性，只要我们的高尚天性睡眠，这种兽性就会醒来。这种兽性是卑下的，肉体上的，也许不能被完全驱赶出去；它就像寄生虫一样，即使是在我们活着和健康的时候也占据着我们的身体。也许我们可以从它那里离开，但却永远也不能改变它的性质。我害怕，它可能享有它自己的某种健康；我害怕，我们可能身体健康，然而却不纯洁。有一天，我捡到一个猪下颚，下颚上有白而且健康的牙齿和獠牙，这说明有一种有别于精神健康的动物的健康和活力。这种生物是靠着节制和纯洁之外的手段而兴旺的。“人之所以异于禽兽者几希，”孟子曰，“庶民去之，君子存之。”[1]倘若我们达到了纯洁的境界，那会是一种什么样的生活，这一点又有谁能知道呢？倘若我知道有这样一个能够教育我纯洁的智者的话，我就会立即去找他。“《吠陀经》有言，求与梵天合一，则制心克体，行诸善事，必不可弃。”然而精

① 语见《孟子·离娄章句下》。

神又能暂时遍及并控制身体的每一个器官和功能，并把在形式上是最卑劣的肉欲变成纯洁和虔诚。当我们放荡的时候，生殖能力就会消耗出来，使得我们不洁，而在我们禁欲的时候，生殖能力就能使我们精力充沛，精神振奋。贞洁是人类的花朵，而所谓的天资、英雄主义以及神圣等等，则只不过是随之而来的各种各样的果实。当纯洁的渠道打开的时候，人也就立即朝着上帝漂流而去。我们的纯洁激励我们，我们的不洁又让我们沮丧，这样轮流下去。一个人如果得到保证，在他身上的兽性正在一天天地死去，而神圣的东西正在确立下来，那么他就是得到了上帝的赐福。一个人如果与低劣的兽性沆瀣一气，也许只有感到羞耻。我害怕，我们只是像农牧之神和森林之神萨梯[1]这样的神或者半人半神，神性连着兽性，沉湎于酒色，而且在某种程度上我们的生活本身就是我们的耻辱。

> 让他的野兽各得其所，砍伐掉心中的树木，
> 那么他就会多么的幸福！
> ……
> 能够使用他的马、羊、狼和每一头野兽，
> 而且别人都不认为他自己是个傻瓜！
> 否则人便成为区区一群猪，
> 况且他心中还有那些魔鬼，
> 会使他的野兽发怒，更难控制。[2]

所有的纵欲都是一回事，尽管纵欲有许多种形式；所有的纯洁都是一回事。不论人是吃喝，还是同居，还是淫荡地睡觉，都是一样。它们只不过是一种胃口，我们只需看到一个人做这些事情当中的一件，便可知道，他是一个多么了不起的纵欲者。不洁既不能与纯洁站在一起，也不能与纯洁坐在一起。当爬虫在他的一个洞口遭到攻击的时候，它就会在另外一个洞口出现。你如果要贞洁，就必须自我节制。什么是贞洁呢？人怎么能够知道他是否贞洁？他是不会知道的。我们听说过这个美德，但却不知道它是什么。对于我们所听见的谣

---

① 农牧之神（faun），罗马神话中的神，长有羊角和羊腿。萨梯（satyr），希腊神话中的半人半羊的神。二者均以好色著称。

② 语见英国诗人约翰·多恩（John Donne，1572—163）的《致爱德华·赫伯特爵士》（To Sir Edward Herbert）一诗。

传，我们是人云亦云。智慧和纯洁来自努力，无知和纵欲来自懒惰。在学生身上，纵欲是头脑的一种懈怠的习惯。一个不洁的人，无不是一个懒散的人，他坐在炉子旁边，太阳晒得他一蹶不振，没有疲乏便要休息。你如果想避免不洁，避免一切罪孽，那就要认真地工作，尽管那工作是打扫马厩。天性是难以征服的，但又必须征服。如果你不如异教徒纯洁，如果你不再克制自己，如果你不是更加虔诚，那么你是一个基督徒又有什么用处呢？我知道有许多种被看作是异教的宗教体系，它们的戒律使得读经师[1]深感耻辱，并刺激读经师作新的努力，尽管那只是行使仪式而已。

在说这些话的时候，我是犹豫再三，但这却并非出于这个话题的原因——我并不在乎我的话是多么下流——而是因为我只要说这些话，就不能不暴露出我的不洁。我们自由地、不知羞耻地谈论一种形式的纵欲，但对另外一种形式的纵欲却闭口不谈。我们已经堕落到不能纯粹谈到人的天性的必要功能的程度了。在早一些的时代里，在某些国家，人的天性的每一种功能都是被恭敬地谈到的，并且在法律上作了规定。对于印度的立法者来说，没有无足轻重的事情，不管那事情可能令现代的趣味多么反感。印度的立法者教育人们，怎样吃喝，怎样同居，怎样排大小便，等等，让卑微的事情升华，而不是虚伪地以它们是小事为借口，避讳不谈。

每一个人都是一个庙宇的建造者，那个庙宇称之为他的身体，是为他所崇拜的神而建造，纯粹是以他自己的风格来建造，他也不能用雕刻大理石来进行逃避。我们全都是雕刻家和画家，我们的材料就是我们自己的肉、血和骨头。任何一种高尚在开始出现的时候，都会立即净化一个人的面貌，而任何一种卑贱或者纵欲在开始出现的时候，都会使他沦为禽兽。

在九月的一个傍晚，在辛苦劳累了一天之后，约翰·法莫坐在他的门口，脑子里还多少在想着他干的活。洗澡之后，他坐下来再次创造他的知识的自我。那是一个相当凉爽的傍晚，他的一些邻居担心会下霜。他专注于他的思绪没有过多长的时间，便听到有人在吹笛子，那笛声与他的心境相和谐。他仍然想着他的工作，但他的思想的负担却是，尽管他的脑子一直在想着这个工作，他却发现，他是在违背自己的意志来计划和谋划他的工作，然而他的工作又与他没有什么关系。他的工作只不过是他的皮肤上的皮屑，而那皮屑又是不断地脱落。但笛子的乐音却从一个与他的工作地点不同的领域，来到家中，进入他

---

① 所谓读经师（reader），也就是祈祷书的朗诵者。

的耳朵，暗示在他身上睡眠的某些官能应该起作用了。那些官能温柔地摆脱掉街道、村庄以及他所生活的国家。有一个嗓音对他说——当一种值得称道的生存对你来说是可能的时候，你为什么还要待在这里，过着这种卑贱而又折磨人的生活？那同一批星星除了在这些田野之上闪烁之外，还在别的田野之上闪烁。但怎样才能从这个状况中摆脱出来，并实际上迁移到那里呢？他所能想到的一切，就是过某种新的艰苦生活，让他的精神在他的身体中沉思默想，为他的精神赎罪，并愈来愈尊敬地对待他自己。

第十二章　野兽邻居

有时我钓鱼的时候会有一个同伴[①]，他从镇子的另外一边，穿越村子来到我家，而钓鱼同吃鱼一样，也是一种社交上的训练。

隐士：我不知道这个世界现在是在做什么。在过去的三个小时里，居然连在香蕨木上的蝉鸣声我都没有听到。鸽子全都在它们的栖息处睡觉——没有它们拍打翅膀的声音。刚才从树林那边传来的声音，是不是农场主为正午休息报时的喇叭声？农场工人们正在走进来，吃咸牛肉，喝苹果酒，吃玉米面包。人们为什么要这样自寻烦恼呢？不吃东西的人，也就不用工作。我不知道他们收获了多少东西。一个由于博斯[②]犬吠叫致使身体永远也不能思考的地方，又有谁会住在那里呢？哦，还有家务活！让那个邪恶的球形门把手保持明亮，并在这个明亮的一天刷洗他的浴缸。最好还是没有家。例如住在一棵空心的树里，那么就不会有早上的拜访和晚上的宴会！只有啄木鸟在啄木。哦，那里到处是人，太阳太温暖了，在我看来，他们是入世太深了。我有泉水，还有一块黑面包放在架子上。听呀！我听见树叶在飒飒作响。难道那是村子里的某条饥饿的猎狗出于本能在追猎？还是那头走失的猪？据说那头猪就在这些树林里，我在雨后看见过它的足迹。它跑得飞快；我的漆树和多花蔷薇在颤抖。啊，诗人先生，是你吗？你觉得今天的世界怎么样？

诗人：看看那些云彩吧，它们是这样飘浮着啊！这是我今天所看到的最伟大的景象。在古画里没有这样的景象，在国外没有这样的景象——除非你是站

---

① 指本书作者的朋友埃勒里·钱宁（Ellery Channing，1817—1901）。

② 博斯（Bose），狗的常用名。

在西班牙的海岸之外。这是真正的地中海天空。由于我还得谋生，由于今天还没有吃饭，因而我想，我可以钓鱼去了。这是诗人的真正行业。它是我学到的唯一手艺。一起去吧。

隐士：我无法抗拒。我的黑面包很快就要吃完了。我很快就会高兴地和你一起走，但我正在结束一个严肃的沉思。我想，我快要结束它了。这样一来，也就让我单独待一会儿吧。但我们又不可耽误，因而与此同时你应该挖鱼饵。在这一带很少能看到蚯蚓，因为这里的土地从来也没有施以粪肥，这个虫类几乎灭绝了。挖鱼饵这个活动几乎等于捕捉鱼的活动，在那个时候，人的食欲不是太强烈；而且今天这完全可以由你自己来做。我建议你从那边的野豆地开始挖，就是金丝桃摇曳的那个地方。我想我可以向你保证，如果你像锄草一样好好翻看草根，那么你每掀开三块草皮，就能抓住一条蚯蚓。或者，如果你选择走得更远一点，那也并非不明智，因为我发现，好鱼饵的多少与所走的距离的平方几乎成正比。

隐士独自：让我想想，我是在哪里？据我看来，我非常接近于这个心态，世界就是以这个角度凌乱地摆放着。我是应该去天国呢，还是应该去钓鱼？如果我应该结束这个沉思的话，那么另外一个这样甜蜜的机会是不是有可能出现？我几乎分解成事物的本质了，这是我的生命中前所未有的体验。我担心，我的思绪不会再次来到我身上了。如果吹口哨有用处的话，我就会为我的思绪吹口哨。当思绪涌来的时候，是不是明智的做法就是说，我们将考虑一下？我的思绪没有留下任何痕迹，因而我不能再次找到那条道路。我所考虑的是什么呢？那是一个雾蒙蒙的日子。还是体验一下孔夫子的那三句话吧，或许还可能回到刚才的思路上去。我并不知道，那究竟是一堆垃圾，还是萌芽状态的狂喜。切记，一种机会只能出现一次。

诗人：现在怎么了，隐士，是不是过得太快了？我只抓到十三条完整的蚯蚓，还有几条不完整的或者个头小的。不过用它们来钓小鱼还行，它们不能把整个鱼钩都盖住。在村子里抓的那些蚯蚓太大了，一条小银鱼吃上一条就可以吃饱，而又碰不到鱼钩。

隐士：那好，咱们走吧。我们去康科德河好不好？如果水位不太高的话，就可以在那里好好活动一番。

为什么恰恰是我们所看到的这些客体构成了一个世界？为什么人类恰恰有这些物种的动物做他的邻居，好像只有老鼠才能填补世界的裂缝似的？我猜想，专写动物寓言的皮尔佩们[1]非常善于利用动物，在他们的笔下，动物们肩负重担，在某种意义上是承载着我们的某些思想。

经常在我家出没的那些老鼠并非普通的老鼠，普通的老鼠据说是被引进到这个国家里来的，我家的老鼠是一种村子里没有发现过的本地野鼠。我把一只送到一位著名的博物学家那里，那只老鼠让他非常感兴趣。当我在造房子的时候，一只本地野鼠在房子的底下筑了窝，在我铺好二层，扫掉刨花之前，一到吃午饭的时候那只老鼠就出来，拣起我的脚旁边的面包屑。大概它以前从未见过人，很快就和我熟悉了，经常跑过我的鞋子，爬上我的衣服。它能够用短的推力，轻易爬到屋子的墙上，就像松鼠一样，它在行动上与松鼠相类似。最后，有一天当我用胳膊肘支在凳子上的时候，它爬上了我的衣服，在我的袖子上爬，围着我用来盛饭的纸转圈，我紧抓着纸，躲避着它，和它玩起了猫躲猫的游戏[2]。而当我最后用拇指和食指举起一片奶酪不动的时候，它爬了过来一点一点地咬着，就坐在我的手上，吃完之后就像苍蝇那样洗干净脸和爪子，然后走开了。

没过多久，一只菲比鹟便在我的棚屋里筑了窝，而一只知更鸟则在靠在我的房子边上的一棵松树上找到了庇护所。在六月的时候，一只鹧鸪（Tetrao umbellus），那是一种非常害羞的鸟，她率领着她的那窝雏鸟，从我的房子后面的树林，来到我的房前，从我的窗户经过，她就像一只母鸡一样，朝那窝雏鸟发出咯咯声，召唤着它们，她的一切举止都证明，她就是树林里的母鸡。当你走近的时候，随着母亲发出的一个信号，雏鸟们突然散开，好像有一阵旋风把它们吹走了一般，由于它们全然是与干树叶和干树枝相似，结果许多旅行者也就把脚放在了一窝雏鸟的当中，并且听见雌鸟噼啪作响飞到一边，听见她在焦急地呼喊，发出咪咪的叫声，或者看见它拖着尾巴以吸引旅行者的注意力，而没有觉察到雏鸟就在附近。雌鸟有时会非常随便地在你的面前打滚，转圈，以至于你在几分钟的时间里居然无法看出它是什么样的生物。雏鸟平卧着蹲在那里，动也不动，经常在叶子的底下摆动头部，只听从它们的母亲从一段距离之外发出的指示，你靠近它们，它们也不会再次跑动从而把自己暴露出来。你甚至可能踩着了它们，或者看上它们一分钟，却又并没有发现它们。在这样的一个时候，我曾经用敞开的手掌捧着它们，而它们却仍然听从于它们的母亲的指示以及它们自己的本能，它们唯一关心的，就是蹲在我的手上，既不害怕也不

---

① 皮尔佩（Pilpay），据认为是公元前二百年时的印度寓言家，皮尔佩寓言在印度，如同伊索寓言在欧洲一样家喻户晓。

② 猫躲猫（bopeep），把脸一隐一现以逗小孩的游戏。

颤抖。这种本能是如此的完美，以至于有一次，当我再次把它们放在叶子上的时候，有一只不小心摔倒了，而十分钟以后又发现，它跟别的鸟蹲在完全相同的位置。它们并不像大多数鸟类的雏鸟那样稚嫩无经验，而是其进化的完美程度甚至胜过小鸡，也比小鸡更早熟。它们张开的宁静的眼睛，带有明显是成年的然而却又无辜的表情，这非常令人难忘。一切智力似乎都在它们的眼睛里得到了反映。它们所暗示出来的，并不仅仅是婴儿期的纯洁，而且还是一种被经验所净化的智慧。这样的眼睛并不是雏鸟生下来的时候的那个样子，而是与眼睛所反照的天空处于同一个时期。树林并不会产生出另外一种这样的宝石。旅行者并不会经常朝一口这样清澈的井的里面望去。无知或者轻率的爱好钓鱼打猎的人，往往在这样的时候射杀雌鸟，而让这些无辜的雏鸟成为某种四处觅食的野兽或者鸟儿的猎物，或者与它们与之非常相似的正在腐烂的树叶逐渐融合在一起。据说小鸡被母鸡孵化出来的时候，它们一受到惊吓便直接散开，因而也就丢失了，因为它们永远也听不到能把它们再次聚集起来的母亲的叫声。这些鹧鸪就是我的母鸡和小鸡。

引人注目的是，有许多动物在树林里野性而又自由地生活着，尽管是秘密地生活着，却又仍然与城镇为邻维持自己的生命，只有猎手们才怀疑到它们。水獭是能够在这里多么僻静地生活啊！也许它长到四英尺高，就像一个小孩子那么大，还没有一个人曾经瞥见它。以前我看见，浣熊就在我的房子后面的树林里，现在夜里还仍然听得见它们的哀鸣。通常在耕作之后，在中午的时候我在树荫下休息上一两个小时，吃午饭，然后在泉水边读上一会儿书，那泉水是一个沼泽和一条溪流的源头。是从布里斯特山的底下慢慢地冒出的，离我的那块地有半英里远。要走到这个泉水，需要穿过一个个低洼的草地，那里满是北美油松的幼苗，然后进入沼泽边的一片更大的树林。在那里，在一个非常僻静而又多树荫的地点，在一棵伸展开树冠的五针松的下面，有一片又干净又结实的草皮可坐。我把泉眼挖空，挖成了一口井，井里面是清澈的灰白色的水，我能够舀出满满的一桶水来，而又会不把水搅浑。在仲夏时节，我几乎每天都到那里取水，因为仲夏时节池塘里的水最热。丘鹬也带着她的那群雏鸟到那里去，在泥土里找虫子，她在泉边在雏鸟上方只有一英尺高的地方飞翔，而雏鸟则在下面结队奔跑。不过最终，在发现我的时候，她就会离开她的孩子们，围绕着我盘旋，飞得越来越近，一直到不到四五英尺的地方，假装折断了翅膀和腿，来吸引我的注意力，并让她的孩子们逃走，而她的孩子们则已经按照她的指示，发出微弱的尖细啾啾声，排成一行快速齐步走过沼泽。有时我看不到雌鸟，却又听见雏鸟的啾啾声。在那里斑鸠也会坐在泉水边，或者在我的头上柔软的五针松的树枝之间盘旋；有时还有红松鼠，它从最近的那根树枝跑下来，显得尤其亲近和好奇。你只要在树林中某个迷人的地方静坐一会儿，林中的所有居民就会轮流登场向你献艺。

我是一些战争事件的目击者。有一天，当我出去到我的木柴堆，或者更确切地说我的那堆树墩的时候，我注意到，有两只大的蚂蚁，一只是红色的，另外一只要大得多，几乎有半英寸长，是黑色的，它们正在激烈搏斗。它们一旦交手，就绝不松手，而是没完没了地扭打着，摔着，在木屑上滚动着。我朝更远处看，惊讶地发现木屑上全都是这样的战士，那不是一场决斗（duellum），而是一场战争（bellum），是在两个种族的蚂蚁之间的战争，红蚂蚁总是与黑蚂蚁较量，而且经常是两只红蚂蚁与一只黑蚂蚁较量。这些密耳弥多涅人[①]的军团覆盖了在我的堆木场里的所有山冈和山谷，地面上已经满是死去的和正在死去的蚂蚁，红蚂蚁和黑蚂蚁都有。那是我所曾目睹的唯一的一场战斗，是战斗正在激烈进行的时候我所践踏过的唯一的一个战场；是自相残杀的战争，红蚂蚁是共和党，黑蚂蚁是保皇党。在四面八方它们都是在进行殊死的作战，然而却没有我所能够听见的嘈杂声，人类战士从未这样不屈不挠地战斗过。我看到，在木屑当中的一个小小的阳光明媚的山谷，有两只蚂蚁紧紧地搂抱在一起，现在是正午时分，它们准备一直打到太阳落山，或者一直到生命结束。那只小一点的红色斗士就像老虎钳一样把自己固定在对手的前胸，在那个战场上被摔倒了，但却没有片刻不是在咬着在须根附近的一根触须，它已经把另外一根触须咬掉了；与此同时，那只更强大的黑蚂蚁朝两边猛摔它，我靠近看时，发现红蚂蚁的肢体已是残缺不全了。它们打起来，比斗牛犬还要锲而不舍。每一只都没有表现出最小的要撤退的意向。显然它们的战斗口号就是，不征服，毋宁死[②]。与此同时，在这个山谷的山腰上来了单独的一只红蚂蚁，它明显是非常激动，不是刚刚杀死了它的敌人，就是尚未参加战斗；大概是尚未参加战斗，因为它一条腿也没有丢掉；它的母亲肯定命令它，要么得胜扛着盾牌回来，要么战死让别人放在盾牌上抬回来。或许它就是某位阿喀琉斯，他在别的地方就心怀愤

① 密耳弥多涅人（Myrmidon），指跟随其王阿喀琉斯（Achilles）参加特洛伊战争的塞萨利（Thessaly。希腊东部的一个地区）人；泛指盲目执行命令的下属。

② 美国独立战争期间，在一七七六年八月二十七日长岛战役之前，大陆军总司令华盛顿（后为美国第一任总统）对大陆军演讲说："因而我们不得不抱定决心，不征服，毋宁死。"

怒了，或者是来为他的普特洛克勒斯[①]报仇，或者是来拯救他。他从远处就看见这场不平等的作战了——因为黑蚂蚁的个头几乎是红蚂蚁的两倍——于是它便快速迈步来到附近，在离那两个斗士半英寸之内的地方站岗；然后，时机一到，它便跃向那个黑色的勇士，在它的右前腿的根部附近开始了它的军事行动，也不管敌人是在进攻它自己的哪个部位；于是便有三只蚂蚁为了能活下去而黏合在一起，好像有一种新的黏合剂被发明出来了，足以让别的锁和胶结材料全都相形见绌。到这个时候，我发现它们各自有自己的乐队也就不惊奇了，它们的乐队驻扎在某些突出的木屑上，一直在演奏它们各自的国歌，激励迟钝的战士，并为就要死去的战士喝彩。甚至我本人也在某种程度上激动了起来，好像它们就是人类似的。你越想这件事，它们与人类的区别就越小。当然，在美国的历史上，起码在康科德的历史上，那些有案可查的战斗，不论是在参战的人数上，还是在所表现出来的爱国主义和英雄主义上，没有一场能够与这场战斗进行片刻的比较。就参战人数和杀戮而言，它就是一场奥斯特利茨战役或者德累斯顿战役[②]。康科德之战！爱国者的一边有两人阵亡，而卢瑟·布朗夏尔[③]则负了伤！哎呀，这里的每一只蚂蚁都是巴特里克[④]，"开火！看在上帝的分上，开火吧！"——于是成千上万的蚂蚁都像戴维斯和霍斯默[⑤]一样血染沙场。这里没有一个雇用兵。我毫不怀疑，它们所为之战斗的是一种原则，完全就像我们的祖先一样，而不是为了免去那三便士的茶叶税；而对那些有关人士来说，这场战斗的结果起码就像邦克山战役[⑥]一样重要和难以忘怀。

我拿起我着重描述的那三只蚂蚁在上面作战的那块木头碎片，带进我的房子，放在我的窗台上面的一只平底玻璃杯里面，以便看看战斗的结局。我用显微镜观看最先提到的那只红蚂蚁，看到，尽管它已经把它的敌人的剩下的触须咬断

---

① 阿喀琉斯（Achilles）与普特洛克勒斯（Patroclus）都是希腊神话中的人物。普特洛克勒斯是希腊战士，在特洛伊战争中被赫克托耳（Hector）所杀，友人阿喀琉斯又杀死赫克托耳为其报仇。

② 奥斯特利茨（Austerlitzt），捷克斯洛伐克中部的一个城镇，一八〇五年拿破仑在这里打败了俄罗斯与奥地利联军，这就是历史上著名的奥斯特利茨战役，是拿破仑最辉煌的胜利之一。在这场战役中，俄奥联军死伤达一万五千人，被俘一万一千人，而拿破仑仅损失九千人。德累斯顿（Dresden）是德国城市，一八一三年拿破仑一世以此城为作战中心，取得他最后一次大战的胜利。

③ 布朗夏尔（Lutllher Blanchard），康科德之战中美军的横笛手，由于负伤而死去。

④ 巴特里克（John Buttrick），康科德之战中的美军指挥官。

⑤ 戴维斯和霍斯默（Davis and Hosmer），在康科德之战阵亡的两个美国人。

⑥ 邦克山战役（battle of Bunker Hill），美国独立战争中的第一场激战，是一七七五年六月十七日大陆军围攻波士顿的战役之一。华盛顿将军以雄厚的兵力攻占多切斯特高地，迫使英军从波士顿和海港撤离。这一胜利增强了美国人对自身作战能力的信心。

了，正在坚持不懈地咬着它的敌人的前腿，但它自己的胸部却全都被撕掉了，把那里所剩下的重要器官全都暴露给了那个黑武士的嘴，那个黑武士的胸部铠甲显然是太厚了，它无法刺穿；那位受难者的深色的眸子射出了只有战争才能激发起来的那种凶猛的光辉。它们在平底玻璃杯的底下又交战了半个小时，我再次看的时候，发现那个黑色战士已经把它的那两个敌人的头都从身体上分开了，而那两个还活着头颅正悬挂在它的两边，就像悬挂在它的马鞍上前鞍桥上的令人恐惧的战利品一般，显然是一如既往牢牢地固着在它的身上，而它则是在努力做着极其虚弱的挣扎，想摆脱掉它们，因为它没有了触须，一条腿也只有剩余的部分，我不知道它还受了多少别的伤；最终，过了半个多小时之后，它把它们甩掉了！我拿起玻璃杯，于是它便以那种受伤致残的状态离开了窗台。究竟在这次作战之后他能否存活下来，在某家巴黎荣誉军人院里度过余生，我不知道；但我却认为，从今以后它不会有多少用处了。我从来也不知道哪一方获胜，也不知道这场战争的原因是什么；但一整天我都觉得，好像是我在家门口目睹了一场争斗、凶猛和杀戮的人类战役，这使我的感情激动起来，又受到了折磨。

柯尔比和斯彭斯告诉我们，蚂蚁的战役长期以来就被人们所颂扬，战役的日期也被记录了下来，不过他们又说，胡贝尔[①]是似乎目睹过蚂蚁战役的唯一的现代作家。他们说："艾伊尼阿斯·西尔维乌[②]非常详细地描述了一场蚂蚁大战，那是在一棵梨树的树干上，由一大一小两个种族进行的非常倔强的交战，在此之后他又补充说，'这个军事行动发生在教皇犹金四世[③]的任期，就发生在杰出的律师尼古拉斯'庇斯托利恩西斯的眼前，庇斯托利恩西斯非常忠实地讲述了这场战斗的整个历史。'一场在大蚂蚁和小蚂蚁之间的类似的交战，被奥拉乌斯·马格纳斯[④]记录下来了，在那场交战中，小蚂蚁由于获得了胜利，据说便把它们自己的战士的尸体掩埋起来，而把它们的巨人敌人们的尸体留下让鸟类捕食。这个事件是发生在暴君克里斯蒂安二世[⑤]被驱逐出瑞典之前。"我所

---

① 胡贝尔（Pierre Hubert，1777—1840），法国昆虫学家。

②艾伊尼阿斯·西尔维乌（Aeneas Sylvius），是意大利籍教皇庇护二世（Pius Ⅱ，1405—1464）的原名。他是人文主义者、诗人、历史学家，曾力图组织欧洲十字军东侵土耳其，未果，著有诗歌、史地著作、长篇小说《鸳鸯艳记》等。

③ 犹金四世（Eugenius the Fourth，1383？—1447），意大利籍教皇（1431—1447），在位期间就教皇权威问题，与主张改革教会的巴塞尔会议进行反复斗争，终于使教皇权威得以巩固。

④ 马格纳斯（Olaus Magnus，1490—1558），瑞士历史学家。

⑤ 克里斯蒂安二世（Christiern the Second,1481—1559），丹麦和挪威国王（1513—1523 在位）、瑞典国王（1520—1523 在位）。

目睹的这场战斗，发生在波尔克总统[1]的任期期间，那是在韦伯斯特[2]的逃亡奴隶法[3]被通过的五年之前。

村子里的许多博斯犬，本来只配在储藏食品的地窖里面追猎甲鱼，现在也背着主人，拖着笨重的躯体来到树林里撒欢。博斯犬在老狐狸或者土拨鼠的洞口嗅着，然而却又终归徒劳；或者被某条在林中灵活穿行的瘦小的恶狗带领着，仍然可能让林中的鸟兽自然感到恐惧；现在它远远地落在向导的后面，就像一种犬科的公牛似的，朝着爬到树上端详它的小松鼠吠叫，然后，在慢步跑开的时候，又用自己的体重压弯了树丛，同时以为自己是在追逐一只迷路的沙鼠。有一次，我惊讶地看到，有一只猫走在池塘的石头岸边，因为猫很少离开家这么远。这种惊讶是相互的。然而最为驯养的猫，通常是整天躺在地毯上的，但一到树林里却好像回归故里，而且她的鬼鬼祟祟的样子，证明她比林中的长住野兽更是土生土长。有一次，在摘浆果的时候，我在树林里与一只带着一群非常野性的猫崽的猫不期而遇，那群猫崽就像它们的母亲一样，全都弓起背来，朝我凶猛地吐口水。在我住在林中的几年以前，在林肯镇最靠近池塘的一家农庄住宅，也就是吉利恩·贝克先生的农庄住宅，有一种所谓的“长着翅膀的猫”。当我于一八四二年六月前去拜访，想见她（我不知道她是雄性还是雌性，所以用了称猫为女性的习惯称呼）的时候，她已经像往常一样，到树林里猎食去了。不过她的女主人告诉我，她是在一年多以前，在四月的时候来到附近一带，并最终被他们家所收留；她的颜色是一种带棕色的深灰色，喉咙处有一个白色的点，脚是白色的，有一条像狐狸一样的毛茸茸的大尾巴；冬天的时候，她的两肋上的毛皮长得又厚又平，形成了两条十英寸到十二英寸长、两英寸半宽的条纹，下巴下面的皮毛就像一个御寒用的手笼，上面的毛蓬松，下面的毛就像毛毡一样纠缠在一起，而到了春天，这些附属物也就脱落了。他们给了我一对她的“翅膀”，这对翅膀我还保留着。翅膀外面好像并没有膜。有些人认为，从某种意义上讲它是一种美洲飞鼠，或者某种别的野生动物，这并不是不可能的，因为按照博物学家的说法，貂和家猫通婚，已经产生出了有生殖力的杂交动物。假如我养猫的话，这倒是最合适的选择；因为既然诗人的马可以长出翅

---

① 波尔克（James Knox Polk，1795—1849），美国第十一任总统（任期为1845—1849年）。

② 韦伯斯特（Daniel Webster，1782—1852），美国政治家、外交家、演说家，曾任美国国务卿。

③ 逃亡奴隶法（Fugitive Slave Bill），美国国会于一七九三年和一八五〇年两次通过的关于捉拿逃亡奴隶并判刑的法令，由于北方各州的反对，屡经修订，一八六四年废除。这里的通过法案指一八五〇年那一次，因而本书作者梭罗所目睹的那场蚂蚁大战是发生在一八四五年。

膀，诗人的猫为什么就不能长翅膀呢？

秋天的时候，潜鸟（Colymbus glacialis）像往常一样飞来，为的是在池塘里换羽和洗澡，使得我还没有起床树林里便响起它的野性的笑声。一听说潜鸟来了，磨房水坝边的猎手们就全都保持戒备，三三两两坐着双轮小马车或者步行前来，带着特许专卖的枪、子弹和小型望远镜。他们在林中走过，就像秋天的树叶一样沙沙作响，一只潜鸟起码有十个猎手盯着。有些人把自己安置在池塘的这一边，有的在那一边，因为那可怜的鸟不可能无处不在；如果它在这里潜水，它就一定在那里出现。但现在仁慈的十月的风刮起来了，吹得树叶沙沙作响，让水面泛起涟漪，这样一来也就既不能听见也不能看见潜鸟，尽管它的敌人用小型望远镜扫视池塘，他们的开枪声在树林中发出回响。波浪慷慨地升了起来，又愤怒地撞击着，它们与所有的水禽站在一边，因而我们的猎手们也就必须打退堂鼓，回到镇子里，回到商店里，回到没有做完的工作那里。不过他们操起旧业倒是经常成功。当我一大早提着水桶去打水的时候，我经常看见这种威严的鸟在几杆之内的地方，从我的小水湾里掠过。如果我划船尽力想追上它，以便看看它是怎样耍花招的，它就会潜入水中，完全消失，这样一来，有时直到下半晌我才能再次发现它。不过到了水面，我就比它强了。它通常在下雨的时候离开。

在一个非常平静的十月下午，我沿着池塘的北岸划船，因为在这样的日子里它们尤其会在湖上停留，就像马利筋[①]的绒毛一样漂浮在水面上，我在池塘上面寻找潜鸟，但没有找到。突然有一只潜鸟从岸边飞了过来，朝在我面前几杆处的湖心飞去，疯狂地大笑着，把它自己暴露了出来。我划船追了过去，它潜入水中，但当它露头的时候，我离它更近了。它再次潜水，但我判断错了它会走的方向，结果这次它出现在水面上的时候，我们离开有五十杆远了，是我把这个间距扩大了；它再次长时间大笑，而且是比以前更有理由了。它是如此狡猾地耍着花招，使得我无法到达离它六杆的地方。每一次它露出水面，左右转动头的时候，都是冷静地观察湖水和陆地，并且显然是在选择路线，这样一来它就可以在水域最宽、距离船最远的地方露出水面。令人惊讶的是，它是非常迅速地打定主意，并把它的决定付诸实施。它立即把我带到池塘的最宽的地方，我无法把它从那里驱赶出去。当它在脑子里想一件事情的时候，我则是努力在我的脑子里猜出它的想法。那是一盘好棋，是在池塘的平静的表面上下

① 马利筋（milk-weed），一种常见的北美植物。

的，一个人与一只潜鸟的对局。突然你的对手的棋子在棋盘的下面消失了，因而问题就是要把你的棋子放在离它的棋子将再次出现的最近的地方。有时它会出乎意料地在我的对面出现，显然是直接从我的船的底下过去了。然而它能够一口气跑完长距离，而且不知疲倦，因而当它游到最远的地方，又会立即再次潜水；这时，不管你多么聪明，你都不能猜出，在深深的池塘的哪个地方，在平静的水面的下面，它可能正在像鱼一样快速游动着，因为它既有时间，也有能力访问池塘的最深处的底部。据说在纽约的那些湖里，人们曾在水下面八十英尺的地方抓住过潜鸟，是用钓鲑鱼的钩子钩住的——但瓦尔登湖要更深。鱼儿们看见这个来自另外一个领域的难看的客人，在鱼群当中快速游动，它们一定是多么惊讶啊！然而它对它在水下路线的了解，却似乎像对水面上的路线的了解一样有把握，而且在水下游得更快。有一两次，我看见了一个涟漪，那是它靠近了水面，只是把头探出来侦察了一下，又立即再次潜水。我发现，与其努力猜测它会在哪里出现，不如扶着船桨休息，等待它再次出现；因为有许多次，当我朝着一个方向费劲地看着水面的时候，就会突然被它在我的身后的怪异的大笑吓了一跳。但是，在表现出了这么多的狡猾以后，为什么它又毫无例外地露出水面，用那种大笑把自己暴露出来呢？难道它的白色的胸脯不足以把它暴露出来吗？它确实是一只愚蠢的潜鸟，我想。通常当它露出水面的时候，我都能听见拍打水的声音，因而也就发现了它。但一个小时之后，它似乎还是那样精力充沛，还是那样反应迅速地潜水，然而又比最初游得更远。当它露出水面的时候，它用平整的胸脯贴着水面浮游过去，所有的功都是它下面的蹼足做出的。它的通常的鸣叫声就是这种狂笑，但多少又像水禽的叫声；不过偶尔，当它最成功地让我受到挫折，远离开我露出水面的时候，它便压低声音，拉长声音，发出一声可怕的嚎叫，大概更像是狼的嚎叫而不是任何鸟类的嚎叫；当一只野兽把鼻口部贴在地上蓄意嚎叫时，就是这个样子。这就是它的潜鸟叫声，也许是在这里所曾听到的最为野性的声音，它使得树林到处都发出回响。我断定，它大笑是在嘲弄我所做出的努力，是对它自己的应对能力感到自信。尽管到这个时候天上阴云密布，但池塘还是非常平静，因而在我听不见它的声音的时候，我还是能够看见它是在哪里打破了水面。它的白色的胸脯、静止的空气，以及水的平滑，全都对它不利。最终，它在五十杆之外的地方出水，发出了一声长嚎，好像是祈求潜鸟的神来帮助它，立即便从东边刮来一阵风，让水面泛起涟漪，让整个空气充满了蒙蒙细雨，这使我感动了，这就好像潜鸟的祈祷得到了答复，它的神生了我的气，因而我便让它在骚动的水面上消失在远处了。

在秋天的日子里，我常常一连几个小时注视着野鸭灵巧地游来游去，改变方向，而且占据着池塘的中央，远离猎手——要是在路易斯安那的水流缓慢、水草繁多的小河里，它们就不那么需要这样耍花招了。当不得不飞起来的时候，它们有时就在一个相当大的高度上，就像天上的黑点一样在池塘上面盘旋，从那个高度它们能轻而易举地俯瞰到别的池塘和河流；而且当我以为它们早就飞到那些池塘和河流去的时候，它们却又会倾斜着飞翔四分之一英里的距离，在一个没有人打扰的远处落下来；不过除了安全的原因之外，它们之所以在瓦尔登湖的中央游动还有什么别的理由，我并不知道，除非它们出于和我一样的理由而热爱瓦尔登湖里的水。

第十三章　乔迁之喜

在十月份的时候，我到河边的草地里摘葡萄，摘下来的那一串串葡萄更是因为其美丽和芬芳，而不是因为可以用作食物而珍贵。在那里我也欣赏了越橘，不过我并没有采摘；越橘是蜡一般的小小宝石，是蓝草的手镯，像珍珠一般，红色，而农夫则用丑陋的草耙扯拉它们，把平整的草地弄得一团糟，只是轻率地用容量单位蒲式耳和美元来衡量它们的价值，并把草地的这些掠夺物卖到波士顿和纽约；注定要被做成果酱，以满足在那里的热爱自然的人的口味。屠夫们就是这样从大草原里的青草里，把野牛的食物耙掉，而不管那种植物是不是会折断和发蔫。小檗属植物的颜色鲜艳的浆果，同样也只能让我饱饱眼福；不过我却采集了少量的野苹果，想用文火来煮，不论是土地的主人还是旅行者们都忽视了野苹果。当栗子成熟的时候，我储存了半蒲式耳过冬。在那个季节，在林肯的无边无际的栗子树林里漫步是非常令人激动的——现在栗子树是在铁路底下长眠——我背着背包，手里拿着一根用来敲开刺果的棍棒，因为我并不总是等待霜降，我走在沙沙作响的树叶中间，走在红松鼠和樫鸟的大声责怪之中，因为我有时偷了它们没有吃完的栗子，而这又是因为它们所挑选的刺果里面一定有好的栗子。偶尔我也爬上树，摇树。栗子树也长在我的房后，有一棵大栗子树把房子都几乎遮盖住了，那棵树在开花的时候，就是一个让周围芳香馥郁的花束，但它的果实却大多被松鼠和樫鸟吃掉了；樫鸟一大早便成群前来，在刺果没有落下之前便把里面的栗子吃掉。我把这些树让给了它们，而去访问完全是由栗子树组成的更远的树林。就这些栗子而言，它们是面包的一种好的替代品。也许还可以找到许多别的替代品。有一天，我在挖鱼饵的时候，发现了成串的野豆（Apios tuberosa），那是土著居民的土豆，是一种绝妙的果实，于是我便开始怀疑，是否就像我所说过的那样，我曾经在童年的时候挖过它，吃过它，但又没有梦见过它。自童年以来，我经常看见，它的红色天鹅绒似的、带皱褶的花朵在别的植物的梗上开放，而又并不知道原来就是它。耕种几乎把它根除了。它有点甜味，非常像霜冻后的土豆，我发现煮熟的比烤熟的好吃。这种块茎似乎就像大自然的一种些微的许诺，纯粹是要在未来的某个时期，在这里抚养她自己的孩子，给予它们食物。现今，牛被养肥了，田野上谷浪翻滚，在这个时候，曾经是一个印第安人部落的图腾的这种卑贱的根，已经完全被忘却了，或者只是靠着它的开花的藤蔓被人们所知。但如果野性的大自然再次在这里主宰，那么纤弱而又茂盛的英国谷物，大概就会在无数的敌人面前消失，而且不用人类操心，乌鸦就甚至可能把最后一粒谷种，带回到在西南部的印第安大婶的大谷田里，据说那种子就是它从那里带来的。但这种现在已几乎灭绝的野豆，将会不顾霜冻和荒芜而复活并生长茂盛，证明自己是土生土长的植物，重新获得它作为狩猎部落的日常饮食的重要性和尊严。某个印第安人的刻瑞斯[①]或者密涅瓦一定是它的发明者和赠予者；而当诗歌的统治在这里开始的时候，它的叶子和成串的果实就可能在我们的艺术作品中得到表现。

到九月一日的时候，我已经看见在池塘的对面，在水边的一个岬角上，在三棵大齿杨的白色树干岔开的地方的下面，有两三棵小漆树变红了。啊，它们的颜色讲述了许多故事！随着一个星期又一个星期的过去，每一棵树的特色也就逐渐显现了出来，在光滑如镜的湖水的映照中顾影自怜。每一个清晨，这个画廊的经理都会挂上一些新的图画，取代墙上的旧画，那些新画以更加灿烂或者和谐的着色而气度不凡。

在十月的时候，成千上万的黄蜂来到我的棚屋，把我的棚屋当成过冬的家，它们落在我的屋内的窗户上，落在头顶上的墙上，有时让来访的客人不敢进来。每天清晨，在它们冻僵的时候，我便把一些黄蜂扫出去，但却并不费神把它们消灭掉；我甚至因为它们把我的房子当作一个可取的避难所而自鸣得意。尽管它们和我一起睡觉，但它们却从未严重地骚扰过我；而且为了躲避冬天和无法形容的寒冷，它们又逐渐消失进我并不知道的什么缝隙里去了。

就像黄蜂一样，在我终于在十一月的时候搬进我的冬天的家之前，我经常

① 刻瑞斯（Cerles），罗马神话中的谷物和耕作女神。

前往瓦尔登湖的东北边，在那里，太阳从北美油松树林和石头湖岸反射过来，形成了这个池塘的炉边；与人工的炉火相比，尽可能地被太阳照暖是更加令人愉快，更加有益健康。就这样，夏天像猎手一样离开了，我则用夏天所留下的仍然燃烧着的余烬，来温暖我自己。

当我开始建造烟囱的时候，我研究了砖瓦工技艺。我的砖是用过的，需要用瓦刀刮干净，这样一来我对砖和瓦刀的性质有了超过通常的了解。砖上的灰浆有五十年的历史了，据说仍然在变得更硬；但这是一种人们喜欢重复的一种说法，不管那些说法是真是假。这样的说法本身就随着时间的推移而变得更坚固，更为人们所信奉，因而要让这些自以为是的老家伙闭嘴的话，就需要用瓦刀刮上许多下才行。美索不达米亚[①]的许多村庄，是用质量非常好的旧砖建成的，那些砖是从巴比伦的废墟里获得的，上面的水泥更古老，也许更硬。不管这可能是怎样，瓦刀的奇特坚韧性都给了我深刻的印象，瓦刀遭到这么多猛烈的打击却没有破损。我的砖原先是一个烟囱上的，因而尽管我没有在它们上面读到尼布甲尼撒[②]的名字，但我却能够找到多少壁炉砖，就挑选出多少壁炉砖，而且为了省事和节约，我用池塘岸边的石头，填充了在壁炉的砖头之间的空间，还用岸边的白沙制造出了我的灰浆。我在壁炉上花费了最多的气力，因为它是房子的最重要的部分。我的确是精工细作，结果尽管我是在上午的时候就开始在地面上砌砖，到了晚上却只砌出了一道几英寸高的砖墙，可以用做枕头；不过我记得，我并没有因为枕着砖墙睡觉而脖子僵硬；我的脖子僵硬是一种老毛病。那时候我带来一位诗人[③]在这里寄宿了两个星期，这使得我在拥有足够的空间上遇到了难题。他带来了他自己的刀子，尽管我已经有了两把刀子，我们经常把刀子插进泥土里，把它们擦亮。他与我一起分担了做饭这个苦差事。我高兴地看到，我的炉灶正逐渐方正、结实地竖立起来，我想到，如果建得慢一些的话，估计就能经久耐用。从某种意义上来说，烟囱是一个独立的建筑，它站立在地面上，从房顶穿过，升上天空；甚至在房子被烧掉以后，有时它也能够仍然站立着，它的重要性和独立性是显而易见的。那是在夏季快要结束的时候。现在已经是十一月了。

北风已经开始让池塘的水变凉了，尽管要让池塘里的水全都变凉，北风需

---

① 美索不达米亚（Mesopotamia），西南亚的一个地区，在叙利亚东部和伊拉克境内。

② 尼布甲尼撒（Nebuchadnezzar，公元前 630？—前 562），巴比伦国王，在位时兴建了巴比伦塔和空中花园。

③ 指本书作者梭罗的朋友埃勒里·钱宁（Ellery Channing）。

要不断地吹上许多个星期，因为水太深了。在我给房子抹上灰泥之前，当我开始在晚上生火的时候，烟囱送烟的情况尤其良好，因为在木板之间有数量众多的缝隙。然而我却在那个凉爽而又通风的房间里度过了一些快乐的夜晚，房间的周围是满是节疤的粗糙的棕色木板，头上是高高的带着树皮的椽木。在抹上灰泥以后，我的房子就再也不能让我看起来愉快了，尽管我不得不承认，抹上灰泥以后要更舒服一些。人所居住的每一个房间，难道不应该有足够的高度，从而能在上面创造出某种阴暗之处，这样在夜间的时候，闪烁的影子就可以在椽木之间摇曳吗？与壁画或者别的最昂贵的家具相比，这些形体更与幻想和想象相一致。我可以说，当我现在开始既为了获得栖身之地又为了获得温暖，而使用我的房子的时候，我也就开始在我的房子里居住了。我找到了两个旧的薪架，用以支撑壁炉里面的木柴，看到在我所建造的烟囱的背后形成了煤烟灰，让我感觉良好，而且我比通常更有权利也更加满足地拨着火。我的住处是小的，几乎引不起回声；但作为一个单一的房屋，又远离邻居，因而也就显得大一些了。一座房子的一切吸引人之处，都集中在一个房间里面了：它是厨房、卧室、客厅和起居室；一座房子所能给予的一切，无论是满足父母还是孩子、主人还是仆人，我全都享受到了。加图说，一个家庭的主人（patremfamilias），必须在他的乡下别墅里拥有"cellam oleariam，vinariam，dolia multa，uti lubeat caritatem expectare，et rei，et virtuti，et gloriae erit"——也就是说，拥有"一个储藏油和酒的地窖，要有许多桶，这样一来预料到有艰难时光也可能感到愉快；这可能有利于他，给他带来美德和光荣"。我的地窖里储存了一小木桶的土豆，大约两夸脱，上面有象鼻虫的豌豆，在我的架子上有一点大米，一罐子糖浆，还有一配克[①]黑麦和一配克玉米粉。

我有时梦想能有一座更大一些、住人更多的房子，它矗立在一个黄金时代当中，用耐用的材料建成，没有华而不实的装饰，它将仍然是由一间屋子构成，那是一个巨大、简陋、坚固的原始大厅，没有天花板，也没有抹灰泥，光秃秃的椽木和檩条支撑着在头顶上的一片低矮的天空——足以挡住雨雪。在那里，当你迈过门槛，向一个古老朝代的匍匐在地的萨杜恩[②]致敬的时候，桁架中柱和桁架双柱便突出了出来，接受你的致敬。那是一个洞穴般的房子，你必须把火把举在杆子上，才能看见屋顶；在那里，如果他们愿意的话，有人便可以住在壁

① 配克（peck），水果、谷物等的计量单位，一配克等于八夸脱或者二加仑。
② 萨杜恩（Saturn），罗马神话中的农神。

炉里面，有人可以住在窗户的凹进处，有人可以住在高背长木椅上，有人可以住在大厅的一端，有人可以住在大厅的另外一端，有人可以和蜘蛛一起住在高高的椽木上。在这座房子里，当你打开外门进入的时候，礼节也就结束了；在那里，疲惫的旅行者可以洗脸、吃饭、交谈和睡觉，而不用接着就旅行；这样的一个栖身之地，你会乐于在暴风雨的夜晚到达，家庭的必需品它全都具备，而又无需做家务；在那里你一眼就能看见家庭的所有珍宝，人会使用的每一件东西都挂在钉子上。它同时又是厨房、配餐室、客厅、卧室、仓库和阁楼；在那里，你能够看到像木桶和梯子这样的必需品，也能够看到像碗橱这样的方便的东西，能够听见壶里面的水在沸腾，并且向为你烧饭的炉火和为你烤面包的烤箱表示你的敬意，而且必要的家具和器皿就是主要的装饰品；在那里，洗好的衣服不用晾在外面，火不会熄灭，女主人不会被惹怒，而且当厨师要到地窖里取东西的时候，也许有时会要求你从地板的活板门那里移动开，以便不用跺脚就可知道下面的虚实。这样的房子，它的内部就像鸟巢一样开放和明显，而且在你从前门进，后门出的时候，不能不看到它的一些居民；在那里，做一名客人就是被给予了使用这座房子的自由，而不是被仔细地排除在其八分之七的部分之外，不是被关在一个特定的小屋里——被孤独地关闭起来——却又被告知在那里就像到了家里一样。现今主人并不让你去他的壁炉边，而是让砖瓦匠在他的过道为你自己造一个壁炉，而热情款待就是把你拒之于最大的距离之外的艺术。烧饭保密到什么程度，就好像他打算在多么大的程度上让你中毒似的。我意识到，我去过许多人的住宅，但可能是被人用合理的理由赶出来，所以不觉得真正去过。如果在我所描述的那种房子里，住着生活简朴的国王和王后，也许我会穿着我的旧衣服去觐见，但如果出现在一座现代宫殿里面，那么我想知道的一切就是怎样才能退出。

似乎我们的客厅语言本身将会失去其所有的活力，而完全退化为客厅交谈（parlaver），我们的生活远远地脱离了生活的符号，生活的隐喻和转义必然是牵强附会，就好像客厅和厨房及工作间距离太远，要用送菜升降机来传送饭菜一样。甚至吃饭也仅仅是比喻一般的吃饭。似乎离大自然和真理最近的只有野蛮人，只有从他们那里借用比喻才是。住在遥远的西北地区[①]或者马恩岛[②]的学者，又怎能明白厨房里面的议会式的交谈呢？

---

① 西北地区（North-West Territory），指现在的印第安纳、俄亥俄、密歇根、明尼苏达、威斯康星一带。

② 马恩岛（Isle of Man），英国的一个岛屿，位于爱尔兰海。

然而在我的客人们当中，只有一两个人是足够大胆地待了下来，与我一起吃玉米粉糊；但当他们看到危机临近，他们也宁可匆匆撤退，好像那个危机会动摇房子的基础似的。虽然如此，在吃了许多玉米粉糊之后，房子还是伫立着。

直到结冰的天气到来的时候，我才开始给墙壁抹灰泥。为了抹灰泥，我用船从池塘的对岸运来了一些更白、更干净的沙子，如果有必要，即使走得再远我也心甘情愿。与此同时，我的房子的每一面都从上到下钉上了木板条。在钉板条的时候，我的锤子每次击打都能把钉子敲进去，这让我感到得意，而且我还怀有雄心壮志，要干净利落地把灰泥从灰泥板上抹到墙上去。我记得一个自命不凡的家伙的故事，他穿着漂亮衣服，经常在村子里闲逛，对工人指手画脚。有一天他冒险用行动取代话语，于是卷起袖子，一把抓起泥瓦匠的灰泥板，顺利地用瓦刀舀起灰泥，得意地看了看头顶上的板条，朝那个方向做了一个大胆的姿势；而立即，完全令他尴尬的是，他抹上去的灰泥全都落在了他的装饰着褶边的胸口上了。我再一次欣赏抹灰泥的经济和方便，它是如此有效地把寒冷拒之门外，灰泥抹完了之后也美观，而且我也得知，抹灰泥的泥水匠可能会遭受意外事故。我惊讶地看到，那些砖是多么的口渴，在我把灰泥抹平之前，它们就已经把里面的所有水分都喝干了，而造一个新的壁炉，又需要用多少桶的水。去年冬天，我烧了我们的河所提供的河蚌（*Unio fluviatilis*）的蚌壳，烧出了少量的石灰，是为了做实验；这样一来我也就知道，我的材料是从哪里来的。如果我愿意的话，我可以在一两英里之内的地方搞到优质的石灰岩，自己烧石灰。

与此同时，池塘已经在最背阴和最浅的小湾的上面结了一层薄冰，比整个湖面结冰早了几天，甚至几个星期。最早结的冰是尤其有趣和完美，坚硬，黝黑，而且透明，在水浅的地方还提供了所能提供的检查湖底的最好的机会；因为你能够就像在水面上滑行的长足昆虫一样，整个身子趴在只有一英寸厚的冰上，悠闲地研究与你相距只有两三英寸的湖底，就像研究镜子背后的画一样，而在那个时候水一定总是光滑的。沙子上面有许多沟槽，那是某种生物在上面爬过去，又原路爬回来形成的；至于诸多残骸，上面散布着白石英微粒形成的石蚕壳。也许石蚕壳使得残骸出现了褶痕，因为在沟槽里面有一些石蚕壳，不过沟槽太深了，太宽了，不可能是那些石蚕壳造成的。但冰自身却确实是最值得玩味的东西，尽管你必须利用最早的机会去研究它。如果你在结冰之后的那个上午仔细观察它，就会发现，那些气泡起初像是在冰层中间，实际上大部分是在冰面之下，水底下还冒出了更多的气泡；冰块相对而言结实黝黑，所以你可以透过冰层看到水。这些气泡的直径，从八十分之一英寸到八分之一英寸不等，它们非常明亮美丽，透过冰层，可以看到气泡上映出了你的脸。在每一平方英寸的地方，可能有三四十个气泡。在冰层内部，还有一些狭窄、椭圆、直立姿势的气泡，大约半英寸长，那是一些顶部朝上的线条分明的圆锥体；或者，更为经常的是，如果是刚刚结的冰，那么就会有一些一个直接压在另外一个上面的非常小的球形气泡，就像成串的珠子一样。但这些在冰层之内的气泡，并不像那些在冰层下面的气泡那样数量众多，也不那么明显。我有时向冰上扔石头，想看看冰的坚硬程度，那些打破了冰的石头随之把空气带了进去，在底下形成了非常大的和显眼的白色气泡。有一天，当我来到四十八个小时之前来过的同一个地方的时候，我发现，那些大的气泡仍然完美，尽管又结了一英寸厚的冰，因为在一个冰块的边缘处的缝隙中我能够清晰地看见那些大气泡。但是由于过去的两天非常温暖，就像小阳春一样，因而现在冰也就并不透明，而是展现出了深绿色的水，以及湖的底部；但冰是阴暗的，有点发白或者发灰，尽管有以前的两倍厚，但却很难说是比以前更结实，因为在这个热度之下，气泡巨大地扩展了，结合在了一起，因而失去了它们的规则性；它们不再是一个直接叠在另外一个的上面，而是经常像从袋子里倒出来的银币，堆积在一起，或者被挤成薄片，好像占据了小裂缝似的。冰已经失去了美感，要研究水底也是为时已晚。由于好奇，想知道在新结的冰层里我的那些大气泡占据着什么位置，因而我挖出了一个含有一个中等大小气泡的冰块，把它的底部反转了过来。这块新结的冰是围绕着气泡、在气泡的下面形成的，因而气泡是包在两片冰之间。它完全是在下面的那片冰的里面，但又靠近上面的那片冰，稍微有点平，也许样子有点像扁豆，带有匀称的边，有四分之一英寸深，直径为四英寸；我惊讶地发现，就在这个气泡的下面，冰很有规律地融化了，样子就像一个倒置的茶杯碟，在中间达到了八分之五英寸的高度，在那里在水与气泡之间留下了一个薄的分隔物，那分割物不到八分之一英寸厚；而在许多地方，在这个分割物中的小气泡朝下爆裂，也许在那些直径为一英尺的最大的气泡的下面根本就没有冰。我推断，我起初看到的在冰面底下的无数小气泡现在也同样被冻入了冰块中，每一个小气泡都在不同的程度上像取火镜一样作用于底下的冰块上，让冰块融化。这些小气泡就是促成冰块破裂和发出砰砰声的小气枪。

最终，冬天是真正到来了，那时我刚刚给墙壁抹完灰泥，风开始在房子周围嚎叫起来，好像直到那时才允许它嚎叫似的。在一个又一个夜晚，甚至在地面上覆盖着雪以后，鹅群也在黑暗中笨拙地走了进来，翅膀拍打着发出铿锵声响，有一些要在瓦尔登湖上飞落，有一些则低飞过树林，飞往费尔黑文，准备迁徙到墨西哥。有几次，当我在晚上十点或者十一点的时候从村子里返回的时候，我听见一群鹅的声音，要不然就是一群鸭子，它们脚踏在我的住处后面的一个洼地边的树林里的干树叶上，是到那里去找食物吃，我还听见它们的带头者发出的微弱的鸭子般的嘎嘎声，那是它们匆匆离去了。一八四五年，瓦尔登湖第一次完全结冰，是在十二月二十二日的晚上，在那个时候，弗林特湖和别的浅一些的池塘以及瓦尔登河已经结冰十多天了。一八四六年，瓦尔登湖第一次完全结冰，是在十二月十六日；一八四九年，大约是在十二月三十一日；一八五〇年，大约是在十二月二十七日；一八五二年，是在一月五日；一八五三年，是在十二月三十一日。自从十一月二十五日以来，雪已经覆盖了地面，我突然间置身于冬天的景色之中。我进一步缩进我的蜗居，努力既在我的房子里维持着一团明亮的火，又在我的胸膛之内维持着一团明亮的火。现在我的户外工作，就是在树林里捡拾干柴，用手抱着或者用肩膀扛着带进来，有时一只胳膊拖着一棵死去的松树，拖到我的小屋里。有一截旧的林中栅栏，它的辉煌时期已经过去了，现在够我拖的了。我把它献祭给火神伍尔坎，因为已经过了给界标之神忒耳密努斯[①]献祭的时间了。一个人在晚饭之前，必须到雪地里去猎取，不，你可以说他是去盗取烧饭用的燃料，这是多么有趣的一件事情啊！他的面包和肉芳香四溢。在我们的大多数城镇里，森林里有足够的各种各样的柴把和废旧木头，足以生出许多火来，但当前那些柴把和废旧木头却没有给一个人带来温暖，有些人认为，它们还阻碍了幼树的生长。池塘里还有漂浮着的木头。在夏季期间，我发现了一个筏子，是用北美油松原木做成的，原木上的树皮还在，是在建造铁路的时候由爱尔兰人钉起来的。我把这个筏子的一部分拖到了岸边。在浸泡了两年又在高处放了六个月之后，这个筏子仍然完好，尽管是浸透了水而干不了。在冬季的一天，我自娱自乐，把这个筏子一根一根木头地拖过了池塘，单程有半英里地，把一根十五英尺长的原木的一端放在我的肩膀上，另外一端放在冰面上，拖在身后滑冰而过；要不然我就用桦树的藤条把几根原木捆在一起，然后用一棵一头带钩的更长的桦树或者桤木，把它们拖拽过来。尽管是完全浸透了水，几乎就像铅一样沉重，但它们却不仅燃烧的时间长，而且火旺；不但如此，我还认为它们因为浸透了而更好烧，好像松脂浸泡在

① 伍尔坎（Vulcan），罗马神话中的火与锻冶之神。忒耳密努斯（Terminus），罗马神话中的界标之神。

水中，就像在灯里面一样燃烧的时间会更长。

吉尔平[①]在他对英格兰与苏格兰交界处的森林居民的描述中说道，“擅自进入者的逐步侵占土地，以及他们因而在森林的边界上所建造的房屋和篱笆”，被“古老的森林法认为是非常妨害公共利益的行为，并在侵占公产（perprestures）的名义下受到严厉惩罚，因为它往往会使飞禽恐惧，森林受损（ad teirrorem ferarum-ad nocumentum forestae）”。但是我对保护野生动物和森林中的草木的兴趣，更胜于猎手或者樵夫，觉得自己好像就是护林官大人似的；如果有任何一个部分被烧掉，尽管是被我本人意外地烧掉的，我也比森林的所有人悲伤的时间更长，更无法安慰；不，当森林被所有者自己砍掉的时候，我也悲伤。我希望，当我们的农夫们砍掉一片树林的时候，能够感到古代的罗马人所感到的一些敬畏，当古代的罗马人要给一片圣林（lucumconlucare）间苗，或者让光线进入的时候，他们会认为，对某个神来说，那片树林是神圣的。于是罗马人献上赎罪的供品，并且祈祷说，不论你是哪一位男神还是女神，这片树林因你而神圣，请降福于我、我的家庭和我的孩子们吧。

值得注意的是，甚至在这个时代，在这个新的国家，加在木头上的仍然是一种巨大的价值——那是一种甚至比金子还要持久、还要普遍的价值。在我们有了这么多的发现和发明之后，没有一个人能够没有一堆木头也能过下去。木头对于我们来说，就像对我们的撒克逊人和诺曼人祖先一样珍贵。如果说他们是用木头制造了弓，那么我们就是用木头制造了枪托。三十多年以前，米肖[②]说，在纽约和费城的薪柴的价格，“几乎相等于，有时还超过巴黎的最好的木柴的价格，尽管巴黎这个巨大的首都每年都需要三十万考得[③]的木柴，而且周围三百英里的地方全都是耕作的平原”。在我们的这个镇子里，木柴的价格几乎是持续上涨，唯一的问题就是，今年的价格要比去年高上多少。技工和商人亲自到树林里来，不是为了办别的差使，而一定是要参加木料的拍卖，而且甚至为了获得能够在樵夫的后面捡些碎木的特权，而出高价。人们求助于森林来获得燃料和制作艺术品的材料已经有许多年了；新英格兰人和新荷兰人，巴黎人

---

① 吉尔平（William Gilpin，1724—1804），英格兰作家、画家、教育家。下面的引文见于他的《有关森林景色》（Remarks on Foreast scenery，1791）。

② 米肖（Francois Andre Michaux，1770—1855），法国博物学家。下面的引文见于他的《北美林木志》（North America Sylva）。

③ 考得（cord），薪柴的计量单位。

和凯尔特人，农夫与罗宾汉，古迪·布莱克和哈里·吉尔[①]，在世界大多数地方的王子和农夫，学者和野蛮人，他们全都同样仍然需要来自森林的几根枯枝，来温暖自己和为自己烧饭。我也不能没有那几根枯枝而对付过去。

每一个人都是带着一种喜爱看着他的那堆木头。我喜欢把我的那堆木头放在我的窗户前，而且木屑越多，就越能让我想起让我高兴的工作。我有一把没有人要的旧斧子，在冬天的日子里，在我的房子的朝阳的一边，我每隔一段时间，便用这把斧子砍我从我的豆子地里挖出来的树桩。当我犁地的时候，帮我赶马的人曾经预言，那些树桩将两次给我温暖，一次是在我劈开树桩的时候，一次是把劈开的树桩放在火上的时候，这样一来，任何一种燃料也不能给予更多的热量。至于那把斧子，有人劝我让村子里的铁匠给它敲打一下；但我却不用他，自己就敲打了，并且用树林的山核桃木给它装上了一个柄，可以用了。如果说它是钝的话，起码却是修好了。

几块多油脂的松木就是一大宝藏。想到大地腹中还隐藏着多少这样的燃料，就觉得有趣。在前些年，我经常到一些光秃秃的山腰上"勘探"，并且挖出了多油脂的松树根，那些山腰里原先是有北美油松树林的。那些多油脂的松树根几乎是不可消灭。起码，那些有三十或者四十年历史的树桩，其心材会仍然完好，尽管在树皮和心材之间的边材全都变成了腐殖质，这一点通过厚厚的树皮的鳞苞就可看出，那些鳞苞形成了一个与大地齐平、距离心材四五英寸远的圆圈。你可以用斧子和铲子探索这个矿藏，沿着那个就像牛的油脂一样黄的充满骨髓的储藏所走下去，或者就好像你在深深的地下找到了金子的矿脉似的。不过通常我是用森林里的干树叶生火，在下雪以前我就把干树叶储存在我的棚屋里面了。当樵夫在树林里宿营的时候，他是把山核桃木生材好好地劈开，用做引火物。偶尔我也搞到一些山核桃木生材。当村民们在地平线的那一边生火的时候，我也用我的烟囱里的缕缕青烟通知瓦尔登山谷的各种各样的野生的居民们，我是醒着的——

长着轻快翅膀的烟，你就是伊卡罗斯之鸟，
在你的冲天飞翔中把你的双翼融化，
你是没有歌声的云雀，是黎明的使者，

①罗宾汉（Robin Hood），英国民间传说中的劫富济贫的绿林好汉。古迪·布莱克和哈里·吉尔是英国诗人华兹华斯（William Wordsworth，1770—1850）的《抒情歌谣集》（Lyrical-Ballads）中的一首诗中的人物。

把小村庄当成你的巢，在上面盘旋；
要不就是逝去的梦想，还有午夜幻觉的影子，
在收拢你的衣服的下摆；
在夜晚为星星披上面纱，
在白天让光线黑暗，遮蔽了太阳；
去吧，从这个壁炉升起的我的熏香，
请求众神原谅这清晰的火焰。

刚刚砍下的硬生材，比任何别的木头都更能满足我的目的，尽管我使用的生材甚少。有时，当我在冬天的下午出去散步的时候，我让火好好地烧着；当我在三四个小时之后返回的时候，火仍然在燃烧发光。尽管我离开了，但我的房子并不是空着。那就好像，我把一个快活的管家留在了身后。住在那里的是我与火，而且通常我的管家证明是可靠的。然而，有一天，当我在劈木头的时候，我想不妨只是从窗户朝里面看一下，看看我的房子是否着火了，在这个问题上，我记得唯有这次尤其担心；于是我看了看，看见一个火星落在了我的床上，我走了进去，把它熄灭了，那时它已经烧着了像我的手那么大的地方。不过由于我的房子的位置阳光充足，相当背风，而且屋顶非常低矮，因而在冬天的几乎每一天，我都能在中午的时候把火熄灭而并不感到冷。

鼹鼠在我的地窖里做窝，每三个土豆就有一个被它们啃掉，甚至还在那里用抹灰泥剩下来的一些毛发和牛皮纸，做出了一张舒适的床；因为甚至最野性十足的动物，也像人一样喜欢舒适和温暖，而且只是因为它们是如此仔细地获得舒适和温暖，才得以从冬天中挺过来。我的一些朋友讲起来，好像我到树林里来，是故意要把我自己冻僵似的。动物只不过是做一张床，在一个躲避的地方用自己的身体把床暖和起来；但人类在发现了火之后，就把一些空气关进一个宽敞的房间里，温暖着那个房间，而不是借助他自己的体温，让那个房间成为他的床，在那里面他能够脱下更为累赘的衣服走来走去，在冬天当中维持着一种夏天，而且依靠窗户甚至能让光线进来，用灯光把白天的时间拉长。这样一来他也就超出本能走出了一两步，为美艺术节省出一些时间来。尽管当我长时间地暴露在最凛冽的狂风当中的时候，我的整个身体就开始变得麻木，但当我到达我的气氛宜人的房屋的时候，我便很快就恢复了我的各种功能，延长了我的生命。但住在最奢侈的房子里面的人，在这一方面却没有什么可吹嘘的，我们也没有必要费心去猜测，人类可能最终是怎么被毁灭的。用北方吹来的一

股稍微更加凛冽的狂风切断他们的生命的历程，在任何时候都会是轻而易举的。我们继续从寒冷的星期五和大暴风雪[①]来记载日期；但一个稍微更加寒冷的星期五或者更加大的暴风雪，将会为人类在这个地球上的生存画上一个句号。

第二年冬天，为了节约我使用了一个小的炉灶，因为那片森林并不为我所拥有；但炉灶的火烧得并不像敞开的壁炉那样好。这样一来，在很大程度上，烧饭也就不再是一个诗意的过程了，而仅仅是一个化学过程。在这些使用炉灶的日子里，人们很快就会忘记，我们以前是像印第安人那样，在灰烬里面烤土豆。炉灶不仅占据了空间，使房间充满气味，而且也把火掩盖住了，我感到好像是失去了一个伴侣似的。你永远能够在火里看见一张脸。工人在晚上朝火里面看的时候，也就把在白天积累起来的杂质和俗念净化了。但我却再也不能坐着朝火里面看了，而一位诗人的贴切话语则带着新的力量，一再出现在我的脑海之中：

明亮的火焰啊，永远不要拒绝给我
你的宝贵的、带来生命意象的、亲密的同情。
除了我的希望，还有什么会这样明亮地升起？
除了我的命运，还有什么会在夜间如此低落？

你既然受到所有的人的欢迎和热爱，
为什么又从我们的壁炉和客厅被驱逐出去？
莫非你的生存过于沉湎于空想，
不能适应我们的乏味生活的普通的光？
难道你的明亮的闪光与我们的愉快的灵魂
秘密交谈？那些是太大胆的秘密？
啊，我们又安全又强大，因为现在
我们坐在没有阴影掠过的壁炉边，
那里什么也不会使人快乐或者悲伤，只有一堆火
温暖着我们的手脚——也没有更多的企盼；
在这堆简洁而实用的火的旁边

① 在美国历史中，一八三五年二月五日被称为“寒冷的星期五”，因为大量的牛和猪被冻死。“大暴风雪”指一七一七年二月二十七日到三月七日肆虐美国东北部的暴风雪，积雪有五英尺高，吹积成的雪堆则更高。

现在人们就可以坐下睡眠，

不会惧怕鬼怪从朦胧的过去走来，

在古老薪火的不均衡的光线中与我们交谈。

——胡珀太太作[①]

第十四章　原居民和冬天的来客

我安全地度过了几场欢乐的暴风雪，在炉边度过了几个愉快的冬夜，那时，雪花在屋外狂飞乱舞，甚至猫头鹰的鸣叫声也安静了下来。有好几个星期，我在散步的时候，只遇见那些偶尔前来砍柴并用雪橇把木柴运到村子去的人。然而恶劣的天气却促使我在林中最深的雪里开辟出一条道路，因为我一走过，风就把橡树叶吹进我踏的足迹里，树叶卡在那里，吸收太阳的光线使雪融化，这样一来也就不仅为我的脚造出了一个干燥的落脚地，而且在夜间，树叶的黑色线条也成了我的向导。谈到与人的交往，我不禁想起这些森林从前的居民。就我的许多镇民所能记忆而言，我的房子附近的那条路上曾回荡着居民们的欢声笑语，而与路毗连的树林则点缀着他们的小小的花园和房屋，尽管当时树林比现在要更加茂密。就我自己所能记忆而言，在某些地方，松树可以同时刮擦到二轮轻便马车的两侧，而不得不独自步行走这条路前往林肯镇的妇女和儿童，在行走的时候都是心怀恐惧，而且经常会跑上好一大段路。尽管它主要的只是一条通往邻村的小路，或者是伐木工走的小路，但却由于其多姿多彩而给旅行者带来比现在更多的乐趣，在他的记忆中也留存更加久远。在现在坚硬空旷的田野从村子延伸到树林的那片地方，当时那条路却穿过一片槭树沼泽地，路的基础是原木构成，毫无疑问，残余的原木仍然是今天的这条尘土飞扬的公路的基础，这条公路从斯特拉顿农场通往布里斯特山，斯特拉顿农场即现在的救济院。

在我的豆子地的东边，在马路对面，住着加图·英格拉哈姆，他是康科德村的绅士邓肯·英格拉哈姆先生的奴隶，邓肯为他的奴隶建造了一座房子，并允许他住在瓦尔登林地——这位加图，并不是尤蒂卡人加图，而是康科德人加

①胡珀太太，即埃伦·斯特吉斯·胡珀（Ellen Sturgis Hooper，1812—1848），新英格兰超验主义诗人。

图。[1]有人说，他是几内亚黑人。有几个人记得，他在胡桃林中有一小块地，他任胡桃一直生长以备养老之用，但一个年轻的白人投机家还是最终把它搞到了手。然而，现在他还是住在一个同样狭窄的房子里。加图的那个坍塌一半的地窖还在，不过却鲜为人知，因为周围全是松树，旅行者看不见它。现在那里有许多光滑的漆树（Rhus glabra），而一种最古老的植物物种黄花（Solidago stricta）也在那里生长茂盛。

在这里，就在我的豆田的拐角处，离镇子更近一些的地方，黑人妇女齐尔法拥有了她的小房子，她在那里为乡亲们织亚麻布，同时又让瓦尔登森林回响着她的嘹亮的歌声，因为她有一个显著的大嗓门。最终，在一八一二年的那场战争中[2]，她的住所被英国士兵放火烧了，那些英国士兵是获得假释的犯人，当时她出门在外，而她的猫、狗和母鸡则全都葬身火海。她过着艰苦的生活，在某种程度上来讲是一种非人的生活。有一个以前经常到这些树林里的人记得，有一天中午，当他经过她的房子的时候，听见她对着汩汩作响的水壶喃喃自语："你们全都是骨头，骨头！"我在那里的橡树树丛当中看到过砖头。

顺路而下，在右边的布里斯特山上，住着布里斯特。弗里曼，他是"一个手巧的黑人"，曾经是乡绅卡明斯的奴隶——布里斯特在那里栽种和照料过的苹果树仍然在生长，现在是大的老树了，但它们的果实我吃起来仍然是野味十足，果汁丰富。不久以前，我在林肯的旧墓地读到他的墓志铭，他的墓碑有点歪斜，在无名英军墓的附近，那些英军士兵是在从康科德撤退时战死的；在墓碑上他被称为"西庇阿·布里斯特"——意思是"一个有色人"，好像他的肤色褪色了似的，实际上他更有资格称为"西庇阿·阿弗里卡纳斯"[3]。墓碑还以明显的强调告诉我他死亡的时间，而这又只不过是间接地告诉我，他曾经活过。与他长眠在一起的是他的殷勤好客的妻子芬达，芬达替人算命，然而却又总是算出好命来——她体格高大，浑圆，皮肤黑，比任何一个黑夜的孩子都黑，这样一个肤色

---

①奴隶加图与前面提到的那位古罗马政治家、农学作家加图完全同名（Marcus Porcius-Cato），这位加图也叫大加图，以与他的曾孙小加图有别。小加图（Marcus Porcius Cato，公元前95—前46）又称尤蒂卡人加图（Cato Uticensis），Uticensis是Utica的变形，即尤蒂卡人，尤蒂卡是北非的一个古城，在今天的突尼斯。

②指一八一二年的美国战争。有人将其称为第二次独立战争，因为战争结束时，英国陷入僵局，从而确保了美国的独立。在那场战争中，英国囚犯曾经待在康科德。

③西庇阿·阿弗里卡纳斯，指大西庇阿（Major Scipio Africanus，公元前237—前183），古罗马统帅，西庇阿（Scipio）是他打败迦太基统帅汉尼拔（Hannibal）后获得的称号。西庇阿·布里斯特的名字与西庇阿发音相近，只是拼写略有不同（Sippio Brister）。

黝黑的圆球在康科德可谓前无古人，后无来者。

再往山下走，在左边，树林里面的那条旧马路上，有斯特拉顿一家的某些家宅的痕迹，他们家的果园曾经覆盖了布里斯特山的整个山腰，但果树老早以前就被北美油松取而代之了，只剩下几个树墩，那些老树根又衍生出了许多茂盛的乡村树木的树干。

走到更靠近镇子的地方，你也就来到布里德了，它在马路的另外一边，就在树林的边缘；这块地方以魔鬼作祟而著称，那个魔鬼在古代神话中并没有得到清晰的命名，然而却在我们的新英格兰生活中起到了一种显著而又令人震惊的作用，而且完全就像任何一个神话人物一样，值得有朝一日把他的传记书写下来；他先是乔装成一个朋友或者雇工，然后抢劫并把整个家庭都谋杀掉——这个魔鬼就是新英格兰的朗姆酒[①]。不过历史却不可讲述在这里所上演的那些悲剧；让时间在某种程度上进行干预，减轻痛苦，并给那些悲剧带来一种蔚蓝色的色调吧。而最含糊而又可疑的传说讲的是，这里曾经有一个酒馆；那口井还是老样子，井水冲淡了旅行者的含酒精的饮料，让他的坐骑焕发活力。那时候，人们在这里互致敬意，互相传递消息，又再次登上旅程。

布里德的棚屋在十二年前还是完好的，尽管好久没有人居住了。它大约和我的棚屋一样大小。如果我没有搞错的话，它是在一个总统选举日的夜晚，被恶作剧的孩子们放火烧了。当时我是住在村子的边上，正在埋头读戴夫南特的《贡第贝尔》[②]。那年冬天我因为嗜睡而苦恼，顺便说一句，我根本就不知道是否应该把它看作是家庭遗传，因为我有一个舅舅[③]，他在刮胡子的时候都会入睡，因而为了保持清醒守安息日，他不得不在星期天的时候在地窖里去掉土豆上的芽[④]；要不然我的嗜睡，就是我试图一字不漏地读查默斯[⑤]编的英国诗集所带来的后果。这本诗集完全征服了我的神经。我刚刚埋头读这部诗集，火警钟声就响了，救火车匆匆朝那里开去，前面是一群男人和小孩在乱跑，我是最前面当中的一位，因为我是跃过了小溪。我们以为起火的地点是远在树林的南端——

①朗姆酒（rum）是一种由甘蔗汁制成的含高浓度酒精的酒。十八世纪时，殖民者生产并饮用朗姆酒，并把剩余的朗姆酒卖给印第安人，结果给印第安人带来毁灭性的后果。

②戴夫南特（Sir William Davenant，1606—1668），英国诗人、剧作家和剧院经理。《贡第贝尔》（Gondibert）是他的一部史诗，作于巴黎。

③梭罗有一个性情古怪的舅舅，叫查尔斯·邓巴（Charles Dunbar），他发现了一处石墨矿，于是开创了梭罗家的铅笔生意（石墨可以做铅笔芯），并经常住在梭罗家。

④安息日又称主日。基督教徒大都以星期日为安息日。

⑤查默斯（Alexander Charlmers，1759—1834），苏格兰传记作者和编辑。

这里的我们是指以前曾跑去救火的人——着火的是谷仓，或者是商店，或者是住房，或者是全都着火了。“着火的是贝克的谷仓。”有一个人喊道。“是戈德曼家。”另外一个人肯定地说。然后树林的上方又升起了一片火花，好像屋顶塌了，于是我们全都喊道：“康科德人来救火呀！”马车狂奔疾驶而过，车上坐满了人，说不定其中就有保险公司的代理人，不管要走多远，他都是一定要到场的；救火车的铃声不时地在后面响着，响得更慢，也更有把握，事后有传闻，说跑在最后面的就是那些放火又报警的人。这样一来，我们也就像真正的理想主义者一样继续着，全然不顾我们的感官感觉到的证据，到最后在马路的拐弯处，我们听见了火的噼啪声，实际上感觉到墙那边的火的热度，于是意识到了，哎呀！我们到了火灾现场。真到了火的旁边，却只是使得我们的热情冷却了下来。起初我们想到要把一个青蛙池的水都泼上去，但还是决定让它烧吧，这房子已经大势已去，因而毫无价值了。于是我们便站在救火车的四周，互相推搡，用喇叭筒表达我们的情感，或者低声提到这个世界所曾目睹过的那些大火，包括巴斯科姆商店的那场大火，而且又私下里说，我们认为，倘若我们是带着我们的“木桶”[①]及早赶到那里，旁边又有满满的一个青蛙池的水，我们就能把最后那场有普遍灭绝之虞的大火，变成另外一场大洪水。最终我们没有胡闹便回去了——回去睡觉，回去读《贡第贝尔》。不过说到《贡第贝尔》，该诗的序言中说机智是灵魂的香粉——“不过大多数人不懂机智，正如印第安人不懂香粉一样”，对此我不敢苟同。

第二天晚上，大约同一时间，我碰巧从那条路上走过田野，听见在这个地点有人在低声呻吟，我在黑暗中走上前去，发现了这个家庭的我所认识的唯一的幸存者，他是这个家庭的优点和缺点的继承人，只有他对这场火灾感兴趣，他趴在地上，从地窖的墙的上方看下面的仍在闷燃着的余烬，同时又习惯性地自言自语。他在远处的河边草地上干了一整天的活，一有他能够称之为自己的时间，便来访问他的祖辈的和他年轻时的这个家。他依次从各个方面和角度朝地窖里面凝视，一直趴在地窖的上面，好像他记得在石头之间藏着什么宝贝似的，而在石头之间除了一堆砖块和灰烬之外，绝对是什么也没有。既然房子是烧掉了，他也就看着剩余的东西。单是我的出现就意味着同情，这令他感到安慰，于是他便尽可能在黑暗中向我指出那口井被盖住的地方；谢天谢地，井是永远也不可能被烧掉的。他在墙边摸索了很长的时间，想找到他父亲制作并安

---

① 这里的“木桶”(tub)，指手拉的救火车。这是隐约讽刺机器救火车来得太慢。

装上的井桶升降装置，摸索着寻找那个铁钩子或者U形钉，井桶就悬挂在那个铁钩子或者U形的钉子的上面——这就是现在他所能坚持做的一切——为的是要使我相信，那绝非普通的“升降装置”。我触摸了它，并且仍然在散步的时候几乎每天都注意到它，因为它承载着一个家庭的历史。

还有，在左边，在看得见那口井和墙边的丁香树丛的地方，在现在已经是开阔的田野的地方，住着纳丁和勒格罗斯。不过他们已搬回到林肯镇了。

在树林中比这些地方都更远的地方，在马路最靠近瓦尔登湖的地方。陶工怀曼蹲坐着，为镇民们提供陶器，并留下子孙来继承他的事业。在世俗的个人财物上他们也并不富裕，在世的时候只是勉强保留住了土地；县治安官来收税，也往往是白跑一趟，而为了摆摆样子，则“扣留了某件无价值的东西”，那是我在他的账目上看到的，因为那里是别无可取之物。在仲夏的一天，我正在锄地的时候，一个运送一车陶器去市场的人在我的田边勒住马，询问小怀曼的情况。他很久以前就从他那里买了一个陶工用的陶轮，想知道他现在情况如何。我曾经在《圣经》里读到陶工用的黏土和陶轮[①]，但我却从未想到，我们使用的罐子并不是完好无损流传下来的古代陶器子，也不是像葫芦一样长在树上，因而听说附近就有人从事这种制陶艺术，我感到高兴。

在我之前这些树林的最后一位居民，是一个爱尔兰人，名字叫休·夸伊尔（如果我把他的名字拼写成科伊尔，也未尝不可），他曾住在怀曼的出租住房里——大家叫他夸伊尔上校。据传他参加过滑铁卢战役。倘若他还活着的话，我就会让他把他的那些仗再打上一次。他在这里的工作是挖沟渠。拿破仑去了圣赫勒拿岛[②]，夸伊尔来到了瓦尔登森林。据我所知，他是一个悲剧性的人物。他是一个有风度的人，像个见过世面的人，而且能够说出比你能够专心倾听的还要彬彬有礼的言语。他由于患有震颤性谵妄症，因而在仲夏还要穿大衣，而且他的脸是紫红色。在我来到树林后不久，他便在布里斯特山的山脚的路上死去了，所以在我的记忆中他并不是一个邻居。他的伙伴们认为，他的房子是“一个不吉利的城堡”，因而予以回避，在房子被拆掉之前，我曾经访问过。在他的竖立起来的木板床上面，放着他的被穿得蜷曲了起来的旧衣服，好像那就

---

① 比如《旧约·耶利米书》第十八章第三、四节说：“于是我便到陶工的家里，他正在用陶轮制作器皿。陶工用黏土制作的器皿在他的手中坏了，他便用这块黏土另外制作一件器皿，他觉得怎么好，就怎么做。”

② 圣赫勒拿岛（St.Helena），位于南大西洋，属于英国。一八一五年至一八二一年拿破仑一世被放逐于此并死于此。

是他本人似的。壁炉上放着的并不是在泉水边打破的碗，而是他的折断了的烟斗。前者永远也不能成为他的死亡的象征，因为他向我承认，尽管他听说过布里斯特泉，他却从未见过。地板上到处都是肮脏的纸牌，有方块老K，黑桃老K和红桃老K。有一只黑色小鸡，遗产管理人没有能够抓住，它就像夜晚一样黑暗，也像夜晚一样沉默，甚至连咯咯声都不发出来，它仍然在隔壁房间里栖息，等着列那狐[1]来抓它。屋后隐约可见一个花园的轮廓，花园里曾经种植过东西，但由于主人病情发作时颤抖得可怕，所以连一次草也没有锄过，尽管现在已是收获时间了。花园里长满了罗马苦艾和鬼针草，鬼针草的果实粘在我的衣服上。房子的后墙上刚刚挂上一张土拨鼠的皮，那是他的最后一次滑铁卢战役[2]的战利品，不过他再也不会需要暖和的帽子或者露指手套了。

现在只有地上的一个凹坑才能标明这些住房的地点，能作出标明的还有埋在地里的地窖的石头，以及在那里的向阳的草地上生长着的草莓、覆盆子、糙莓、榛树丛和漆树；在原先靠近壁炉的地方，现在长着一些北美油松或者节节疤疤的橡树，而在原先的门槛石的地方，也许还有一棵气味芬芳的黑桦树在摇曳。有时还可以看到那口水井的凹坑，那里曾经有泉水渗出，现在已干涸了，草也没有了泪水；也许那个种族当中的最后一位离开时，用一块石板把井口盖住，让它深深隐没于荒草之下——也许很久以后才能被人发现。把井遮盖起来——那一定是一件何等悲哀的事情啊！与打开泪水之井同时发生。在这些地窖里，曾有过熙熙攘攘的人群，他们操着某种方言，高谈阔论过“命运、自由意志和绝对的预知”[3]，而现在所剩下的，只有这些地窖的凹坑了，而且它们就像被遗弃的狐狸窝，而且还是老窝。不过据我所知，他们谈论的结果不外乎，“加图和布里斯特拔过羊毛”，这差不多与更为著名的哲学学派的历史一样富有启迪。

在门框、门上的过梁以及门槛消失了一代人的时间以后[4]，多年生的丁香仍然在生长着，在每个春天都开出气味芬芳的花朵，让感到惊讶的旅行者采摘；它们原先是孩子们种植和照料的，是种植在前院的地里，现在则是长在墙边僻静的草地上，地盘被新生的树林占据了——那个家系的唯一幸存者，就是

---

① 列那狐（Reynard），欧洲古老传说中的一只狐狸，常惹是生非，却总能依靠小聪明而逃脱惩罚。

② 当然这是比喻。在一八一五年的滑铁卢战役中，英国的威灵顿公爵（Duke of Wel-lington，1769—1852）打败了拿破仑。

③“命运、自由意志和绝对的预知”，是英国诗人弥尔顿（John Milton，1608—1674）的《失乐园》中的一句诗。

④ 一代人的时间，一般为二十五年或者三十年。

这些丁香了。那些皮肤黝黑的孩子们并没有想到，那个只有两个芽眼的弱小的插条，他们把它插进房子的背阴处的地里，又每天给它浇水，结果那个插条自己就生根发芽，而且寿命比他们还要长久，比在后面给它遮阴的房子本身还要长久，比成年人的花园和果园还要长久。在那些孩子长大又死去的半个世纪以后，丁香依旧向独行的漫游者朦胧地讲述着他们的故事——开着像刚植下那年春天一样美丽的花朵，散发出一样甜蜜的芬芳。我发现，这些丁香依旧是带着温柔、文雅、欢乐的淡紫色。

这个小村子本来可以衍生出更多的故事，可它为什么衰落，而康科德却依然存在呢？是不是没有自然优势——譬如没有足够的水源？唉，水深的瓦尔登湖以及清凉的布里斯特泉，可供几代人长期饮用，强身健体，然而这些人却不知善加利用，只是用这些甘泉冲淡杯中之酒。他们无一例外是一个口渴的种族。难道编篮子、做打扫马厩的扫帚、编席子、烘玉米、织亚麻布以及制陶等生意不可能在这里兴隆起来，从而使得荒原像玫瑰一样开放出鲜花，并让人数众多的后代继承他们祖辈的土地吗？这贫瘠的土地本来起码是可以防止洼地退化的。唉！对这些人类居民的记忆居然没有增加景色的美！还有，如果大自然愿意把我当作第一个定居者再次进行尝试，那么我在去年春天建造的房子，就将会是这个小村庄里的最古老的房子。

我并不知道，是否有人曾在我所占据的地点建造过房子。把我从在一个更古老的城市的地点建造起来的城市里解救出来吧，那个城市的材料是废墟，那个城市的花园是坟地。那里的土地已经变得苍白，受到了诅咒，而只有在地球本身被毁灭的时候才会如此。带着这种对往事的缅怀，我再次回到树林，让自己入睡了。

在这个季节，我很少有来客。当积雪最深的时候，往往连续一个星期或者两个星期，都没有一个漫游者冒险到我的房子的附近，但在那里我却就像一只田鼠一样过得舒适，或者就像牛和家禽一样舒适，据说牛和家禽长时间埋在积雪里，即使没有食物也能够幸存；或者就像在这个州的萨顿镇里的那个早期移民的家庭一样，他的小屋完全被一七一七年的那场大雪[①]覆盖住了，当时他不在家，一个印第安人只是凭着烟囱冒出的气在积雪中造成的洞，才发现了那个小屋，并从而救了一家人。不过却没有一个友好的印第安人为我担心，而且他也

---

①指一七一七年二月二十七日到三月七日之间在美国东北部下的一系列雪，当时地面上覆盖着五英尺多高的雪，积雪则更高得多。

没有必要担心，因为房子的主人在家。那场大雪啊！听起来多让人兴奋！因为在那个时候，农夫们就不能赶着马车到树林和沼泽地里去，就不得不砍掉屋前的遮阴树。雪层变硬的时候，他们就去沼泽砍树，来年春天的时候却发现，他们砍树的地方离地面竟有十英尺高。

雪最厚的时候，我从公路到我的家所走的那条大约半英里长的路，可以用一条蜿蜒的点线表示出来，在各个点之间有宽大的间隔。在天气不变的时候，我在来来往往的时候，可以在一个星期的时间里迈的步子数量都完全一样，步子的长度也相同，刻意以两脚规[①]的精确性踩在我自己的深深的足迹上——冬天就是这样使得我们千篇一律——然而足迹又往往充满着天空的蔚蓝色。但不管什么天气，都不能致命地干涉我的散步，更确切地说是不能干涉我的外出，因为为了恪守与一棵山毛榉，或者一棵黄桦，或者在松树当中的一位老相识的约会，我经常踏着重重的脚步，在最深的积雪中走上八英里或者十英里。在那个时候，冰雪使得它们的树枝低垂，让它们的树梢变尖，并把松树变成了冷杉。当积雪平均几乎有两英尺深的时候，我踏着积雪来到最高的山的山顶，每迈上一步都要抖掉落在我头上的另外一场暴风雪[②]；有时用手和膝盖踉跄着爬行，而此刻猎手们都已经躲在家里过冬了。一天下午，我饶有兴致地注视着一只大林鸮（Strixnebulosa）[③]，在光天化日之下，它栖息在一棵五针松的下部的一根枯枝上，在靠近树干的地方，而我站的地方离它不到一杆远。当我移动脚步，踏得雪嘎嘎作响的时候，它能够听见我的声音，但却无法看清楚我。当我声音最大的时候，它会伸出脖子，竖立起他的脖子上的羽毛，睁大眼睛，但眼皮又很快就耷拉了下来，它又开始打盹了。在注视了它半个小时以后，我也受到了影响，感到昏昏欲睡，因为它就是这样栖息着，眼睛半睁半闭，就像一只猫一样，它就是猫的长翅膀的兄弟。在它的眼皮之间只留下一个狭窄的缝隙，通过这个缝隙它就与我保留着一种若即若离的关系；它就是这样，半闭着眼，从梦乡里朝外面看，努力想了解我这个打断了它的幻觉的模糊的物体或者微粒。最后，由于声音更大了，或者我靠得更近了，它就会不安起来，就会在它的栖木上缓慢地转动着身子，好像对它的梦被打搅感到不耐烦；而它起飞的时候，在松树当中拍动双翼，它的翼展之宽大出乎意料，而我却听不见翅膀发出一点声音。就这样，在松枝当中更是被一种对邻里的微妙感觉引导着，而不是被视觉引导着，它就好

① 两脚规（dividers），一种用来测量或者标明线或者角的仪器，形状与圆规相类似。

② 也就是说，同时还有树上的雪落在我的头上。

③ 大林鸮（barred owl），胸部有褐色条纹，产于北美洲。

像是用它的敏锐的翼梢来摸索着它的朦胧的道路，找到了一根新的栖木，在那里它可以平安地等待它的一天的黎明。

我走在贯穿草地的那条长长的铁路堤道上面的时候，多次遇到呼啸刺骨的寒风，因为只有在那里风才可以畅通无阻；而在霜打我的一个面颊的时候，尽管我是异教徒，我还是把另外一个面颊也凑上去[①]。从布里斯特山的那条马车路走也好不到哪里去。因为当风把宽阔原野上的积雪全都吹到瓦尔登路两侧的墙垣，半个小时就足以把最后一位旅行者的足迹抹掉的时候，我就像一个友好的印第安人那样，还是要进城去。而当我返回的时候，新的积雪又会形成，我在积雪当中艰难地移动着的时候，忙碌的西北风已经在马路的急转弯处把粉状的雪花堆积起来，因而也就看不见兔子的足迹，甚至连田鼠的细小的脚印也看不到。然而即使是在仲冬时节，我仍然很少找不到某个温暖而又泉水多的沼泽地，那里青草和臭菘[②]仍然长出多年生的绿叶，偶尔也有某只更耐寒的鸟儿在那里等待春天的归来。

有时，尽管下雪，当我晚上散步归来时，我会跨过一位樵夫留下来的深深足迹，足迹是从我的门口走出来的，我发现壁炉上有他削下来的那堆木头碎片，而且我的家里满是他的烟斗味。或者在某个星期日的下午，如果我碰巧在家，我便会听到一个精明的农夫的踏雪声，他从树林深处找到我家，是为了谈谈社交上的“俏皮话”——在“务农人士”[③]当中，这种职业的人很少有像他这样，穿上一件教士服，而不是教授的长袍，随时就可从教会或者国家那里引申出道德寓意来，就像随时能从他的谷仓旁的场地里拉出一车粪肥一样。我们谈到了未开化的淳朴时代，那时人们在寒冷清新的天气里，围坐在大堆的篝火旁，个个头脑清醒；而在没有别的甜点心吃的时候，我们就尝试着用牙齿咬聪明的松鼠早就不吃的许多坚果，因为那些壳最厚的坚果往往是空心的。

那位走过最深的积雪，冒着最令人忧郁的暴风雪，从最远的地方来到我的住所的，是一位诗人。[④]农夫、猎手、士兵、记者、甚至哲学家，都可能望而却步，但什么也不能吓住诗人，因为诗人是被纯粹的爱所驱使的。谁能预测他的来来往往呢？他的使命在任何时刻都能把他召唤出来，甚至是在医生睡觉的时

---

①这句话派生自《圣经》中的一句名言。《新约·马太福音》第五章第三十九节说：“有人打你的右脸，连左脸也转过来由他打。”

② 臭菘（skunk cabbage），亦译臭鼬草，一种北美产的大型植物，像甘蓝，散发臭味，故名。

③ “务农人士”，语见爱默生的《论美国学者》（The American Scholar）一文。

④ 指梭罗的朋友埃勒里·钱宁（Ellery Channing）。

候。我们让那座小小的房子响起尽情的欢笑，回荡着愈加清醒的交谈的絮絮低语，从而为瓦尔登山谷的长时间沉默作出了补偿。相形之下，百老汇也显得安静了，荒无人烟了[①]。在一定的间隔之后，便爆发出一阵笑声，那可能是因为刚刚说出俏皮话，也可能是因为就要说出俏皮话。我们喝着稀粥，便发明出了许多"崭新的"人生理论，稀粥把宴饮交际的长处与哲学所要求的头脑清醒结合在一起了。

我不应该忘记，在我住在瓦尔登湖的最后一个冬天期间，还有一位受欢迎的客人，[②]有一次，他穿过村子，冒着下雪、下雨和黑暗，最后在树木当中看见了我的灯，然后与我一起度过了一些漫长的冬夜。他是最后一批哲学家当中的一员——康涅狄格州把他送给了这个世界——他先是兜售康涅狄格州的商品，然后正如他所宣称的那样，又兜售他的脑子。他现在仍然在兜售他的脑子，抬高上帝又贬低人类，只把他的思想当成所结出来的果实，如同只把果仁当成果核一样。我认为，他一定是世人当中最有信仰的人了。他的话语和态度始终假定，还存在着一种比其他人所熟悉的更好的事态，而且在时代变迁的过程中，他将是最后一个感到失望的人。他在当前并没有任何冒险事业。尽管现在他相对而言受到了忽视，但当他有为之时，大多数人没有料想到的法律就会生效，家庭的主人和统治者们就会到他这里找忠告。

看不见晴朗的人是多么目盲啊！[③]

他是人类的真正的朋友——几乎是人类进步的唯一朋友。是一位清教徒[④]——或者更确切地说，是一位不朽的人——他带着不倦的耐心和信念，把铭刻在人的身体上的那个形象阐释清楚，那个形象就是上帝，人们的身体只不过是上帝的遭到损坏的、倾斜的纪念碑。他用他的好客的智力拥抱着孩子、乞丐、疯子和学者，接受所有的人的想法，又通常让所有的人的想法变得宽大和高雅。我认为，他应该在世界的公路上开一家大车店，所有的国家的哲学家们都可以

---

① 当然这里是修辞上的夸张，极言交谈的畅快热闹。百老汇（Broadway）是纽约市的一条著名街道，为戏剧业中心，自然是热闹非凡。

② 指阿莫斯·布郎森·奥尔科特（Amos Bronson Alcott，1799—1888），超验主义者、教师。

③ 这是英国诗人托马斯·斯托勒（Tbomas Storer，1571？—1604）的长诗《托马斯·沃尔西红衣主教的生平与死亡》（Life and Death of Thomas Wolsey，Cardinal）中的一句诗。

④ 清教徒（Old Mortality）是苏格兰作家和诗人司各特（Sir Walter Scott，1771—1832）的同名小说《清教徒》的中心人物。

在那里寄宿，而且他的招牌上应该写着："接纳的是人，而不是人的兽性。有闲情逸致、心情平静的人，认真寻找正确的道路的人，请进来吧。"也许他是最清醒的人，最没有我碰巧知道的那些怪念头——过去和未来都不会改变。在往昔的日子里，我们漫步交谈，并且有效地把世界抛在身后；因为他没有向世界的任何制度作过承诺，他生来自由，是自由民（ingenuus）。[①] 不管我们转到哪一条路，似乎天空与大地都是连在一起，因为他增加了景色的美。他是一个穿着蓝色罩袍的人，最适合他的屋顶就是反映了他的宁静的天穹。我看不出他还会死亡——大自然是不能没有他的。

我们各自的思想，就像干透了的木板，于是便坐下来切削，试试我们的刀锋，欣赏这白松木的清晰的淡黄色纹理。我们是如此轻轻而又虔诚地涉水，或者说是如此安详地同心协力，以至于思想的鱼儿并没有从溪流里面被吓跑，也并不惧怕岸上的任何一位垂钓者，而是快乐地游来游去，就像飘过西方天空的云彩一样，那五光十色的云朵有时在那里时聚时散。我们在那里工作着，修改着神话，不时地让寓言臻于完善，并且建造起大地提供不出有价值的基础的空中楼阁。伟大的观看者！伟大的期待者！与其交谈就是新英格兰之夜晚会。啊！我们有这样的交谈，那是隐士和哲学家之间的对话，还有我提到的那位老移民——我们三个——谈得让我的小房子扩大了，变形了；我不敢说，在每一英寸范围上的气压上面有多少磅的重量；它敞开了它的缝隙，结果在那以后，那些缝隙必须添塞上大量的乏味的东西，才能使它不会随后漏水——不过我已经拉了足够的那种填絮了。

还有一个人[②]，我曾经和他一起度过"一些充实的时间"，久久不能忘怀，那是在他的位于村子里的家里面度过的，他也不时来看我；不过就在那里的社交而言，也就这么多了。

就像在每一个地方一样，我有时也盼望着那个永远也不会到来的客人。《毗湿奴往世书》[③]说："傍晚的时候，户主应该待在院子里，挤一头奶牛需要多长的时间，就待上多长的时间，如果他愿意的话，就可以更长一些，以便等待客人的

① 这里的自由民（ingenuus），系生来即自由，与生为奴隶、后来合法获得自由的自由民（liberti）有别。

② 指梭罗的好朋友爱默生（Ralph waldo Emerson，1803—1882）。

③《毗湿奴往世书》（Vishnu Purana）。《往世书》（Purana）是印度教经典的一种，共有十八部，成书在公元三〇〇年至公元七五〇年间，内容有神话、传说和世系源流。《毗湿奴往世书》被认为是这十八部《往世书》中最重要的一部。本书《瓦尔登湖》有十八章，可能并非巧合。

到来。”我经常履行这种好客的职责，等待的时间足以挤完一整群奶牛的奶，但却并没有看到有人从镇子里走来。

第十五章　冬天的动物

当湖面被冻得结结实实的时候，不仅有了新的捷径通往许多地点，而且还可以站在湖面欣赏周围原本熟悉的景色呈现出来的新面貌。尽管我以前经常在弗林特湖上泛舟或者溜冰，但在湖被雪覆盖之后，当我从中经过的时候，弗林特湖显得宽阔得出乎意料，非常陌生，使得我只能油然想到巴芬湾。[①] 林肯山在我周围的茫茫雪原的尽头升起，我记得我以前并没有到过那个地方；而渔夫们则在冰上面的一个无法确定的距离之外，带着他们的像狼一样的狗移动着，犹如海豹捕猎者或者因纽特人，或者在有雾的天气里，就像神话中的生灵一样若隐若现，我不知道他们究竟是巨人还是矮人。当我在晚上去林肯镇作演讲的时候，走的就是这个路线，在我的小屋和演讲厅之间并没有走马路，也没有途经任何一座房子。途中要经过鹅湖，那是麝鼠的聚居地，麝鼠在冰面上建起了它们的小屋，不过我从湖上穿过的时候却一个也没有看见。像其他几个湖泊一样，瓦尔登湖通常是不积雪的，即使有薄薄的积雪，不久也会被风吹走，它就是我的庭院，我可以在那里自由散步，而别处当积雪近两英尺深的时候，村民们就被限制在他们的街道上了。那里远离开村子的街道，每隔很长的时间才能听得见雪橇铃的声音，我就是在那里滑行，溜冰，就像在一个被践踏的巨大驼鹿苑之中，头顶上是橡树树林和庄严的松树，那些树木或者是被积雪压弯了腰，或者是倒挂着冰柱。

至于冬夜的声音，以及往往是冬日的声音，我听到的是凄凉但又悠扬的声调，那是猫头鹰从不确定的远处发出的鸣叫；如果用一个合适的拨弦片敲打冰冻的地面，就能产生出这样的声音，它就是瓦尔登森林的土话（lingua vernacula），而且最终让我非常熟悉，尽管我从未在猫头鹰发出这声音的时候看到过它。在冬天的夜晚，我很少在打开房门的时候听不见它；“呼呼呼，呼勒呼”，声音洪亮，而且前三个音节听起来在某种程度上就是“你好吗”；有时则只有“呼呼”的声音。在初冬的时候的一个夜晚，在池塘还没有完全上冻的时候，大约是九点，我被一只鹅的雁叫似的巨大叫声吓了一跳，我迈步来到门口，

① 巴芬湾（Baffin Bay），位于北大西洋，在格陵兰岛和加拿大的巴芬岛之间。

听见鹅群在树林中发出的暴风雨般的振翼声，那是它们从我的房子上面低空飞过。它们从池塘上方飞过，前往费尔黑文，领头的那只鹅在一直很有节奏地鸣叫，好像我的灯光吓得它们不敢降落下来。突然就在我附近的一只不会被弄错的猫头鹰，用我在林中居民当中所听到的最刺耳而又极大的嗓音，在有规律的间隔中对那只鹅作出了反应，好像决心要让这个来自哈得孙湾[①]的入侵者丢人现眼，因而它用土话展现出了更大的音域和更大的音量，决心用“布乎”的叫声把它驱逐出康科德的地平线。在夜晚的这个时候，你在我的神圣领地上大声喧哗，居心何在？你以为在这样的时候我会打盹吗？你以为我没有像你那样的肺和嗓子吗？“布乎，布乎，布乎！”那是我所曾听到过的最令人震颤的不和谐和弦。然而，倘若你有一种有识别力的听力的话，那么在这叫声当中也就有着这些平原从未见过或者听过的和谐和弦的成分。

我还听到池塘里的冰层的声音，在康科德的那块地方，池塘是陪我入睡的伴侣，冰层好像躺在床上焦躁不安，想翻过身来似的——好像肠胃气胀，做了噩梦；有时地面上冻时所发出的爆裂声也会惊醒我，好像有人赶着兽力车在撞我的门，而到了早上，就会发现地上有一道口子，长四分之一英里，宽三分之一英寸。

有时我听见狐狸的声音，那是它们在月光之下，在结了一层冰的雪面上漫游，寻找鹧鸪或者别的猎物，就像森林中的狗一样有几分刺耳而又恶魔似的吠叫着，好像辛苦得有些焦虑，或者寻求表现自己，拼命想找到光明，想成为不折不扣的狗，能够自由地在街道上奔跑。如果我们考虑到时代的变化，难道禽兽不是也可能和人类一样拥有文明吗？在我看来，它们似乎就是早期的、挖洞居住的人们，仍然在自我保护，等待着它们的转化。有时有一只狐狸被我的灯光所吸引，来到我的窗前，向我发出一声奸诈的诅咒，然后又退却了。

通常，红松鼠（Sciurus Hudsonius）是在黎明的时候把我唤醒，它在房顶上奔跑着，在房子的墙壁上跑上跑下，好像就是为了这个目的而从树林里出来。在冬天期间，我把半蒲式耳还没有成熟的甜玉米穗，扔在我门外结了一层冰的雪面上，看着各种各样的动物受到这个诱饵的引诱做出种种动作，而忍俊不禁。在黄昏和夜晚的时候，兔子是定期地前来，饱餐一顿。红松鼠是整天来来往往，用它们的花招给我提供了大量的消遣。一只红松鼠会先是小心翼翼地穿过橡树丛，来到近前，在结了一层冰的雪面上忽跑忽停，又像被风吹起的叶子一样突然跳起，时而朝这个方向跑上几步，速度令人惊叹，又消耗了不少力

---

① 哈得孙湾（Hudson Bay），加拿大东北部深入大陆内部的海湾。

气，用它的“脚”难以置信地匆忙奔跑，好像下了赌注似的，时而又朝那个方向跑上几步，但每一次都没有跑出半杆远的距离。然后又突然带着滑稽有趣的表情、毫无必要地翻个筋斗停顿下来，好像宇宙中的所有眼睛都集中在它身上似的——因为即使在森林的最偏僻的深处，一只松鼠的所有的动作也像一名舞女的所有动作一样，应该有观众才是——在耽搁和慎重上所浪费的时间，用来走完距离是绰绰有余——我从未看见有一只红松鼠是在步行。然后突然，它又立即来到一棵小北美油松的树梢上，如同上了发条的钟，责骂想象中的所有观众，在自言自语的同时又向宇宙的所有人讲话——我永远也不能发现那是出于什么理由，我想它自己也不知道是出于什么理由。最终它会来到甜玉米那里，挑选出一个合适的玉米穗，还是以那种不确定的三角学的方式跳来跳去，跳到窗前我的那堆木柴最上面的那根木棍上面，直视我的脸，在那上面一坐就是几个小时，不时地为自己提供一个新的玉米穗，一开始是狼吞虎咽地啃着，又把啃了一半的玉米芯扔在四周。到最后它变得更加挑剔了，于是玩弄起它的食物来，只是品尝玉米粒的内部，它本来是用一只爪子把玉米穗平举在木棍的上方，但由于抓得不紧，玉米穗便滑落下来，落在地上，这时它便会带着一种滑稽有趣的感到不确定的表情，朝下看着那个玉米穗，好像怀疑那个玉米穗是不是有生命似的，它打不定主意，是不是应该把那个玉米穗捡起，或者是另外再找一个玉米穗，或者是离开；它时而想到玉米，时而倾听风中传来的声音。这样一来，这个放肆的小家伙就会在一个上午的时间里，浪费许多个玉米穗；一直到最后，它抓起某个更长、更丰满、比它自己大上许多的玉米穗，灵巧地使其保持平衡，拖着它前往树林，就像一只老虎拖着一只水牛似的，走的还是那条曲折行进的路线，还是不断地停顿，勉强拖着它，好像重得让它拖不动似的，而且一直在跌跤，跌跤的时候是在垂直线和水平线之间形成了一条对角线，它决心无论如何也要把它拖过去——它是一个少见的轻佻而又异想天开的家伙——因而它要带着它到它住的地方，也许要带着它到四十杆或者五十杆远的一棵松树的顶上，而事后我则发现，玉米芯在树林里撒得到处都是。

最后樫鸟到来了，它们的刺耳的尖叫早就被听到了，它们正从八分之一英里以外的地方小心翼翼地飞过来，偷偷摸摸地在树木中间飞来飞去，越来越近，并且捡起松鼠掉下来的那些玉米粒。然后，它们栖息在北美油松的树枝上，尝试在匆忙之中把玉米粒一口吞掉，而对它们的喉咙来说玉米粒又太大，结果把它们噎住了；在费了很大的气力之后，它们又把玉米粒吐了出来，又花费一个小时的时间，用它们的喙不停地打击，努力要把它啄开。它们显而易见就是小偷，我并不怎么尊重它们；但那些松鼠，尽管一开始胆怯，但工作起来却好像它们是在带走它们自己的东西似的。

与此同时还飞来了成群的山雀，它们捡起松鼠掉下来的玉米粒碎屑，飞到最近的树枝上，把碎屑放在它们的爪子的下面，用它们的小小的喙敲击它们，好像那是树皮中的昆虫一般，直到把它们敲得小得可以让它们的细小的喉咙吞下。有一小群这样的山雀每天都来，从我的柴堆里拣起一顿午餐，或者拣起在我门口的玉米粒碎屑，同时又发出微弱、轻快飞动的沙沙声调，就像在草丛中的冰柱所发出的丁零声，要不然就发出活泼的“得，得，得”的声音，或者更罕见的是，在温暖如春的日子里，从树林边发出一种尖细的“菲——比”声，颇有点夏天的味道。后来它们和我熟悉了，结果有一只山雀落在我正在抱进去的一捆木柴上面，毫无畏惧地啄着那些树枝。有一次，我在村子里的一个花园里锄地的时候，有一只麻雀落在我的肩膀上待了一会儿，我感到，我肩膀上落着一只麻雀，比我可能戴上的任何一种肩章都要荣耀。松鼠最终也和我非常熟悉了，偶尔在抄近路的时候就从我的脚背上踩过去。

当大地还没有完全被雪覆盖，或者在冬天快要结束的时候，当雪在我的南边的山腰上和我的柴堆边融化的时候，鹧鸪便在清晨和傍晚从树林里出来，到那些地方用餐。在树林里，不管你走到哪一边，鹧鸪都会呼呼拍打着翅膀突然飞走，把雪从和高处的干燥树叶和枝条上震落，在阳光光束之中，雪花就像金粉一样飘落下来，因为这种勇敢的鸟儿不会被冬天吓倒。这种鸟儿经常被雪堆覆盖，据说它“有时会展翅一头栽进柔软的雪里，隐藏在雪里待上一两天”。我经常也在野外惊动它们，它们是在太阳落山的时候从树林里出来，去“啄食”野苹果树的“嫩芽”。它们会有规律地在每天傍晚来到特定的树上，狡诈的猎手正在那里等着它们，这样一来，紧靠着树林的远处的果园也就受到不小的损失。我感到高兴的是，鹧鸪还是吃饱了。它是真正的大自然之鸟，以嫩芽和低热量的饮料为生。

在阴暗的冬天清晨，或者在短暂的冬天下午，我有时听见有一群猎狗穿过所有的树林，它们发出扰人的叫声和狺狺声，无法抗拒那种要追猎的本能，而间或传来的猎人用的号角的声调，则证明猎手就在后面。树林再次响声大作，然而却并没有狐狸冲出来到达池塘的开阔地上，也没有一群猎狗跟在后面追逐它们的亚克托安。[①]也许在傍晚的时候，我会看见猎手们返回寻找客栈，一个毛

①亚克托安（Actaeon），希腊神话中的一个猎人，曾看见月神和狩猎女神阿耳特弥斯（Artemis）洗澡，阿耳特弥斯愤而把他变成牡鹿，最终被他自己的狗群撕成碎片。

茸茸的尾巴拖在他们的雪橇的后面，那是战利品。他们告诉我，如果狐狸待在冻土的里面，就会是安全的，如果它直线跑开，没有猎狐犬能够追得上它；但在把它的追逐者远远地落在后面以后，它就会停下来休息，倾听，一直到追逐者们赶上来，而在它奔跑的时候，它又是围绕着原先的藏身之地转圈，而猎手们就是在那里等它。然而，有时它也会爬上一堵有许多杆高的墙，然后又跳下来，来到另外一边，而且它也似乎知道，水不会留下它的气味。有一个猎手告诉我，他曾经看见一只被成群的猎狗追逐的狐狸突然跳到瓦尔登湖上，当时冰面上覆盖着一些浅的水坑，它朝对岸跑了一段距离，然后又返回到原先的那个湖岸上。不久那群猎狗就来到了，但在这里他们再也闻不到狐狸的气味了。有时一群自己进行追猎的猎狗会从我的门口经过，围着我的房子转圈，汪汪地叫着，追逐着，而没有理会我，好像被一种疯狂所折磨，结果什么也不能使它们停止追逐。这样一来，它们也就转着圈，一直到偶然发现一只狐狸的最新的踪迹为止，因为一只聪明的猎狗会为了这个目的而抛弃别的一切东西。一天，有一个人从莱克星顿[①]来到我的小屋，询问他的猎狗的情况，他的猎狗跑了很远的地方，自己追猎，有一个星期的时间了。不过我担心，我跟他说什么他也听不明白，因为每当我试图回答他的问题的时候，他总是打断我的话，问道，“你在这里干什么？”他丢了一只狗，但找到了一个人。

有一个老猎手，说起话来不动声色，以前当湖水最温暖的时候，他每年都会到瓦尔登湖里洗上一次澡，而在这样的时候，他就会顺便来看我。他告诉我，许多年以前，一天下午他带着他的枪出去，前往瓦尔登湖巡游；他走在韦兰公路上的时候，听见猎狗的叫声越来越近，不久一只狐狸便从一堵墙上跳到公路，转瞬之间便跳过另外的一堵墙，出了公路，而他的飞射的子弹并没有触到它。从后面又来了一只老猎狗以及它的三只小狗，它们正在全力追逐，独自追猎，又再次消失在树林之中。下午晚些时候，当他正在瓦尔登湖南边的密林中休息的时候，他听见在费尔黑文方向，传来远处的猎狗的叫声，它们仍然在追逐那只狐狸；它们来了，它们追猎的吠叫声响彻了整个树林，声音越来越近，时而是从韦尔草地传来，时而是从贝克农场传来。有很长的时间，他一动不动地站着，听着它们奏出的音乐，在猎手听来那音乐是如此的甜蜜。突然那只狐狸出现了，它以一种潇洒自如而又急行的步速，穿梭在那些黝黯的小径当中，它

① 莱克星顿（Lexington），美国马萨诸塞州东北部城镇，传统上被认为是美国独立战争第一次战事的发生地。

的声音被树叶的富有同情心的沙沙声掩盖住了，它又迅速，又安静，继续待在那块地方，又把它的追逐者远远地抛在后面。它跳在树林中的一块岩石上面，笔直地坐着，倾听着，背对着那位猎手。片刻间，恻隐之心让猎手下不了手；不过那只是一个转瞬即逝的心境，说时迟，那时快，他举枪瞄准，于是“砰”的一声！——狐狸从岩石上滚落了下来，躺在地上死了。猎手仍然待在原地，听猎狗的声音。它们更近了，恶魔般的叫声回响在附近树林的所有小径上。最后那只老猎狗突然出现在猎手的视线里，鼻口部贴着地，又像着魔似的猛咬空气，直接朝那块岩石跑去；但在看见那只死狐狸的时候，它突然停止了追逐，好像惊讶得话都说不出来似的，然后又沉默地围着它转了一圈又一圈；它的小狗一个一个地到达了，就像它们的母亲一样，也是因为这个谜而变得冷静了，安静了。这时猎手走到它们中间，于是谜底也就揭开。当他给狐狸剥皮的时候，它们安静地等待着，跟在狐狸的尾巴的后面待了一会儿，最终还是转身再次进入树林。那天晚上，一位韦斯顿[①]乡绅来到这位康科德猎手的小屋，打听他的猎狗的下落，告诉他，有一个星期的时间了，那些猎狗从韦斯顿树林出发，一直在独自追猎。康科德猎手把他所知道的情况告诉了他，并要把那张狐狸皮送给他；但韦斯顿乡绅谢绝了，然后离开了。那天晚上他并没有找到他的猎狗，但第二天就得知，那些猎狗过了河，在一个农家过了夜，又在那里饱餐了一顿，然后一大早就离开了。

那位跟我讲了这个故事的猎手，可能还记得一个叫萨姆·纳丁的人，萨姆以前经常在费尔黑文湾的岩礁猎熊，并用熊皮在康科德村换朗姆酒，纳丁甚至还告诉那位猎手，他曾经在那里见到一头驼鹿。纳丁有一条著名的猎狐犬，名字叫作伯戈因[②]（Burgoyne）——不过他把它念成伯盖因（Bugine）——给我提供这个消息的人以前经常把伯戈因借来一用。在这个镇子有一个年老的商人，他还是一位船长、镇文书和镇代表，在他的“账簿”上我发现了下述账目：一七四二年至一七四三年，一月十八日，“约翰·梅尔文赊欠零点二三美元，相当于一只灰狐狸”；现在这样的账目这里已不得见了；而在他的一七四三年二月七日的分类账中，赫奇卡亚·斯特拉顿赊欠“零点一四五美元，相当于半张猫皮”；当然那说的是野猫皮，因为斯特拉顿在那场法国战争[③]中是一名中士，当

① 韦斯顿（Weston），康科德附近的一个镇子。

② 这里纳丁是用大人物的名字为自己的猎狐犬命名。美国独立战争期间一位英国将军就叫约翰·伯戈因（John Burgoyne，1722—1792）。

③ 那场法国战争指一七五四年至一七六〇年间法国人与印第安人之间进行的战争。

然不会用连野猫都比不上的猎物来赊账。也有用鹿皮来赊账的，而且每天都有鹿皮卖出。有一个人，他仍然保存着在这一带最后杀死的一只鹿的鹿角，还有一个人，他告诉我他的叔叔曾经参与的一次狩猎的细节。以前猎手们是这里的一伙人数众多而又快活的人。我清楚地记得，有一位骨瘦如柴的宁录，[1]如果我没有记错的话，他随手扯起路边的一个叶子，就能吹出比猎人用的任何一只号角都更有野性、更有韵律的曲调。

午夜有月光的时候，我有时会在路上遇见猎狗在树林里四处觅食，它们会偷偷摸摸地躲开我，好像害怕似的，在树丛当中安静地站着，直到我走过去。

松鼠和野鼠因为我所储存的坚果而产生争端。在我的房子周围有几十棵北美油松，直径从一英寸到四英寸不等，这些树在头一年冬天被老鼠啃咬过——对它们来说，那是一个挪威式的冬天，因为积雪堆积得时间又长，又深，由于食物短缺，老鼠们不得不用松树的树皮来弥补。虽然树皮被剥了一圈，但这些树依旧存活了下来，而且到仲夏的时候显然枝繁叶茂，有的还长高了一英尺；但第二个冬天过后，这样的树无一例外全都死了。引人注目的是，一只老鼠居然就可以吃掉一整棵松树，而且不是上下啃咬，而是转圈啃咬；不过为了使这些树稀疏一些，这样做也许是必要的，这些树往往会长得太茂密了。

野兔（Lepus Americanus）则是非常亲昵。有一只野兔整个冬天都躲藏在我的房子的下面，与我只隔着地板，每天早晨当我开始动弹的时候，它便匆匆离开，让我吓了一跳——砰，砰砰，在匆忙之中把头撞在地板的木料上。它们经常在黄昏的时候来到我的门口，啃咬我扔在外面的削下的土豆皮，它们几乎与地面的颜色完全一样，因而在不动的时候几乎区分不出来。有时在黄昏的时候，有只野兔动也不动地坐在我的窗下，我是忽而看不见它，忽而又看见了它。我在晚上一打开房门，它们便会吱吱叫着，蹦跳跑开。当它们在就近的时候，它们只是激起了我的同情。一天晚上，有一只野兔坐在我的门口，离我两步远，起初是吓得发抖，然而却又不愿意离开；一个可怜的小东西，瘦骨嶙峋，耳朵凹凸不平，尖鼻子，尾巴短得可怜，爪子细瘦。那就好像大自然不再拥有血统更为高贵的品种了，不过它却又是十分的警觉。它的大眼睛显得年轻又不健康，似乎是患有水肿。我朝前迈了一步，瞧，它飞奔而去，灵活地跳过了结上了一层冰的雪面，把身子和四肢伸直，达到了优美的长度，很快就把森林置于我与

---

① 宁录（Nimrod），《圣经》故事中的人物。《创世记》第十章第九节中说："像宁录那样，在主的面前是位强大的猎手。"当然这里是喻指狩猎高手。

它的中间——这野性不羁的肌肉显示出自己的活力和大自然的尊严。它的苗条并不是没有原因的。因而苗条就是它的天性。（野兔的拉丁文学名是Lepus，词源是livipes，有人认为就是步态轻盈的意思。）

要是没有兔子和鹧鸪，那还叫乡村吗？它们是最淳朴最土生土长的动物产品；它们是现代和古代都有的古老而又值得敬重的家族；它们就是大自然的色调和实质，与树叶和土地是近亲——又彼此是近亲，要么是依靠翅膀，要么是依靠双腿。当一只兔子或者鹧鸪突然跑开的时候，那几乎并不是你看见了一个野生的生物，而只是看见了一个自然的物体，就像沙沙作响的树叶一样。不管会发生什么样的变革，鹧鸪和兔子仍然一定会幸存下去，就像土地的真正土著人一样。如果森林被砍倒了，那些迅速生长的嫩枝和树丛就会给它们提供隐藏之地，而它们会比以前数量更多。不能养活一只野兔的国家，一定是一个多么贫穷的国家啊！在我们的树林里到处都是鹧鸪和兔子，而在每一个沼泽周围，虽然有些牛仔用细枝编成了篱笆，用马鬃编成了套索，但你仍可以看见有鹧鸪或者兔子在行走。

第十六章　冬天的池塘

在度过了一个安静的冬季夜晚以后，我醒来的时候有着一种印象，认为是有人给我提出了一个问题，我在梦中努力想回答，但总也回答不出，那问题就是——什么？怎样？何时？何地？不过一切生物都生活在大自然之中，现在她露出了曙光，面容宁静而又满足地朝我的宽阔的窗户里面看，在她的嘴唇上并没有问题。我是朝着一个已经得到了回答的问题、朝大自然和日光醒来的。大地上积雪很深，上面点缀着幼小的松树，而我的房子所处于的那个山腰似乎在说，前进！大自然什么问题也不提出来，也不回答我们这些凡人所提出的任何问题。她很早以前就作出决定了。“啊，王子，我们的眼睛钦佩地凝视着这个宇宙的令人惊奇而又多彩多姿的景象，并把这景象传输到灵魂里面去。夜晚毫无疑问掩盖了这壮丽的天地万物的一个部分；但白天到来了，把这个伟大的作品向我们揭示出来，这个伟大的作品从大地甚至延伸到太空的平原中去。”[①]

然后去做我上午的工作。首先我拿着一把斧子和一个水桶去找水，如果

---

①语见问世于公元五世纪的印度史诗《诃里梵萨》（Harivansa），意思是“黑天世家”。黑天（Krishna）是印度教神话中毗湿奴神的主要化身，在画中是一位蓝皮肤的英俊青年。

那不是做梦的话。在过了一个寒冷下雪的夜晚之后，要找到水就需要有一个占卜杖才行。原来水波荡漾的湖面，对每一个气息都非常敏感，可以折射每一道光线和阴影，而一到冬天，湖面的冰层就有一英尺或者一英尺半厚，可以承受最笨重的马车从湖面驶过，也许上面又覆盖上了同样厚的雪，结果分不出哪是湖面哪是平地。湖水就像周围群山里的土拨鼠一样，也闭上了眼睛，冬眠上三个多月。我站在覆盖着雪的大片平地上，就像站在群山环绕中的一块牧场里一样，我首先是在一英尺深的雪中砍出一条路，然后砍出一英尺厚的冰来，并在我的脚下打开一个洞，然后在跪下来喝水的时候，朝下看到了鱼儿的那个安静的客厅，那个客厅弥漫着一种柔和的光线，好像那光线是穿过了一扇磨砂玻璃窗似的，明亮的沙子湖底和夏季的时候一样；那里到处是一种永久的平静的安详，就像在琥珀色的黄昏天空中一样，与里面的居民的从容而又平和的性情相一致。天空既在我们的头上又在我们的脚下。

一大早，当万物被霜冻得干冷的时候，人们带着钓鱼用的钓丝螺旋轮和简单的午饭来到了，穿过覆盖着雪的地面放下他们的细线，去钓狗鱼和鲈鱼。他们是难以约束的人们，本能地仿效别的时尚，所信任的并不是他们的镇民，而是别的权威，他们的来来往往在某种程度上，把本来分离的镇子之间连接在了一起。他们穿着沉重的毛料大衣，坐在岸上的干橡树叶上吃着午饭，他们在自然的学问方面就像城里人在人造的学问上一样聪明。他们从来也不与书本商量，与他们所做出的事情相比，他们知道的和能够说出的要少得多。他们所实践的事情据说尚无人知道。这里有一个人，他用长成的鲈鱼做鱼饵，来钓狗鱼。你朝他的水桶里面观看，就会惊叹，好像是朝夏季里的池塘里面观看一样，好像他是把夏季锁在家里似的，或者是知道夏季退却到了什么地方似的。请问，他是怎样在仲冬时节钓到这些鱼的？噢，自从大地封冻以来，他便从腐烂的原木上抓到虫子，因而也就钓到这些鱼。他的生命本身在大自然里面，比博物学家的研究所渗透的还要深，他本人就是博物学家的一个研究课题。博物学家用他的刀子轻轻地拨开苔藓和树皮，寻找昆虫；而他则用他的斧子劈开原木，直达原木的中心，而苔藓和树皮就飞得到处都是。他依靠剥树皮为生。这样的人有钓鱼的某种权利，我喜欢看见大自然在他的身上得到了实现。鲈鱼吞下了蛴螬，狗鱼吞下了鲈鱼，渔夫又吞下了狗鱼；就这样，在生物的天平上的所有的空隙都被填满了。

当我在雾蒙蒙的天气里围着池塘漫步的时候，某个更为粗野的渔夫所采用的原始的方式有时让我感到好笑。他也许是把桤木树枝放在冰上的小孔的上面，那些小孔彼此相隔四五杆远，与岸边距离相等，他把丝线的一端系在一个木棍上，以免被拽下去，让松弛的线从桤木的一个细枝上垂下去，那个细枝在冰面一英尺以上的地方，又把一片干的橡树叶系在上面，当那片橡树叶被拽下去的时候，就说明有鱼上钩了。当你围绕着池塘走上一半的距离的时候，就可以看见这些桤木规则地间隔着在雾中显现出来。

啊，瓦尔登湖的狗鱼啊！当我看见它们躺在冰上，或者是在渔夫在冰上开凿出来的可以通水的水井样的小洞里的时候，我总是被它们的罕见的美而感到惊讶，似乎它们就是传说中的鱼，在街道上它们是陌生的，甚至在森林里也是陌生的，就像阿拉伯对我们的康科德的生活来说是陌生的一样。它们拥有一种非常使人目眩和超然的美，这种美使得它们与惨白的鳕鱼和黑线鳕，可以说是有天壤之别，那些鳕鱼和黑线鳕的名气是在我们的街道上被吹出来的。它们并不像松树那么青翠，也不像石头那么灰白，也不像天空那么蔚蓝；但在我看来，如果可以这么说的话，它们却拥有着更为罕见的颜色，就像鲜花和宝石一样，好像它们就是珍珠，就是瓦尔登湖的湖水的动物化了的核心（nuclei）或者水晶。当然，它们就是彻头彻尾的瓦尔登，它们本身就是动物王国里的一个个小瓦尔登，就是韦尔多派。[①]令人惊讶的是，它们是在这里被捕捉到了——在这个又深又宽敞的泉水之中，在行进在瓦尔登公路上的辚辚马车和丁零作响的雪橇的底下深处，这种金色和翠绿色的大鱼在游泳。在任何一个市场里，我都从未碰巧遇见这种鱼，倘若那里有的话，它就会成为众人瞩目的中心。它们抽搐地抖动几下，便能轻易抖掉身上的湿漉漉的鬼影，就像终究会死的生物一样，过早地进入到天国的稀薄空气之中了。

相传瓦尔登湖的湖底消失已久，我急于弄清楚，因而在一八四六年的年初，在冰雪消融之前，我便带着罗盘、测链、测深绳，对它进行了仔细的勘测。有关这个池塘的湖底，或者更确切地说有关它的无底，人们讲述了许多故事，那些故事当然自身就没有根据。值得注意的是，人们在这么长久的时间里相信一个池塘是无底的，然而却又不费心测量一下它的深度。我在附近一带进行的一次散步中，就曾经访问了两个这样的无底的池塘。许多人认为，瓦尔登湖完全是穿了过去，到达了地球的另外一边。有的人在一段长的时间里趴在冰上，透过幻觉似的媒介朝下面看，而且还可能是用水汪汪的眼睛来看，由于害怕胸口

---

① 韦尔多派（Waldenses），约一一七〇年出现在法国南部的一个基督教派别，创始人为法国人彼得·韦尔多（Peter Waldo，Waldensis 是他的拉丁语姓氏，Waldenses 即韦尔多派）；韦尔多派于十六世纪参加了宗教改革运动。

着凉，于是便匆匆得出结论，说他们看见了巨大的洞，如果有人朝里面塞干草的话，就“可以塞进一车的干草”，那肯定是冥河的源头，从这些地方就可以进入阴间。还有的人带着一个“五十六磅重的铁秤砣”和一马车的一英寸粗的绳子从村子里赶来，然而却没有发现湖底；因为他们让那个“五十六磅重的铁秤砣”歇着，而是用绳子去探测池塘的奇妙深度，结果当然是一无所获。不过我可以向我的读者们保证，瓦尔登湖在一个并非不合理的、尽管是非同寻常的深度上，有一个结实得合理的底部。我用一根钓鳕鱼的线，和一块大约一磅半重的石头，便轻而易举地测量了它的深度，并且能够精确地说出，那块石头是什么时候离开湖底的，那就是石头落底之后，没有了水的浮力的帮助，拽起来要费力的多。最大的深度确切地说是一百〇二英尺；如果再加上后来上涨的五英尺，那就是一百零七英尺。对这么小的一个面积来说，这是一个不同凡响的深度，然而不管想象力多么丰富，也不能让它减少一丝一毫。倘若所有的池塘都是浅的话，那又会怎样呢？难道它不会对人们的思想产生影响吗？我感到欣慰的是，这个池塘作为一个象征被创造得又深又纯洁。人们既然相信无限，因而有些池塘也就会被认为是无底的。

有一个工厂主，他听说我测量出来的那个深度，便认为那不可能是真实的，因为从他对堤坝的了解来判断，在这么陡峭的角度上不可能有沙子。但最深的池塘与它们的面积相比，并不像大多数人所以为的那么深，而且如果把池塘的水抽干的话，也不会留下非常引人注目的山谷。它们并不是在山之间的杯状物；就这个池塘而言，就其面积来说它是非常深的，但在其中央的垂直的部分，却似乎并不比一个浅的盘子更深。威廉·吉尔平[①]是描述景物的高手，而且往往非常准确，他站在苏格兰的费因湖边，描述说，它是“一个咸水湾，有六七十英寻[②]深，四英里宽”，大约五十英里长，为群山所环绕，他评论道，“假如在洪水泛滥之后，或者说出现自然灾害之前，还没有洪水的时候就看到它，那么它一定会是一个多么恐怖的陷坑啊！

隆起的群山堆积得这么高，
一个空的底部陷了下去，又宽又深，
那是洪水的宽敞的床——[③]”

---

① 吉尔平（William Gilpin，1724—1804），英国博物学家。

② 一英寻（fathom），合六英尺或一点八米。

③ 这里吉尔平是引用了英国诗人弥尔顿（john Milton，1608—1074）的《失乐园》中的诗句。

但是，我们已经看到，从垂直剖面来看，瓦尔登湖只不过像一个浅盘子而已，如果我们把费因湖的最短的直径，按照比例应用在瓦尔登湖上，那么瓦尔登湖就要浅四倍。如果把费因湖的水排干，那么它的陷坑也就愈加恐怖。毫无疑问，许多山谷微笑着延伸到玉米地中，其实这正是洪水退去之后形成的“令人惊恐的陷坑”，尽管要让无猜疑心的居民相信这个事实，则需要有地质学家的洞察力和远见才行。往往一种探询的眼光，可以发现在地平线上的低矮群山中有一个原始湖泊的湖岸，在以后的岁月里，即使平原地势升高，也不一定能够掩盖它的历史。不过造公路的人都知道，寻找洼地最简单的办法就是在阵雨之后找到水坑。由此可见，只要允许发挥哪怕是最小的想象力，那么想象力就会比大自然钻得更深，飞得更高。这样一来大概就会发现，与其宽度相比，海洋的深度应该是非常无足轻重的。

当我透过冰层探测湖水的深度的时候，能够比测量不结冰的海港时更为精确地确定湖底的形状，湖底的普遍的匀称让我感到吃惊。在最深的地方，有几英亩的面积，比几乎任何经过日晒、风吹和犁耕过的田野还要平坦。例如，随意抛下一条线测量，在三十杆内深度的差异都不超过一英尺；而且一般说来，在靠近中央的地方，不管在哪个方向，我都能够事先便计算出每一百英尺的变化，误差不会超过三英寸。有人常说，甚至在这样没有风浪、积满细沙的池塘里也有又深又危险的洞，不过若真是这样，那么水就能产生消除一切不平等之效。湖底的匀称，它与湖岸以及附近山脉所达到的一致性，是非常完美的，因而从池塘的这边，就能测量出远处的一个岬角的高度，而且观察对面的湖岸，就能够确定出它的方向。岬角变成了沙洲，平原变成了浅滩，山谷和峡谷变成了深水和海峡。

我用十杆比一英寸的比例绘制了瓦尔登湖的地图，并且写下了所测得的所有的水深，一共一百多项，这时我注意到了这个异常的巧合。我注意到，那个表明是最深的数字，显然是在地图的中央，然后我把一个直尺纵向地放在地图上，又横向地放在地图上，结果惊讶地发现，最大的长度的线与最大的宽度的线恰恰在最大的深度的点上交叉，尽管池塘的中央几乎是水平的，但池塘的轮廓却远不是规则的，而且最长处和最宽处是一直测量到小湾而得到的；于是我便自言自语道，有谁知道这暗示着，不论是一个池塘，还是一个水坑，还是一个海洋，其最深处都是如此呢？难道被看作山谷的对立面的高山，不也是可以运用这个规则来测量高度吗？我们知道，一座山的最窄处并不是它的最高点。

在被测量了深度的那五个小湾当中，我注意到，有三个小湾在河口对面有一个沙洲，河口里面的水更深，这样一来，那个湾也就会成为在陆地之内的水的延伸，不仅是在水平线上延伸，而且也在垂直线上延伸，那个湾进而会形成一个内湾或独立的池塘，而那两个岬的方向也就把沙洲的位置展现了出来。海岸上的每一个港湾，在其入水口也有一个沙洲。小湾的入水口宽度比长度大，与之相称的是，沙洲里的水也比内湾里的水深。这样一来，既然已经知道了小湾的长度和宽度，以及周围湖岸的特点，那么你也就几乎掌握了足够的要素，可以列出公式，把所有这样的情况加以计算。

为了看看我用这个经验，单是通过观察池塘表面的轮廓以及其岸边的特点，就能够多么准确地推测出池塘的最深点，因而我画了一张白湖的示意图。白湖占地约四十一英亩，和这个湖一样，里面没有岛屿，也没有可以看得见的入水口和出水口。由于最宽的线和最窄的线距离很近，这也是两个岬彼此靠拢而两个相对的湾的水又逐渐退去的地方，因而我便大胆在离那条最窄的线不远处标出了一个点，但这个点又仍然是与那条最宽的线交叉，把它看作最深处。结果发现，最深的部分离这个点不超过一百英尺远，在我指出的方向上再向前移一点，只是深了一英尺，也就是说有六十英尺深。当然倘若有一条溪流流过这个池塘，或者池塘里面有一个岛屿，那么问题也就会更加复杂得多。

倘若我们知道大自然的一切法则，那么我们也就只需要一个事实，或者对一个实际现象的描述，就可以在那一点上把所有的特殊结果都推断出来。现在由于我们只知道几个法则，因而我们获得的结果也就是没有说服力的，当然这并不是因为在大自然当中有任何的混乱或者无规律，而是因为我们在计算的时候对本质的成分无知。我们有关法则和和谐的概念，通常局限于我们所发现的那些事例；但从我们还没有发现的数量远远更多的似乎矛盾、实际上又一致的法则所产生出来的那种和谐，却仍然是更加令人惊叹。那些特殊的法则就是我们的观点，就像旅行者看山一样，每迈出一步，山的轮廓就有所改变，尽管山的形态只有一个，但它的侧面像的数量却是无穷，即使你劈开它，钻透它，你也不能理解它的全部。

我观察到池塘是这种情形，道德体系也是如此。它是事物变化的常规。这样一个有关两个直径的规则，不仅可以指引我们观察天体中的太阳和人的内心，而且还把一个人的特殊日常行为和生活波动聚集起来，在其长度和宽度上画出两条线来，通往他的小湾和入水口，那么两条线的交叉点就将是他的性格的高度或者深度。也许我们只需要知道他的岸边的走向以及他的毗连的乡村或者环境，便可推断出他的深度和内心深处的东西。如果他被群山所围绕，有一个阿喀琉斯式的湖岸，[①] 他的山峰高耸，又映照在他的胸膛之上，那么这就说明在他的身上有一个相应的深度。但如果有一个低而平的湖岸的话，这就证明他在那一边是浅薄的。在我们的身体上，一个轮廓清晰的突出的额头，就意味着一种相应的思想深度。而且在我们的每一个小湾的入水口的对面都有一个沙洲，或者说是特殊的倾向；每一个倾向都是我们的临时港口，我们在那个港口里滞留了，在某种程度上被陆地包围了。这些倾向通常并不是心血来潮，它们的形态、大小和方向是被岸边的岬角所决定的，也就是被古代的地面隆起的轴线所决定的。由于暴风雨的侵袭，潮起潮落，水流的冲击，或者水位的退落，这个沙洲逐渐扩大，露出了水面。这沙洲起初只是岸上的一个倾向，其中蕴涵着思考，后来和海洋分离开来，成为一个思想在其中获得了自身条件的独立的湖泊，也许又从咸水变成淡水，从而变成了一个淡水之海，一个死海，或者一个沼泽。当每一个人降生人世的时候，难道我们不可以认为，这样的一个沙洲已经在某处浮出了水面？确实，我们是这样蹩脚的航海家，结果我们的思想大多都是在一个没有港口的海岸上进出，所到达的只是有点诗意的小河湾，或者驶向公共进出港，进入枯燥无味的科学码头，重新装备之后，以迎合世俗，而没有自然潮流的汇聚来使我们的思想具有个性。

至于瓦尔登湖的入水口和出水口，我一个也没有发现，而只是发现了雨水、雪和水的蒸发，尽管用一个温度计和一根绳子，也许能够找到这样的地方，因为水流进池塘的地方，大概就是夏天最冷的地方和冬天最暖的地方。在一八四六年至一八四七年的冬天，掘冰人来这里掘冰，一天，他们把一部分冰块送到岸上，遭到了在岸上堆放冰块的人们的拒绝，因为那些冰块不够厚，无法与别的冰块摆放在一起。这样一来，掘冰的人也就发现，有一小块地方冰比别的地方薄了两三英寸，这使得他们认为，那里有一个入水口。他们还让我看了另外一个地方，他们认为那是一个“过滤洞”，池塘里的水从那个洞渗漏了出来，在一座小山的底下流进附近的一块草地。他们还把我放在一块冰上推出去，让我亲眼去看。那是一个小洞，距离水面有十英尺，不过我认为我能够保证，除非他们发现了比那更大的漏洞，否则这个池塘是并不需要补漏的。有一个人提出，如果发现这样一个“过滤洞”的话，那么它与草地的联系是可以得到证明的，那就是把一些彩色的粉末或者木屑放在洞口，然后在草地上的泉水的

① 阿喀琉斯（Achilles），古希腊神话中的英雄，他来自山区。所谓“阿喀琉斯式的湖岸”，也就是山峦起伏的湖岸。

上面放上一个滤网，那个滤网就会留下水流带来的一些粉末或者木屑。

当我在勘测的时候，那十六英寸厚的冰层在微风的下面就像水一样起伏着。众所周知，在冰面上是不能使用水准仪的。所以我在冰面上放上一个标有刻度的标杆，然后在岸边放置一个水准仪，来观察冰面，尽管冰层似乎是与湖岸紧紧相连，但在距离岸边一杆远的地方，冰层的最大的波幅是四分之三英寸。大概在湖心波幅更大。倘若我们的仪器是足够精密的话，那么我们也就有可能发现地壳中的一种波动，而这又有谁知道呢？当我的水准仪的两条腿是放在岸上，第三条腿是放在冰上，并且直接对冰面进行观察的时候，冰面上的一种几乎是微不足道的升降，就会在池塘对面的一棵树上造成一种几英尺的差异。当我开始为了测量水深而在冰上凿洞的时候，在厚厚的积雪的下面的冰层上有三四英寸的水，那是雪融化成的水；但那水却又立即开始流进这些洞里，并且在深深的溪流里连续流淌了两天，这就在每一面都磨损了冰层，并从本质上促成了池塘表面的干燥，如果说不是主要地促成了池塘表面的干燥的话。因为在水流进去的时候，也就抬高了冰块，让它漂浮。这在某种程度上就好像在船底凿洞，把水排出去一样。这样的洞结了冰，接着又下了雨，最后又重新结冰，在整个湖面上形成了一种新的光滑的冰层，这时冰层内部就因为有黑色的影像而显得斑驳陆离，那样子就像一个蜘蛛网，你可以称其为冰的玫瑰花结，那是由从四面八方流向中央的水所形成的种种渠道产生出来的。有时，当冰上有浅水坑的时候，我便看到了我自己的重影，一个影子站在另外一个影子的头上——一个是在冰面上；另外一个是在树上或者山腰上。

在仍然是寒冷的一月的时候，冰雪又厚又坚硬，深谋远虑的地主便从村子前来，为冰镇他的夏天的饮料而取冰；能够在现在，在一月份，还穿着厚厚的大衣，戴着厚厚的手套，在还有许多事情还没有准备好的时候，就预见到七月的炎热和干渴，这种精明，真让人难忘，也让人悲哀！可能他并没有在今生储存起将会在来生冰镇他的夏天饮料的财宝。[①]他切割、锯着坚硬的湖面，揭开鱼儿的房顶，

像捆木柴一样把冰块和冷气捆绑起来，然后用马车拉走，在寒冷的空气里运回地窖，等待酷暑的到来。这些冰块从很远的地方拖到街道上的时候，看上去就像凝固了的蔚蓝天空。这些挖冰人是一个快乐的种族，老是嬉笑戏谑，当

---

① 这句话是《圣经》用语的化用。《新约·马太福音》第六章第十九、二十节说："不要在地上为你自己积攒财宝，地上有虫子咬，会生锈，贼也会破门而入偷窃；应该为你自己在天上积攒财宝，天上没有虫子咬，不会生锈，贼也不会破门而入偷窃。"

我走到他们当中的时候，他们往往会邀请我和他们一块锯冰，我站在下面锯，就像在矿井里干活一样。

在一八四六年至一八四七年度的冬天，一百个极北乐土之民[①]的后裔在一天上午突然降临在我们的池塘上，带着许多车样子难看的农具、雪橇、犁、条播机、刈草机、铁锹、锯、耙子，而且每个人都手持一把双股叉，这双股叉不论是《新英格兰农夫杂志》(New-England Farmer)还是《农事杂志》(Cultivator)都没有介绍过。我并不知道，他们前来究竟是为了播种冬季黑麦，还是播种刚从冰岛引进的某种别的谷物。由于我没有看到肥料，因而我判断，他们是想和我一样，认为泥土深，并且休耕了足够长的时间，于是不想深耕了。他们说，有一位幕后的乡绅，他想让他的钱翻上一番，根据我的理解，他的钱已经达到五十万美元了；但为了在他的每一个美元的上面再覆盖上一个美元，他便在一个严寒的冬天的当中，脱掉了瓦尔登湖的唯一的大衣，或者说剥掉了瓦尔登湖的皮肤本身。他们立即投入工作，犁地，耙地，推平，开出沟槽，干得有条不紊，好像下定决心要把它建成一个模范农场似的。但是当我睁大眼睛看他们丢进犁沟里面的是什么样的种子的时候，在我旁边的一帮人突然开始用钩子把这块处女地勾起来，他们猛的一钩就钩在沙地，或者更确切地说钩在水里——因为那是一块泉水非常多的土地——确实是把那里的所有坚实的土地(terra firma)都勾起来，然后用雪橇拉走，于是我猜测，他们一定是在沼泽里挖泥炭。他们就是这样每天来来去去，火车头发出了奇特的尖叫声，在我看来，那是来自极地的某个地点，又前往极地的某个地点，就像一群北极地区的雀科小鸟一样。不过有时瓦尔登湖这位印第安女子也会报复，有一位雇工，走在他的队伍的后面，滑进了地面上的一个裂缝，滑向了地狱，这个原先非常勇敢的人突然变成了裁缝，[②]几乎放弃了他的体温，算他走运，能够到我家里避难，并且承认炉子里有某种美德。有时冰冻的泥土把犁头的钢齿折断了，有时犁陷入犁沟里动弹不得，只好凿破冰把它挖出来。

说实话，这是一百个爱尔兰人，他们与北方佬监工一起，每天从坎布里奇[③]前来挖冰。他们把冰切成冰块，所用的方法尽人皆知，无须描述。这些冰块放

---

① 极北乐土之民(Hyperborean)，希腊神话中的一个极北地区的部落，那里阳光普照，北风不到，四季长春。当然这里是比喻，指北方人。

② 原文是 the ninth part of a man，直译是“人的第九部分”，指裁缝，是贬义词；这个词本书前面也用过。

③ 坎布里奇(Cambridge)，美国马萨诸塞州东部城市，旧译剑桥，哈佛大学所在地。

在雪橇上，运到岸边，迅速拖到一个冰台上，由马拖着抓钩、滑轮和滑车抓举起来，堆放成堆，就像堆放那么多桶面粉一样。冰块在那里并排放着，一层层地排上去，好像他们就是要建造的一个直达云端的方尖碑的牢固地基。他们告诉我，天气好的时候，一天就能挖出一千吨的冰，那是大约一英亩地上面结的冰。就像在坚实的土地（terra firma）上面一样，冰面上也磨损出了深深的车辙和"摇篮洞"，那是雪橇在同一条路径上通过形成的，而马匹则无一例外，吃着在水桶一样被挖空了的冰块上面的燕麦。他们就是这样，在露天把冰块堆成三十五英尺高、六七杆见方的一堆，并在外边的一层铺上干草，以防止空气进入。因为尽管风是非常寒冷，但如果找到一条通路的话，就会吹出大的窟窿，只是在各处留下微不足道的支撑物或者立柱，并最终使那堆冰坍塌。起初它就像一个巨大的蓝色城堡或者瓦尔哈拉殿堂[①]；但当他们开始把粗糙的草地干草塞进那些裂缝，而草又覆盖着白霜和冰柱的时候，它就像一个灰白的废墟，古色古香，长满了苔藓。这个废墟是用带着天蓝色的色彩的大理石建成的，是冬天老人的住所，我们在历书上看到过那位冬天老人——这就是他的陋室，好像他有意要与我们一起消夏似的。他们估计，有百分之二十五的冰块，根本无法运到目的地，而且百分之二到百分之三的冰块会在车里融化。然而，更大一部分冰块的命运和原来的预测不同，不论是由于发现冰块的保存并不像预期的那样好，包含有超过通常的空气，还是由于别的什么原因，反正是永远也没有被送到市场去。这一堆冰块是在一八四六年至一八四七年度的冬天搞出来的，估计有一万吨重，最后是用干草和木板遮盖起来。尽管在第二年的七月去掉了上面的遮盖物，其中的一部分被搬走了，其余的仍然暴露在阳光之下，但它还是熬过了那个夏天和下一个冬天，一直到一八四八年的九月份才完全融化。这样一来，大部分冰块还是融化流回到了池塘里。

瓦尔登湖的冰，就像瓦尔登湖的水一样，在就近处看时，有着一种绿色的色调，但从远处看时，则是一种美丽的蓝色，而且你能轻易把它与河上的白色的冰区分开来，也能与只不过在四分之一英里之外、某些池塘上的只不过带点绿色的冰区分开来。有时，那些大的冰块当中，有一块会从送冰人的雪橇上滑落到街道上，就像一块巨大的翡翠在那里躺上一个星期，吸引着所有的过路人的目光。我注意到，瓦尔登湖的一个部分，在水的状态的时候是绿色的，而在结冰的时候，从同样的观察位置来看则往往显得是蓝色。因而在这个池塘周围

① 瓦尔哈拉殿堂（Valhalla），北欧神话中主神与死亡之神奥丁（Odin）接待战死者英灵的殿堂。

的那些洼地，在冬天的时候，有时会充满着稍微带绿色的水，在某种程度上就像池塘的水一样，但第二天就会结冰，成为蓝色。也许水和冰的蓝色是由于它们所含有的光线和空气所致，最透明的也就是最蓝的。冰是让人深思的一个有趣对象。他们告诉我，他们在弗雷什湖的冰屋里有一些存放了五年的冰块，仍然完好如初。一桶水很快就变得腐臭了，但结成冰就永远是甜水，这是什么原因呢？通常人们说，这就是在感情和智力之间的区别。

就这样，在十六天的时间里，我从我的窗户里看到，有一百个人就像忙碌的农夫一样，牵着牛马，带着农具劳作，这样的一幅画面我们在历书的第一页就能看到。而每当我朝外面看的时候，便油然想到云雀和收割者的那个寓言，或者播种者的那个比喻，以及诸如此类。现在他们全都离开了；大概再过上三十天，我就能从同一扇窗户，看到那里的纯粹海绿色的瓦尔登湖水，湖水倒映出了云彩和树木，把蒸发的水汽孤独地送上天空，而没有留下有人曾站在那里的痕迹。也许我将能听见一只孤独的潜鸟的大笑，那是它在潜水或者整理羽毛。也许将看见一个孤独的渔夫，他坐在船上，就像一片漂浮的叶子一样，看着他自己倒映在波浪里的身影，而不久以前无疑有一百个人曾经在那里劳作过。

这样看来，似乎查尔斯顿和新奥尔良，马德拉斯、孟买和加尔各答[①]的热得发昏的居民们，都饮用我的水井的水。在上午的时候，我让我的智力沐浴在《薄伽梵歌》(Bhagavad Gita)[②]的令人惊叹的天体演化哲学之中，自从这部作品创作以来，众神的岁月已经逝去了，与它相比，我们的现代世界及其文学显得既渺小又没有意义。我怀疑，是否那种哲学只针对一种先前的生存状态，因为它的崇高距离我们的概念是那么遥远。我放下书，前往我的水井[③]取水，看哪！在那里我遇见了婆罗门的仆人，也就是梵天、毗瑟拏和因陀罗[④]的祭司，他仍然坐在他的位于恒河边的庙宇里阅读《吠陀本集》(Vedas)，或者带着他的干面包片和水罐子坐在一棵树的根部。我遇见他的仆人前来为他的主人取水，我们的水

---

①查尔斯顿(Charleston)，美国西弗吉尼亚州首府。新奥尔良(New Orleans)，美国路易斯安那州东南部港市。马德拉斯(Madras)、孟买(Bombay)和加尔各答(Calcutta)都是印度城市。它们都购买新英格兰的冰。

②《薄伽梵歌》(Bhagavad Gita)，亦译《福者之歌》，印度教经典《摩诃婆罗多》的一部分，以对话形式阐明印度教的教义。

③当然这是比喻，“我的水井”就是瓦尔登湖，作者多次把瓦尔登湖比作水井。

④婆罗门(the Brahmin)。印度种姓四大等级中的最高等级，即僧侣。梵天(Brahma)，印度教主神之一，为创造之神。毗瑟拏，亦译毗湿奴(Vishnu)，印度教主神之一，为守护之神。因陀罗(Indra)，印度最古老宗教文献及文学作品《吠陀》中的主神，司雷雨。

桶就好像在同一个水井里一起发出吱嘎的摩擦声似的。瓦尔登湖的纯洁的湖水与恒河的圣水混合在了一起。在顺风的时候，它随风飘扬，经过传说中的亚特兰蒂斯岛和赫斯珀里得斯岛[1]，走着汉诺[2]的路线，从特尔那特岛和蒂多雷岛[3]以及波斯湾的出口漂浮过去，在印度洋的热带大风中融化，最后在亚历山大只听说过其名称的港口里着陆。

第十七章　春　天

凿冰的人大片地挖冰，通常会使得池塘过早解冻，因为即使在寒冷的天气里，水受到风的吹动，也就把周围的冰磨损掉了。不过在那一年，瓦尔登湖的情况并不是这样，因为它很快就得到一件新的厚衣服，来取代那件旧衣服。这个池塘从来也不像附近的其他池塘那么快就解冻，这既是因为它更深，也是因为没有溪流从中流过从而融化冰或者磨损冰。我从未看见它在冬季的过程当中解冻，只有一八五二年至一八五三年间的那个冬季除外，那个冬季让那些池塘经历了一个严峻的考验。它通常是大约在四月一日解冻，那是在弗林特湖和费尔黑文湖解冻的一个星期或者十天以后，它是从北边最早结冰的浅水地段开始融化。它比在这一带的任何水域都更好地表明了季节的绝对进展，因为它最不受到天气的短暂变化的影响。在三月份的一场持续几天的寒流，大有可能推迟弗林特湖和费尔黑文湖的解冻，而瓦尔登湖的温度则几乎是不中断地升高。在一八四七年三月六日，用温度计来测量，瓦尔登湖的中央的温度是华氏三十二度，也就是冰点；而在湖岸附近，则是华氏三十三度。在同一天，弗林特湖的中央的温度是华氏三十二点五度，而在距离岸边十二杆远的地方，在浅水区，在一英尺厚的冰的下面，温度是华氏三十六度。在弗林特湖的深水区和浅水区的温度之间的这个华氏三点五度的差异，以及它的一个大的部分相对而言又是浅水区这个事实，说明了为什么它比瓦尔登湖解冻要早上这么多时间。在这个时候，在最浅的地方的冰比在中央的冰要薄上几英寸。在仲冬时候，中央是最温暖的地方，那里的冰也最薄。因而夏天在池塘边涉水的人也一定会觉察到，在

---

① 亚特兰蒂斯（Atlantis），传说中的岛屿，据说位于大西洋直布罗陀海峡以西，后沉于海底。赫斯珀里得斯岛（Hesperides），希腊神话中的西方极乐群岛。

② 汉诺（Hanno），公元前三世纪的迦太基政治家和探险家。

③ 特尔那特岛（Temate）和蒂多雷岛（Tidore）均为印度尼西亚的岛屿，在菲律宾群岛以南。

靠近岸边的地方，水只有三四英寸深，那里的水要比稍微远离一些的水温暖，而在深水区，表面的水要比靠近湖底的水温暖一些。在春天，太阳不仅通过升高空气和大地的温度来施加影响，而且它的热量还穿过一英尺多厚的冰，并且在浅水里从底下反射上来，因而也使水变暖，并且融化了冰层的底下的一面，同时又更直接地从上面融化冰层，使得冰层变得平滑，并使得冰层所包含着的气泡朝上和朝下扩展，一直到最后是完全呈蜂窝状，最后只要下一场春雨，冰层就突然消失了。冰也像木头一样有纹理，当一个冰块开始破损或者“梳理”起来，也就是呈蜂窝状的时候，那么不管它可能是处于什么位置，气泡都是与水面成直角。在岩石或者原木靠近水面的地方，岩石或者原木上的冰也就更薄得多，并且经常是被这种反射的热量完全融化。我听说，有人在坎布里奇做了一个实验，要在一个木制的浅水槽里让水结冰，尽管底下有冷空气在流动，水槽的两边也有冷空气在流动，但阳光从底部反射出来，却大大地抵消了这个优势。当隆冬时节的一场暖雨融化掉瓦尔登湖的雪冰，并在湖的中央留下一层坚硬的黑色的或者透明的冰的时候，那么在岸边就会有一层带状的易碎的、尽管是更厚的白冰，那层带状的白冰有一杆多宽，是由这种反射出来的热量造成的。而且正如我所说过的，冰层内部的气泡本身也起到了取火镜的作用，融化了底下的冰。

一年四季的现象，每天都在一个池塘里在一个小的规模上出现。一般说来，每天上午浅水比深水更快变暖，尽管毕竟不会变得非常温暖，而到了傍晚，浅水又更快变冷，一直到早晨。一天也就成了一年的一个缩影。夜晚是冬天，清晨和傍晚是春天和秋天，而正午就是夏天。冰的爆裂发出的隆隆声，就暗示出温度的变化。一八五〇年二月二十四日，在一个寒冷的夜晚之后的一个惬意的清晨，我去弗林特湖度过了一天，我惊讶地注意到，当我用斧子头敲打冰的时候，周围许多杆的地方都发出了打锣一样的回响，又好像我是击打了一个绷紧了的鼓面。在日出之后大约一个小时的时候，池塘开始发出隆隆的声音，那时池塘感觉到了从群山之上斜照过来的太阳的光线的影响；池塘就像一个正在醒来的人一样，伸展着身子，打着哈欠，喧闹声逐渐加大，持续了三四个小时。在正午的时候池塘小睡了一会儿，然后又再次发出隆隆的声音，一直到夜晚，因为太阳正在收回它的影响。在正常的天气里，池塘在夜晚是非常规则地开炮。但在午间，由于满是爆裂声，空气也不那么具有弹性，池塘也就完全失去了它的共鸣，而且大概鱼儿和麝鼠也不会被池塘上遭到的打击而感到震惊。渔夫们说，“池塘的隆隆声”吓坏了鱼儿，使得它们不上钩。这个池塘并不是每天晚上都发出隆隆声，我也说不准它什么时候能发出隆隆声；但是尽管我可能觉察不到天气上的变化，但天气是有变化的。谁会想到，这样巨大、冰冷而又厚实的冰层竟会如此敏感呢？然而它却有着其用隆隆声表达出服从的法则，就像春天时蓓蕾开放一样毫不含糊。大地完全是活着的，上面覆盖着乳头状的细小突出物。最大的池塘对气候的变化，就像温度计里水银柱的液滴一样敏感。

吸引我来到林中居住的原因之一就是，我会有闲暇和机会看到春天的到来。池塘里的冰终于开始呈蜂窝状了，我走上去，连脚后跟都可以陷进去。雾、雨和更温暖的太阳正在逐渐地把雪融化，可以感觉到白天变长了，而且我看到我的柴堆不用增添就可以度过冬天，因为不再需要旺火了。我密切注意着春天的最初的迹象，想听见某种飞来的鸟儿偶尔发出的鸣叫，或者听见花松鼠的啾啾喳喳的声音，因为它的储存现在一定是快要用完了，或者看见土拨鼠冒险从冬天的藏身处里出来。三月十三日，在我已经听见了蓝色鸣鸟、北美歌雀和红翼鸫的叫声之后，冰仍旧有几乎一英尺厚。由于气候变得温暖了，冰也就并不是明显地被水所磨损，也不像在河里那样断开漂走，但尽管湖岸上有半杆宽的地方冰全都融化了，但湖的中央却仅仅是呈蜂窝状，浸透了水，因而在冰有六英寸厚的时候，你还是能够在冰上行走。但也许到第二天的傍晚的时候，在下了一场温暖的雨又布满雾气之后，冰就会完全消失了，全都随着雾而离开，被神秘地带走了。有一年，仅仅是在冰全部消失五天之前，我还从池塘的中央走过。一八四五年，瓦尔登湖第一次完全解冻是在四月一日；一八四六年，是在三月二十五日；一八四七年，是在四月八日；一八五一年，是三月二十八日；一八五二年，是在四月十八日；一八五三年，是在三月二十三日；一八五四年，大约是在四月七日。

与河流和池塘的解冻以及天气的稳定有关的每一个事件，都令我们这些生活在如此极端的气候区里的人们特别感兴趣。当温暖的日子到来的时候，住在河边的人们便听见冰在夜晚爆裂，发出像火炮一样响亮的令人惊吓的吼声，好像冰的脚镣被完全扯断了，不出几天便可看到冰迅速地消失。于是鳄鱼便随着大地的震动从泥土里爬了出来。有一个老人，是大自然的一位仔细的观察者，有关大自然的一切运作他似乎都是彻底知情，好像在他是个孩子的时候大自然就被装上船台，而且他曾经帮忙给大自然安上了龙骨——他已经成熟起来，即使能够活到玛士撒拉[1]那样的岁数，也不大可能对大自然的知识知道得更多了。

---

① 玛士撒拉（Methuselah），《圣经·创世记》中的人物，据传享年九百六十九岁，见《创世记》第五章第二十七节。

听见他对大自然的任何一种运作都表达出惊叹，我感到惊讶，因为我认为在他与大自然之间没有秘密。他告诉我，在春天的一天，他带上枪，划着船，想打几只野鸭。草地上仍然有冰，但河里冰全都没有了，于是他便从居住地萨德伯里毫无阻碍地下了水，前往费尔黑文湖，出乎意料的是，他发现费尔黑文湖大部分湖面覆盖着一层坚硬的冰。那天天气温暖，而他吃惊地看到这样巨大的一个冰体尚存。由于没有看见野鸭，于是他便把船藏在池塘里面的一个岛屿的北边或者说是背面，然后自己藏在南边的树丛里等待它们。距离岸边三四杆的范围冰已经融化，有一片平滑温暖的湖水，湖水的底部是淤泥，这正是野鸭喜欢待的地方，他想一些野鸭很快就会出现。他静静地躺在那里大约一个小时之后，听见了一种低沉的、似乎非常遥远的声音，但又奇怪地庄严，使人敬畏，与他所曾听到过的任何声音都不一样，那声音逐渐增强，变得响亮，好像要有一种影响一切、令人难忘的结束似的，那是一种沉闷的猛冲和吼叫，在他看来，那声音似乎是一个禽类的巨大群体突然前来要落在那里，他抓起枪，匆忙站起身来，激动起来。但让他惊讶的是，他发现在他躺在那里的时候，冰体整个地开始移动了，向岸边漂去，而他所听见的声音，是冰体的边缘在岸上发出的吱吱嘎嘎的摩擦声——一开始是轻轻地撞击着，破碎了，但最终却是鼓了起来，在相当大的高度上把它的碎片撒在岛屿边上，然后才停顿下来。

最终太阳的光线直射下来，暖风驱散了雾和雨，融化了岸上的雪。雾散开后，太阳微笑着看着烟雾缭绕的黄褐色和白色交错的景色，旅行者在这景色之中寻找道路，从一个小岛走到另外一个小岛，成千条丁零作响的水沟和细流奏出的音乐让他振奋，那些水沟和细流的血管里流淌着冬天的血液，它们正在把那血液带走。

我到村子里必须经过铁路，沙子和泥土解冻以后，就会沿着铁路边的深坑侧面流淌下去，呈现出种种形态，目睹这个奇观最让我感到愉快——如此大规模的奇观是罕见的，尽管自发明了铁路以来，由符合要求的材料建成的新路基的数量已经是大大增加了。这种材料就是沙子，沙子有粗有细，五颜六色，通常掺着一点泥土。春天结霜的时候，甚至在冬天解冻的日子，沙子就开始像熔岩一样从斜坡上流淌下来，有时是从积雪当中冲出来，原先没有沙子的地方现在也是沙子泛滥。无数的沙子小溪彼此重叠，纵横交错，展现出了一种杂交的产物，它部分地服从着流水的法则，部分地服从着植物的法则。当它流淌的时候，它呈现出了多液汁的树叶或者藤蔓的形态，形成了一英尺多深的丰满的小树枝堆。当你低头看它们的时候，它们就像某种地衣的叶片带有条裂的、分裂而又覆瓦状的菌体。要不然就让你油然想起珊瑚、豹子爪或者鸟爪，想起大脑或者肺部或者肠子，以及各种各样的粪便。它是一种真正怪诞的(grotesque)植物，我们在青铜像中看到对它的形状和颜色的模仿——那是一种建筑上的叶形装饰，比叶形装饰、菊苣装饰、常春藤装饰、藤蔓装饰，或者任何植物叶子的装饰都更加古老和典型；也许注定在某些情况下令未来的地质学家感到困惑。这整个深坑给我的印象，就好像它是一个洞穴，其钟乳石又暴露在光线之中。沙子的各种各样的色度是奇特地丰富而又讨人喜欢，包含着不同的颜色——棕色、灰色、微黄、微红。当流淌的沙子全都流到路基斜坡的脚下的时候，它便更平地摊开来，变成了"沙滩"，各个溪流也就失去了它们的半圆桶状的形状，逐渐变得又平又宽，由于更加潮湿，也就一起流淌着，到最后形成了一个几乎平坦的沙滩，仍然有着各种各样的美丽的色度，但在其中你能追溯到植物的最初形式。一直到最后，到了水里，它们变成了"河岸"，就像在河口外面形成的河岸一样，而植物的形状则在底部的波纹痕迹中消失了。

整个铁路路基高二十英尺到四十英尺，有时在四分之一英里的距离里，在一侧或者两侧覆盖着一层这种枝叶，也就是细沙的裂痕，这是一个春日的产物。这种细沙枝叶的惊人之处在于，它是瞬间诞生的。我看到，一边是没有生气的路基——因为太阳先在一边起作用——而另一边则是这郁郁葱葱的枝叶，这是一个小时的时间创造出来的，这使我受到了感染。好像我是带着一种奇特的感觉站在艺术家的实验室里面，那位艺术家创造了这个世界，也创造了我，好像我是来到了他仍然在工作的地方，他在这个路基上嬉戏，用他的过剩的精力在四处画着新的图案。我感到，我好像离这个地球的要害部位更近了，因为沙子泛滥起来，有时就像动物身体的要害部位一样，也呈现出叶状形态。所以你可以通过细纱感受到植物的叶片。难怪大地表现在外面的形式是叶子了，因为它的内心也为这个意念所驱使。原子已经学到了这个法则，并由此孕育出了果实。树叶高挂于枝头，可以在这里看到它自己的原型。不论是地球的内部还是动物身体的内部，都是一片潮湿的厚叶(lobe)，这个字尤其可以应用于肝叶、肺叶和脂肪叶(叶，lobe，源自希腊文 λειβο，在英文中是 labour，拉丁文是 lapsus，意思是朝下面流淌或者滑倒，也就是流逝；而希腊字 λοβο，在拉丁文中是 globus，就是 lobe 叶，globe 球体；还有 lap 的意思，即下垂部分，flap 的意思，即片状垂悬物，以及许多别的意思)。而从外部来看，则是一片薄薄的枯叶，甚至叶子(leaf)的单数字尾 f 和复数字尾 v 被挤压发成了 b。叶(lobe)的根音是 lb，b 为浊音(这个小写的 b 指单叶片，双叶片为大写 B)，l 为流音，在后面推动着它前进。在globe（球体）一词中，glb中的喉音g增加了喉咙的容量的意义。鸟儿的羽毛和翅膀也是叶子，只不过更干燥，更薄。这样一来，你也能从土壤中笨拙的蛴螬，想象到轻盈飞舞的蝴蝶。地球本身总是在超越自己，转变自己，并在它的轨道上长上了翅膀。甚至冰也是以优美的水晶状的叶子开始形成的，好像它流进了水生植物的叶子在水这面镜子上压出来的模子之中。整棵树本身也只不过是一片叶子，河流是更加巨大的叶子，叶子的汁挤在大地中间，而城镇则是排在其叶腋中的虫卵。

当太阳落山的时候，沙子也就不再流动了，但到了清晨，那些沙流又会开始流动，而且不停地分岔，形成无数的支流。也许在这里你能够看到血管是怎样形成的。如果你仔细地看，就能观察到，首先从解冻的沙团中涌出了一个由变软了的沙子形成的溪流，它的尖端像水滴，就像手指的指头一样，它缓慢地摸索着前进，盲目地朝下方流动着，到最后，由于太阳升得更高而更热和更潮湿，因而它的最为流动的部分，在努力服从即使最无生气的部分也服从的那个法则的过程中，也就与最无生气的部分分开，自身形成了一个蜿蜒的渠道或者在自身内的动脉，在那个渠道或者动脉中可以看到一条银色小溪，它像闪电一样，闪耀在一个个的多汁的树叶或者树枝之上，并且不时地被沙子吞没。令人惊叹的是，沙子在流动的过程中是多么迅速而又完美地组织着自己，它使用沙团所提供的最好的材料，形成了它的渠道的线条分明的边。这就是河流的源头。在水所沉淀的硅质物质中，也许就有骨骼系统，而在更优质的土壤和有机物质中，也许就有肌肉纤维或者细胞组织。人如果不是一团正在解冻的泥土，又是什么呢？人的手指的指头，只不过是一滴凝结了的水。手指和脚趾从身体的解冻的主体流向它们的极限。有谁会知道，在一个更为宜人的天空的下面，人体会扩展到和流向什么地方？难道手不是一片带着其叶片和叶脉的张开的棕榈叶吗？[①] 如果想象的话，那么耳朵就可以被看作地衣（umbilicaria），它带着其叶片或者水滴，位于头的一边。嘴唇，学名是labium，本义可能是劳动（labour）——那是洞穴似的嘴巴的下垂的边，或者滑落的边。鼻子是一滴明显的凝结了的水或者钟乳石。下巴是更大的一滴水，脸上的水滴都汇流到了这里。面颊像是斜坡，从眉毛滑进脸的谷地，受到颧骨的抵抗并被颧骨扩展开来。植物叶子的每一个丰满的叶片，也是一个浓浓的缓缓流动的水滴，不管那是大水滴还是小水滴；叶片就是叶子的指头；叶片越多，流动的方向就越多，而且更高的

① 在英文中，棕榈和手掌是同一个字，palm。

温度或者别的适宜的影响，就会使得它流得更远。

这样一来，似乎这个小山腰也就阐明了大自然的所有运作的原则了。这个大地的制造者[①]只不过是获得了一片叶子的专利。哪位商博良[②]能够为我们破译这种象形文字，以使我们可能最终掀开新的一页？这个现象比茂盛肥沃的葡萄园更令我振奋。确实，在某种程度上，它在性质上就是排泄，而且肝脏、肺脏和肠子的排泄物无穷无尽，好像地球朝外翻错了方向；但这起码使人联想到，大自然也有一些肠子，而且是人类的母亲。霜冻爬出大地，这就是春天。当草木葱绿、鲜花开放的春天还没有来临的时候，它就出现了，就像有规则的诗歌还没有出现，神话就已经出现了一样。我不知道还有什么东西，更能净化冬天的难闻气味和消化不良。它使我确信，地球仍然是个襁褓中的婴儿，手指向四周伸展。新的鬈发从最光秃秃的前额长了出来。没有什么东西是非自然生长的。这些叶状物堆在堤岸的边上，就像火炉的炉渣，这表明大自然是在内部"猛烈燃烧"。地球并非只是就像一页页叠起来的书那样的死去的历史的一个片段，主要由地质学家和古文物研究者来研究，而是活着的诗歌，就像树叶一样，而树叶又先于花朵和果实。

——它并不是一个化石的地球，而是一个活着的地球；与地球的起支配作用的伟大生命相比，所有的动物和植物的生命都只不过是寄生的生命。地球的阵痛将会把我们蜕下的皮，从埋葬着蜕皮的坟墓里抛出来。你可以熔化金属，把它浇铸成最美的铸模，但它们永远也不会像这个熔化了的地球所浇铸成的形态那样令我激动。不仅仅是地球，而且地球上的种种制度，也都像陶工手里的泥土一样具有可塑性。

不久以后，不仅在这些堤岸上，而且在每一座山和平原上，以及在每一个洼地里，霜都是像一个冬眠的四足动物一样，从它的地洞里爬了出来，寻找音乐的大海，或者迁徙到云层中的别的气候区。循循善诱的解冻之神，比挥舞着铁锤的托尔[③]还要强大。解冻之神是融化对方，而托尔却只是把对方打成碎片。

地面上一部分积雪已经融化了，几天暖和的日子又让地面多少干燥了一些，这时把一年之初缓缓出现的幼嫩的迹象，与经历了严冬考验的枯萎植物的庄重之美进行比较，就是一件愉快的事情——鼠曲草、黄花、北美岩蔷薇，以

---

① 制造者（Maker），即上帝，造物主。

② 商博良（Jean Francois Champollion，1790—1832），法国埃及学家和语言学家，首次破译了埃及的象形文字。"哪位商博良"，也就是哪位破译象形文字专家。

③ 托尔（Thor），北欧神话中的战神和雷神。

及仪态万方的野草，往往甚至比在夏天更显而易见和有趣，好像它们的美直到那个时候才成熟；甚至羊胡子草、香蒲、毛蕊花、金丝桃、绒毛绣线菊、白花绣线菊，以及其他梗茎结实的植物，它们为最早飞来的鸟儿提供了用之不竭的粮仓——这些体面的野草，至少点缀了寂寞的大自然的外部。我尤其喜欢羊毛草的拱形的、好像一束禾一样的顶部；它把夏天带回到我们对冬天的记忆之中，而且是艺术喜欢模仿的种种形式之一，在植物王国里，植物的这些形式与人类心中的那些类型之间的关系，与天文学与人类心中的那些类型之间的关系相同。它是一种比希腊风格或者埃及风格还要古老的古代风格。冬天的许多现象，都让人想到一种难以言传的温柔和脆弱的精美。我们习惯于听人们把冬天这个国王，描述为一个粗鲁而又喧闹的暴君，但他却带着一个情人的温柔，装饰着夏天这个女人的长发。

在春天来临的时候，红松鼠来到我的房子的底下，一次来两只，当我坐着阅读或者写作的时候，就直接在我的脚的下面，不断地发出那种最奇特的咕咕声、吱吱声，嗓子在快速旋转，发出那种老是会听到的咯咯的声音；当我跺脚的时候，它们只是发出更响亮的吱吱声，好像在疯狂地胡闹中已是既无恐惧也无尊敬，无视人的禁令了。“不要再闹了，红松鼠啊，红松鼠。”它们对我的抗议完全是充耳不闻，要不然就是没有觉察到我的抗议的力量，因而压制不住地连珠炮一般痛骂一通。

春天的第一只麻雀！新的一年带着比以往更有朝气的希望开始了！从部分裸露而又潮湿的田野里听到的隐约而又清脆的啭鸣，是蓝色鸣鸟、北美歌雀、红翼鸫发出的，好像冬天的最后一场雪落地的时候叮当作响似的！在这种时刻，历史、年表、传说，以及所有的文字启示又是什么呢？溪流向春天唱起颂歌和重唱歌曲。在草地上面低空飞过的白尾鹞，已经是在寻找第一个醒来的分泌黏液的生物。雪融化时的坍塌声音在所有的山谷里都可以听见，冰在池塘里迅速液化。草在山腰上就像春天的火一样燃烧了起来——“而且草第一次长了出来，是被第一场雨召唤出来的”，（“et primitus oritur herba imbribus primoribus evocata,”[①]——好像大地送出了一种内在的热，去迎接归来的太阳似的；它的火焰的颜色并不是黄色的，而是绿色的——永恒青春的象征，也就是草叶片，就像一条绿色的长丝带一样，从表层土流淌着进入了夏天，霜是确实曾经抑制过它，但不久它又再次继续向前，让去年的枯草长出嫩芽，让里面的

---

① 这是古罗马学者、作家瓦罗（Marcus Terrentius Varro，公元前116—前27）的话。

生命重新诞生。如同小溪慢慢渗出地面，它也在平稳地生长。它几乎是与小溪同为一体，因为在生长的六月里，当小溪干涸的时候，草叶片就成了小溪的渠道，兽群也就年复一年在这个常年的绿色溪流里饮水，而割草人也及时跑来割草，以备过冬。所以即使人的生命灭绝，绿叶依旧会永恒地生长。

瓦尔登湖正在快速解冻。有一条两杆宽的运河流经湖的北边和西边，而到了湖的东端则还要宽。一大块冰从它的主体上断裂开来。我听见岸边的树丛中传来了一只北美歌雀的歌声："欧里，欧里，欧里——叽卜，叽卜，叽卜，吱喳——喳维丝，维丝，维丝。"它也是在帮助冰块断裂。冰的边缘的巨大曲线是多么美丽啊！它在某种程度上与岸边的曲线相对应，不过要更加规则。由于近来的虽然说是短暂的严寒，所以冰块是非同寻常地坚硬，冰块上湖水流淌着，摇曳着，就像宫殿里的地板。不过风却是徒劳地吹过它的不透明的表面，直到到达对面的活水表面才吹起水波。看着这条水的丝带在阳光下闪闪发光，池塘的光秃秃的脸上充满了欢乐和青春，好像它说出了里面的鱼儿的快乐，说出了岸上的沙堆的快乐，这真是让人感到荣耀——它就像一条米诺鱼（leuciscus）的鳞片上的银色光泽，好像它就是一条活蹦乱跳的鱼似的。这就是在冬天和春天之间的对照。瓦尔登湖死了，又再次活了过来。但正如我所说过的，在这个春天它是更平稳地解冻了。

从风暴和冬天到宁静温和的天气的改变，从黑暗呆滞的时光到明亮开朗的时光的改变，是万物都在宣告的一种难忘的转折点。它似乎最终是瞬间发生的。尽管马上就是傍晚，冬天的云彩仍然笼罩着我的房子，而且屋檐上还滴着冻雨，但突然之间光便射进了我的房子。我从窗户朝外面看，看哪，在昨天还是寒冷的灰色的冰的地方，是那个透明的池塘，池塘已经是平静而又充满了希望，就像在夏天的傍晚时分一样，它的胸膛把夏天的傍晚天空映照了出来，但是头顶上却没有这种景象，好像它已与遥远的地平线心灵相通了。我听见远处有一只知更鸟在歌唱，在我看来，它是几千年来我所听见的第一只知更鸟的歌唱，在未来的几千年的时间里我将不会忘记它的鸣叫——那是与很久很久以前相同的甜蜜而又有力的歌声。啊，傍晚的知更鸟，在新英格兰的一个夏日结束的时候的知更鸟！要是我能够找到它栖身于其上的那根树枝，那该多好！我说的是"它"，我说的是"那根树枝"。起码这并不是北美知更鸟（Turdus migratorius）[1]。在我的房子四周的北美油松和灌木橡树，在这么长的时间里都是

---

① 北美知更鸟（Turdus migratorius），一种迁徙性的画眉科的歌鸟。

萎垂着，现在突然再次表现出了其若干特色了，它们显得明亮了，绿了，笔直和有生气了，好像雨水有效地把它们洗干净了，恢复了它们的元气。我知道，不会再下雨了。只要看着森林里的任何一根树枝，是的，只要看着你的木堆，你就能知道冬天是不是过去了。在天色变得更黑的时候，我吃惊地看到一群鹅鸣叫着低空飞过了树林，就像疲倦的旅人一样从南方的湖泊飞来，时间已经很晚了，现在终于可以尽情抱怨和相互安慰。我站在门口，能够听见它们的翅膀的急速拍打的声音；当它们朝我的房子飞来的时候，它们突然发现了我的灯光，于是便安静下来，盘旋飞翔，最后落在湖上。于是我便走进屋，关上门，在树林里度过了我的第一个春天的夜晚。

清晨，我从门口向外张望，透过薄雾看到那群鹅在五十杆之外的池塘中心浮游，它们数量那么多，又是那么喧哗，以至于瓦尔登湖就像是一个供它们娱乐的人工湖。但当我站在岸边的时候，它们一见到它们的指挥官发出的信号，便立即拼命地拍动着翅膀飞了起来，排好队形以后，便在我的头的上方盘旋，一共有二十九只，然后调头直接飞往加拿大。每隔一段时间，它们的领袖便习惯性地鸣叫起来，希望它们能在更加浑浊的池塘里寻找食物。一群"圆滚滚的"野鸭同时飞了起来，跟在它们的更加喧闹的堂兄弟们的后面向北方飞去。

有一个星期的时间，我都在雾蒙蒙的清晨，听见有只孤独的鹅在盘旋摸索的时候发出鸣叫，它是在寻找它的伴侣，它的叫声充斥着森林，其生命力之大让森林都无法承受。在四月，就会看见鸽子一小队一小队地快速飞翔，而到了一定的时候，我便听见紫崖燕在我的林中空地上方啁啾，尽管似乎并不是因为城里的紫崖燕太多，它们才飞到我这里来的。我想象，它们是一种独特的古老鸟类，在白人到来之前它们就已经居住在有空洞的树上了。几乎在所有的气候区，乌龟和青蛙都是这个季节的先锋和传令官，鸟儿在飞翔的时候唱着歌，羽毛闪耀着光芒，植物迅速生长，开出了鲜花，风在吹着，为的是矫正两极之间的这个微弱的振幅，保持大自然的平衡。

由于在我们看来，每一个季节在其转换的时候最为精彩，因而春天的来临也就好像宇宙从混沌中被创造出来，也就好像黄金时代的实现[①]

东风撤退到曙光女神奥罗拉之地和纳巴泰王国[②]，

---

① 在希腊神话中，黄金时代的实现就是宇宙的创造。

② 纳巴泰王国（Nabathaean kingdom），西南亚古阿拉伯王国，位于今约旦西部。

撤退到波斯帝国，以及晨曦下面的山脉。

（Eurus ad Auroram，Nabathacaque regna recessit，

Persidaque,et radiis juga subdita matutinis.）

……

人诞生了。究竟那是万物的创造者，

是一个更好的世界之源，用神圣的种子把他创造出来；

还是大地由于刚刚与苍穹分离，

而归还了同宗的天国的某些种子。[1]

只是一场细雨，便使得草绿了许多。因而更好的想法大量涌进以后，我们的前景也就明亮起来。倘若我们总是生活在当前，就像承认落在自己身上的最微小的露水能产生影响的草一样，利用每一个落在我们身上的机遇；倘若我们并不把时间花费在弥补失去了的机会上，而是如我们所说尽责的话，那么我们也就得到福佑了。现在已经是春天，我们却在冬天消磨时光。在令人愉快的春日上午，人们的一切罪孽都得到宽恕。这样的一天是对邪恶的休战。在这样一个太阳继续发光的时候，最邪恶的罪人就可能返回。我们自己的清白恢复了，我们就能认识到我们的邻居们的清白。你可能知道，你的邻居昨天是一个贼、一个酒鬼，或者是一个好色之徒，而只是怜悯他或者鄙视他，并且对这个世界绝望；但太阳明亮地照耀着，温暖着这第一个春天的上午，再次创造着世界，那么你就会遇见他正在做某种安详的工作，看见他的枯竭、放荡的血管带着欢乐伸展开来，为这新的一天祝福，带着婴儿时期的天真感觉到春天的影响，而他的所有的错误也就都被忘却了。在他的身上不仅有一种善意的气氛，而且甚至还有一种想要表达出来的神圣趣味，也许那种表达就像一种新生的本能一样盲目而徒劳，而且暂时南边的山腰也不会对粗俗的玩笑发出回声。你会看到，一些幼稚的美丽嫩枝，正准备从它的节节疤疤的树皮中生出芽来，并且尝试又一年的生活，那生活就像最幼小的植物一样纤弱、清新。甚至它也已经进入了它的主的欢乐之中。为什么监狱看守不打开他的监狱的门，为什么法官不撤掉他的案子，为什么神父不解散他的教堂会众呢！这是因为他们并不服从上帝给予他们的暗示，并不接受上帝毫无保留地给予所有的人的宽恕。

“是其日夜之所息，雨露之所润，非无萌蘖之生焉，牛羊又从而牧之，是以

① 这是古罗马诗人奥维德（Ovid，公元前43—公元17）的《变形记》（Metamorphoses）中的诗句。

若彼濯濯也。人见其濯濯也，以为未尝有材焉，此岂山之性也哉？虽存乎人者，岂无仁义之心哉？其所以放其良心者，亦犹斧斤之于木也，旦旦而伐之，可以为美乎？

“其日夜之所息，平旦之气，其好恶与人相近也者几希，则其旦昼之所为，有梏亡之矣。梏之反覆，则其夜气不足以存；夜气不足以存，则其违禽兽不远矣。人见其禽兽也，而以为未尝有才焉者，是岂人之情也哉？”[①]

黄金时代首先被创造出来，由于无人报复，
也就自然没有法律，而是珍视忠诚和正直。
没有惩罚和恐惧；也不会在悬挂的黄铜板上
读到威胁的话语；哀求的人群不会害怕
法官说出的话语；而是由于无人报复而安全。
在山上被砍倒的松树尚未跌落在水中，
因而也就不会飘流到一个陌生的世界，
而凡人知道的只是他们自己的河岸。
……
那里有着永恒的春天，温和的西风用温暖的气流
抚慰着没有种子而诞生出来的鲜花。[②]

四月二十九日，我在九亩角桥附近的河边钓鱼，我站在潜伏着麝鼠的摇曳的青草和柳树树根上，听见了一种奇特的咯咯声，在某种程度上就像孩子们用手指拨弄棍子的声音，抬头一看，只见一只非常纤弱而又优雅的鹰隼，就像一只夜鹰一样，它忽而就像细浪一样翱翔，忽而以一两杆的距离翻滚着，把它的翅膀的下侧展现出来，在阳光中翅膀的下侧就像丝带一样闪烁，又像贝壳里面的珍珠一样闪光。这个景象令我想到了放鹰狩猎，以及与那种运动相关联的高贵和诗意。在我看来，它可以被称之为灰背隼，不过我并不在意它叫什么名字。那是我所曾经目睹的最幽雅的飞翔。它并不是纯粹就像蝴蝶那样盘旋，也不像大鹰那样翱翔，而是带着骄傲的信心在空气的田野中嬉戏；它发出奇怪的咕咕叫声，越飞越高，又一再潇洒优美地下落，就像风筝一样翻腾，然后又从翻腾中

---

① 语见《孟子·告子章句上》。

② 这是古罗马诗人奥维德（Ovid，公元前43—公元17）的《变形记》（Metamorphoses）中的诗句。

恢复过来，好像它从未落脚在坚实的土地（terra firma）上似的。看来它在宇宙中没有同伴——它独自在那里嬉戏，而且似乎只需要陪它玩耍的清晨和空气。它并不孤独，而是使得在它下面的整个大地孤独。孵化了它的那位母亲、它的亲属、它的父亲是在天国的什么地方呢？它是空气的居民，它是通过一个蛋与大地产生关系，那个蛋又在某个时候、在一个险崖的裂缝中被孵化了出来；难道说它的故乡的巢是筑在云彩的一个角落里，用彩虹的花饰和晚霞编织而成，又用大地蒸腾出来的柔和仲夏雾霭做衬里？现在它的鹰巢就在悬崖似的云中。

除此之外，我还抓到了一些罕见的金色鱼、银色鱼和闪闪发光的铜色鱼，它们就像一串珍珠。啊！在许多早春的清晨，我都进入那里的草地，从一个小山丘跳到另外一个小山丘，从一棵柳树的树根跳到另外一棵柳树的树根，这时野性的河谷和树林沐浴在一种这样纯洁而又明亮的光线之中，有人认为，倘若死人是在他们的坟墓里面睡眠的话，这种光线也会把他们唤醒。无须对不朽提出更有力的证据了。一切事物都必须生活在这样的一种光线之中。这样一来，死啊，你的毒钩在哪里？坟墓啊，你的胜利又是在哪里！[①]

倘若没有尚未开发的森林和草地，我们的村居生活就会停滞。我们需要野性这种补剂——有时我们需要在沼泽里涉水，那里潜伏着麻鸭和草地鸡。有时需要听见鹬的鸣叫声，嗅到飒飒作响的莎草的气味，只有某种更为野性和更为孤独的禽鸟在那里筑巢，水貂贴着地面爬行。我们在热忱地探索和学习所有的事物的同时，也要求所有的事物都是神秘的，不可探索的，要求陆地和大海是无限地具有野性，没有被勘测，并且由于是莫测高深而尚未被我们测量。大自然永远也不能使我们腻烦。我们必须看见那种不知疲倦的精力，看见那些巨大而又强大的特色，来使自己振作起精神来，那些特色就是有着其船舶残骸的海岸、有着其活着的和腐烂的树木的荒野、雷雨云，以及持续上三个星期并引起山洪的雨水。我们需要亲眼看见，我们自己的局限被超越了，有某种生物在我们从未涉足的地方自由地吃草。当我们注意到，兀鹫是以让我们作呕、使我们丧气的腐尸为食，并从这种饮食获得健康和力量的时候，我们感到欣慰。在通往我家的路边的一个坑里有一匹死马，它有时迫使我绕道走，在晚上空气沉闷的时候尤其是如此，但它又使我确信，大自然有强大的胃口，它的健康无法破坏，这使得我在这一点上得到了补偿。我喜欢看到，大自然是如此充满着生命力，因而无数的生物都经得起被牺牲，成为彼此的猎物；纤弱的有机体能够就

① 语见《圣经》之《新约·哥林多前书》第十五章第五十五节。

像果泥一样，被平静地挤压出来——蝌蚪被苍鹭大口吞掉，乌龟和蟾蜍在路上被压死，而且有时血肉像雨水般落下！由于存在着发生事故的可能性，因而我们也就必须看到，不必把这看得太重。在一个聪明人身上所产生的印象就是，万物都是无辜的。毒药终究并非有毒，也没有任何伤口是致命的。怜悯是一个非常难以防守的地盘，必须使它迅速有效，不能容忍把怜悯的恳求变成模式。

五月初，橡树、山核桃、槭树和其他的树木，由于刚刚从池塘周围的松树林当中抽芽，也就给景色带来一种阳光一样的明亮，在阴天的时候尤其是如此，那就好像太阳正穿过迷雾，朦胧地照耀着各处的山腰。在五月的三日和四日，我看见池塘里面有一只潜鸟，而在这个月的第一个星期期间，我听见了三声夜鹰、棕鸫、威尔逊鸫、美洲小鹟、棕胁唧鹀，以及别的鸟的鸣叫。很早以前我就听见鸫科鸣鸟的鸣叫了。东菲比霸鹟已经再次前来，朝我的门窗里面观看，看看我的房子对它来说是否足够像一个洞穴，当它查勘这个房屋的时候，它捏紧爪子，翅膀发出嗡嗡声，将自己悬在空中，好像是被空气托住了一般。北美油松的硫黄似的花粉，很快就覆盖了池塘，以及岸上的石头和朽木，这样一来，你如果愿意就能够收集起一桶来。这就是我们所听说过的硫黄雨。甚至在迦梨陀娑的剧作《沙恭达罗》(Sacontala)中[①]，我们也读到，“小溪被莲花的金粉染成了黄色”。就这样，就像人漫步进入越来越高的青草当中一样，季节也徐徐进入了夏天。

就这样，我在树林中的第一年的生活结束了；第二年的生活与它相类似。我于一八四七年九月六日最终离开了瓦尔登湖。

结束语

对病人，医生会明智地建议他换换空气，换换自然风光。谢天谢地，这里并非整个世界。七叶树并不在新英格兰生长，这里也很少听到嘲鸫[②]的叫声。野鹅与我们相比更是四海为家：它在加拿大吃早饭，在俄亥俄河进午餐，而在美国东南部的水流缓慢、水草繁多的小河里整理羽毛过夜。甚至野牛，在某种程度上也是跟着季节的步伐，它一直在科罗拉多的牧场里吃草，只有在黄石公园里有更青、更味美的草在等待它的时候才离开。然而我们却认为，如果在我

---

① 迦梨陀娑(Calidas，或 Kalidasa)，公元四世纪至五世纪时的印度剧作家、诗人。

② 嘲鸫(mocking-bird)，善鸣叫，并能模仿别种鸟的叫声，故名。

们的农场里把栅栏拆掉，并堆起石头墙来，那么从这时起我们的生活就有了限制范围，我们的命运也就被决定下来了。无疑，如果你被选做镇文书，那么今年夏天就不能去火地岛[①]；但尽管如此，你仍然可以去地狱烈火的国度。宇宙要大于我们的目力所及。

然而我们却应该更为经常地就像好奇的旅客，从船的艉舷部朝外面看，而不是像呆头呆脑的水手那样，在旅程中只是埋头挑拣麻絮[②]。地球的另外一边，只不过是我们的对应物的家。我们的航行只不过是一个伟大的循环航行，而医生也只不过是为皮肤病开出药方。有人匆匆赶到南非，去追猎长颈鹿，但毫无疑问那并不是他应该追逐的猎物。请问，一个人如果能够猎捕长颈鹿的话，他又能猎捕多长的时间？猎杀沙锥[③]和北美山鹬也可能是一种难得的运动，但我相信这比猎杀自己并没有高尚到哪里。

> 如果把你的目光直接朝内心看，就会发现，
> 在你的思想中有一千个领域尚未被发现。
> 在那些领域里旅行吧，并且成为
> 家的宇宙结构学的专家吧。[④]

非洲代表的是什么——西方又代表的是什么？难道我们自己的内心在地图上不是一片空白吗？尽管可能发现它原来就像海岸一样是黑色的。难道它就是我们将会发现的尼罗河的源头，或者尼日尔河[⑤]的源头，或者密西西比河的源头，或者环绕这个大陆的一条西北航道[⑥]的源头吗？难道这些就是最与人类息息相关的问题吗？难道富兰克林[⑦]是唯一的一个走失了的人，因而他的妻子会这样急切地要找到他？难道格林内尔先生[⑧]知道他本人是在什么地方？最

---

① 火地岛（TieH-a del Fuego），南美洲南部海岸外的一群岛屿，分属阿根廷和智利。

② 麻絮（oakum），从旧的绳子中挑拣出来，用以填塞船缝。挑拣麻絮是单调乏味的工作。

③ 沙锥（snipe），亦译鹬。一种嘴细长、居住于湿地的鸟。

④ 这是英国诗人威廉·哈宾顿（Willism Habbington,1605—1654）的《致我的尊敬的朋友埃德·P·奈特爵士》（To My Honoured Friend sir Ed.P.Knight）一诗中的诗句。

⑤ 尼日尔河（the Niger），非洲西部的一条河流。

⑥ 西北航道（North-West Passage），大西洋和太平洋之间沿北美洲北部海岸的一条海路。

⑦ 富兰克林（John Franklin，1786—1847），英国探险家，在寻找美洲西北航道的过程中死去。

⑧ 格林内尔（Henry Grinnell，1799—1874）曾率领一支探险队去寻找富兰克林。

好还是成为你自己的溪流和海洋的芒戈·帕克[①]、刘易斯与克拉克[②]、弗罗比歇[③]吧；探索你自己的更高的纬度——如果有必要的话，就带上成船的肉罐头来支持你，并把空罐头高高堆起作为一个标志。难道肉罐头被发明出来，仅仅是为了保存肉吗？不，应该成为一位哥伦布，去发现在你的内心中的整个的新大陆和新世界，应该打开新的渠道，那不是贸易的新渠道，而是思想的新渠道。每一个人都是一个王国的君主，在这个王国的旁边，尘世的沙皇帝国只不过是一个小国而已，是冰原上的一块堆积冰而已。然而有些人能够做到不自尊而爱国，为了少数人而牺牲多数人。他们热爱筑成他们的坟墓的土壤，但却并不同情那种可能仍然赋予他们的泥土以生命的精神。在他们的头脑里，爱国主义是一种狂想。南太平洋探险考察[④]的意义是什么呢？那次考察声势浩大，耗资巨大，只不过是间接地承认了这个事实，即在道德的世界里有大陆和海洋，每一个人都是那个世界的一个地峡或者小湾，然而那个地峡或者小湾却并没有被他所探索，不过如果乘坐政府的船，有五百名水手与仆人相助，历经严寒风暴以及食人生番，航行几千英里，那比起一个人独自探索心灵的大海，探索人的存在这个大西洋或者太平洋，就要更加容易。——

> Erret.et extremos alter scrutetur Iberos.
> Plus habet hic vitae, plus habet ille viae.
> 让他们漫游并仔细观察稀奇古怪的澳大利亚人吧。
> 我心中有更多的神，他们心中有更多的路。[⑤]

---

① 帕克（Mungo Park。1771—1806），苏格兰探险家，两次勘查非洲尼日尔河河道，在第二次勘查中溺死，著有《非洲内地旅行》。

② 指默里韦瑟·刘易斯（Meriwether Lewis，1774—1809），美国探险家，曾与威廉·克拉克（William Clark，1770—1838）率探险队进行首次直达太平洋西北岸横贯大陆的考察。

③ 弗罗比歇（Sir Martin Frobisher，1535？—1594），英国航海家，为寻找太平洋的西北航道，曾三次探险到达巴芬岛，发现弗罗比歇湾及哈得孙海峡，但未能找到西北航道。

④ 南太平洋探险考察（south-Sea Exporing Expedition），指一八三八年至一八四二年间美国海军对南太平洋所进行的考察。

⑤ 这是罗马诗人克劳狄（Claudius，370？—405）的《维罗纳的老人》（The Old Man of Verona）一诗中的诗句。克劳狄是罗马宫廷诗人，许多人认为他是古代最后一位伟大的诗人。本书中的英译是梭罗翻译的，不过他却把拉丁文原文中的“伊比利亚人”（Iberos，英语为Iberians）译成“澳大利亚人”（Australians）。伊比利亚是欧洲西部的一个地区，包括西班牙和葡萄牙。

周游世界，为的却是要数数桑给巴尔[1]有多少只猫科动物，是不值得的。然而在你能够有更好的事情可做之前，你甚至也不妨这样做，也许你可能发现某个“西姆斯的地心空洞”[2]，通过这个空洞最终能够进入地球内部。英国和法国、西班牙和葡萄牙、黄金海岸和奴隶海岸[3]，它们全都面向这个隐蔽的大海；不过尽管毫无疑问它直通印度，但这些国家却没有一艘三桅帆船曾冒险离开陆地的视野。如果你想学会说所有的语言，符合所有国家的习俗，如果你想比所有的旅人走得更远，那么你就要适应所有的气候区，并使得斯芬克司[4]自己在石头上撞死，甚至服从老哲学家的准则，探索你自己。这里就要求有眼力和勇气。只有战败者和逃兵才会参战，他们是逃跑了又入伍的懦夫。现在就起程吧，向最遥远的西方前进，不要在密西西比河或者太平洋停顿，也不要前往一个疲惫不堪的中国或者日本，而是沿着地球的一个切线前进，不管冬夏，不管日夜，不管日落还是月落，直到最后地球也消失。

据说米拉波[5]在公路上抢劫，“想要弄清，为了使自身与社会的最神圣的法律正式对抗，有必要具有何等程度的决心”。他宣称，“一个在队列中作战的士兵，只需要一个徒步的拦路强盗的一半勇气也就够了，”——他还宣称，“荣誉和宗教从未阻碍过一个考虑周到而又坚定的决心”。按照通常标准，这是具有男子气概的；然而如果说它不是铤而走险的话，也是毫无意义的。一个更为清醒的人会发现，服从更为神圣的法律，自己也就足够经常地与被认为的“社会的最神圣的法律正式对抗”，并从而不用越轨便检验了他的决心。这并不是要让一个人使自己以这样一种态度来对待社会，而是通过服从他的存在的法律，以他所置身于其中的不管什么态度来维持自我，而他的存在的法律又永远也不会与一个公正的政府相对抗，如果他碰巧遇见一个公正的政府的话。

我离开树林，就像我前往树林一样理由充足。也许在我看来，我还要过几种别的生活，因而没有更多的时间过那种生活。我们是非常轻易而又无动于衷地走上了一条特殊的路线，又为我们自己造成了一条踏成的路，这是值得注意的。我在那里还没有住上一个星期，我的双脚便从我的门口到池塘边踏出了

---

① 桑给巴尔（Zanzibar），位于坦桑尼亚东北部。

② 西姆斯（John Cleves Symmes，Jr.，1779—1829），美国军人、作家。他于一八一八年宣告，他相信地球的内部是空的，可以住人。

③ 黄金海岸（Gold Coast），西非国家加纳的旧称。奴隶海岸（Slave Coast），指西非贝宁湾沿岸一带。

④ 斯芬克司（Sphinx），希腊神话中的狮身带翼女怪，叫所有过路行人猜谜，猜不出者即被她吃掉。俄狄浦斯猜到了谜底，她于是自杀身亡。

⑤ 米拉波（Comte de Mirabeau,1749—1791），法国大革命时期君主立宪派领袖之一，演说家。

一条小路；尽管自从我踏出以来已经过了五六年的时间，那条小路仍然清晰可见。事实上，我害怕别的人也可能走上这条路，并因而有助于这条路的畅通。地球的表面是柔软的，人走过便会留下脚印；思想旅行的道路也是如此。这样一来，世界上的公路一定是多么的破损和尘土飞扬啊——传统和顺从的车辙又是多么根深蒂固啊！我并不想坐在小船甲板下面的统舱里面航行，而是要走到桅杆的前面，站在世界的甲板的上面航行，因为在那里我才能够最清楚地看到群山当中的月光。现在我不想走到甲板下面。

起码，我是通过我的实验得知这一点的：如果一个人充满自信地在他的梦想的方向上前进，并努力过着他所想象到的那种生活，那么他就会遇见在普通时刻里意料不到的成功。他将把某些事情置于身后，将跨越一个看不见的边界；新的，普遍的，而且是更为自由的法律，将围绕着他并在他的内心里把自己确立起来；或者说旧的法律将会被扩展开来，并在一种更自由的意义上被作出有利于他的阐释，而他的生活，则将获得一种更高级的存在的秩序的许可。他能在多大的程度上简化他的生活，宇宙的法律就能在多大的程度上显得不那么复杂，而孤独就不再是孤独，贫困就不再是贫困，软弱也不再是软弱。如果你建起了空中楼阁，那么你的工作成果就不会丧失；空中楼阁就应该在那个地方。现在就在空中楼阁的底下打地基吧。

英格兰和美国要求，你的讲话须让他们能够听懂，这是一个可笑的要求。不论是人还是毒蕈[①]都不是这样成长起来的。好像这是重要的，若是没有了他们就没有足够多的人理解你。好像大自然只能够支持一种秩序的理解，不能既供养四足动物又供养鸟儿，不能既供养爬行动物又供养飞行动物，好像布赖特牛[②]能够听懂的“嘘”和“吁”，才是最好的英语。好像只是在愚蠢里才有安全似的。我主要惧怕的是，我的表达可能不够荒谬（extra-vagant）——可能并没有偏离正道足够的远，因而并没有超越我的日常经验的狭窄界限，这样一来也就没有足以达到我所确信的真理。荒谬（extra-vagance）啊！它取决于衡量你的尺度。那头迁徙的水牛，在另外一个纬度地区寻找新的牧场的时候，并不像在挤奶的时候，踢翻奶桶，跳过牛栏去追她的牛犊的那头母牛那样放肆。我渴望能够在某个地方没有限制地说话，就像一个人在清醒的时刻，对处于清醒时刻中的人们说话一样，因为我确信，我甚至并不能夸大到足以给一个真正的表达奠

---

① 毒蕈（toad-stool），伞菌科（fungus）的一种，有毒，不可食用。

② 布赖特（Bright），牛的常用名。

定基础。这样一来，凡是听到过一段音乐旋律的人，又有谁会害怕，他竟会永远放肆地讲话呢？考虑到未来的事情或者可能发生的事情，我们应该非常松弛地生活，而且前方模糊，在那一边我们的轮廓是模糊朦胧的，因为我们的影子会朝着太阳不知不觉露出汗水。我们的话语所表达出来的真理转瞬即逝，这应该不断地暴露出，残留的叙述是不充分的。它们所表达的真理立即就被"翻译"出来了；只有用文字形成的真理丰碑还在。那些表达出我们的信念和虔诚的话语是不确定的，然而对卓越的人来说，它们却就像乳香一样意味深长，气味芬芳。

为什么总是要朝下面看齐，达到我们的最愚钝的感知的地步，却又把那最愚钝的感知赞扬为常识呢？最普通的感觉就是睡觉的人们的感觉，他们用打鼾把这种感觉表现出来。有时我们会把偶尔智力低下的人与智力低下的人混为一谈，因为他们的智慧我们只理解三分之一。有的人偶尔起床足够早，就会找朝霞的茬。我听说，"他们认为，迦比尔[①]的诗有四种不同的意义——幻觉、精神、智力，以及吠陀经的通俗教义"。但在世界的这个地方，如果一个人的作品有不止一种阐释，那就被认为是可以抱怨的理由。英国正在努力治愈土豆的腐烂，难道就不会努力治愈头脑的腐烂吗？须知头脑的腐烂是比土豆的腐烂流行得更广泛，更致命啊。

我并不以为我已经达到了晦涩的境地，但如果在这一点上，并没有发现本书有比在瓦尔登湖的冰上发现的更为致命的瑕疵的话，那么我就应该感到骄傲了。南方的买冰人不喜欢它的蓝颜色，好像蓝颜色说明冰里面烂泥多，其实蓝颜色是冰纯洁的证据；他们更喜欢坎布里奇的冰，坎布里奇的冰是白色的，但却有杂草的味道。人们所喜欢的那种纯洁，就像笼罩着地球的雾，而不是像雾上面的蔚蓝色天空。

有些人在我们的耳朵边喋喋不休地说，与古人相比，甚至与伊丽莎白一世时代的人相比，美国人，以及一般的现代人，都是知识上的侏儒。但这又有什么对题的呢？活着的狗比死了的狮子更强。[②]难道一个人因为属于矮人的种族，而且不是他能够成为的个子最高的矮人，就应该上吊吗？让每一个人都管自己的事吧，并努力成为他的本色的人。

为什么我们竟会这样要不顾一切匆忙获得成功，并且从事这样不顾一切的事业呢？如果一个人与他的同伴步伐不一致，也许那是因为他听到了一个不同的鼓手敲出的鼓点。让他按照他所听到的音乐迈步子吧，不管那音乐是多么有

---

① 迦比尔（Kabir,1440—1518），印度神秘主义者、诗人。

② 语见《圣经·传道书》第九章第四节。

节奏或者多么遥远。他居然像苹果树或者橡树那么快就成熟了，这并不重要。难道他应该把他的春天变成夏天吗？如果尚没有我们生来就适应的条件，那么能够替换现实的东西又是什么呢？我们不应该在一个无实在意义的现实上把自己的船撞烂。难道好像因为那个无实在意义的现实不真实，我们就应该努力在自己的头上建起一片蓝色玻璃的天空吗？尽管当这蓝色玻璃的天空建成的时候，我们就一定能凝视到在更高处的那个真实的缥缈天空。

在库鲁城有一位艺术家，他天生就追求完美。一天，他想到要做一根手杖。他认为，一件作品不完美，是因为时间这个因素，但由于现在又没有做出一件完美作品的时间，因而他便对自己说，它一定要在所有的方面尽善尽美，尽管这样一来我会一生别无所成。他立即前往森林寻找木料，他抱定决心，决不用不合适的材料把它做出来。他寻找了一根又一根，又一根又一根地放弃，在这期间他的朋友们逐渐离他而去，因为他们已经工作到老，死去了，但他却一点也没有变老。他的单一的目的和决心，以及他的升华了的虔诚，在他不知情的情况下让他永葆青春。由于他不与时间老人妥协，时间老人也就给他让路，因为不能战胜他而只是在一段距离之外叹息。在他找到一根在所有的方面都合适的树干之前，库鲁城已经变成了一片陈旧的废墟，于是他便在其中的一个废墟堆的上面剥掉棍子的树皮。他还没有把他的手杖削成合适的形状，坎达哈王朝就已经消亡了，于是他便用手杖的尖在沙地上写下了那个种族的最后一个人的名字，又继续他的工作。等到他把这根手杖削好磨光的时候，劫[①]已不再是北极星了；在他还没有给手杖装上金属箍，用珍贵的宝石装饰手杖的顶部的时候，梵天[②]已经醒来又睡去许多次了。不过为什么我要停下来提到这些事情呢？当他的作品作了最后的润饰的时候，它突然在吃惊的艺术家的眼前扩展开来，成了梵天的所有创造物当中的最美的创造物。他在制作一根手杖的过程中，创造了一个新的体系，那是一个完全协调美好的世界；在那个世界里，尽管古老的城市和古老的王朝已经死去，但更美好和更光荣的城市和王朝却已经取而代之。现在他看见脚下的那堆刨花仍然新鲜，于是领会到，对他和他的作品来说，以前的时间的逝去是一种幻觉，让梵天思想里的一个火花落在凡人头脑的火种上面并使之燃烧，也并没有要求有更多的时间逝去。材料是纯洁的，他的艺术也是纯洁的，这样一来作品又怎能不令人惊叹？

---

① 劫（Kalpa），梵语。古印度传说世界经历若干万年毁灭一次，重新再生，这一周期称为一劫。
② 梵天（Brahma），印度教主神之一，为创造之神。

我们能够给予物质的任何面目，最终都不如真实对我们有用。只有真实才经得住考验。我们通常并非就位于我们所处的位置上，而是位于一个错误的位置上。由于我们的天性中有弱点，我们也就设想出一种情况，并把自己置于这种情况之中，而这样一来我们也就同时处于两种情况之中，要从中摆脱出来也就双倍地困难。在清醒的时刻，我们只是尊重事实，也就是实际的情况。应该说出你必须说出的话，而不是你应该说出的话。任何真实都要强于虚假。当补锅匠汤姆·海德[①]站在绞刑架下面的时候，有人问他，有什么要说的。“告诉那些裁缝们，”他说道，“要记住在缝第一针以前，应该给线打一个结。”他的同伙祷告说的话却被人们忘却了。

不管你的生活是多么卑微，你都要迎接这个生活，都要过这个生活；不要躲避它，不要恶语咒骂它。它不像你那么糟糕。你最富有的时候，生活却显得最贫穷。找茬的人甚至在天堂也会找到毛病。尽管你的生活是贫穷的，也要爱你的生活。你也许会拥有一些令人愉快、激动、荣耀的时光，即使在济贫院里也会如此。落日在救济院的窗户上得到的反射，就像在有钱人的寓所窗户上的反射一样明亮，积雪也是同样在早春的时候在它的门前融化。我不能不看到，一个恬静的人住在那里，会就像住在宫殿里一样满足，一样拥有令人振奋的念头。在我看来，这个镇子里的穷人往往过的是最为独立的生活。也许他们纯粹是伟大得足以毫无疑虑地领圣餐。大多数人以为，他们不屑于被镇子里的人赡养，但更为经常发生的是，他们并非不屑于凭着不正当的手段来养活自己，而这就应该是更不光彩了。应该把贫穷当作花园里的药草，当作洋苏草[②]来培育。不要为获得新的东西而烦恼，不管那是新衣服还是新朋友。把旧的东西翻新；回到旧的东西那里去吧。东西并不改变，是我们改变。你要是卖掉你的衣服，也要保留你的思想。上帝将会看到，你并不需要与人交往。倘若我整天都被关在阁楼的一角，就像蜘蛛一样，但只要四周有我的思想，那么对我来说世界还是那么大。哲学家说：“三军可夺帅也，匹夫不可夺志也。”[③]不要这样急于得到发展，不要让你自己受到将要施加上的许多影响的控制，这全都是消耗精力。谦恭就像黑暗一样，揭示出了天国的光。如果贫穷和卑微的影子在我们的周围

---

① 这里的补锅匠汤姆·海德（Tom Hyde），应该就是英格兰柴郡（Cheshim，位于利物浦和威尔士北部之间）的托马斯·海德（Thomas Hyde），汤姆（Tom）是托马斯（Thornas）的昵称。相关史书上有记载，一七八六年，托马斯·海德因为盗马而被处以绞刑。这应该是一个家喻户晓的故事。

② 洋苏草（sage），一种灰绿色叶子植物，叶子可用做调味品。

③ 语见《论语·子罕篇第九》。

聚集起来，“那么看哪！天地万物就会在我们眼前扩大”。[1]我们经常被提醒，倘若我们被给予了克罗伊斯[2]的财富，我们的目标也必须一如既往，而且我们的手段也必须在本质上一如既往。除此之外，如果你被贫穷限制在你的领域之内，例如你买不起书和报纸，那么你也就只不过是被限制在最有意义和极其重要的经历之内；你将不得不与生产出最多的糖和最多的淀粉的物质打交道。最甜蜜的生活恰恰是靠近骨头的生活[3]。你就不会成为斤斤计较小事的人了。谁也不会因为在高层次上仁慈而在低层次上蒙受损失。多余的财富只能购买多余的东西。人的灵魂所必需的东西，是不需要用钱来买的。

我住在一道铅建造的墙的一隅，那道墙的成分中含有少量的钟铜[4]合金。

往往在我中午休息的时候，外面的嘈杂叮当钟声就传到我的耳边。那是我的同时代人发出的喧闹声。我的邻居们告诉我他们与著名的绅士淑女的奇遇，他们在餐桌上遇见了什么名人；但我对这种事情并不感兴趣，正如我对《每日时报》（Daily Times）的内容不感兴趣一样。那种兴趣和交谈主要是有关服装和风度；但鹅终归是鹅，不管你要怎么给它打扮。他们跟我谈到加利福尼亚和得克萨斯，谈到英格兰和西印度群岛，谈到佐治亚或者马萨诸塞的某某先生阁下，全都是过眼云烟，转瞬即逝，直听得我就像马穆鲁克老爷[5]一样，要从他们的院子里跳出去。我感到高兴的是，我并没有迷失方向——我并没有走在浮华炫耀的行列里，不是走在一个摆阔气的地方，而是如果可能的话，甚至与宇宙的建造者走在一起——我不是生活在这个焦躁不安、神经紧张、忙忙碌碌而又微不足道的十九世纪，而是在十九世纪经过的时候沉思地站着或者坐着。人们是在庆祝什么呢？他们全都是一个筹备委员会的成员，随时等着有人演说。上帝只

---

① 这是英国诗人怀特（Joseph Blanco White，1775—1841）的《夜晚与死亡》（Night and Death）一诗中的诗句。

② 克罗伊斯（Croesus），公元前六世纪小亚细亚的吕底亚国王，以富有而闻名。

③ 试比较英谚：越是贴骨肉越香（the nearer the bone the sweeter the flesh），指瘦骨伶仃的女人自有独特风韵。

④ 钟铜（bell-metal），铜与锡的合金，用以铸钟。

⑤ 马穆鲁克老爷（Mameluke bey）。马穆鲁克（Mameluke）是土耳其武士，原先是作为奴隶被带到埃及，做哈里发（caliph，伊斯兰教国家的教主和统治者）和苏丹（sultan，某些伊斯兰教国家的统治者的称号）的护卫，后来自己强大起来，成为一个军人集团，从一二五〇年起当上苏丹进行统治，并在土耳其总督领导下做地方长官，直到一五一七年奥斯曼帝国（the Otto-man Empire）征服埃及为止。bey。意思是老爷，是旧时在土耳其、埃及等地对高位者的尊称。

不过是这一天的主席，而韦伯斯特[①]则是上帝的演说者。最强烈而又最恰当地吸引了我的东西，我都喜欢衡量它，确定它，接近它——而不是要靠在秤杆上，以便减少它的重量——不是要假设出一个情况，而是要面对实际的情况；要行走在我能够行走的那条唯一的路上，而且是那条没有任何力量能够阻挡我的路上。在没有建立起牢固的基础之前就开始给拱门装上弹簧，决不能让我感到满足。我们不可玩在浮冰上行走或者跑步的游戏。到处都有一个牢固的底层。我们从书中读到，旅行者问男孩，是否在他前面的那个沼泽有一个硬的底部。男孩回答说有。但一会儿旅行者的马就齐腰陷了进去，于是他便对男孩说道："我以为你说的是这个沼泽有一个硬的底部。""它是有一个硬的底部，"男孩回答说，"但你离硬的底部还差一半深呢。"社会的沼泽和流沙也是如此，不过等到他知道这一点的时候他却已经老了。只有在某个罕见的巧合中所想到、说出或者做出的事情，才是好的事情。我不愿成为那些人当中的一员，他们愚蠢地只是把钉子钉进木板条和灰泥墙里去；要是让我这样做，我会整宿睡不着觉的。给我一把榔头，并让我摸索着寻找板条吧。不要依赖于油灰[②]。如果能把钉子钉牢，敲平，那么你在晚上醒来，就能满意地想到你的作品——这是一件你不会羞于让诗神缪斯为之讴歌的作品。这样，上帝就会帮助你，也只有这样，上帝才会帮助你。在你继续这项工作的时候，每一枚被钉入的钉子都应该是宇宙机器里的另外一颗铆钉。

不用给我爱，不用给我钱，不用给我声誉，给我真理吧。我坐在放满美味佳肴的桌子前，服务周到，但那里却没有真诚和真理；于是我便饿着肚子离开这个格格不入的餐桌。那种周到款待就像冰块一样寒冷。我想，无须用冰块便可把他们冰冻起来。他们跟我谈起葡萄酒陈年多少，佳酿是多么有名；但我却想到一种更为古老但又更新而且更纯正的葡萄酒，一种更值得称道的佳酿，他们没有这种酒，也无法买到。这种风格、房屋和庭院以及"款待"，在我看来一文不值。我拜访国王，但他却让我在大厅里等着，那种举止就好像在好客上力不从心。我有一个邻居，他住在一棵空心的树里。他具有真正的帝王气派。我本来应该还是拜访他为好。[③]

---

① 韦伯斯特（Daniel Webster，1782—1852），美国政治家，两度担任国务卿，以高超的演说技巧闻名。

② 油灰（putty），用以嵌装玻璃或者填塞孔缝，俗称腻子。

③ 这句话似乎费解。"住在一棵空心的树里"的朋友，比如松鼠就是，这里是说，与其拜访国王，不如拜访他林中的邻居松鼠。

我们将在我们的门廊里坐上多久，实践着乏味而又陈腐的美德呢？须知任何工作都会使得这些美德显得毫不相关。那就好像，一个人用长时间的痛苦开始一天的生活，雇用一个人来为他的土豆田锄草；而到了下午，又进而用天知道的什么预谋，来实践基督徒的温顺和仁爱。请考虑一下中国的那种自大以及人类的那种死气沉沉的沾沾自喜吧。这一代人有这种小小的倾向，庆幸自己是一个卓越家族的最后一代；而在波士顿、伦敦、巴黎和罗马，这一代人想到他们的悠久的血统，于是便满意地谈到他们在艺术、科学和文学上所取得的进步。有题为哲学协会档案的丛书[①]，还有公众对伟人的赞颂词。这不啻善良的亚当在思忖他自己的美德[②]。“是的，我们完成了伟大的业绩，唱了圣歌，圣歌永远也决不会死去”——换句话说，只要我们能够记得它们，它们就永远也不会死去。亚述[③]的学术团体和伟人——他们现在又在哪里呢？我们是多么年轻的哲学家和实验者！在我的读者当中，没有一个人已经度过了完整的人生。在种族的生命中，这些可能只不过是春季的那几个月。倘若我们有了七年之痒[④]，我们也就没有看到在康科德还有十七岁大的蝗虫。我们所认识的，只不过是我们生活的地球的薄膜。大多数人并没有挖掘到表面以下六英尺的地方，也没有跳到六英尺高的地方。我们并不知道我们是在何处。除此之外，我们几乎有一半的时间是在熟睡。然而我们却自以为聪明，我们还在这个表面上建立了一种秩序。确实，我们是深刻的思想家，我们是雄心勃勃的人！我站在一个昆虫的上方，它在森林的地上的松针当中爬着，尽力想让我看不见它，我自问，它为什么会有这些卑贱的念头，把它的头藏在我看不见的地方，而我也许可能就是它的施主，能够给它的族类一些让它们得到安慰的信息，在这个时候，我油然想到了站在我这个人类昆虫之上的那个更伟大的施主和智者。

新奇的事物在不断地涌进这个世界，然而我们却容忍不可思议的乏味。我只需提出，在最开明的国家里，人们仍然在聆听着什么种类的布道也就够了。有类似欢乐和悲伤这样的词语，然而它们只不过是一首圣歌的合唱叠句，是带着鼻音唱出来的，而我们却信仰普通的和卑贱的东西。我们认为，我们只能够

---

① 美国出版哲学协会档案的丛书有传统。举一个例子。比如今天就有《休斯敦哲学协会档案：1808—2004》，记载了历时将近二百年的该协会的历届执行委员会和大会的会议记录。

② 当然这里是讽刺。按照《圣经》的说法，亚当是犯下了“原罪”，因为他在伊甸园偷摘了禁果，他是堕落了，又何来“美德”。

③ 亚述（Assyria），西亚古国，位于今天伊拉克境内的底格里斯河流域，帝国疆域从埃及延伸至波斯湾，在公元前九世纪至公元前七世纪非常强大。

④ 七年之痒（the seven year itch），指夫妻间在结婚七年后出现相互厌恶和不忠实的趋势。

换换衣服而已。据说不列颠帝国是非常幅员广大而又可敬，而且美国是一个一流强国。我们并不相信，如果在他的脑子里竟会有这样的念头的话，那么在每一个人的身后涨落的潮水就能够让不列颠帝国像一片木屑一样漂浮。有谁会知道，下一次从地上出现的是哪一种十七岁大的蝗虫？我生活的这个世界的政府并不像不列颠政府，并不是在饭后喝酒聊天中构筑出来的。

我们身体中的生命，就像河里的水。今年它可能上涨到人所从未知道的高度，并淹没干透了的高地；甚至今年就可能是那个多事的年头，将把我们所有的麝鼠淹死。我们所居住的地方，并非总是干旱地区。我看到在遥远的内陆，有一些在古时候被溪流冲刷过的河岸，那是在科学开始记录它的水流以前的事情。每一个人都听说过这个流传在新英格兰的故事，故事讲的是一个强壮而又漂亮的虫子，它从一张用苹果树木料做成的旧桌子里爬了出来，是从桌子的干燥的活动面板里爬出来的，那张桌子在一个农夫的厨房里放了六十年了，先是在康涅狄格，后来又是在马萨诸塞——它是从一枚虫卵里爬出来的，而那枚虫卵又是在多年以前，在树还活着的时候就下在那里了，这一点你只要数一下树的年轮就可看出；人们有几个星期都听见它在啃咬东西，也许它是被水壶的热量孵化出来的。在听说这个故事以后，又有谁不会对复活和不朽抱有更多的信心呢？虫卵最初是下在一棵绿色活树的白木质之中，白木质又逐渐变得像是虫卵的完全风干的坟墓，可谁会知道，在死气沉沉而又干燥的社会生活中，在被埋葬在木头的许多个同中心的年轮的下面很久之后，虫卵居然孵化成这样一个美丽、带翼的生命呢？——也许它已经啃咬了几年之久，让围坐在欢宴的餐桌四周的一家子感到吃惊——那种生命可能出乎意料地从社会的最微不足道、由别人赠予的家具当中出现，以便最终享受它的完美的夏日生活！

我并不是说，约翰或者乔纳森[①]会理解所有这一切，但对仅靠时光的流逝永远也不能出现黎明的那个明日来说，所有这一切就是它的特点。让我们目盲的光线，就是我们的黑暗。[②]唯有我们觉醒之际，天才会破晓。破晓的，不止是黎明。太阳只不过是一颗晨星。[③]

---

① 约翰与乔纳森是喜剧中的人物，分别代表英国人和美国人。也就是说，英国人和美国人理解不了。

② 本书作者梭罗听说，印度教的一些苦行者从容不迫地直视太阳，让自己目盲，以表达自己的虔诚。

③晨星尤其指金星。金星比地球更靠近太阳，在我们看来它是与太阳一起旅行。太阳下山后金星就是那颗黄昏之星，而次日拂晓的时候，金星又成了晨星。这样一来，在某种意义上太阳本身也可以成为一颗黄昏之星，然后又成为一颗晨星。所以“太阳只不过是一颗晨星”。

世界文学名著·有声阅读

书名	作者	译者
童年	〔苏联〕高尔基　著	姜希颖等译
我的大学	〔苏联〕高尔基　著	施艳群　译
在人间	〔苏联〕高尔基　著	史丽芳等译
巴黎圣母院	〔法〕雨果　著	李玉民　译
昆虫记	〔法〕法布尔　著	陈筱卿　译
八十天环游地球	〔法〕凡尔纳　著	陈筱卿　译
格列佛游记	〔英〕斯威夫特　著	张明芳　译
基督山伯爵	〔法〕大仲马　著	李玉民　译
木偶奇遇记	〔意大利〕科洛迪　著	凌　喆　译
名人传	〔法〕罗曼·罗兰　著	陈筱卿　译
鲁滨孙漂流记	〔英〕笛福　著	王晋华　译
简·爱	〔英〕夏洛蒂·勃朗特　著	宋兆霖　译
飘	〔美〕米切尔　著	朱攸若　译
格林童话	〔德〕格林兄弟　著	金洪良　译
安徒生童话	〔丹麦〕安徒生　著	石琴娥　译
高老头	〔法〕巴尔扎克　著	詹　婷　译
莫泊桑短篇小说精选	〔法〕莫泊桑　著	李玉民　译
汤姆·索亚历险记	〔美〕马克·吐温　著	袁翔华　译
泰戈尔诗选	〔印度〕泰戈尔　著	张炽恒　译
天方夜谭	〔阿拉伯〕佚名　著	郅溥浩等译
爱丽丝漫游奇境	〔英〕卡罗尔　著	冷　杉　译
假如给我三天光明	〔美〕海伦·凯勒　著	袁红艳　译
希腊神话故事	〔德〕施瓦布　著	高中甫　译
茶花女	〔法〕小仲马　著	李玉民　译
伊索寓言	〔古希腊〕伊索　著	杨海英　译
瓦尔登湖	〔美〕梭罗　著	王义国　译
欧·亨利短篇小说精选	〔美〕欧·亨利　著	王晋华　译
欧也妮·葛朗台	〔法〕巴尔扎克　著	傅　雷　译
契诃夫短篇小说精选	〔俄〕契诃夫　著	徐美娥　译
爱的教育	〔意大利〕亚米契斯　著	夏丏尊　译
呼啸山庄	〔英〕艾米莉·勃朗特　著	宋兆霖　译
堂吉诃德	〔西班牙〕塞万提斯　著	刘京胜　译
海底两万里	〔法〕凡尔纳　著	陈筱卿　译

世界文学名著·有声阅读

书名	作者	译者
复活	〔俄〕列夫·托尔斯泰　著	吴兴勇　译
大卫·科波菲尔	〔英〕狄更斯　著	宋兆霖　译
地心游记	〔法〕凡尔纳　著	陈筱卿　译
培根随笔集	〔英〕弗兰西斯·培根　著	尹丽丽　译
傲慢与偏见	〔英〕奥斯丁　著	王晋华　译
神秘岛	〔法〕凡尔纳　著	顾微微　译
吹牛大王历险记	〔德〕拉斯伯　著	邵灵侠　译
红与黑	〔法〕司汤达　著	罗新璋　译
绿山墙的安妮	〔加〕蒙哥玛丽　著	姚锦镕　译
汤姆叔叔的小屋	〔美〕斯托夫人　著	李自修　译
钢铁是怎样炼成的	〔苏联〕奥斯特洛夫斯基　著	周　露　译
三个火枪手	〔法〕大仲马　著	李玉民　译
尼尔斯骑鹅旅行记	〔瑞典〕拉格洛夫　著	石琴娥　译
雾都孤儿	〔英〕狄更斯　著	黄水乞　译
小王子	〔法〕圣埃克苏佩里　著	尹丽丽　译
安娜·卡列尼娜	〔俄〕列夫·托尔斯泰　著	力　冈　译
草原上的小木屋	〔美〕怀尔德　著	郑　澈　译
苦儿流浪记	〔法〕马洛　著	唐　珍　译
捣蛋鬼日记	〔意大利〕万巴　著	方小济　译
少年维特的烦恼	〔德〕歌德　著	高中甫等译
柳林风声	〔英〕格雷厄姆　著	张炽恒　译
福尔摩斯探案集	〔英〕柯南·道尔　著	谷雨天　译
老人与海	〔美〕海明威　著	张炽恒　译
母亲	〔苏联〕高尔基　著	吴兴勇等译
秘密花园	〔美〕伯内特　著	姚锦镕　译
金银岛	〔英〕斯蒂文森　著	张贯之　译
居里夫人自传	〔法〕玛丽·居里　著	陈筱卿　译
水孩子	〔英〕金斯利　著	张炽恒　译
小鹿班比	〔奥〕费利克斯·萨尔登　著	杨曦红　译
绿野仙踪	〔美〕弗兰克·鲍姆　著	张炽恒　译
哈姆莱特	〔英〕莎士比亚　著	朱生豪　译
夜莺与玫瑰	〔英〕王尔德　著	林徽因　译
莎士比亚悲剧集	〔英〕莎士比亚　著	朱生豪　译

世界文学名著·有声阅读

书名	作者	译者
莎士比亚喜剧集	［英］莎士比亚　著	朱生豪　译
人性的弱点	［美］戴尔·卡耐基　著	闫晓红　译
蒙田随笔集	［法］蒙田　著	肖　亮　译
安妮日记	［德］安妮·弗兰克　著	杨　平　译
了不起的盖茨比	［美］菲茨杰拉德　著	沈学甫　译
百万英镑	［美］马克·吐温　著	李慧懿　译
牛虻	［爱尔兰］伏尼契　著	曹玉麟　译
战争与和平	［俄罗斯］托尔斯泰　著	肖　亮　译
悲惨世界	［法］雨果　著	李玉民　译
月亮和六便士	［英］毛姆　著	王晋华　译
王子与贫儿	［美］马克·吐温　著	姚锦镕　译
最后一课	［法］都德　著	段满福　译
父与子	［德］埃·奥·卜劳恩　绘	
稻草人	叶圣陶　著	
宝葫芦的秘密	张天翼　著	
呼兰河传	萧　红　著	
鲁迅杂文精选	鲁　迅　著	
朝花夕拾	鲁　迅　著	
呐喊	鲁　迅　著	
你是人间的四月天	林徽因　著	
朱自清散文精选	朱自清　著	
徐志摩精选集	徐志摩　著	
城南旧事	林海音　著	
繁星·春水·小桔灯	冰　心　著	
茶馆·龙须沟	老　舍　著	
骆驼祥子	老　舍　著	
家书	傅　雷　著